# 박경리 朴景利 (1926. 12. 2. ~ 2008. 5. 5.)

본명은 박금이(朴今伊) ... ...남 통영에서 태어났다. 1955년 김 동리의 추천을 받아 ... ... ... ... ... ... ...9), 『김 약국의 딸들』(1962), ... ... ... ... ... ... ... 등 사회 와 현실을 꿰뚫어 ... ... ... ... ... ... ...아 발표 하면서 문단의 주목을 받았다.

1969년 9월부터 대하소설 『토지』의 집필을 시작했으며 26년 만인 1994년 8월 15일에 완성했다. 『토지』는 한말로부터 식민지 시대 를 꿰뚫으며 민족사의 변전을 그리는 한국 문학의 걸작으로, 이 소 설을 통해 한국 문학사에 뚜렷한 족적을 남긴 거장으로 우뚝 섰다. 2003년 장편소설 『나비야 청산가자』를 《현대문학》에 연재했으나 건강상의 이유로 중단되며 미완으로 남았다.

그 밖에 산문집 『Q씨에게』『원주통신』『만리장성의 나라』『꿈꾸는 자 가 창조한다』『생명의 아픔』『일본산고』등과 시집 『못 떠나는 배』『도 시의 고양이들』『우리들의 시간』『버리고 갈 것만 남아서 참 홀가분 하다』 등이 있다.

1996년 토지문화재단을 설립해 작가들을 위한 창작실을 운영하며 문학과 예술의 발전을 위해 힘썼다. 현대문학신인상, 한국여류문학 상, 월탄문학상, 인촌상, 호암예술상 등을 수상했고 칠레 정부로부 터 가브리엘라 미스트랄 문학 기념 메달을 받았다.

2008년 5월 5일 타계했다. 대한민국 정부는 한국 문학에 기여한 공 로를 기려 금관문화훈장을 추서했다.

토
지

박경리
대하소설

# 토지

4부 3권

15

다산
책방

# 차례

# 인실의 자리

3장 - 13장

## 3장 강도 사건

도솔암에서 실컷 낮잠을 자고 저녁밥을 얻어먹은 뒤 밖이 어둑어둑해지는 것을 보고 관수는 절문을 나섰다.

"그러면 거기서 만납시다."

소지감의 말에 관수는 고개를 끄덕였다.

"조심하시오."

아주 낮았지만 관수는 뒤통수에서 쫓아오는 소지감의 긴장된 목소리를 들었다. 산 밑 마을에 당도했을 때는 그믐이어서 그랬겠지만 사방은 아주 새까만 어둠이었다. 주막에 들어간 관수.

"여기 술 한잔 주소."

술손과 수작을 부리고 있던 주모가.

"아이구 내 신세야!"

하며 몸을 일으켰다.

"손이 술 달라 카는데 신세타령은 와 하노."

"입버릇을 그라믄 우짤 기요."

시비조다.

"기왕이믄 아이구 나무관세음보살 하는 기이 우떨꼬?"

주모는 킬킬 웃었다.

"내가 염불 모시게 됐소? 나무관세음보살 했다가는 사나아
들이 다 달아날 긴데 주막 문 닫으믄 나는 머 묵고살 기요."

"포전이나 쫏지."

"누구 닮았나?"

"내 뭣 땜에 자네 서방을 닮을 기고."

"서방은 무신 서방. 사팔뜨기 산놈, 오다가다 술잔이나 마
시제요."

"그라믄 기둥서방인가?"

관수는 강쇠 얼굴을 생각하며 피식 웃는다.

"기둥서방이라도 됨사? 그런 주제도 아니믄서 젊은기이 뭐
할 짓이 없어 술장사냐, 산에 가서 나무 뿌리를 캔들 입에 거
미줄 치겠느냐, 흥! 가다 오다 해보는 말이겠지요 머."

언제였는지 강쇠와 함께 술을 마시러 온 일이 있어서 관수
는 주모의 얼굴을 알고 그의 내력도 좀 안다. 춘매의 조카라든

가 뭐 그런 얘기를 들은 것 같았다. 그러나 주모는 관수를 기억하고 있지 않았다. 관수는 시간을 재듯 천천히 술을 마신다.

"말로라도 그런 사람이 있으니 쪼그랑 팔자지마는 마 괜않네."

수작을 부리고 있었던 술손이 한마디 빈정거렸다.

"아이고오, 쪼그랑 팔자라 캤소? 그라믄 거기는 대리미로 싹 펴놓은 팔자다 그 말이오? 그런데 백결선생(百結先生)맨크로 옷은 와 그 모양이오? 염낭에 술값이나 들었는지 모리겠네."

"내가 되로 주고 말로 받는구나."

사나이는 할 수 없다는 듯 껄껄 웃는다.

"입으로는 못 당할 기요."

관수가 한마디 거든다.

"심 없는 제집이 입으로라도 갚아야제요. 누구 말마따나 기둥서방이라도 있었이믄 술값 떼묵고 달아나는 놈 정갱이 뿌질러 앉히겠지마는. 서며 앉으며 내 팔자야, 하게도 됐지 머. 나도 좋은 부모 만냈이믄 기영머리 마주 풀고 백년해로 했일 긴데, 세상인심 오동지 설한풍이오."

"……"

"누가 되고 접어서 봉사가 되었겠소, 누가 되고 접어서 버부리(벙어리)가 되었겠소. 보고 듣고, 복 많은 년놈들, 앞 못 본다고 속이묵고 뺏아묵고, 말 못한다고 속이묵고 뺏아묵고, 세상이 그런 거라요. 심 없고 돈 없는 사람은 엎어놓고 등짝 밟는 기이 예사, 흥! 절에 가봐도 그렇데요. 불쌍한 중생을 건진다 캄시로 어디 말과 같애야지. 부자가 오믄 맨발로 뛰어나오고 기찹은 사람이 가믄 문전박대나 안 함사?"

"절에서 문전박대했다는 것은 처음 듣겄네."

관수가 말했다. 그 말 대꾸는 없이.

"언젠가 예수쟁이들 와가지고 하는 말이, 예수 믿고 회개하라 하더마. 회개할라 카믄 나는 굶어 죽게? 그 사람들이사 빼딱구두 신고 말뚱머리 하고 얼마나 유식한지 몰라도 책도 들고. 다 묵고살 만한께 그러고 댕기는 거 아니겄소?"

"청산유수다, 청산유수."

술손이 말했다. 관수는 주모의 넋두리를 듣다 말고 술판에 술값을 내놓고 일어섰다. 몇 잔 술에 얼근해진 관수의 얼굴을 강바람이 쓸고 간다.

"누가 되고 접어서 봉사가 되었겄나, 누가 되고 접어서 버부리가 되었겄나. 흥! 맞기는 맞는 말이네."

하는데 별안간 뜨거운 눈물이 뺨을 타고 내린다. 다홍치마 유록 저고리를 입은 딸 영선의 얼굴이 떠올랐던 것이다. 간다 온다 말 한마디 하지 못하고 칠흑 같은 밤길을 걷고 있는 자기 자신이 괘씸하기 짝이 없다.

'애비 노릇도 제대로 못한 주제에 서운하기는 와 이리 서운하노.'

관수는 걷다 말고 강변 둑에 주질러 앉는다. 담배를 꺼내어

붙여 문다. 빨갛게 타는 담뱃불, 담뱃불이 빨갛다는 것을 처음 발견이라도 한 듯 눈앞에 담배 개비를 세우며 쳐다본다. 바람이 불 때는 불꽃이 튄다. 한 모금 가슴 깊이 빨아당겨 연기를 뿜는다.

'그놈이 있었던들 내 맘이 이렇기 서운하고 허전할까. 딸자식이야 언제 가믄 안 갈 기가.'

사방은 칠흑 같아도 강물은 희번득이고 있었다. 강 건너 쪽에서 깜박이는 불빛, 세상은 쥐 죽은 듯 고요하다.

"희맹이 있어야제. 희맹이 없다."

그를 조금이나마 위로해주는 것이 있다면 시부모로 모시게 될 강쇠 내외의 변함없는 마음씨 때문에 영선의 시집살이가 편할 것은 없어도 마음고생은 안 할 거라는 점이었다. 그리고 학식이 없어 그렇지 사위 된 휘도 마음에 차지 않는 것은 아니었다.

"지 복이 그것뿐이라믄 그렇기 살아야지 우짜겄노. 흥! 지가 되고 접어서 백정의 외손녀가 되었더나. 흥!"

관수는 담배를 버리고 일어섰다.

평사리 마을에 못 미쳐서 관수는 강변길을 버리고 숲속 길로 접어들었다. 옛날 김평산이 귀녀를 만나기 위해 삼신당으로 가던 그 길이다. 길이라기보다 숲을 헤치고 가는 것이다. 삼신당이 가까워졌을 때.

"이자 오요."

소리가 들렸다.

"음."

관수가 대답했다. 연학이가 기다리고 있었다. 그들은 앞서 거니 뒤서거니 하면서 누각과 초당이 있는 방향과는 다르게 다시 숲을 헤쳐나간다. 얼마지 않아 대숲이 나타났다. 그들은 대숲을 끼고 한참을 가서 사당 앞에 당도하였다. 사당은 깜깜 해서 거의 보이지 않을 지경이었다. 연학이 사당 문을 열었을 때 불빛이 사당 뜨락에 쫓아 나왔다.

"들어가소. 그런 일이야 없겠지마는 내가 기침하믄은 아시 겠지요?"

"알겠네."

관수는 재빨리 사당 안으로 빨려 들어갔고 사당 문이 닫히면 서 사방은 어둠에 묻힌다. 사당문에 검정 휘장을 쳐서 불빛을 차단하고 있던 것이다. 촛불을 켜놓고 길상이 앉아 있었다.

"이제 몸은 추스릴 만한가?"

관수가 물었다.

"괜찮네."

길상이 대답했다. 지금은 최참판댁 당주나 다름없는 길상 이었지만 소년기를 한마을에서 지냈고 밤이면 관수 집에 모여 앉아 짚세기를 삼고 삼태기도 만들면서 그들 나름대로 시국 얘기며 동학 얘기며, 길상은 그들에게 글을 가르치기도 하면 서 사춘기를 보냈었다. 그리고 이들은 함께 윤보와 김훈장을 따라 의병으로 산에 들어갔던 것이다. 이들 서로간의 추억에는 욕됨이 없었다. 현재의 처지가 달라졌다 하여 길상에게 존댓말을 한다는 것은 관수의 자존심이 허락지 아니하였고, 길상이 역시 옛날과 달라진 관수의 태도를 결코 용납하지 않았을 것이다. 남의 앞에서는 환국이아부지라 하며 길상을 대접했으나 최참판댁이라는 배경 때문에 관수가 그랬던 것은 아니다. 간도에서 독립운동에 종사하였고 앞으로 환이를 대신하여 제반사를 지휘하게 될 그의 위치를 높이기 위해서였다.

"혼사는 잘 치르었는가?"

"그럭저럭."

다른 사람이었다면 관수는 없는 놈이 혼사고 뭐고 찬물 한 그릇이믄 끝나는 거 아니가, 필시 그렇게 말했을 것이다. 그의 성질을 아는 만큼 길상은 관례적인 선에서 축의금을 보냈을 뿐 더 이상 아무 도움도 주지 않았지만, 드세고 반항적인 송관수, 그러나 사려가 깊은 것은 그를 아는 사람이면 다 인정한다. 해서 그는 오늘까지 살아남을 수 있었다. 길상의 물음에 없는 놈이, 하질 않고 그럭저럭…… 꽤나 섬세한 사내다.

"서운하겠군."

"서운하지 않다 하믄 그거는 거짓말이고오, 하지마는 딸자식이란 언제 떠나도 떠나보내야 하니께."

"그건 그렇지."

서로 마주 본다. 촛불이 앉은뱅이 춤을 추고 두 사나이 얼굴에 명암이 흔들린다. 이들하고는 아무 인연이 없는 사당, 남의 사당, 그것도 어쩌면 모독일 수도 있는 이와 같은 침입을 이들은 이 순간같이 느낀 것 같다. 최씨 가문 누대의 선조들 영신이 정좌한 곳, 아무리 나랏일이라고는 하나 이들은 순간적인 위축감을 느낀다. 천민들에게도 신주(神主)는 매우 소중하고 두려운 것이다. 서로 바라보던 두 사내는 어느 쪽이랄 것도 없이 서로를 외면한다. 어디서 태어났는지 알 길이 없는 길상에게 조상이 있을 리 없고 부모가 있을 리 없다. 부모는 있었지만 아비가 어디서 언제 어떻게 죽었는지 어미는 생사조차 알 수 없는 관수, 기일이 있을 리 없다. 칠월 백중날이면 영광이네가 절로 찾아가서 얼굴도 모르는 시아버지의 명복을 빌어주는 것이 고작이었고 그나마 어미는 어디 살아 있을지도 모른다는 가냘픈 한 가닥 희망 때문에 백중 불사에 이름을 올리지도 못하는 형편이었다.

"일은 우떻게 되었는고?"

관수가 물었다.

"빈틈없이 다지기는 다져놨는데."

"삼월삼짇날 변동 없겠제?"

"음."

"그라믄 됐네. 나도 전부터 손은 다 써놨고 마무리만 남았인께."

"전에 말한 대로, 계획에 변한 사항은 없으나 그래도 장서

방한테 한 번 더 자세한 얘길 들어야 할 거다."

"그래야겠지……. 그라믄 나는 이 길로 떠나야겠는데, 우리가 또다시 만나게 될지 우떨지."

"무슨 그런 말을 하는가. 우리는 꼭 만나게 된다."

"아니 머 그런 뜻으로 한 얘기는 아니구마. 내가 한 가지 부탁할 일이 있어서 하는 말이네."

"……."

"저기."

하다가 관수는 앞가슴을 더듬어 봉투를 꺼내었다. 순간 길상의 얼굴에 노기가 떠오른다. 그 봉투는 길상이 축의금을 넣어 보낸 것이며 봉투는 봉해진 채 뜯어본 흔적이 없었다.

"자네, 생각보다 훨씬 졸장부군그래."

"말이나 다 들어보고 그러라고. 하기는 내가 대장부 아닌 것은 틀림이 없을 것 겉다."

관수 얼굴에 쓴웃음이 떠올랐다. 그는 다시 품속을 만지다가 사진 한 장을 꺼내어 길상에게 내밀었다. 길상은 사진을 받아 들여다본다.

"내 아들놈이네."

사진은 고보(高普)의 교복과 교모를 쓴, 관수를 전혀 닮지 않은 소년, 아니 청년이었다.

"갈 길이 바빠서 긴말할 새는 없고, 그놈이 집 나가서 일본 동경에 가 있다는 소문을 들었는데, 죽일 놈 살릴 놈 해봐야

16

별수 없제. 자네 큰아들이 유학을 가 있으니, 무리한 청인 줄은 알지마는 사진을 보고 찾아서 이 봉투를 전해주었이믄 싶어서."

"미친 사람."

길상이 웃었다.

"역시 졸장부구먼. 강도질한 놈이 새색시 같은 이런 짓 왜하나, 정말 자네답지 않군그래."

길상은 사진만 조끼 주머니 속에 넣고 봉투는 밀어낸다.

"패거리들 술값이나 하게. 함께 술 마시고 있을 내 처지도 아니니."

한동안 말이 없다가.

"그럼 그렇게 하지. 그런데 환국이가 좀 쉽기 찾을라 카믄 그놈 핵교 졸업생을 찾이믄 될 성싶구마. 그 핵교에서도 몇 사람은 일본으로 유학을 갔일 긴께."

"걱정 말게."

"그라믄 나는 가야겄다. 오래 머물라 캐도 최씨네 신주들이 네 이노옴! 무엄하구나! 할 것 겉애서 답댑이."

처음으로 관수는 농담을 했다.

밖으로 나온 관수는 홀가분했다. 발도 가벼웠다. 관수가 오던 길을 되잡아서 가는데 연학은 말없이 뒤따라가고 있었다. 다른 것을 기대하고 길상에게 사진과 봉투를 내밀었던 것은 아니었다. 내 아들을 봐달라, 못할 것도 없었다. 여러 가지 인연을 생각하면 최씨 집에서 영광이 하나 돌보아주는 것은 무리한 일도 아니었다. 그러나 관수는 지금까지 그 생각을 하지 않았다. 동분서주 생각할 겨를도 없었고 그는 다만 영광이에게 돈을 부쳐주어야겠다는 것은 늘 생각했었다. 그러나 길상이 걱정 말게, 하고 말했을 때 관수는 자기 부탁 이상의 일을 길상이 생각하고 있는 것을 깨달았다.

삼신당 앞에까지 와서 관수는 걸음을 멈추며 연학을 기다린다.

"그믐밤이라 어둡기는 참 어둡네. 코를 베 가도 모리겠구마."

연학이 중얼거리며 다가왔다.

"저기에 뭐꼬?"

관수가 물었다. 두 개의 불빛이 어둠 속에 있었다.

"살쾡이지 머겄소. 동네 닭 잡아묵을라꼬 내리온 모양이오."

불빛은 이내 사라졌다.

"삼월삼짇날…… 좋은 절기다. 그믐밤은 좀 비키선 셈인데."

"그러씨…… 그러믄 이 길로 남원 갈 깁니까?"

"그래야지. 가다가 구례에서 자고, 구례까지 못 가믄 화개서 자든지."

"산의 사람들은 길 떠났십니까?"

"떠났다."

"괜찮겄십니까?"

"뭐가?"

"그 사람들."

관수는 담배를 꺼내 물었다. 성냥불을 붙이고 한 모금 빨고 나서.

"그래서 두 갈래로 나누은 거 앙이가. 하나가 끊어지더라 캐도 되거시리."

"지는 그것보다 사람을 믿어도 되는가, 이제 와서 걱정해도 달리 도리는 없겠지마는."

"그 사람들 못 믿는다믄 세상 사람 하낫도 믿을 사램이 없다. 하기는 영악하지를 못해서 나도 맴이 안 씨이는 거는 아니다마는, 때에 따라서는 뿌러지게 나오는 사람보다 히죽히 죽거리는 사램이 오래 견디네라. 그라고 자네 보기보담은 만고풍상 다 겪은 사람들이다."

"실은 그 사람들도 그렇지마는 앞에 나서는 기이 아닝께 그런 대로 넘어갈 성싶으나 젤 맘에 걸리는 거는 손태산입니다."

손태산은 남원 길서방의 생신잔치 때 처음 연학이 만나본 인물이다. 그러나 만나기 전부터 연학은 그에 대하여 소상히 알고 있었다. 소상하게 알아야 하는 것이 연학의 임무였고 한 번 보았으면 그만, 다시 만날 필요가 없는 것이 연학의 위치였다. 그런데 그때 연학은 손태산을 좋게 보지 않았다. 말로 듣던 것보다 훨씬 경망했던 것이다.

"좁쌀 양식 오지랖에 싸고 댕기겄다. 전에 없이 와 그리 잔 걱정이 많노."

연학은 어둠 속에서 피식 웃었다.

"많은 사람을 움직일라 카이, 여기서 터지까 저기서 터지까, 나도 모리게 근심이 되누마요."

"터지는 데는 터지고 뚫고 나가는 데는 나가고, 하루 이틀 해온 일도 아니겠고…… 손태산이는 나도 여러모로 그물을 쳐놨다. 당분간은 다른 손이 안 닿으믄 쓸모가 있제. 해서 윤 필구를 조져놓은 거 앙이가."

"진주 일은 물샐틈없이 짜놨인께 그 일은 아마 맘을 놓아도 될 겁니다."

"마음을 놓아? 걱정해도 소앵이 없는 일이지마는 마음 놓을 일이 따로 있지."

나무라듯 말했다.

"그야 그렇지만."

"머 또 할 말이 있나?"

"지는 더 이상 할 말은 없습니다. 호옥 형님은 다른, 머 하실 말씀은 없습니까?"

"별로 변동한 기이 없인께 나도 더 할 말은 없다. 저물고 했이니 가봐라."

"둑길까지만 함께 가지요."

말없이 두 사람은 어둠을 헤치고 걷는다. 부엉이가 울고 이따금 산짐승이 풀숲을 부시럭거리며 지나는 소리도 들렸다.

"영만이는 괜찮기 살더나?"

관수가 물었다.

"괜찮기 살지요."

"아아가 몇이나 되던고?"

"하나 잃어부리고 셋이라 카던지,"

"세월 참 빠르다. 언제 이리되었는고 꿈겉네."

"사십을 넘기니께 세월이 막 달아나는 것 겉더마요."

"그렇지이, 막 달아나지. 그래 자네 형수는 어마니를 닮았는지 모리겠네."

"그만하든 맏며누리로 잘 하시는 편이고 살림 이루노라고 고생도 했지마는 지금은 만고에 편합니다."

"그런께 우리 어릴 적의 두만어매맨큼 됐겠다."

"형님보다 두세 살 월 겁니다."

"그럴 기다. 두만이가 내 동갑내기고 두만이 누분(누님)께, 시집가던 때가 생각난다."

"……."

"그거는 그렇고, 너거 집이 여수서는 소리치는 부자 아니가. 그런데 와 이 짓을 하노. 니도 참 별난 놈이다."

"지만 별납니까. 형님은 안 별나고요? 참."

관수는 껄껄 웃는다.

"지가 이 집 일을 볼 때만 해도 여수서는 그냥 묵을 만했지요. 형님 말대로 소리칠 정도는 아니었고, 지금 부자가 됐다고 해서, 부자라 캐도 큰집이고 조카자식인데 머 얻어묵겠다고 가겠십니까. 다 이렇기 사는 것도 팔자 소관 아니겠소."

"좀 보태주기는 하나?"

"보태주는 거 없십니다. 우리 식구 굶는 처지도 아니고……
돌아오라, 그거지요. 돌아오믄 봐주겠다."

이들을 기다리고 있는 일을 생각하면 한가한 얘기 할 처지
도 심경도 아니었다. 더욱이 관수의 입장에서는, 다 같이 긴
장돼 있으면서 얘기는 거의 무의식적인 것이었다. 한동안 말
은 끊겼다. 둑길이 가까워졌을 때.

"영광이한테서 소식 못 듣지요?"

하고 연학이 물었다.

"듣기야 들었제. 들으나 마나……."

"환국이아버지가 환국이한테 이르더마요. 동경 가거든 영
광이 어디서 멀 하는지 수소문해보라고."

"영광이 동경에 있는 거를 우찌 알고?"

"지가 말했십니다."

아까 사진을 내밀었을 때 길상은 그런 말은 내비치지도 않
았다.

"환국이도 신실한 사람이니께 힘 닿는 대로 애쓸 깁니다.
있는 곳만 알믄 다 요량이 안 있겠십니까."

"안 그래도 아까 그 사람 만냈일 적에 부탁을 했거마는."

"형님이요?"

"우짤 기고, 내가 애비 노릇이나 제대로 했나? 그놈만 나무

랄 수도 없고, 자식 때문에 상두꾼에 든다는 말도 안 있더나."

관수는 한숨을 내쉬었다.

둑길까지 와서 이들은 헤어졌다. 이들이 헤어져서 열흘 남짓, 삼월삼짇날 진주서는 씨름대회가 있었다. 이 씨름대회에 손태산이 출전한 것이다. 함양 대표로 나온 손태산은 비록 황소는 따지 못하였지만 고성의 이장사와 최후까지 겨루어 실력이 막상막하였으므로 구경꾼들의 인기가 대단했다. 기술은 이장사가 한 수 위라 황소 차지를 했지만 힘으로 볼 때 손태산이 세다고들 했다. 구경꾼 속에 끼어들어 씨름 구경을 하고 있던 연학은 눈살을 찌푸리며 엉덩이를 털고 일어섰다. 흩어지는 구경꾼에 휩쓸려 걸음을 옮기면서,

'저래가지고 되까?'

연학은 마음속으로 중얼거렸다.

'남의 눈에 띄지 않게, 이름이 입에 오르내리지 않게 요량껏 해두라꼬 조세질을 했일 긴데.'

물론 손태산은 주의를 몇 번이나 받았다. 그러나 막상 모래판에 서고 보니 주의 따위는 쉽게 잊어버렸고 승부욕에만 불탔던 것이다. 아슬아슬하게 진 그는 틀림없이,

"요량껏 하라는 말만 안 들었이믄 황소 따는 것쯤이야 여반장이었제. 제에기럴!"

했을 것이다.

'형님이 아무래도 일을 잘못 꾸민 거는 아닌지 모리겄다.'

23

연학이 돌아왔을 때 최부자댁은 집이 비어 있는 듯 썰렁했다. 그도 그럴 것이 이 크나큰 집에 안자 부부만 있었다.

"양현이는 어디 갔소?"

안자의 남정네 박서방에게 물었다.

"작은 도련님이 데리고 강가로 갔소."

안자 부부만 남겨놓고, 연학이는 왔다 갔다 했지만 식구들은 서울 손님이 다녀간 후 모조리 평사리로 떠났고 개학이 되면서 윤국이와 양현이 진주로 돌아왔으며 나머지는 아직 그곳에 체류하고 있었다. 며칠 전에 환국이는 일본으로 갔다. 음력설을 전후하여 제사를 뫼시기 위해 해마다 식구들이 평사리로 가는 것은 관례였다. 그러나 이번에는 옥고를 치른 길상의 정양을 위해 오래 머무는 듯했고 절에 불공을 드린다는 말도 있었다.

"누가 이겼십니까?"

박서방이 물었다.

"고성 사람."

"구겡꾼이 많았십니까?"

"응."

연학이 내키지 않는 대답을 하자 박서방은 뒤켠으로 돌아가고 연학은 마루 끝에 걸터앉는다.

'만일에 뭐가 잘못되믄 풍지박산(풍비박산)이다.'

처음부터 연학은 손태산을 끌어들이는 데 마음이 내키질

않았다. 간물(奸物)이 될 그럴 위인은 아니었지만 자기 능력보다 야심이 컸고 저돌적인 것이 흠이었다. 그리고 사리(事理)에 의해 나섰다기보다 그는 조막손이 손가, 아비에 대한 환상 때문에, 그리고 그의 밑천이란 힘뿐이었다. 연학이 남원 길서방집에서 모임을 가진 후 관수에게.

"사람이 신중하지 못한 것 겉소."

자기 의견을 말했을 때.

"쓰기 나름이제. 앞으로 나가는 놈도 있어야 하고 뒤로 돌아가는 놈도 있어야 하고, 다 쓸모가 있네라. 저저이 다 할라꼬 나서는 일도 아니지 않나."

"하긴 그렇소."

"답댑이, 간뎅이가 부어서 그기이 탈이제. 심성이 나쁜 놈은 아닌께."

하며 관수는 개의치 않았다.

연학은 집 안을 한 바퀴 돌아본다. 오늘 밤 실행에 옮기게 될 일을 계획하기론 꽤 오래전이다. 길상이 출옥한 후 얼마 되지 않아 관수가 제안했던 것이다.

"몇몇 관서에 폭탄을 투척하는 것 이상으로 효율이 있는 일이네."

길상은 기다리고나 있었던 것처럼 찬성이었다.

"응징과 실리, 그리고 인심, 세 가지를 거둘 수 있지. 암살이나 폭탄 투척은 총기, 폭탄의 확보가 불가능하고 거의가 잡힐 것이니 인원을 아끼는 뜻에서도 그렇고."

해서 세부 사항까지 면밀히 검토가 된 후 계획은 짜였고 관수가 간도를 다녀오면서 일은 결정이 되었던 것이다. 길상을 국내에 잡아두기 위해 고육지책으로 오백 섬지기 땅을 내놓은 서희는 물론 이러한 계획은 알지 못했지만 길상으로서는 지시하는 입장에서 그 땅 오백 섬지기는 명분을 세워준 것이기도 했다.

해가 지고 밤이 왔다. 쫑알쫑알 쫑알대던 소리가 들리더니 양현이도 안자 곁에서 잠이 들었는지 집 안은 쥐 죽은 듯 고요했다. 늦게까지 공부를 하던 윤국의 방에도 불은 꺼져 있었다.

연학은 집에 가지 않았다. 행랑채 맨 끝 방에 목침을 베고 누워서 천장만 멀뚱멀뚱 쳐다보고 있었다. 이따금 최씨네 집에서 자기도 했었기 때문에. 박서방이 군불을 지핀 모양이다. 방은 따뜻했다. 정적을 깨고 대청의 기둥시계가 육중한 추를 흔들며 둔중한 소리를 낸다. 행랑에서도 그 소리를 어렴풋이 들을 수 있었다. 연학은 귀를 세우며 시계 치는 소리를 센다. 열두 번이었다. 연학은 열한 번 칠 때도 세었고 열 번 칠 때도 세었다. 다시 사방은 정적에 묻혀버린다. 연학은 일어나 앉으며 담배를 붙여 문다.

이 무렵, 김두만의 집 담을 두 명의 괴한이 넘어가고 있었다. 두만은 그동안 어느 부자가 살던 집을 구입하여 생활의 규모를 넓히면서 술 도매상도 처분하고 양조장 사업에만 진력해왔으며 서울네도 비빔밥집에서 손을 떼고 안방마님으로 자리를 굳혀왔던 것이다. 오늘 밤 김두만의 집에는 서울네와 침모, 일하는 어멈 세 명의 여자들만 있었다. 일꾼들은 모두 양조장에 가 있었고 부친이 위중하다 하여 둘째인 기동과 함께 두만은 독골에 가고 없었다.

"둘째 부인, 일어나시오."

서울네는 잠결에 소리를 들었다.

"어서 일어나시오."

"아아 아이구!"

"천천히, 소리를 지르면 상할 것이오."

서울네는 비로소 가슴을 겨누고 있는 써늘한 것을 느꼈다.

"워, 웬 사람이오?"

서울네는 사시나무 떨듯 떤다. 방 안도 어두웠고 문밖도 어두웠다. 새까맣게 어두웠다. 공포에 떠는 서울네에게는 지옥 구렁창에서 소리만 나는 것 같았다.

"우리는 상해 가정부(假政府)에서 왔소이다. 이런 방법 말고는 군자금을 조달할 길이 없었소. 양해하시오."

"도, 돈, 무 무슨 돈이, 집에는 도, 돈이 없습니다."

"긴말하면 시간만 가지. 양조장 자금으로 쓸려고 시장의 점포 두 개를 팔지 않았소. 알고 왔으니 자아 금고 문 여시오. 우리가 죽음을 불사하고 여기 들어온 만큼 사불여의하면 부인은 죽을 것이오."

칼끝이 앞가슴에 바싹 와서 닿았다. 서울네는 본능적으로 더듬더듬 자리걸음으로 금고 있는 곳에 다가간다. 칼은 등 뒤에서 따라왔다.

"저 저 어, 어두워서 어이구!"

침묵을 지키고 있던 다른 사내가 성냥을 그었다. 금고 문이 열렸고 성냥불은 꺼졌다. 사내는 꺼진 성냥개비를 입에 넣고 다시 성냥을 그었다. 얼굴은 천으로 가려져 있었다. 몸은 마른 편이었다. 칼을 들이댄 서울 말씨의 사내는 몸이 건장한 것 같았으며 음성으로 미루어 젊은 남자인 것 같았다. 침묵의 사나이는 금고 속의 현찰을 확인한 뒤 꺼진 성냥개비를 입에 넣었다. 그리고 돈을 꺼내어 양쪽 호주머니 속에 나누어 넣는다.

"그러면 우리가 무사히 갈 수 있게 부인께서는 고생을 좀 해주셔야겠소."

준비해온 끈으로 서울네를 묶은 뒤 입에는 재갈을 물리고 이들은 바람같이 담을 넘어 사라진다. 그런데 같은 시각에 이상한 일은 또 벌어지고 있었다. 이순철의 집 담벽에 붙어선 두 사나이.

"불이 켜져 있는 방이 이 집 주인 거처방이다."

한 사내가 소근거렸다. 그리고 덩치 큰 사내를 담 위로 밀어올려주는 것이었다. 담을 넘은 사내, 손태산은 사방을 살펴보다가 불이 켜져 있는 방을 향해 곧장 간다. 신돌 위에는 구두 한 켤레가 있었다. 손태산은 주저 없이 방문을 쑤욱 연다.

한복을 입고 우두커니 앉아 있던 순철의 부친 이도영(李道永)이 얼굴을 돌렸다.

"억!"

몹시 놀란 듯 일어서려다 말고 도로 주저앉는다. 아랫목에 는 이부자리가 깔려 있었다.

"나는 가정부에서 온 사람이오. 알아듣소?"

손태산은 여차하면 맨주먹으로 이도영의 면상을 내리칠 자 세를 취하고 있었다. 이도영은 말없이 손태산을 쳐다만 보고 있었다.

"두말하믄 잔소리고오, 이런 부잣집에서 나랏일로 돈 빌리 돌라 카는데 못하겠다 하지는 못할 기요. 부모 없는 자식이 없고 나라 없는 백성이 없으니, 내 하는 말이 틀리지 않다 생 각하문은 순순히 내놓으소."

"……."

"이거 귀가 먹었나, 입이 붙었나, 재미 없기 나오믄."

하다가 강도질하러 간 거는 아닌께, 통사정하는 입장인께로 말조심을 하고 시간을 끌지 않게시리, 하던 관수의 말이 생각 났다.

"주인어른, 불학무식해서 예법을 모르니 용서하이소. 그러 나 장수의 자손으로 부끄럽은 짓은 안 했인께, 그나저나 시간 이 없는데 긴 타령 할 수 없고 어서! 가부간,"

하자,

"저기,"

하며 이도영은 문갑을 눈으로 가리켰다.

"와 이랍니까 주인장, 내가 얼라(아이)요? 철은 다 들었인께 주인장이 내놓으소."

"참말 불학무식하네. 이런 일 할라 카믄 까막눈은 면해야지."

하며 이도영은 문갑을 열고 부피가 얇은 것과 부피가 많은 돈 다발 두 개를 꺼내온다.

"하여간에 고맙소. 미안시럽지마는 좀 묶여 있어야겠는데."

손태산은 준비해온 끈으로 이도영을 묶으면서.

"까막눈을 면할라 카이 날 새부렀고, 까막눈이라꼬 나랏일 못하겠소. 내 주먹 하나로 왜놈 열 명은 때리잡을 기요."

손태산은 쓸데없는 말을 하면서 이도영을 묶은 뒤 재갈을 물린다. 돈을 챙기고 전등을 껐다.

"아닌 게 아니라, 주인장, 점잖은 사람한테 실례가 많았소."

손태산은 유유히 나온다. 밖에 나왔을 때,

"사나아 배짱이 이만은 해야지."

그는 크게 소리 내어 웃고 싶은 심정인 것 같았다. 그러나 동행이 그를 잡아끌었다.

열두 시가 넘은 시각, 큰 거리에는 오가는 사람이 더러 있었고 술집·기생집은 주흥이 무르익어 여자들의 웃음소리, 남자들의 술 취한 소리가 흘러나오곤 했다. 열두 시에서 새벽까지 길고도 짧은 시간, 일은 계획대로 진행이 된 것 같았다. 어둠이 걷히고 뿌연 아침 안개가 거리에 깔렸을 때, 시가에는 비상이 걸렸다. 서울네는 침모가 발견했고, 이도영 씨는 그보다 훨씬 늦게 마누라가 발견하여 경찰에 신고했던 것이다. 울어서 눈이 퉁퉁 부은 서울네는 비교적 정확하게 어젯밤에 일어난 상황을 설명하였고 강탈당한 돈은 삼천 원이라 했다. 기별을 받고 독골에서 달려온 김두만은 사색이 되어,

"그놈들 반드시, 틀림없이 잡으시오! 내 그 돈을 찾아서 경찰서에 기부하겠소! 그놈들만 잡아주시오!"

서투른 일본말로 소리소리 지르는 것이었다. 돈 삼천 원이 적은 돈인가. 면소 서기가 십 년을 고스란히 모은 월급도 그만한 돈엔 못 미친다. 아깝고 원통한 것을 생각하면 눈알이 빠질 지경이다. 그러나 김두만은 돈 아까운 것 이상으로 공포에 떨고 있는 것이다. 칼 들고 야밤에 들어온 괴한들, 가정부에서 왔다는 그들에 대한 공포는 결코 아니었다. 일본 경찰에 대한 것이다. 상해 가정부 운운하지 않았더라면, 단순히 돈을 털러 들어온 강도였었더라면 김두만의 입에서 기부라는 말이 나오지는 않았을 것이다. 만의 하나 가정부와 내통하지 않았는가 의심을 하기라도 한다면 그때는 돈 삼천 원이 문제인가. 파멸까지 각오해야 하는 것이다. 자신을 궁지에 몰아넣은 그들에 대한 증오심도 물론 대단해서 김두만은 진심으로 그들의 체포를 원하였다. 한편 탈진이 되어 자리에 쓰러진 이도영

을 찾아온 두 명의 형사는 사건의 경위를 묻고 있었다. 끈으로 머리를 질끈 동여맨 이도영은,

"키는 중키쯤 돼 보였고 몸은 마른 편이었소."

몹시 땀을 흘리며 말했다.

"말씨는 어떻던가요?"

"서울 말씨였소."

실로 해괴한 일이다. 손태산은 중키도 아니었고 마른 편도 아니었다. 이도영 자신이 불학무식하다는 말까지 한 손태산이 서울 말씨는커녕 사투리치고도 심한 편이었으며 상스러웠던 것이다.

"김두만 씨 댁에 침입한 자들과 인상착의가 비슷하군요. 흉기는?"

"칼이었소."

"시간은?"

"그러시…… 그기이 그런께 한 시는 지났을 성싶은데 확실히는 모르겠소이다."

이도영은 계속 사실과 다른 말을 했다. 손태산은 칼 같은 것 가져오지 않았고 침입한 시간도 열두 시가 조금 지났을까.

"그자들이 김두만 씨 댁을 습격하고 나서 이곳에 왔군. 몇 사람이었소?"

"두 사람이었소."

계속 이도영은 땀을 흘렸다. 얼굴은 창백했다.

"운수불길하여, 기왕지사 돈은 뺏깄지마는 이러다가 영감 병나겄소. 꿈 한분 잘못 꾸었다 그렇기 생각하시이소."

순철의 모친이 참다못해 말했다.

"임자는 가만있소."

무너지려는 허리를 세우며 이도영은 마누라를 나무란다. 어투가 매우 엄격했다. 듣기론 내세울 만한 문벌도 아니며 겨우 편지 정도 쓰고 읽는 학식밖에 없다는 것이었는데 깡말라 보여 그랬던지, 테가 가는 안경을 쓰고 가지런히 다듬은 콧수염 때문이었는지 그의 풍모는 돈에 무서운 상인으론 보이지 않았다. 이도영의 얘기를 수첩에 적고 있던 형사는 순철 모친의 말이 비위에 거슬렸던지,

"우리도 당신네들 손해 본 돈이 문제가 아니오. 서장 목이 오락가락하는 대사건이오. 대일본제국 경찰의 치욕인 것이 문제란 말이오. 하룻밤에 한 곳도 아니요 두 곳이나 습격을 당했다는 것은, 기가 막혀서, 말도 안 돼."

험악한 목소리로 말했다. 그는 조선인 형사였다.

"임자는 안에 들어가소. 남자들 하는 얘기에 끼어들어 요망 하다는 말 듣기 전에,"

눈살을 찌푸리며 이도영은 마누라에게 다시 말했다.

"끼어들기는 누가 끼어들었십니까. 영감이 갱신을 못하신께 그랬지요."

"허허어!"

"알았십니다."

순철이 모친은 남편 영에 못 이겨 물러난다.

"제놈들이 달아나면 어딜 가. 독 안에 든 쥐 새끼지. 이 기회 이곳 불온도배들 뿌릴 뽑아야 해."

함께 온 일본인 형사의 말이었다. 신속하기가 번개 같은 일본 경찰은 신고를 받는 즉시 진주서 빠져나가는 길목을 일제히 차단했고 불온하다고 점찍어놓은 사람들 집에 경찰관이 쫙 깔리면서 수색에 나서고 있었다. 물론 최씨네 집에도 경찰들이 들이닥쳤다.

"그런데 이도영 씨."

하고 형사는 날카롭게 불렀다.

"오천 원이라면 흔히 만져볼 수 없는 큰돈 아닙니까?"

"……."

"그런 현금을 마치 가져가 달라는 듯 집에 두었다는 것은 아무래도 이상하지 않소?"

제일 중요한 얘기는 이제부터다, 하듯 형사는 이도영을 뚫어지게 쳐다본다.

"무슨 말씀을 그렇기 하시오! 불난 집에 와서 부채질을 해도 유분수지, 도둑에게 가져가라고 집에 돈 놔두는 사람이 세상에 어디 있단 말이오!"

"도둑이 아니지 않소."

"아니면!"

"가정부에서 군자금으로 가져갔다 그 얘기 아니오."

"들어온 놈이 누구이든 남의 돈 강탈해갔으면 도둑이지, 도둑 아니라니!"

얼굴이 벌게지면서 이도영은 화를 냈다.

"아아, 아 역정 내시지 말고 현금이 있었던 경위를 설명해주시면 됩니다."

한참 있다가 이도영은 화를 가라앉히며 본래의 목소리로 말했다.

"나는 원래 성미가 은행 같은 곳에 예금은 잘 하지 않소."

"그래서요, 그래서 금고도 아닌 문갑 속에 아무렇게나 간수한다? 이해 못하겠는데요."

"금고는 백화점에 있고오, 집에는 본시부터 금고가 없소. 이거는 내 판단이지마는 금고란 여기 돈 있소, 하고 도둑에게 가리치주는 거나 마찬가지 아니오? 내가 현금을 관리하는 것은 당신들한테도 말 못하오. 그거는 내 비밀인게. 그러나 오천 원이 어찌 문갑 속에 있었는가, 그것은 쉽게 이야기해줄 수 있소."

"말씀해보시요."

형사의 어세가 한결 누그러진다. 지방의 유지인 만큼, 경제권을 쥐고 있는 강자인 만큼 그도 날씨 보아가며 태도를 바꾸는 것이다.

"내 사업이 사업인 만큼 항상 자본이 넉넉해야 하는 관계상

땅을 장만하질 못하였소. 한데 지난가실(지난가을)에 마치 맞는 땅이 있다 말을 듣고, 두 차례 가보기도 했고 계약을 한 거는 달포 전이었소. 오늘이 잔금을 치를 날인데 어젯밤 그 꼴을 당했던 거요. 잔금 받을 사람이 이 소동을 보고 돌아갔거나 아니믄 근처에 있일 성싶소. 이만하믄 알아듣겠소? 문서도 있인께."

"그럼 그 돈 있는 것을 어찌 알았을까?"

"그거는 나도 궁금하오."

"내부사정을 잘 아는 놈의 소행인 듯한데."

"아까 당신네들은 대일본제국 경찰의 치욕이다, 그런 말을 했는데 이거는 내 이도영의 치욕이오. 내가 친일파라는 것은 세상이 더러 아는 일이지마는, 이제는 세상 사람 놀림감이 되지 않았소? 진주사람들이 드세다는 것은 당신네들이 더 잘 알기요. 나도 돈의 문제보다 이 아무개가 친일을 해서 돈냥이나 벌더니 가정부 사람들이 와서 칼 딜이대고 털어갔다, 속이 씨원하다, 그렇기들 입방아를 찧어쌓으면 내 장사는 어찌 되겠소. 당신네들 치안이 물샐틈없었다면 이런 일이 일어났겠소? 적반하장이라더니 피해자를 보고 머 어째요?"

"아아, 아 고정하시오. 우리도 신경이 곤두서다 보니, 언짢은 점이 있더라도 양해하시오."

계속 땀을 흘리고 얼굴이 새파랗게 돼 있던 이도영은 성질을 내다가 자리에 픽 쓰러졌다. 혼절을 했던 것이다.

"아이구 영감! 이러다가 큰일 나겠네!"

마당에서 서성거리던 순철의 모친이 뛰어왔다. 그리고 의사 불러오라고 소리치는 것이었다.

이도영은 극도의 긴장 때문에 혼절한 것이다. 그는 형사의 눈이 독사 같아서 몸서리치고 떨었던 것이다.


# 4장 장례식 날 밤

사건이 난 뒤 열흘이 지났으나 경찰은 범인의 흔적조차 찾아내질 못하였다. 온통 팽팽한 긴장 속에서 하마 어디서 쾅! 하고 터질지 모르는 소리를 초조하고 안타까운 마음으로 기다리고 있던 이 도시의 사람들, 그러나 열흘을 넘기면서 긴장은 풀리기 시작했고 사람들은 즐거움에 가슴이 뿌듯해져갔다. 어디서나 그 사건은 화제가 되었다. 모르는 사람끼리 눈과 눈이 마주치면 눈으로 이야기하였고 귓속말로 몸짓으로,

'꼭꼭 숨어라! 머리카락 보인다! 꼭꼭 숨어라!'

들리지 않는 함성은 차츰차츰 도시를 휩쓸어가고 있었다. 추상적이던 가정부(假政府), 상해에 있다는 우리 임시정부, 사람들은 그 존재를 실감하면서 무기력해진 자기 자신을 추스르고 희망의 빛을 보는 것이었다. 잃어버린 조국, 그 조국이 내게로 올 것이다! 그것은 누구나, 남녀노소 빈부와 계급의

차이 없이 누구나 가슴 떨리는 일이 아닐 수 없었다. 적보다 더 가증스러운 배신자, 반역자, 한겨레의 뿌리에서 나온 친일파 앞잡이들에 대한 응징도 사람들을 흥분시켰다. 불가능한 일이었지만 만일에 어느 누가 거리에 군자금 모금함을 내놓았다면 이 순간만은 사람들 마음이 가락지 비녀 다 뽑아 넣었을 것이며, 호주머니를 털어 먼지까지 털어 넣었을 것이며, 지게꾼 노점상 죽 팔던 노파까지 하루벌이를 다 털어 넣었을 것이다. 윤국이도 걸핏하면 남강 모래밭으로 달려나가 데굴데굴 굴렀다. 몸이 가려운 강아지처럼 굴렀다. 구르면서,

'아버지다! 아버지가 다 꾸미신 일이다!'

그는 아무것도 알지 못했으나 모든 것 다 알 것 같았다. 알 것 같아서 피가 끓었다. 그 자신도 경찰서에 불려가 조사를 받았으며 진주의 집을 수색한 것은 물론 평사리까지 형사대가 파견되어 집 안을 뒤졌고 마을 사람들까지 불러들여 조사를 했다. 형사가 넌지시 관련되지 않는가 말했을 때 길상은 물끄러미 형사를 바라보며,

"그만한 돈 만들려면 우리도 어려운 처지는 아닌데 뭐가 답답하여 남의 집에 가서 강도질을 했겠소."

"그러나……."

"그러나? 그러나 어쨌다는 거요. 나는 석 달 가까이 이곳에 와서 정양하고 있었는데 내 혼백이 가서 그 짓을 했단 말씀이오?"

"댁은 피해가 없질 않소. 그들보다 댁의 재력이 월등한데 이상하지 않느냐 그 말이오."

"글쎄올시다. 왜 우리 집은 털지 않았는가, 이상하긴 이상 하군요. 감옥살이 했다고 봐준 겐가?"

"이보시오! 혁명지사 왜 이러시오!"

"왜 이러시오? 그건 내가 할 말이오. 정말 왜 이러시오? 현 금은 장사하는 사람들이 많이 가졌을 터이고 주인도 없는 집 에 들어온들 뭐가 나오겠소."

"……."

"누가 압니까? 요다음엔 우리 집에 화살이 꽂힐지. 하룻밤 에 두 집 털기도 벅찬 일, 세 집이나 털 수는 없었을 게요."

"당신은 재미있어하는군. 뭐가 그리 신이 나오!"

"그러면 악을 쓰리까? 그것 다 해본 짓이오. 무고하다고 악 을 써본들 생떼 쓰고 나오면 별수 없더군. 사람의 기만 넘고 명대로 살지도 못하겠더군."

그러고도 듣기 거북한 얘기가 한동안 서로 간에 오고 갔으 나 형사는 꼬리를 잡지 못한 채 떠났다. 혐의가 있고 없고 간 에 범인을 잡지 못하여 노심초사, 눈에 불을 켜고 있는 경찰 이 길상의 전력(前歷)을 감안하면 그를 진주까지 구인(拘引)하 여 조사를 할 수도 있었다. 그러나 다분히 친일적으로 보여지 는 서희의 존재, 평소 음으로 양으로 돈을 뿌려놨던 것이 이 럴 경우 효과가 있었던 셈이다. 애꿎은 두 서기, 그러니까 이도영 집의 서기와 김두만 집의 서기가 말할 수 없는 고통을 겪었다. 거의 병신이 되다시피 고문을 당하였고 다급한 나머지 덮어놓고 이름들을 입에 올려 무관한 사람들이 곤욕을 치러야 했었다. 아무튼 두 명의 서기는 파멸이었다. 전쟁에 부상한 병사로 치부할 수밖에 없는, 그것은 비참한 희생이었다. 그동안 김두만은 만나는 사람마다 내 돈 강탈해간 놈들 잽히기만 해봐라! 칼로 배애지를 푹 찔러 직이지 그냥 두나 하고 욕을 했다. 어느 놈이든 턱아리를 놀렸기 때문에 돈 있는 줄 알고 들어오지 않았겠는가. 입에 거품을 물고 허공에 삿대질을 하며 떠들었다. 그러나 그의 말에 맞장구치는 사람은 없었다. 그나마 운수불길하여 손해가 크다는 정도의 위로를 하던 사람들도 차츰 그를 피하게 되었고, 흥분하는 김두만을 빤히 쳐다보다가 말 한마디 없이 발길을 돌리곤 했다. 별수 없이 그도 욕을 안 하게 되었지만 경찰이 내통했다는 의심을 그에게 전혀 갖지 않는 것을 알고는 빼앗긴 돈이 아까워 혼자 꿍꿍 앓았다.

"우떻게 해서 번 돈고. 내 피땀으로 번 돈, 돈 잃고 인심 잃고, 어이구 내 가심이야!"

자기 가슴을 치곤 했다. 서울네는 서울네대로 뾰로통해서 말했다.

"왜 하필이면 그날 독골로 가셨소?"

"내가 가고 접어서 갔나! 아부지가 오늘만 내일만 하는데 그라믄 자식 된 도리에 안 가고 우짤 기고!"

"초상이 난 것도 아니지 않아요. 가신 건 그렇다 하더라도 저녁에는 왜 못 돌아오셨소! 돌아오셨으면 돈을 빼앗기진 않았을 거예요."

본댁이 있는 곳에서 잤다는 것이 서울네는 더 괘씸했던 것 같다.

"약한 여자 혼자 놔두고 두 부자가 한꺼번에 집을 비운 것이 잘못이에요. 나를 무시하니까 그랬지. 그놈들도 업신여겨 둘째 부인 일어나시오, 그러더라구요."
하며 울었다.

"칼 들고 두 놈이나 들어왔는데 설사 내가 있었다 하더라도 속절없이 당했지 별수 있을 기든가."

"나는 지금 돈 얘길 하는 건 아니에요! 당신네들 마음 쓰는 것이 틀렸다 그 말을 하는 거예요! 돈만 제일, 인명은 생각지 않는 당신! 기동이만 해도 안 그래요? 아버지가 못 올 형편이면 저라도 와야 하지 않았느냐 그 말이에요! 낳아놓기만 하면 그만인가요? 두 아이한테 내 정성 쏟은 걸 생각하면 분하고 서러워. 주야로 공부하게 뒷바라지한 사람은 누구죠? 연장망태 짊어지고 남의 집 품일이나 할 주제에 양조장 주인은 뉘 덕이며, 동경 유학은 뉘 덕이며, 중학교는 웬 중학교, 사람이 그러면 못써요! 조강지처? 대체 조강지처가 누구지요? 사람 구실도 못하는 걸 두고 조강지처? 생모? 흥! 내가 칼에 맞아 죽었으면 속 씨원했겠지요? 속 씨원했을 거예요!"

서울네는 히스테리를 부렸다. 열심히 돈을 벌 때와는 달리 큰집에 이사온 후 안방마님으로 행세하면서 서울네는 옛날같이 고분고분하다가도 성질을 부리는 일이 더러 있었다. 그러나 그의 말대로 기성이와 기동에게 온갖 정성을 기울인 것은 사실이다. 아이를 생산하지 못하는 이 서울여자는 앞날을 생각하여 막딸이한테서 남편을 빼앗은 것과 같이 두 아들도 철저하게 자기 자식으로 만들려고 노력했던 것이다. 해서 그가 가장 싫어하는 것은 남편뿐만 아니라 두 형제가 독골로 가는 일이었다. 그날 부자가 집을 비운 것은 우연이었다. 이평노인의 병이 위중하여 가기는 갔으되, 병세가 오늘 내일 한다는 것도 벌써 여러 날 전부터의 일이었고 특별히 화급하게 기별이 온 것도 아닌 터에, 또 평소 부모에게 데면데면했었던 두만이었던지라 굳이 그날 가야 할 이유는 없었던 것이다. 다만 그날이 삼월삼짇날이어서 양조장은 쉬었고 일꾼들은 모두 씨름 구경에 가고 없었기에 그 틈을 이용하여 두만은 아들을 데리고 독골로 갔던 것인데 언제나 그랬듯이 모친이 놓아주질 않았다. 누워 있던 이평노인의 눈빛도 매우 강경하여 할 수 없이 그곳에서 밤을 보낸 것이다.

시일은 지체 없이 흘러갔다. 양력으로 오월에 접어든 진주 시가에 녹음은 싱그러웠다. 그리고 사람들은 활기차 보이기도 했다. 오월이 가고 유월이 가고 여름으로 접어들었을 때,

오늘 내일하던 이평노인은 석 달을 넘게 견디다 드디어 타계하였다. 독골 상가에는 꽤 많은 조문객들이 찾아왔다. 그중에는 영팔노인 내외의 모습이 보였고, 사돈지간인 장연학이 있었다. 그러나 조문객의 주류를 이룬 것은 시장 상인들과 주류(酒類) 사업에 종사하는 사람들이었다. 대중이란 끝없이 인내하면서 변화에 대하여 성급하고 가슴에 맺혀 있으면서도 쉬이 체념하며 망각한다. 신출귀몰이라는 말이 한참 유행했고 인심이 소용돌이치던 도시에 여름이 찾아왔을 때 신출귀몰이라는 말은 퇴색해가고 있었으며 인심의 소용돌이도 차츰 가라앉기 시작했다. 그리하여 사람들은 몸조심 말조심을 하면서 마음의 문을 닫고 주판을 들어 올리는 것이었다. 상가(喪家)에 모여든 상인들은 그 대표적인 존재였다. 가정부를 칭하고 군자금을 털어갔다고 해서, 경찰이 그들을 잡지 못하고 이를 간다고 해서 당장 독립이 되는 것도 아니었는데, 독립만 된다면 이까짓 점방 하나 팔아 올린들 뭐가 대순가! 했었던 그들, 그러나 시간은 흐르고 썰물같이 격앙된 감정이 밀려가버리고 나면 그들은 독립이 요원하다는 것을 깨닫는 것이다. 두만이를 슬금슬금 피하던 사람들, 욕을 하는 두만에게 눈총을 주던 사람들, 그들은 본시 있던 자리로 돌아와서, 돌아온 모습으로 두만에게 심심한 조의를 표하는 것이었다.

"한분 가믄 못 보는데 얼매나 허전하겠소. 그래도 복 많은 어른이요. 자식들 잘된 것 보고 눈을 감았으니, 효자가 따로 있소?"

하며 손을 굳게 잡는 사람도 있었다. 적잖은 부의금을 내는
사람도 있었다. 손상된 감정을 복구하기 위하여. 그러나 상가
를 하직하고 둑길을 지나면서,

"묵고살라 카이 우짜노. 입이 포도청이제. 제에기랄! 돈 좋
다, 참말로 돈 좋구나!"

하고 자조하는 사람도 있었을 것이다. 오일장으로 장례는 끝
났다. 초상을 치르는 동안 오복을 갖추었다고들 하는 딸, 여
수(麗水)의 선이가 젤 섧게 울었다.

"불쌍한 울 아부지, 아들 사우 잘 두었다 넘들은 그라지마
는 하루도 편키 못 산 울 아부지. 식구들 일이라 카믄 살을 깎
고 뼈를 깎고, 다 소앵이 없는 기라요. 나부텀도 믿거라 하고
출가외인이라 하고 편키 아부지 한분 모신 일이 없고 잘살믄
저거들 잘살았제, 평생을 깡보리밥에 일만 하시고 어이구 불
쌍한 울 아부지! 사람 하나 인연이 잘못되어 울 아부지 골수
에 병들었제. 화목하기로 소문난 우리 집이 와 이 지경 되었
는고."

"청승이 늘어지는구마."

못마땅해서 두만이 혀를 찼다.

"내비나두게. 이럴 때 안 울믄 언제 울 기고."

매형 종학이 말했다. 마을 아낙들도 뒤꼍에서 일을 하며 입
이 놀고 있지는 않았다.

"잘산께 큰소리하네."

"하모. 잘산께, 없이 살았이믄 저런 말 못할 기고 쫓기갔일
기다."

"큰소리하게 돼 있제. 사돈노인이 다니감서 초상 비용 하라
꼬 큰돈 내났다 카더마."

"그뿐이가, 짚베도 필필이 가지오고, 초상에 쓰는 개기는
말장 여수서 가져왔다 카데. 얼음에 채워가지고 자동차로 실
어왔다 안 카나."

"그리기, 동기간도 잘살고 봐야. 불쌍한 거는 기성이네 아
니가. 울음 한분 크게 못 울고 친정 식구라고는 개미 한 마리
없으니."

"친정에 누가 있었다믄 그냥 두기나 했일 기든가? 시도 때
도 없이 가서 탕탕 뽀사부렀지."

"그거는 헹펜 모리는 이야기고 그 여자 때문에 오늘 이렇기
됐인께."

"아따! 그라믄 금송아지 갖고 왔던가? 과분지 소박데긴지
아니믄 덤짜인지 그 여자 내력이사 우리가 우찌 알까마는 혼
자 있는 젊은것이 돈이 많았이믄 얼매나 많았겄노. 또 그랬다
믄 머가 답답해서 기성아배 같은 목수를 따라왔겄노. 다 협심
해서 벌었기에 오늘이 있는 기지."

"하기사 여자가 제아무리 나부대봐도 별수가 없기는 없지.
불쌍한 거는 기성이네, 친정이 있어 어리등대(떠받듦) 했이믄

법으로 만냈겄다, 아들 형제 낳았겄다, 와 큰소리 못하겄노."

"이분에 초상에 와서 하는 행사 봤제?"

"와 아니라. 보통내기가 아니더마. 눈앞에 사람이 없는 기라."

"노리깨깨하고 입술은 포리쪽쪽하고 비상이라도 타겄더라."

시누이가 섧게 섧게 울었지마는 사무치게 서러운 사람은 막딸이었다. 그러나 막딸이는 울어보질 못했다. 일이 태산 같았기 때문도 아니요 딸 아닌 며느리였기 때문도 아니었다.

"저기이 제집이가, 저 꼬라지 하고서 에미라꼬? 남자 우세시키지 말고 자식 우세시키지 말고 제발 뒷구석에 콱 처박히 못 있겄나!"

남편 입버릇 때문이었다. 게다가 함께 머리를 푼 서울네가 한 소동을 벌여놓고 진주로 가버린 탓도 있었다. 집안사람의 차가운 표정, 동네 사람의 눈살도 따가웠을 것이다. 아닌 게 아니라 지나치게 서울네는 소외되기는 했었다. 그러나 어느 집안이든 대사를 치를 때는 서열을 엄히 따지게 돼 있었고 서울네는 그것을 감수했어야 했다. 그러나 그는 적진에 날아든 한 마리 작은 새같이 자신을 느꼈던지,

"난 머릴 풀 자격 없어요. 어중이떠중이 잘 놀아보세요. 난 진주로 돌아가겠어요."

눈을 희뜨고 두만에게 앙칼진 소리로 대어들었다. 많은 사람들 앞에서 옥신각신, 서울네는 미친 듯 악을 썼고 울부짖고

하다가 가버린 것이다.

"만고에 저런 요망한 것이 어디 있노. 서울년은 법도 모리나. 이 자리가 우떤 자리고!"

두만네는 노발대발했다.

"어무이 시끄럽소. 예사 굴러온 돌이 본돌 치는 거 아닙니까. 행실이 그러믄 딱 무시해부리는 기이 젤이요. 내사 가고 나이 앓던 이 빠진 것맨크로 씨원하거마는, 불쌍한 우리 올케 그 꼬라지 안 보이 좋고."

두만이 들으란 듯 선이는 큰 소리로 말했다. 사방에서 비난이 분분했다. 화가 난 두만은 죄 없는 막딸이를 볶았고 마주치기만 하면 잡아먹을 듯 무서운 눈으로 노려보았다. 태산같이 믿고 의지했던 시아버지 죽음 앞에 막딸이는 울지도 못했다.

장지까지 따라갔던 사람들을 위해 마당에 쳐놓은 차일 밑에는 음식이 준비돼 있었다. 백수가 된 영팔노인은 근력이 좋은 편이어서 장지까지 갔다 왔고 연학이도 따라갔었다. 대개는 장지에서 돌아가고 마을 사람 몇몇과 영팔노인, 두만과 종학이 술상에 둘러앉았다.

"날씨도 좋았고 호상이라 뒤끝이 깨끗하고."

"남의 나이(팔십 세)도 아닌데 호상은 무슨 호상."

"오십 넘기기도 어럽은데 칠십을 넘깄이믄 호상이지 머. 자손들 무탈하고, 벼룩박(벽)에 똥칠하며 사는 것도 죄라."

동네 사람이 주고받는 얘기를 듣다가 영팔노인은,

47

"이 사람들아 그만해라, 늙은 사람 옆에 두고 욕하는 기가."

하고 말했다.

"아이고 어르신 무신 말씀입니까. 젊은 놈들 뺨치게 짱짱하신데, 제 술 한잔 받으이소."

영팔노인은 따라주는 술잔을 비우고 수염에 묻은 술을 손바닥으로 닦으면서,

"청춘이 잠깐이네라. 눈 깜짝할 사이제. 늙는 것이 남의 일 같더마는 어느새 하나씩 가부리고…… 말할 수 없이 허전쿠나."

"하기야 머, 죽음에 노소가 있겠십니까. 타고난 명대로 사는 기지요."

"평사리서 용이가 죽었일 직에는 원통해서 땅을 치고 울었다마는, 오늘 이평이성님을 묻고 나이 샛바람 속에 혼자 서 있는 것만 같은 기분이 든다. 사람의 평생이 일장춘몽 같지마는 다시 생각해보믄 세월은 긴 기라. 한동네서 나가지고 함께 큼시로 별의별 일을 다 겪었제. 그 겪은 일들 하나하나가 우찌 그리 생생한고. 젊은 시절에는 이평이성님이 좀 돌리는(따돌림 당하는) 편이었다. 죽으라고 일만 하고 술 사는 일이 있나 제 앞만 가린다고 밉어라 했제. 두만이모친이 후덕해서…… 이평이성님은 젊었일 때나 늙었일 때나 몸이 줄도 늘도 않고 뽀뽀하게 생기서 오래 살 줄 알았더마는."

"듣고 보니 자기 앞만 가렸다는 것은 부전자전이구마요."

선이 남편이자 연학의 사촌형인 종학(宗鶴)의 말이었다. 물

론 농담이었다.

"아이다, 아이다, 어림없제. 두만이가 돈은 좀 벌었는지는
모리겄다마는 아부지 따라갈라 카믄 한참이다. 콩 심은 데 콩
나고 팥 심은 데 팥 나고 평생 농간 부린 일 없고 남 못할 짓
한 일 없고, 얼랑누굴랑(융통성)이 없어 그렇지."

"아재씨도 참, 그라믄 지는 농간을 부리고 남 못할 짓 했다
그 말씸입니까?"

발끈해서 두만이 말했다.

"농간 안 부리고 우찌 장사를 하노. 농간 안 부리고 우찌 부
자가 되노. 그러자 카이 남 못할 짓도 하게 되는 거 아니가.
지금도 생각이 난다. 아무도 손을 못 댄 자갈땅을 밭 맨들어
보겄다고 죽자사자, 명태걸이 예비서 일하던 이펭이성님, 눈
에 선하다. 얼매나 땅에 포은(포한)이 졌으믄 그랬겄나. 다 그
래가지고 너거들 안 키웠나."

그 말 대꾸는 두만이 하지 않았다.

"그러나 노년에는 더러 후회도 했네라."

"머를 후회했단 말입니까?"

종학이 물었다.

"그럴 일이 있었네. 다 지나간 일 아니가."

"산에 같이 안 간 그 일 말입니까?"

두만이 말했다. 영팔노인은 잠자코 있었다.

"후회할 일이 따로 있지. 그리 됐이믄 명대로 살기나 했겄

소. 식구들은 산지사방으로 흩어져서 거지가 됐일 기고, 아부지가 그거를 후회했을 리가 없소."

"명은 하늘이 주신 거고, 사람이 잘 묵어야 하루 밥 세끼, 저승길에 이고 지고 갈 기가. 나이 들어봐라. 재물 그거 별거 아니네라. 살아온 길을 돌아보고 돌아보고 하믄은 잘못한 거만 짐이 되제. 그저 푼수껏 사는 기이 젤이다. 그러고 보믄 이 평이성님이 잘못 살았다 할 수는 없일 기구마."

한편 안방에서는 영팔노인의 마누라 판술네와 마주 앉은 두만의 모친은 눈물을 흘리고 있었다. 오일장을 치르는 동안 두만의 모친은 통곡한 적이 없었다. 마지막 무덤 앞에서 무덤을 어루만지며,

"보소. 나도 곧 갈 긴께 마음 편히 기시이소. 썩는 꼴 안 보고 잘 갔십니다. 야 나도 곧 갈 기요."
하며 소리 없이 눈물을 흘렸다.

"그만 내리가입시다."
영만이 와서 팔을 잡고 일으켰다.

"놔라. 내 혼자 갈 수 있다."
하고는 뒤돌아보지 않고 산을 내려왔던 것이다.

"시아부지가 살아 있었으믄 그 제집이 그랬겄나. 어림도 없지. 제 년이 우찌 감히 그라겠노."

손수건으로 눈물을 닦으며 두만의 모친은 잠긴 목소리로 말했다. 판술네도 눈물을 닦았다.

"아닌 게 아니라 기가 찹다. 어디서 배운 버릇인고, 풀었던 머리 걷어 올리고 나가는 꼴을 보이 눈에 불이 나더마요. 그럴 거라믄 애씨당초 오지를 말던가."

"무섭은 시아부지 세상 버렸으니 겁날 것 없다, 그 보짱이제. 우리네하고는 사람이 다르다. 마음묵으믄 묵은 대로 말하고, 정월 초하루 묵은 맴이 섣달그믐까지 가지마는, 그 제집은 속 다르고 겉 다르고, 얼매나 수단이 좋은지 머시마들까지 손아귀에 넣어서 기성이 기동이 그놈들도 지 에미를 대수로 안 여긴다. 남정네를 틀어쥐고 이자는 자식들까지 싹 뺏아갔다. 그년이 우리도 호락호락했이믄 벌써 옛날 옛적에 기성에미 내쫓았일 기구마. 참말로 무섭은 제집이다. 참말이제 우리 기성에미를 우찌할꼬."

"걱정 마이소, 성님. 영만이가 안 있십니까."

"가아들이라도 있인께…… 내가 살믄 얼매나 더 살겠노. 세상만사 다 보지 말고 지금이라도 눈 감았이믄 싶다. 그놈 말말이 부모가 해준 기이 머 있는가, 해준 거사 없제."

"놔두고 안 해주었겠소."

"그기이 그놈 말이건데? 제집이 귀에 못이 백히도록 한께 그런 말이 나왔겄지. 자식 말 해봐야 내 얼굴에 똥칠하기, 입을 다물고 있일라 카이 복장이 터지고."

"참으소 고만."

"우리 영만이도 성 덕 본 것 없다. 지가 근(勤)한께로 땅마지

51

기나 갖고 살지."

"은앙산 그늘이 강동 팔십 리를 덮더라고 그래도 형제가 아니오."

"우리 모두, 죽은 늙은이도 병들어 눕기까지 뼈 빠지게 농사지었다. 말말이 자식 덕에 잘산다, 그것도 어디 그놈 말이건데? 제집 말이고, 그 제집 덕에 잘산다 그 말 아니겠나."

"그래봐야 다 소용없십니다. 자식을 낳았소, 법으로 만낸 제집이겠소, 늙으믄 지 불쌍치."

"그기이 안 그렇다. 안 그러이 내가 이러제. 오십 년 넘기 자식 낳고 같이 살던 늙은이를 내다 버리고 내가 무슨 정에 자식들 험담이나 하고 있겠노. 그기이 아닌 기라. 기성할배 눈감은께 사정이 싹 달라졌다. 이자는 내 영이 통하지도 않을 기고. 기성애비가 늙은이 살았일 직에 마음대로 못한 일이 하나 있었거마는……."

"……."

"이분에 제집이 하는 행실만 봐도 틀림없이 그 말을 끄낼 기다."

"머가 말이오?"

"기성에미보고 민적 파자, 그럴 기라 말이다."

"민적을 파다니?"

"한분 그런 일이 있었네라. 에미 꼬라지가 그렇다고."

"에미 꼬라지가 우때서요? 살림 사는 지어미가 기생도 아

니겄고, 핵교 선생도 아니겄고 가축(몸단장) 안 하믄 다 그렇지
요. 도방에서 조석만 끓이묵는 것도 아니겄고 일이 좀 세야지,
농사를 아무나 지을 기든가."

"내 말이 그 말 아니가. 그래 에미 꼬라지가 그러이 자식 앞
길 막고 이자는 지도 진주서는 웃자리에 앉는 몸이니 남사스
럽다 안 그 카나? 그 말이사 늘 하는 입버릇인께 그렇다 치고,
그러이 민적 파고 남 되자, 돈을 좀 줄 것이니 절로 가든 제
갈 길을 가라."

"시상에 그런 경우가 어디 있소. 시적 며느리 보게 됐는데
두만이가 환장했네."

"그 일이사 한참 전의 일이었제. 그래서 기성할배가 몽둥이
들고 아들 직인다고 야단이 안 났더나."

"시상에, 그런 일이 다 있었고나."

"이자는 내가 와 이라는지 알겄제? 틀림없이 민적 파자고
나올 기다. 불쌍한 우리 기성에미를 우짜믄 좋노."

"걱정 마이소. 자식들이 가만있겄소? 다 컸는데."

"니도 참 답답하다. 여태 멋을 들었더노. 자식들이 에미 생
각한다믄 무신 걱정할 기고."

"그래도 성님, 말이 그렇지 우찌 조강지처를 내쫓겄소. 진주
바닥에 얼굴 치키들고 댕길라 카믄 그렇기는 못할 깁니다."

"모리는 소리 마라. 괘씸키는 손주 놈들이 더 괘씸타. 장개
갈 나이가 됐이믄서, 그놈들이 에밀 감싼다믄 애빈들 우짜겄

노. 그러나 그기이 아닌 기라."

언제였던지 에미 생각 안 하고 서울네 편든다고 나무란 일
이 있었다.

"할아버지 할머니가 너무 괄시하고 미워하니까 오히려 동
정이 갑니다. 사람이란 감정의 동물이거든요. 우리 눈에도 집
에서 너무 심한 것 같소."

기성은 냉담하게 말했다.

"자식도 서방도 독골에는 얼씬 못하게 하는 그 제집 소행이
그라믄 니는 옳다 그 말가?"

"옳다고는 하지 않았습니다. 하지만 아버지를 이해해야 합
니다. 남녀간에 뜻이 안 맞으면 어쩔 수 없는 일 아니겠습니
까. 두 사람을 어떻게 같이 사랑할 수 있겠습니까. 그거는 무
리지요. 있을 수도 없고 도덕적으로도 틀린 일입니다. 서양에
서는 서로 좋아서 결혼했다가도 싫어지면 이혼하고 다시 결
혼하는 것 보통이지요. 축첩하는 것보다 훨씬 깨끗하지 않습
니까?"

기성은 건방지게 유식한 척 말했다.

"이놈아! 우리는 서양사람 아니고 조선사람이다!"

"글쎄요. 나쁜 풍습은 고쳐나가야지요. 그래야 우리도 문명
국이 될 거 아닙니까. 솔직히 말해서 독골어머니는 너무 무식
하고, 누가 보아도 진주어머니하고는 비교가 안 되지요."

"진주어머니라니!"

"왜요?"

"이놈아! 작은에미다, 진주어머니라니!"

"하, 참 할머니도 머리 좀 쓰십시오. 말에 밑천 들었습니까? 자꾸 그렇게 나오니까 집안이 시끄럽지요. 인정해줄 것은 인정해주고 그분의 공로를 무시할 수 있습니까?"

"그 노래미겉이 생긴 년!"

"그만하면 미인이지요."

약을 올리듯 말했다.

"식자 있고 머리는 좋고, 진주어머닐 만나지 못했으면 아버진 목수밖에 더 했겠습니까? 할아버지 할머니는 공평치가 못합니다. 좀 신식으로 이해해보십시오."

기성은 실실 웃기까지 했다.

"니가 머를 아노! 머리빡에 피도 안 마른 놈이!"

"모르기로는 할아버지 할머니지요."

"우리가 이 정도라도 했으니 니 에미가 쫓기나지 않았다. 그 백여시 겉은 년! 천륜을 우찌 끊노!"

"세상이 달라졌습니다. 우리 집안은 더 많이 달라졌고요. 할머니도 옛날 식으로 하실 생각 아예 마십시오. 자식이라 해서 부모 마음대로 못합니다. 자식이 평생 함께 살아야 할 여자를 어째서 부모가 택하지요? 그런 구습은 하루라도 빨리 벗어버려야지 서로가 다 비극 아닙니까. 아버지도 괴롭고 진주어머니도 괴롭고 편한 사람 아무도 없지요. 우리 역시 고통스러우니까요."

"그래서?"

"네?"

"그래서 니는 우짜든 좋겠노?"

"제 자신의 문제가 아니지 않습니까. 당자인 세 사람이 해
결해야겠지요."

"그라믄 니는 어이서 났노? 누구 배 속에서 나왔노? 하늘에
서 떨어졌나? 짐승도 지 에미는 아는 법인데 니 말대로 하자
믄, 일본까지 가서 배운 니 말대로 하자믄 다음 세상은 짐승
만도 못한 것들이 살아가겠고나."

그때 두만의 모친은 절망을 했다.

"무자식 상팔자라 카던가. 옛말 하나 그른 기이 없다. 자식
그거 다 소앵이 없네라. 배운 놈이나 못 배운 놈이나…… 기
성이할배가 이녁 죽은 뒤 우떻게 될 긴가를 알고 땅을 모두
기성에미 앞으로 넘겨났는데, 문서는 영만이가 간수하기로
하고."

"야? 땅을 며누리 앞으로 다 했다 그기이 정말입니까?"

"운냐. 정말이다. 그래서 한 소동 벌어졌제. 그것도 생각해
보믄 걱정이다. 돈을 뺏깄니 우찌니 하고 또 늙은이가 세상
버리고 없으니, 영만이가 우찌 견딜란고 모리겄다. 사업 자금
으로 문서 내놔라 할 기이 뻔하다. 이리저리 더듬어도 내 눈
하나 없이믄 우리 기성이에미 앞날이 걱정이다. 울고 갈 친정

이 있다 말가, 지 몫 챙길 성질도 아니고."

밖에서는 삼월삼짇날의 얘기를 누군가가 꺼내었다. 그 사건 이래 피해를 본 당사자 두만이를 처음 대하는 사람도 있어서 당연히 궁금했을 것이다. 장례가 끝나자 곧장 진주로 내달리고 싶던 두만은 차마 남의 눈 때문에 그러질 못하고 울적해 있었던 참인데 그 얘기가 나온 것이다.

"조선놈들 망해야 싸지 싸아. 남 잘되는 거를 보믄 밤에 잠이 안 오는 기이 조선놈들 심보 아니던가. 어느 놈이든 턱아리를 놀리도 놀렸길래 현금 있는 줄 알고 내 집을 덮친 거 아니겄소."

"서기가 벵신이 됐다믄? 풀린난 거를 보니 죄가 없었던 모앵인데."

종학이 말했다. 연학과 영만은 술자리에 끼어들지 못하고 멍석 끝에 나란히 걸터앉은 채 말이 없었다.

"그 속을 누가 알겠소."

"그라믄 자네는 서기를 의심한다 그 말가?"

"하기사 머, 시장의 점방을 판 거를 아는 사램이야 많겄지요. 여하간에 내막을 세세히 알리주고 배가 맞아서 한 짓 아니겄소. 잽히기만 하믄 배애지를 칼로 폭 찔러 직일 기요."

"아직도 못 잡았이믄 이자 잡기는 영영 그른 기다."

영팔노인의 말이었다.

"죄지은 놈, 어느 때 잽히도 잽힐 기요. 피땀으로 모은 남의 돈, 그것 묵고 얼매나 하늘 보고 살겄소."

"니 말을 들으니 가정부 사람들 아니고 그냥 강도다."

"아재씨, 와 이러십니까?"

"와, 내가 머를 잘못했나?"

영팔노인은 심술궂게 웃으며 눈을 꿈벅꿈벅한다.

"내가 놈 자 붙이고 배애지 찔러 직인다 카고 도적놈이라 카이 그라믄 가정부 놈 아니다, 얘기가 그렇기 되는 겁니까? 가정부 놈들 겉으믄 가정부 나으리, 배를 찔러 직이기는커냥 찔린 배 싸안아주고 방바닥에 이마빡 찧어감서 돈을 상납해야 하고 머 그런 얘깁니까?"

영팔노인은 아무 말 하지 않았다. 대신 종학이가,

"세상인심이 다 그리 돌아가는데 자네도 풀 세게 너무 그러지 마라."

"야아, 잘 알구마요. 세상인심 잘 압니다. 바늘 하나 축간 것이 없는 놈들이야 무신 말인들 못하겄소. 입 가지고 만고충신도 되고, 입 가지고 나라 독립도 하고, 닳아지는 기이 아닌께."

"바늘 하나 축간 것이 없는 놈들, 그 속에는 나도 끼인께, 나보고도 두만이 니가 놈 자 놓은 기가?"

영팔노인 말에 두만은 머쓱해져서 입을 다물어버린다.

"오늘겉이 좋잖은 날에는 좋은 얘기나 하는 거요. 자아 술이나 마시고, 아무리 호상이라고는 하지마는 한분 간 부모는 다시 못 본께."

마을 사람의 그 말도 두만에게는 가시였다.

　"여기 술 떨어졌구마."

하자 영만이 화드득 일어섰다.

　"인 주이소."

　주전자를 받아들고 영만은 부엌 쪽으로 가서 술을 내온다. 그리고 아까처럼 연학이와 나란히 멍석 끝에 걸터앉는다. 한동안 침묵이 흘렀다. 해는 서편에서 떨어지고 있었다. 노을이 시뻘건 하늘을 갈가마귀 떼가 울며 날아간다. 몇몇 사람이 일어서서 하직을 하고 떠났다. 초상집의 일을 도와주던 마을 아낙들도 음식을 나누어가지고 다 돌아갔다. 사람 하나 비어버린 자리, 사람들이 하나 둘 상가를 떠나자 그 비어버린 자리가 온 사람들 마음에 허무하게 스며든다. 올이 굵은 모시 두루마기를 입고 색이 바래진 여름 모자를 쓴 이평노인이,

　"기성아!"

하고 문간에서 방금 들어올 것 같기도 했다. 기성아, 손자 이름이지만 때론 며느리를 부르는 것이기도 했고, 때론 마누라를 부르는 것이기도 했었다.

　영만의 아이들이 큰집에 오다 말고 차일 밑에 어른들이 그냥 앉아 있는 것을 보고 되돌아간다. 막딸이는 부엌 부뚜막에 앉아서 행주치마로 얼굴을 가린 채 울고 있었다. 영만이댁네가 울고 있는 동서를 우두커니 바라보고 있었다. 초상이 끝날 때까지 계속하여 곡을 했던 선이는 지쳐버렸던지 작은방에

들어간 채 기척이 없었다.

"조선 팔도 다 댕기도 우리 시아부지 겉은 어른이 어디 기실꼬. 지나가시다가도 내가 밭을 매믄 아가 니는 들어가서 보리방아나 찧으라. 내가 밭은 매줄 기니께…… 어디서 그 어른을 또 만낼꼬. 한시 반시 쉬시는 법이 없고, 아들 잘 두었다 캐도 남 가는 데 한분 못가보시고."

영만이댁네는 혼자 중얼거리다가 팔짱을 끼고 부엌 바닥에 쭈그리고 앉는다. 믿고 의지하고 큰 나무의 그늘 같았던 시아버지가 이제는 세상에 없다는 사실을 믿을 수 없어 막딸이는 우는 것이었지만 맏손자이자 자신이 낳은 큰아들 기성은 분명히 전보를 받았을 터인데 장례가 끝난 지금까지 일본서 돌아오지 않고 있었다. 둘째 기동이도 장지에서 곧장 진주로 가버리고 말았다. 어미한테 간다는 말 한마디 없이 가버린 것이다. 옛날에는 남편이 없어도 아이들이 있었다. 아이들만으로도 방 안은 가득 찬 듯 막딸은 행복했었다.

사방은 어두워지기 시작했다. 논에서는 개구리 우는 소리, 산에서는 뻐꾸기가 울었다. 영만이댁네가 기둥에 등을 내건다. 동시에 안방에서도 등잔에 불을 밝혔는지 장지문이 환해졌다.

"아까 산에서 피뚝 생각한 일인데……."

두만이 다소 신중해진 어투로 말을 꺼내었다.

"그 일에 송관수가 관련되지 않았이까 그런 생각이 들더마요."

빈자리를 채운 듯 연학과 영만이 술상머리에 앉아 있었다. 연학이 두만의 눈을 가만히 바라본다.

"일구월심이다. 이자 그만 잊어부리라. 그러다가 세상 사람이 다 도적으로 안 뵈겄나. 해서 잃어부린 사람이 죄를 짓는다 카이."

장종학이 미처 말을 끝내기도 전에.

"생사람 잡겄고나."

영팔노인은 곰방대에 불을 붙이려다 말고 두만을 노려본다.

"대관절 송관순가 하는 사램이 누고?"

종학이 물었다.

"백정 놈인데, 전에 농청하고 백정들이 한판 붙었일 직에 내가 농청에다 돈 안 받고 공짜 술 주었다 함서 그놈이 나한테 찍짜를 붙은 일이 있었소. 아주 영악한 놈이지요."

"입은 삐뚤어져도 말은 바로 하라 했다. 우째서 관수가 백정이고."

"아재씨가 와 징을 냅니까, 남의 일로. 백정이 집에 데리사우로 들어갔이믄 백정이지 그라믄 백정이 아니다 그 말씀입니까?"

"백정이건 아니건 나는 니 심보를 두고 하는 말이다. 어릴 직부터 한 이웃에서 함께 큰 친구 사이 아니가. 설령 남들이 그런 말을 한다 카더라도 근본을 아는 니가 발명을 해주어야 옳지. 사램이 그러는 거 아니다. 관수가 형펭인지 먼지 하는 운동을 하기는 했다 카더라마는 그거는 니하고 상관이 없는 일일뿐더러, 앞장선 것은 백정이보다 신학문 한 사람들이라 카데."

"그놈이 내 잘되는 기이 배가 아파서 사사건건 날 보기만 하믄 씹었지요. 그리고 생각을 좀 해보시이소. 형평사운동만 했다고 해서 관수를 관에서 찾아댕기겠소? 먼가 다른, 법에 걸리는 일을 했인께 경찰에 쫓기댕기는 것 아니겠소."

"그라믄 니 없어진 그 돈 때문에 쫓기댕긴다 그 말가?"

"허허어, 참 아재씨도 으멍(의뭉)시럽기는."

두만은 잠투세하는 아이같이, 잠자리가 편찮은 심장병 환자같이 짜증스럽고 답답했다. 딴전을 피우는 영팔노인이 증오스럽기도 했다.

"지 말은 송관수 그놈이 지 주제도 모리고 독립운동인가 먼가 했일 기다, 그 말이오."

"그런께 독립운동을 했일지 모린다 하니 돈을 털어가는 데 관련이 있일지도 모린다?"

"바로 그렇지요."

"애키 순! 이 나쁜 놈아. 동냥은 못 줄망정 쪽박은 깨지 마라. 니 말대로 하자믄 관에서 쫓기댕기는 놈이 잡아주소 하고 진주에 왔겠나? 종무소식, 죽었는지 살았는지 모리는 사람을 두고."

주거니 받거니 하는데 연학과 영만은 종시일관 침묵을 지키며 술안주만 집어 먹고 있었다.

"아재씨 말대로 하자믄 이 김두만은 천하에 막돼묵은 놈이다, 예, 그렇다 칩시다. 하지마는 아재씨는 와 그리 깃대 치키들고 나서는 깁니까?"

"깃대를 치키들다니!"

"아아 안 그렇다 말입니까? 관수 놈이 청백하다는 거를 아재씨는 증명할 수 있습니까?"

"그라믄 니는 관수가 그랬다는 것을 증명할 수 있다 그 말가?"

"처남!"

"매형은 그만 있이소. 모두 한 당이 돼가지고."

"처남! 이제 그만두는 기이 좋겠다. 장인어른 친구분이믄 자네한테는 아부지 맞잽인*데."

"흥! 초록은 동색이라 카더마는 다 그렇고 그런께 편역들고 나서는 것 나도 압니다. 의병인지 동학인지 옛날에는 다 한통속인 거를 누가 모립니까."

"머 우째?"

"울 아부지가 산에 안 들어갔다고 후회를 했다고요? 어림반 푼어치 없는 말 하지도 마소. 의병질을 했건 동학당을 했건 만주 가서 독립군을 했건 그거는 아재씨 소관이지 울 아부지가 와 후회를 합니까. 누구 망해묵을라꼬 합니까?"

"말 다했나?"

63

영팔노인은 자리에서 일어섰다.

"이노오옴! 이 불가사리 겉은 놈아! 그래 니 말이 맞다. 나는 동학당도 했고 의병질도 했고오 만주 가서 독립군도 했다. 우짤라노? 내 이 늙은 모가지에 썩은 새끼줄 감아서 왜놈한테 끌고 갈라나? 끌고 가믄 상 많이 탈 기다. 다 산 목심, 내 그기이 무섭으믄 성을 갈겠다. 이 천하무도한 놈, 지 뿌리를 짤라묵고 사는 놈!"

다투는 바깥 기척에, 자리가 자리인 만큼 참고 있던 안방의 두 안늙은이가 할 수 없이 문을 열고 나왔다.

"보소, 와 이랍니까. 술이 과하다 싶었더마는, 젊은 사람들 앞에서 무신 망신입니까."

판술네가 영팔노인의 팔을 잡아끌었고 두만의 모친은 아들의 얼굴을 뚫어져라 쳐다본다.

"저물어서 진주 가시기는 글렀고, 어르신, 작은사돈댁에 가시서 주무시야겠습니다."

비로소 연학이 일어섰다.

"그래, 그러시야겠다."

종학도 엉거주춤 일어섰다. 비틀거리는 영팔노인의 겨드랑 밑으로 연학이 팔을 찔러넣으며 부축한다.

"이노오음! 내 이 늙은 모가지에 썩은 새끼줄 감아서 왜놈한테 끌고 가라 카는데 와 말이 없노!"

"아이구 참. 늙어감서 이기이 무신 짓이오."

"모리거든 임자는 입 다물어. 저놈은 저, 저놈은, 돈이라 카든 지 애비 묏자리도 팔아묵을……."

영팔노인의 술이 과했던 것은 사실이다. 아무리 정정하다 하여도 나이를 당할 장사는 없는 것이다.

"봐라! 기완아!"

영만이 부엌을 향해 소리쳤다. 그의 댁네가 달려나왔다. 영만이 말했다.

"두 분 뫼시고 가서 자리 봐드리라."

"야."

판술네와 영만이댁네가 영팔노인을 부축하는 바람에 연학은 물러섰고 그들이 문밖으로 나간 뒤 자리로 돌아온다.

"니가 이래야겠나? 세상에 뵈는 기이 없나? 니가 누고? 니가 멋고?"

두만의 모친은 아들을 뚫어져라 쳐다보면서 낮은 음성으로 말했다. 두만이는 이리저리 모친의 눈길에서 도망을 치다가,

"와 나만 가지고 이러요. 내가 잘못한 기이 머 있다고 모두 나만 보믄 덤비드는가 말이오! 억울하고 분한 거는 나 혼자밖에 없다 그 말이오! 내 밥 묵고 내 돈 쓰고, 부모 형제까지 이러이 서글퍼서 우찌 살겄소!"

울먹였다.

"우리는 니 밥 안 묵고 니 돈 안 썼다. 니 아부지 벵들어 눕던 그날꺼지 뼈 빠지게 일하고 살았다. 이놈아 니 아부지 숨

걷을 때 머라 카싰는지 벌써 잊었더나? 남의 가심에 못 박지 마라. 그 말을 벌써 잊었나? 별말 할 거 없다. 판술아배, 판술어매, 그리고 니 에미꺼지 모두 끌고 가거라. 독립군 했다고 끌고 가서 까바치라. 그라믄 상금 많이 줄 기고 축간 돈 아귀가 맞일 거 아니가."

"기가 차서."

"기가 차는 거는 나다. 아무리 돈이 좋기로 죄 없는 사람을 모함해도 되는 기가? 니 아부지 땅에 묻고 날도 안 밝았다. 피알 하나 안 속이고 살아온 아부지 같은 노인을 모함해?"

"모함은 무슨, 말이 그렇다는 기고."

"관수는 와 들먹이노? 못사는 친구 도와주지는 못할망정 자식 키우는 놈이 사람을 사지로 몰아!"

확 달려들어 아들의 멱살을 잡는다.

"장모님 참으이소. 지도 울화가 치밈께 그러는 기지요. 부모 자식 간엔 질기 이러믄 정만 떨어지고……."

종학이 나서서 뜯어말린다.

"나도 이러고 접지 않다. 컬 때는 안 그렇더마는, 부모 안 닮은 자식이 어디 있겄나 하고 생각했더마는 틀린 기라. 사람 아주 베맀다. 돈 있이믄 머하노. 집안이 풍비박산인데,"

사위 보기가 민망했던지 두만의 모친은,

"기성아, 나 작은집에 가서 잘 긴께 찾지 마라."

며느리에게 말하고 횡하니 나가버린다. 초상 뒤끝이 엉망이 되었다. 두만이는 쥐어박힌 사람같이 우두커니 앉아 있었다. 멱살을 잡아도 어머니는 어머닌 것이다. 끈덕지고 가장 강한 공격수가 어머니였는데 두만은 모친이 나가버리자 갑자기 추위를 타는 것 같은 이상한 고독감에 빠진다. 매형과 그의 동생 연학에게 계면쩍은 생각이 들기도 했다. 그러나 종시일관 말이 없는 동생 영만이 두려워지기 시작한다. 아니나 다를까.

"성."

하고 영만이 형을 불렀다.

"성은 자기 한 대[一代]만 살고 말 생각이오?"

"……?"

"자기 한 대만 살고 말라 카믄 마음대로 하소."

"무신 말고?"

"나는 내 자식 내 손자 대꺼지 살아주기를 바래는 맴이니까 이렇기 되든 성하고 남이 되든지 해야겠소."

"좀 더 알기 쉽기 말해봐라."

"그라믄 내가 묻겠소. 성은 왜놈이 천년만년 우리 백성을 누르고 살 기라 믿소?"

"……."

"우리 백성들이 천년만년 왜놈의 종으로 살 기라 성은 그렇기 믿고 있소?"

"나중 일을 누가 알꼬."

"모리지요. 나도 모리요. 하지마는 한 가지 틀림이 없는 일은 만일에 나라가 독립한다믄 성이 역적이 된다, 그것만은 틀림이 없을 기고, 삼족을 멸한다믄 조카 두 놈에 우리 새끼들은 우찌 될 기요."

"야가 무슨 소리를 하노. 지금이 어느 시절인데, 이 개명천지에 삼족을 멸할 기라꼬? 자다가 꿈겉은 소리 하네. 하하핫 핫핫…… 하하하핫……."

그러나 웃음소리는 공허했고 한풀 꺾인 느낌이다. 모친한테 멱살을 잡혔을 때 한풀 꺾이긴 했었지만. 종학이 연학을 힐끗 쳐다본다. 형제의 눈이 부딪쳤다. 잠자코 술이나 마시라는 듯 연학은 형의 술잔에 술을 부었다.

"성은 내가 생각했던 것보다 훨씬 덩신이오."

"머?"

"장사눈이 밝아서 돈을 좀 벌었는지 모리지마는 번 돈 간수하기는 영 어렵겄소."

"건방진 소리 하네."

"진주의 그 머라 카는, 이 머라 카는 사람 따라갈라 카믄 아득하요. 뿔따구 난 황소맨크로 이리 뛰고 저리 뛰고 해봤자 뿔따구만 뿌러지지 얻는 기이 머 있일 기라고 그러요."

"니가 진주 일을 우찌 아노. 시건방진 소리 마라."

"와요? 나는 귀도 눈도 없다 캅디까? 이아무개라는 사람은 입을 꾹 다물고 있인께 소문이 나기로 가정부한테 돈을 뺏긴 기 아니고 내어주었다, 그러이 우리는 바늘 하나라도 그 집에 가서 사자, 사실은 여하간에 인심이 그렇다는 긴데."

두만이 깜짝 놀란다.

"누가 그러더노?"

자신도 그 비슷한 말을 듣기는 했으나 그 집 물건을 사자, 하는 민심의 동향은 모르고 있었다.

"방물장사 할망구가 그럽디다. 기왕지사 돈은 잃은 거고, 찾으믄 다행, 더 말할 것도 없겠지마는 성이 악담을 하고 이 사람 저 사람 죄 없는 사람을 찍어 넣는다꼬 돈이 돌아오겄소? 원수만 사지. 가만히 있어도 돌아올 돈이믄 돌아올 기고 못 돌아올 돈이믄 못 돌아오는 거 아니겄소. 집도 터도 없이 다 뺏긴 것도 아닌데 제발 그러지 마소."

차근차근 말하는 영만은 여러모로 그 문제에 대해서 많이 생각해본 것 같았다. 아까 김두만의 입에서 송관수의 이름이 튀어나왔을 때 사실 연학은 등골이 오싹했다. 연학이 진주로 돌아가지 않고 미적거리며 앉아 있는 것은 오래간만에 형제가 만나서 할 얘기도 있을 것이고, 남 보기 조금도 이상할 것은 없었다. 그러나 그간의 김두만의 심경이라든가 돌아가는 형편을 살피는 것이 주된 목적이었고, 거기다 송관수가 거론되고 보니 연학은 더더구나 자리를 뜰 수 없게 된 것이다. 그는 이따금 덩치가 크고 나이 들면서 비곗살이 붙은 형을 바라보곤 한다. 처남인 김두만보다는 여유가 있고 너그러운 편이지만 그도 실리에는 밝은 사람이다. 연학의 신중한 눈이 영만

에게 옮겨진다. 술을 못하는 것은 아니었지만 영만은 연학과
마찬가지로 오늘은 술을 입에 대지 않았다. 미끈하게 때가 빠
지고 제법 뭐 하는 사람같이 된 형에 비하여 영만은 갈 데 없
는 농사꾼이었다. 손은 갈구리 같았고 얼굴은 검둥이였으며
햇볕에 탄 머리칼도 누릿누릿했다.

"성의 말대로 삼족을 멸하는 그런 일은 없일 기라 하더라도
칭찬받을 일은 아니제요. 넘한테 손가락질 받으믄서 자식들
공부 시키보았자 사람 구실 하겠십니까 내 생각은 그렇거마
는, 나야 독립군될 인야[人材]도 못 되고 언해 꼬꾸랭이 조금
끄적이는 식자고 보이 면서기 할 자격도 없고 평생 삽자루나
잡고 땅 파고 살 기요마는 앞뒤 재보는 감양(깜냥)은 있소."

이런 기회에, 모처럼 두만과 마주 앉은 기회에다 부친의 장
례는 끝났고, 매형도 있는 자리니만큼 가정일까지 짚고 넘어
가야겠다고 영만은 작정한 것 같다. 어떤 책임감도 강하게 느
꼈을 것이다.

"상채기는 아물게 가만히 내비리두고, 휘젓어봐야 덧나기
밖에 더 하겠소? 무식한 놈 말이라꼬 덮어놓고 물리치지만 말
고 잘 생각해보소. 그라고 좋으니 궂으니 해도 궂은 일에는
부모 형제고 좋은 일에는 남이라 안 카요? 남이야 떡이나 묵
고 굿이나 보고 안 그렇소? 이분 일도 일이지마는 집안일도
그렇소. 남자 할 일 따로 있고 여자 할 일 따로 있고, 소견머
리 좁은 여자 말만 들을 기이 아니라 다른 식구 말에도 좀 귀

기울이소. 자식 낳고 사는 조강지처라믄 모리까, 여자란 좋을 때 좋은 기지 돌아서믄 남이고 해악을 끼치는 것도 흔히 있는 일 아니오. 언제 내가 성보고 이런 말 합디까? 아부지도 이자는 안 기시고 하이 식구들끼리 서로 의지하고 살아야 안 하겠소. 남한테 척지는 짓 해도 안 되고 가숙한테 모질기 해도 안 될 기요. 그라고 믿는다 하믄서 남자가 세세히 여자한테 이야기 다 하는 것도 못난 짓이라요."

영만의 말은 어딘지 모르게 의미심장했다. 종학이 술을 부었다.

"목 좀 축이감서 얘기해라."

"오늘은 술 안 할랍니다."

매형의 손을 밀어내고,

"그라고 머, 더 할 말도 없십니다."

순간 영만의 얼굴에는 스스러워하는 빛이 떠돌았다.

"작은처남이 자네보다 국량이 넓네. 듣고 보이 하낫도 틀린 말은 아니다. 집안끼리니, 남이 없으니 하는 말이다만 왜놈들한테 잽히가지 않을 만큼 처신하고, 작은처남 말마따나 독립군 할 형편은 못되지마는 중뿔나게 원성 사고 살아서는 안 되겠다. 말이야 바로 하지, 팔은 안으로 굽는다 안 하던가? 강약이 부동이라 지금은 우쩔 수도 없지마는."

종학의 말에 두만은 침묵을 지켰다.

"지 생각에는."

연학이 조심스럽게 입을 열었다.

"일본의 경비가 어디 보통입니까? 물샐틈없는 것이 일본의 경비고, 또 사건이 사건인 만큼 이 잡듯 할 긴께 조만간에 잽히기는 잽힐 성싶습니다."

"그럴까?"

종학이 의문을 나타내었다. 두만이, 영만은 좀 뜻밖이란 표정이다.

"그런 일로 안 잽힌 경우가 별로 없지요. 그것이 또 가정부서 정말 그랬는지 의심스럽기도 하고, 차라리 강도한테 당했이믄 후환이나 없일 긴데."

"후환이라니?"

튕기듯 두만이 되물었다.

"첫째는 경찰에서 시끄럽고 혹시 내통하지 않았나 하는 의심을 한께."

"그, 그 점은 나도 생각했고, 이도영이 그 사람도 그것 때문에 오라 가라 했던 모앵인데……."

두만의 눈빛이 불안해진다.

"두 번째는 반대로, 그 사람들이 잽히는 날이믄, 또 친일파로 지목을 하고 그랬다믄은 물귀신맨크로 끌고 들어갈 수도 있는 일 아니겄소."

연학은 무표정이었지만 그러나 무서운 말이었다.

"내, 내가 순사 형사도 아니겄고 돈 좀 번 것이 치, 친일이라 할 수는 없는 일."

하다가 두만은 헝클어진 머릿속을 가다듬기나 하듯 생각에 잠긴다. 한동안 긴장이 흘렀다. 연학의 말은 두만뿐만 아니라 종학과 영만에게도 공포감을 갖게 했다.

"하기는 친일파한테 폭탄을 던지고 칼부림도 한다 카이…… 이래저래 참 어렵은 세상이다."

종학이 중얼거렸다. 관수의 이름이 거론되지 않았더라면 연학은 그런 불필요한 말은 하지 않았을 것이다. 그리고 그런 말을 한 심사가 편한 것도 아니었다. 상당한 위험이 따를 것이었기 때문이다. 아닌 게 아니라 두만은 강한 의혹을 느낀다. 길상의 존재가 크게 떠오른 것이다. 그러나 의혹이 짙어지면 질수록 공포심도 커져갔다.


## 5장 동경(東京)의 인실(仁實)

인실이 머물고 있는 호리카와[堀川]의 시영주택을 찾아가는 찬하는 갈 때마다 말할 수 없는 곤욕스러움을 느껴야 했다. 그 자신이 생각해보아도 곤욕스런 방문을 한 번도 아니요 거의 관례적으로 한 주일에 한 번 정도 실행하고 있는 자신의 심정이 딱하기도 했었다. 굳이 이유를 따져본다면 그 항구에 오가타와 인실을 남겨놓고 도망치다시피 혼자 와버렸으니 책

임이 전혀 없다 할 수는 없었고 오가타와의 우정을 이유로 삼
을 수도 있었다. 또 유인실이 동포라는 것도 이유가 안 되는
것은 아니었다. 그러나 엄격히 말하여 그것은 어디까지나 오
가타와 인실의 문제요 찬하가 간여하지 않는다 하여 도덕적
으로 지탄을 받을 만한 것은 아니었다. 상대가 어려운 형편이
라면 얼마간의 경제적인 도움을 주는 그것만으로도 찬하는
도리를 다한 것이 된다. 그러나 인실이 청하는 도움은 그런
것이 아니었다. 그 나름대로 경제적인 준비는 되어 있는 눈치
였다. 그러니까 지난 칠월 초순의 일이다. 조선에서 일어난
배화폭동(排華暴動)이 날로 확대되고 격렬해진다는 신문기사를
찬하는 읽고 있었다. 만주 길림성(吉林省)에 있는 만보산 부근
에서 중국인 농민과 조선 농민 사이에 벌어진 충돌사건이《조
선일보》호외로 시작하여, 연이어 선동적인 기사로 사건이 보
도되면서 국내에 거주하는 중국인 습격 학살이라는 엄청난
참극이 각처에서 자행된 것이다. 단적으로 말해서 그것은 조
선인의 어리석음과 일본의 사악함이 교묘히 맞아떨어지면서
저질러진 어처구니없는 만행이었으며 대만의 무사사건(霧社事
件)을 연상케 하였다.
　'비겁하고 비천하군. 이래가지고는 구제불능이다. 진재 때
조선인을 학살한 일본을 무슨 낯짝 치켜들고 비난을 하겠나.
참으로 혐오스럽다!'
　신문을 꾸겨 쥐는데 배달된 편지 한 통을 하녀인 하루[春]가

가져왔던 것이다. 편지를 볼 기분도 아니어서 하루에게 차를 끓여오라 이르고 찬하는 담배를 붙여 물었다.

'그곳에서는 사상자가 있었다는 보도도 없었는데 이건 무슨 미친 지랄인가!'

찬하는 온종일 기분이 언짢아 있었다. 저녁밥을 들 때도 그의 얼굴은 우울해 뵀다. 현재 조선에서 벌어지고 있는 일들이 찬하로 하여금 분개하게 했고 깊은 실망을 갖게 한 것은 조금도 이상한 일은 아니었다. 양식 있는 조선인이라면 누구나 다 그랬을 테니까. 그러나 찬하의 감정이 요즘 균형을 잃고 있는 것도 사실이다. 저녁을 끝냈을 때 아내인 노리코가 안색이 좋지 않다, 기분이 안 좋으냐고 물었다. 그러나 찬하는 고개만 흔들고 서재로 돌아왔다. 한나절을 내버려두었던 편지를 찬하는 무심히 집어들고 봉함을 돌려보았다. 뜻밖에도 유인실이라는 이름이 정확한 필치로 적혀 있었다. 편지의 발송지는 서울이 아닌 동경이었다.

제례하옵고, 불가피한 사정 때문에 조선생님을 만나뵙고자 합니다. 선생께서 지장이 없으시면 오는 칠 일, 시간을 내어주시면 고맙겠습니다. 히비야[日比谷]공회당 앞에서 오후 세 시부터 네 시까지 기다리겠습니다. 못 오셔도 저로서는 하는 수 없는 일이겠습니다.

간단하고 사무적인 내용이었다. 그러나 찬하는 왠지 가슴이 철렁했다. 불가피한 사정이라는 말이 갖는 긴박감도 그러했으나 마지막에 하는 수 없는 일이겠습니다, 그 말에서 절박한 인실의 심정을 읽을 수 있었다.

'무슨 일일까?'

맨 먼저 떠오르는 것은 인실이 관헌에게 쫓기고 있지 않나, 하는 생각이었다.

인실은 히비야공회당 건물 한 곁에 서 있었다. 차에서 내리는 찬하를 먼발치로 바라보며 움직이지 않았다. 그는 찬하가 가까이까지 가는 동안 줄곧 찬하를 바라보고 있었다. 머리카락 한 오라기 흐트러지지 않게 치올려서 빗은 머리를 모아 고무줄로 동여매고 흰 바탕에 회색 물방울무늬가 있는 헐렁한 원피스를 인실은 입고 있었다.

"오래간만입니다."

찬하가 먼저 인사를 했다. 인실은 잠자코 있었다.

"그간 안녕하셨습니까?"

다시 찬하가 말했다. 인실은 웃지 않았다. 고개만 숙여 인사를 했다. 창백한 얼굴이었다. 몰라보게 여위어 있었다. 관골은 날카롭게 보였고 눈빛도 날카로웠다.

"그늘에 가서, 벤치에 앉을까요?"

하면서 인실은 앞서 걸음을 옮겨놓는다. 여윈 얼굴이며 어깻죽지와는 다르게 헐렁한 원피스 속에서 움직이는 몸은 몹시

비대해 있었다. 찬하는 순간 숨이 막히는 것 같았다. 누가 뒤에서 자신의 목을 누르는 것만 같았다.

'왜 이렇게 되어야만 했나!'

찬하는 손수건을 꺼내어 이마에 밴 땀을 닦으며 걷는다.

'죽일 놈! 지가 감히.'

했으나 찬하는 이상하게 오가타에 대한 연민을 가슴 뜨겁게 느낀다. 두 사람은 숲 사이에 있는 벤치에 앉는다. 푸른 수목, 수목은 푸르기보다 검게 보였다. 그 속에 있는 인실은 마치 풀물을 들인 것처럼 더욱 푸르게 보여, 그것은 찬하의 착각이었지만, 녹색의 여인 같은 느낌을 준다. 소나기가 쏟아질 직전처럼, 번개가 칠 직전처럼 검은 숲속의 공간은 파아랗게 느껴졌고 그 공간에 있는 인실은 녹색의 여인이었다.

"죄송합니다."

시선을 먼 곳에 둔 채, 구만리 밖을 바라보기나 하듯 인실이 말했다.

"웬일이세요?"

그 말 대답은 하지 않았다. 인실은 찬하의 목소리를 저울질이나 하듯 동공을 한 곳에 모았다.

"추악한 모습으로, 죄송합니다."

죄송하다는 말을 되풀이했다.

"동경에는 언제 오셨습니까?"

"온 지 오래됐습니다."

"못 만나보셨습니까?"

왠지 찬하는 인실이 오가타를 만나지 않았을 거란 생각이 들었다.

"네."

"지금 그 사람 삿포로에 있습니다. 중학교에서 교편을 잡고 있다더군요."

"······."

"만나셔야지요. 제가 연락을 해드릴까요?"

"아니요."

"······."

"저는 그분을 찾아 일본에 온 건 아닙니다."

먼 곳에 있던 인실의 시선이 돌아와서 자기 발, 하얀 운동화로 옮겨진다.

"제가 설명을 하지 않아도 조선생님께선 아시겠지요."

"······."

"우리는 이제 다 끝났습니다. 후회하지 않아요. 두렵지도 않습니다. 다만 고통스러울 뿐입니다."

"······."

"진실이 현실에서는 추악하게 뵈는 것은······ 왜 그럴까요."

찬하는 인실의 말을 들으면서 도덕과 휴머니즘에 대하여,

'네, 다르고말구요. 때론 다를 정도가 아니라 상반되는 거 아닙니까.'

하던 오가타의 말이 생각났다.

"인류가 서로 적으로 살아야 했기 때문이지요. 사람은 결코 현실에서 놓여날 순 없지만 추악하다는 생각은 마십시오. 우린 다만 소외당할 뿐입니다."

"우리……."

인실은 비로소 찬하가 일본여자와 결혼한 것을 상기한 것 같았다.

"물론 여러 가지 면에서 인실 씨와 저의 사정이 다르긴 합니다만 미온적인 저로서는 괴로움 같은 것도 뱃멀미하듯이 합니다만 치열하게 생각하고 행동하는 사람에게는 그만큼 고통도 치열하겠습니다만."

말은 모두 무의미하고 피상적이었다. 숲 사이로 산책 나온 사람들이 꽤 많이 서성대고 있었다. 비가 오시려는지 날씨는 무더웠고 불어오는 바람도 후덥지근했다. 나뭇가지에 앉은 새들은 날개를 치켜들고 열심히 주둥이로 털을 고르고 있었다.

'임명희…… 임명희 그도 사랑을 하면 인실 씨 같을까? 그렇지는 않을 거야. 그렇지는 않겠지. 왜 나는 그 사람 생각을 또 할까? 정 떨어지게 포악하기까지 했던 여자를!'

찬하는 웅크러드는 마음을 펴듯 어깨를 펴면서 강해진 어세로,

"어떻게 하시겠습니까."

하고 물었다.

"조선생님."

"네. 말씀하십시오."

"선생님을 만나뵙고자 한 것은 아이 문제 때문입니다."

순간 인실의 눈은 표독스럽게 빛났다. 찬하는 당황한다. 이미 짐작했던 일이다. 그러나 막상 인실의 입에서 아이라는 말이 나오자, 그것도 주저함이 없이 마치 칼날을 들이대듯, 당황할밖에 없었다.

"전 아이를 조선에서 낳고 싶지 않았습니다. 낳아서도 조선으로 데려가지는 않을 겁니다. 아이는 이곳에 있어야 해요."

수백 번 수천 번 연습한 대사처럼 인실의 목소리는 또박또박했다. 얼마나 많이, 얼마나 지독하게 수치심을 갈고 갈아서 그 수치심은 완전히 마모되고 말았는가. 인실은 차라리 도도하게 말하는 것이었다.

"이해할 수 있습니다. 이, 이해합니다."

오히려 찬하 쪽에서 숨이 가빴다. 속으론 이런 빌어먹을! 하면서도 허둥지둥 다시 말했다.

"하면은 인실 씨는 가신다 그 말씀입니까? 아이는 두고."

"만주, 아니면 중국으로 가겠습니다."

"이해할 수 있습니다. 하지만 그렇게 안 할 수도 있지 않습니까."

"어떻게요?"

"나처럼 말입니다. 소외된 채 살아볼 수도 있는 일 아닙니까. 그 사람하고 결혼해서……."

찬하의 목소리는 차츰 소근거리듯 낮아졌다. 한동안 인실
은 말이 없었다. 그러나 마음이 흔들리고 있는 그런 자세는
아니었다. 멍청히, 지나가는 사람들 중에서 누군가를 찾기라
도 하듯이. 그러다가 말을 했다.

"우리는 끝났습니다."

"이 사실을 오가타상이 압니까?"

"아니오."

"그렇다면 이 문제를 상의한 뒤 두 분이 끝내도 늦지 않을
것입니다."

"그렇지 않아요. 그렇지가 않습니다."

하는데 갑자기 인실의 목소리가 잠긴다.

"저는 그분한테 생명보다 중한 것을 주었습니다. 더 이상
나는 줄 것이 없어요."

생명보다 중한 것, 그것은 단순히 여자의 순결을 두고 하는
말이 아니라는 것을 찬하는 안다. 조국에 헌신할 것을 맹서한
여자가 그 조국에 반역행위를 했다는 뜻이 더욱 깊다는 것을.
그럼에도 불구하고 찬하는,

"이제는 그 사람한테 받으십시오."

하고 말했던 것이다.

"제가 설명을 해야만 아시겠습니까? 하기는 선생님이 알아
야 할 의무는 없는 거지요. 저는 울부짖었습니다. 우리의 진

실은 부끄러운 것이 아니었다고. 하지만 저의 행동은 마땅히 돌로 쳐 죽여야 할 배신인 것을 저 자신이 인정합니다. 하지만 저는 그 어느 것에도 승복 안 할 결심입니다. 저는 새롭게 시작할 거예요. 그렇습니다. 저는 속죄할 그 아무것도 없고 인간을 몰아넣는 그 비정한 것과 싸울 거예요."

잠긴 목소리였으나 말은 여전히 또박또박했다. 그러나 인실의 내부는 거의 광란 상태인 것을 찬하는 느꼈다.

"죄송합니다. 저는 지금 미쳤는지 몰라요. 결국, 그렇지요. 아이는 일본에 있어야 합니다. 오가타 지로의 자식도 유인실의 자식도 아닙니다. 그것은 이 시대가 낳은 생명일 뿐이에요."

"인실 씨!"

"……."

"그 사람한테 갑시다. 우리 가서 의논합니다."

"그럴 생각이면 왜 제가 조선생님을 만나뵙자고 했겠습니까? 전, 전 아이를 낳은 후의 방도가 막연합니다. 길가에 버릴 수도 없고, 병원에서 도망칠 수도 없습니다. 조선생님께서 주선해주십시오, 아일 길러줄 곳을."

인실은 처음으로 눈물을 흘렸다.

"왜 오가타상하고 의논을 안 하려 합니까? 그는 아이의 아버집니다."

"아니에요, 아니에요. 그건 안 돼요. 말씀드리지 않았습니까."

"왜지요? 왜 그래야 합니까?"

찬하는 떼를 쓰듯 말했다.

"우린 끝났어요. 절대로 다시 이어져서는 안 됩니다. 아이의 아버지도, 아이의 엄마도 아, 아니어야…… 절대로 몰라야 합니다."

흐느껴 운다. 작은 새 한 마리같이 흐느낀다.

"자신을 다 버리고, 자신을 다, 송두리째 주지 않으면 다시 태어나지 못할 것 가, 같았어요. 언제까지나 그 사람 생각할 것 같았어요. 그 사람도 그럴 거라 생각했어요. 이런 결과가 나타날 것은 모, 몰랐지요."

더욱 흐느낀다.

"알았습니다. 알았으니까 울음 그치시오! 자아 울음 그치시오!"

찬하는 분노를 느끼며 소리치다시피 했다. 찬하 자신 이성을 잃고 있었다. 그리고 그들 비극에 자신도 빨려들어가고 있었다.

지나가는 사람들이 힐끔힐끔 쳐다보았다. 그들 눈에 이들은 사연 많은 연인들로 비쳤을 것이다. 그 후 호리카와의 시영주택 이 층에 방을 하나 빌려 있는 인실을 찬하가 찾아갈 때 그때마다 사연 많은 남녀로 오해를 받게 되었다. 누군가가 찬하에게 당신이 아이아버지요? 당신이 그 여자 남편이오? 애인이오? 하고 물어준다면 모를까, 찬하는 그 오해를 변명할 길이 없었다. 저희들 마음대로 애인이다, 아이 아비다, 아니 숨겨놓은 여자다, 그런 식으로 상상하는데, 그런 눈빛으로 쳐다보는데 뭐라 하겠는가. 등골에 땀이 흐를 만큼 곤욕스러울 뿐이었다. 찬하는 현재 자신의 역할을 아내인 노리코에게 떠넘길까 하는 생각도 했었다. 그러나 그렇게 한다면 인실이 어디 보이지 않는 곳으로 달아나버릴 것만 같아서 생각을 고쳐먹은 일이 있었다. 오늘도 찬하는 그 곤욕스런 방문을 감행하기 위해 백화점에서 과일바구니를 하나 사 들었다.

백화점을 나서려는데.

"어머! 산카상!"

여자가 불렀다.

"아아."

찬하는 걸음을 멈추며 엉거주춤 인사를 한다.

"오래간만이에요."

"그렇군요."

여자는 세련된 양장이었고 나이는 노리코보다 서너 살 위, 노리코의 외사촌인 노다 마리코[野田眞理子]다.

"과일바구니 들고, 어디 병문안?"

"네."

"오래간만에 만났는데 바쁘지 않으면 커피 한잔 마시지 않겠어요?"

"그러지요."

두 사람은 백화점 가까운 끽다점(喫茶店)으로 들어간다.

"노리코랑 아이랑 모두 건강해요?"

차를 마시며 마리코는 안부를 묻는다.

"괜찮습니다."

"이런 우연 아니면 산카상 만나보기 힘드네요."

"원래 게을러서요."

"귀족이라 우릴 얕보는 거 아닌가요?"

"별말씀을, 노다상이 누군데 얕보겠습니까."

마리코의 남편은 상당한 고급관리다.

"그래 지금은 뭘 하세요?"

"집에서 세월만 보내고 있지요."

"하기야 산카상은 부자니까, 집에서 학문을 연구할 수도 있지요."

"번역 따위가 연굽니까?"

찬하는 웃는다.

"그것도 일종의 영문학 연구 아니겠어요?"

"글쎄요……."

"학교는 왜 그만두었지요?"

"오래된 얘긴데요, 있으면 뭐합니까?"

"왜?"

"일본에서 중학의 교사 자리 하나도 조선인에게 내주지 않는데 대학의 강좌를 얻는다는 건 미친 사람의 꿈이겠지요."

"아아, 그건 심하군. 말도 안 돼, 그건 옳지 않아요."

"할 수 없지요. 그런 것 모르셨습니까?"

마리코는 좀 당황하는 것 같았다.

"하지만 산카상은 다르지 않아요?"

"다를 것 없어요. 저의 국적은 엄연히 조선이니까요."

순간 마리코의 눈빛이 날카로워졌다.

"나도 조선의 식민지 정책엔 비판적이에요. 민족성이 어떻다는 둥 하는 말에 대해서도 그건 일본인의 편견이라 했지요. 하지만 지난 칠월에 있었던 지나인(支那人) 학살을 신문지상에서 보고 놀랐어요. 산카상은 그 일을 어떻게 생각하세요?"

"천인공노할 만행이지요."

"정말 야만적이었어요. 난 신문 보고 떨었어요. 얼마나 놀랬는지."

"무지몽매한 소치지요."

"네. 맞아요. 평소 내 인식도 싹 달라지더군. 이젠 일본인의 편견이란 말은 못하겠지요?"

"그렇습니까?"

찬하는 소리 내어 웃었다.

"그래요. 우리도 일본인에 대한 것이 편견이라 하여 나무라던 사람에게 얼굴을 치켜들 수 없게 됐습니다. 이제는 진재때 조선인 학살에 대해 말 못하게 됐지요."

"어머! 산카상도 참 짓궂은 데가 있네요."

했으나 마리코의 얼굴에는 완연히 불쾌한 빛이 나타났다. 찬하는 시계를 보며 일어섰다.

"이제 실례해야겠습니다."

"그래요? 그럼."

끽다점을 나서는 찬하는 구역질을 느낄 만큼 가슴이 답답했다. 그리고 차를 기다리고 서 있는데 아내의 말이 생각났다.

'마리코언닌 좀 데샤바리예요.'

비교적 남의 흉을 보지 않는 노리코가 그런 말을 했었다. 데샤바리[出しゃばり]란 잘난 체, 남의 앞에 나서기를 좋아한다는 뜻이다. 차에서 내려 시영주택 어귀에 들어서면서 찬하는,

'어째 내 마음이 요즘엔 자꾸 격해지는 걸까. 뭔가 치사스러워. 왜놈한테 동냥이나 한 것 같은 기분이야. 오늘은 두 번 다시 안 오겠다, 아이 낳기까지 절대로 오지 않으리라, 그따위 생각은 말자. 인실 씨는 우리 조선사람들의 누이가 아닌가.'

거북한 인실과의 대면은 그랬고 주위 눈빛도 피부에 닿는 가시 같아서 찬하는 방문을 하고 집을 나섰을 때는 언제나 다시 안 오겠다, 아일 낳았다는 기별이 있기까지는 안 올 것이다, 그렇게 결심을 하는 것이었다. 그러나 일주일이 지날 무렵이면 그는 불안해지기 시작하는 것이다. 인실이 자살했을지도 모른다는 환상 때문이다.

"형체도 남기지 않는 파괴, 그런 방법이 있다는 것이 위안이에요. 어느 곳 어느 때든 그것만은 저의 권리고 자유니까요."

그 말을 했을 때 찬하는 인실이 미웠다. 그러나 그에게 눌러붙어서 떨어지지 않는 생각이 무심결에 튀어나왔을 뿐 겁을 주기 위해 한 말은 아닌 것 같았다.

'지금쯤 싸늘한 시체가 되어 있을지도 모르겠다!'

찬하는 여러 번 삿포로[札幌]에 있는 오가타에게 연락하고 싶은 유혹을 느꼈다. 자신이 떠맡은 일에서 도망치고 싶었기 때문이다. 그러나 노리코에게 떠넘기려다 말았던 것처럼 단념하지 않을 수 없었다. 인실이 오가타를 만나게 된다면 스스로 자신을 해칠지도 모른다는 두려움, 그것을 떨쳐버릴 수가 없었던 것이다. 찬하는 배짱이 두둑한 편은 아니었지만 단호하고 냉정한 일면이 있었고 결코 허약한 사내는 아니었다. 그러나 히비야공원에서 인실을 만나는 순간 그들의 비극에 사로잡힌 것은 연민 때문이겠으나 한편 인실에 투영된 자신을 보았을지 모르고 은둔에 가까운 동경 생활의 숨막히는 자기폐쇄에서 출구를 찾는 몸부림 같은 것일 수도 있다.

집주인 여자가 현관 문을 열어주었다. 속발(束髮)에 누리끼한 빗을 꽂고 길쭉한 여자의 얼굴, 입언저리에 검정 사마귀가 있었다. 찬하는 그 사마귀를 볼 때마다 왠지 기분이 안 좋았다. 앞치마에 손을 닦으면서 여자는,

"오십시오. 이번에는 좀 늦었군요."

하며 묘하게 웃었다. 교태 같기도 했고 비웃음 같기도 했다. 매번 겪게 되는 일이었지만 역시 기분이 좋지 않았다. 물론

여자는 인실에게 꼬치꼬치 물었다. 찾아오는 남자에 대하여. 그러나 아는 사람, 그 말밖에는 하지 않았다. 인실은 여자 호기심을 채워줄 마음의 여유가 없었고 주변에 신경을 쓸 그럴 여유도 없었다. 사실 아는 사람이라는 이상의 할 말도 없었던 것이다.

"올라가보십시오."

"네."

"젊은 여자가 혼자서, 참 안됐어요."

예의 바르고 점잖고 귀공자 같은 찬하, 어떤 뜻에선 귀공자이기도 한 조찬하에 대하여 여자는 항상 정중하기는 했었다.

"여러 가지로 신세가 많습니다."

"홀몸이 아니니까 저도 마음이 쓰이는 거지요."

삐걱삐걱 소리가 나는, 잘 닦여져서 미끄러운 계단을 밟으며 올라간다. 인실의 신상에 불안을 느낄 때 계단의 수는 많은 것 같았고 거북한 대면을 생각할 때 계단의 수는 너무 적은 것 같았다. 방 앞에서 심호흡을 한 번 하고 방문을 두드린다.

"네."

"조찬합니다."

"네."

언제나처럼 인실은 무릎을 모으고 등은 벽에 기대이듯 앉아 있었다. 그는 숨이 찬 듯했고 허리둘레는 더 커졌으나 반대로 팔과 어깻죽지는 더욱 여위어 보였다.

"어떻습니까?"

과일바구니를 한 곁에 놓아두고 자리에 앉으며 찬하는 또 물었다.

"괜찮습니까?"

처음 찬하가 찾아왔을 때 인실은,

"이제 오시지 마십시오."

했다. 그 말은 찬하가 찾아갈 때마다 잊지 않고 했다. 그러나 요즘에 와서 인실은 그 말을 안 하게 되었다. 어차피 찬하는 올 것이기 때문에 그랬는지 자기 생각에 몰두하여 사소한 일은 모두 잊고 있어 그랬는지 알 수는 없었지만.

"앞으로 쓰키소이가 필요할 것 같은데요."

쓰키소이[付添い]란 병자를 돌보아주는 직업인으로, 간호원 하고는 달라서 허드렛일까지 다 하는 사람이다.

"아직은 괜찮습니다. 필요할 때 여기 아주머니한테 부탁하 겠어요."

"내일이라도, 제가 한 사람 보내드릴까요?"

"아닙니다. 아직은, 혼자 있고 싶으니까요."

"식사준비까지 하실려면…… 그리고 방도 어디 아래층으로 옮기든지 해야 하지 않겠습니까?"

"제발."

인실은 순간 애원하는 듯한 표정이 되었다. 사양이 아닌, 제발 날 가만히 내버려두어 달라는 부탁인 것이었다. 일어서야 마땅한 것인데 찬하는 몸이 붙은 것처럼 일어설 수가 없었다. 혼자 있고 싶어 하는 인실이, 찬하 역시 숨이 막힐 것 같은 장소에서 피해 달아나고 싶었는데…… 역시 연민이었다. 그것은 찬하 가슴 밑바닥에서 우러나는 연민 때문이었다. 찬하는 지금 자기집 뜰에 한창인 수국(水菊) 생각을 하고 있었다. 축축한 음지에서 흐드러지게 핀 수국, 병자 방에는 꽂지 않는다는 그 수국이 녹색으로 변했을 때, 찬하는 히비야공원에서 녹색의 여인으로 착각한 인실의 모습을 연상했던 것이다.

서로 멍한 표정으로 말없이 앉아 있다. 인실은 찬하가 있는 것도 잊은 듯했다. 찬하는 이 막연한 침묵을 깰 수 없는 것은 아니었다. 인실 씨는 앞으로 어떻게 할 작정인가, 서울의 가족들에게는 행방이라도 알려야 하지 않겠는가, 이미 한 얘기였지만 다시 물어볼 수는 있었다. 오가타에 관한 얘기를 한 번쯤 더 꺼내어 심경의 변화를 촉구할 수도 있었다. 그러나 찬하는 안다, 인실이 절실하게 기다리고 있는 것이 무엇인가를. 그것은 태어날 아이의 문제인 것이다. 인실은 찬하가 나타날 때마다 아이에 대한 구체적인 상의를 기대하고 있는 것이다. 그러나 찬하에게는 아이에 대한 구체적인 방안이 없었다. 아니 방안이 없었다기보다 어느 길을 택해야 할지 판단을 못하고 있다는 것이 옳고, 그보다는 그 문제를 생각하는 것이 싫었던 것이다. 가끔 머리에 떠오르는 것은 사토고[里子]로 보내면 어떨까. 그러나 그러는 게 좋겠다는 생각은 아니었고 입

밖에 낼 수도 없었다. 사토고란 시골가정에 양육비를 주고 아이를 맡기는 것이었는데, 일본에서는 흔히 있는 일이다. 엄마가 약하다든지 병들었다든지 아이가 많다든지 여러 가지 사정에 의해 아이를 시골가정에다 맡기는 경우가 많았다. 상당히 부유한 집안에서도 유모를 들이는 대신 그런 방법으로 아이를 양육하는 일이 있었다. 찬하가 선뜻 그 말을 하고 나서질 못하는 것은, 어쩌면 그는 시간을 기다리며 인실의 심경에 변화가 오기를 바라기 때문인지 모른다.

'세상을 등지고 어느 산골에 가서 남 몰래 두 사람이 살 수도 있는 일 아닌가. 한 남자와 한 여자로서, 민족이라는 굴레 같은 것 벗어던져 버리고 계급이라는 그따위 남의 일 관여치 말고…… 민족이란 도시 무엇인가. 이것에는 다분히 허식이 있다. 자애(自愛)하는 이기심도 분명히 있다, 침해하는 쪽이나 침해당하는 쪽이나. 내가 지금 무슨 소릴 하고 있는 거지? 민족이란…… 결국 필요에 의해 흩어지지 않고 모인 집단, 무리를 짓는 동물과 같이 생존을 위한 집단이 아닌가. 다만 좀 노골적으로 얘기하자면 인간은 본능을 사랑이라 하고, 외로움에서 필사적으로 도주하려는 것을 사랑이라 하고 진실이라고도 한다. 이런 불안정한 인간들을 수용한 집단은 조국이라는 말뚝을 박아놓고 한 핏줄이라는 끈으로 묶어놓고 일방통행을 한다. 조국! 핏줄! 그것은 절대적인 것인가? 항구불멸의 것으로 이탈하면 안 되는 것인가? 생존을 위한 공동체, 그것은 과연 공동체였던가? 민족을, 국가를, 그리고 소수를 위해 대부분의 인간들은 그들 밑깔개에 지나지 않았다. 내가 일본에 대하여 민족적인 분노를 느낀 것은 그것은 감정이다. 팔이 안으로 굽는다는 그것처럼, 거의 이성은 아니다. 그러나 저 여자의 경우는 감정보다 이성이 더 강한 것 같다. 만일 동족끼리 불륜으로 사생아를 낳았다면 저 여자는 어떻게 했을까? 아마 그는 수모를 감내하면서 아이를 길렀을 거야. 버리는 따위의 짓은 하지 않았을 거야. 남자와 여자, 그리고 태어날 또 하나의 생명, 이들의 결합을 저해하는 것은 지금 민족이라는 명제다. 큰 것은 항상 작은 것을 말살하고 먹어치운다. 이 정당성, 이 논리는 끝이 없는 것일까? 끝이 없는 것이다! 끝이 없는······.'

찬하는 담배를 붙여 물었다. 그리고 호주머니 속에서 휴지를 꺼내어 담뱃재를 턴다. 담뱃재를 털면서 찬하는 인실을 빌려 현재 자신의 처지를 정당화하고 있었다는 것을 깨닫는다. 부끄러움 같기도 하고 아픔 같기도 한 것이 잠시 스쳤으나 이내 가슴이 답답했다. 사방 벽에 주먹질하지만 뚫고 나갈 길이 없는 막막함. 삶 자체에 대하여, 진실이나 진리에 대하여 어느 것 하나 손에 잡히지 않는 막막함, 절망을 느낀다. 방 안은 밝은 편이었다. 육조 다다미방에는 하다못해 벽면에 옷가지 하나 걸린 게 없었다. 방 안은 이사간 뒤처럼 비어 있었다. 방 길이의 절반쯤 오시레*가 있었는데 아마 모든 소지품은 그 속에 넣어둔 모양이다. 유리창 밖의 난간에 손수건 두 장이 걸려 있었다. 그리고 유리창 밖의 하늘에는 구름이 떠내려가고 있었다. 미풍이 이따금 불어와서 후덥한 몸과 마음을 식혀주곤 한다.

'일본 여자들에겐 그런 갈등이 별로 없는 것 같다. 노리코의 경우도 거의 그것을 못 느끼는 것 같았다. 하기는 일본여자하고 사는 조선남자는 더러 있지만 일본남자와 조선여자가 함께 사는 그런 것은 본 일이 없으니까. 조선여자는 아예 쇠 대문을 내려놓고, 그 쇠 대문을 뚫고 나왔으니 저 여자는 피투성이가 될 수밖에 없지. 그런 의식의 차이는 어디서부터 언제부터 시작된 것일까. 모화사상이 지배적이던 시절에도 여자가 이민족을 맞아들인다는 것은 생명을 잃는 것보다 더한 일이었다. 그들은 삶의 모든 것을 잃었다 생각했고, 세상도 그들에게 가혹했다. 그들은 고국과 절연하지 않으면 안 되었다. 인실 씨도 만주나 중국으로 가겠다는 말을 했다. 그것은 영원히 고국에는 아니 오겠다는 뜻은 아니었을까. 그 의식의 벽에 갇힌 옛날의 조선여인들, 그리고 오늘날 대부분의 여자들, 인실 씨는 그들과 조금도 달라진 여자가 아니더란 말인가? 오히려 그들보다 더 철저하게 물론 정조관도 그러했겠지만 반일 사상의 불덩이 같았던 여자가 스스로 자기 자신을 배신했다. 그의 말대로 새로 태어나기 위하여? 알 것 같기도 하지만 참으로 엄청난 이율배반이다. 그는 적어도 사회주의에 물든 여자가 아닌가. 사람은 누구나 관습적 의식과 사상에 다소는 간격이 있게 마련이지만 인실 씨는 어느 측면에서도 그 도랑이 너무 깊고 넓다. 그것은 극복되어야 해. 모순이야, 모순. 자신을 찢어발기는 결과밖에는 없다. 진실, 진리? 그것은 과연 옳기만 한가? 선, 절대 선일 수만은 없다. 인간이 죽는 건 하나의 진실이다. 그 진실 때문에 인간은 죽음의 공포에 쫓기며 간다. 하면은 그것을 극복하는 것밖에 인간은 달리 길이 없는 것이다. 흥! 무슨 뚱딴지 같은 소릴 하고 있는 게지? 밥 세끼 먹고 할 일 없는 돼지가 사변(思辨)의 노예가 될 자격이나 있는가? 관두자, 관두어. 끝이 없다.'

한 그릇의 밥보다 상아탑이 그리 값진 것은 아니야 하던 어느 친구의 말이 찬하 머릿속에 피뜩 떠올랐다.

'그것 돼지의 발상이다.'

어느 친구가 그 말에 응수했다.

'뭐 별다를 게 없네 이 친구야. 자네 생각만큼 인간은 위대하지 않다는 사실을 명심하게. 위대하다는 것은 인간의 자화자찬인 게야. 누구 심판관 있어? 신이 모습을 드러내어야 진상을 알 게 아니냐 말이다. 결국 인간도 밥그릇 때문에 싸워온 거 아니냐, 내 말은 그거야.'

인실은 망연한 모습 그대로 앉아 있었다. 형무소에 있을 때 감방 안에서 인실은 저런 모습으로 온종일 앉아 있었을 것만 같은 생각이 든다. 찬하는 일어서야 한다. 이제 가야지 하면서도 방을 나서고, 아래층으로 내려가면 입언저리에 까만 사마귀가 있는 집주인 여자와 부딪칠 것이 지겨웠다. 어쩌면 인실이 따로, 자기 따로의 뭔지 모를 골똘한 시간에 스스로 얽매여 있는 것을 찬하는 좋아했는지 모른다.

'오가타는 인실 씨를 알고부터 코스모폴리탄인가 뭔가, 그렇게 됐을까? 아니면 그 사상 때문에 저 여잘 사랑하게 됐을까? 이건 또 뭐야? 별 시시한 생각을 다 하는군. 오가타는 다만 여자를 사랑했고 인실 씨는 다만 남자만을 사랑할 수 없었던 게야. 도시 이 여자를 어떻게 하면 좋은가. 도시 이 여자는 누구인가? 조선의 잔다르크라도 된단 말인가? 그런 거창한 여자는 아니다. 스스로 모든 것을 연소시키며 자기 완성을 꾀하려는 것인가? 그것 역시 너무 거창하다. 이 여자는 자신 속에 타인과 자신이 공존하는 그런 박애주의? 그것도 물론 아니다. 이 여잔 그런 위선자가 되기엔 너무 말똥말똥하다. 조선의 여자가 갇혀 있었던 곳에서 빠져나와 가장 첨단의 흐름 속으로 뛰어들어 그 두 개의 이빨 속에 생각과 몸이 짓이겨지는, 다만 그런 희생자에 불과한 걸까? 뭔가 이 여자는 정리를 해야 해. 어느 것이든 하나를 극복해야 해. 개미 쳇바퀴 돌듯 나는 언제까지 같은 생각을 되풀이하고 있다. 헛된 자문자답, 끝나지도 않을 일, 이건 망상이다. 끝없는 망상이다.'

거리 쪽에서 종소리가 들려왔다. 이 시각에 두부장수가 다니지도 않을 터인데 찬하는 순간 몸을 일으켰다. 종소리는 멀어져가고 있었다.

"그럼."

하다가,

"다음에 또 오겠습니다."

하고 방을 나서려는데,

"고맙습니다."

인실의 말에 찬하는 놀라는 듯 돌아본다.

"아, 아닙니다. 조심하십시오."

찬하는 밖으로 나왔다. 죄송하다는 말은 여러 번 했으나 인실이 고맙다는 말을 한 것은 오늘이 처음이다.

찬하가 돌아가고 난 뒤 인실은 여전히 벽에 기대이듯 하고 앉아서 손수건 두 장이 널려 있는 난간 밖 하늘을 하염없이 바라본다. 하늘과 구름과 손수건뿐인 공간, 그 공간에 이따금 새가 질러가곤 했다. 가라앉은 시간이다. 의식 속에서 몸을 흔들고 소리를 질러도 도저히 가라앉은 시간에서 일어설 수가 없는 것이다. 거미줄에 걸린 나비같이, 덫에 걸린 짐승같이, 감겨오는 시간의 실꾸리, 번데기가 되고 말 것 같다. 인실은 그것을 떠밀어내듯 몸짓을 하며 일어섰다. 일어선 뒤에도 한참 동안 하늘을 바라보고 있다가 천천히 벽장문을 열고 트렁크 위에 개켜놓은 옷을 꺼내어 갈아입는다. 흰 바탕에 회색 물방울무늬의 헐렁한 그 원피스다. 머리를 매만지고 왕골로 만든 여름용 손가방을 찾아든 인실은 그 속에 지갑을 넣고 손수건을 넣고 책보를 접어서 넣는다. 우두커니 서 있다가 방을 나간다. 예정일은 넉넉하게 한 달은 남아 있었다. 진작부터 배를 싸매었기 때문에 누가 보아도 임신부임을 알 수는 있었지만 배가 남산 만하지는 않았다.

전차를 타고 내리고 하면서 인실이 간 곳은 신주쿠[新宿]에 있는 미쓰코시백화점이었다. 그는 백화점을 배회하다가 양말 한 켤레를 샀고, 또 몇 바퀴를 돌아다니다 손수건 한 장을 샀고, 한참 후 그는 다시 갓난아이의 모자를 하나 샀다. 그러나 그는 물건을 사기 위해 백화점에 온 것은 아니었다. 물건은 목적도 의미도 없이, 배회하는 장소에 사용료를 지불하듯 한 행동에 지나지 않았다. 호리카와의 그 이 층 방에는 혼자 있어도 늘 주변에 사람이 있는 것 같았다. 방 안의 물건을 모조리 벽장 속에 넣어버리고 빈방같이 했지만 여전히 옆에 누가 있는 것만 같았다. 여름이어서 다소 줄기는 했지만 역시 백화점 안은 인파를 이루고 있었다. 그 인파 속을 천천히 누비고 다니면 인실은 마치 무인지경을 걷고 있는 것 같은 느낌이 드는 것이다. 그는 장소에서 탈출하기 위해, 정지된 시간에서 탈출하기 위해 나온 것이다. 요즘에는 일주일에 두 번 정도 외출을 했다. 지하철을 타고 아사쿠사[淺草]에서 내려 아사쿠사 일대를 헤매고 다니기도 했고, 어떤 때는 마루비루*가 있는 오피스 가를 돌아다니기도 했다. 전차를 타고 가다가 아무 곳에서나 내려서 한없이 걷기도 했다. 동경에 왔을 그 무렵, 그때는 지금같이 몸이 무겁지 않았기 때문에 더 멀리까지 가

서 쏘다녔다. 교토[京都]에도 갔었고 나라[奈良]에도 갔었다. 아시노코[蘆の湖]에서 청록색 물빛을 언제까지나 내려다보고 서 있었으며 요코하마[橫濱] 부둣가에까지 가서 우두커니 서 있기도 했다. 항구에는 어마어마한 배들이 떠 있었다. 상선도 있었고 여객선도 있었다.

인실은 작은 항구, 적옥(赤玉)이란 빨간 네온의 카페가 있던 그 밤의 항구를 생각하고 검정 옷에 창백했던 명희를 생각했다. 기차를 타고 전차를 타고, 마치 피리어드를 찍는 것처럼 레일을 지나가는 진동의 하나하나, 그것은 일각일각 시간에서 탈출하고 있다는 실감이었다. 걷는 것도 그러했다. 한 발 한 발 내디딜 때마다 시간을 잡아먹으며 앞을 향해, 아무튼 어느 정거장이든 내리게 될 것이라는 희미하지만 그것은 희망이었다. 얼마간의 안도감이기도 했다. 길고 긴 동경 체류, 기간은 몇 개월에 불과한 것이었지만 인실에게는 십 년 백 년의 시간과의 싸움이었다.

백화점에서 나왔다. 해가 떨어지고 밖은 황혼이었다. 해 지기를 기다리고나 있었던 것처럼 거리는 사람에 밀리고 있었다. 사방에는 네온사인과 불빛, 거대한 도시는 무지개에 싸인 듯 아슴아슴하다가 황혼이 차츰 짙어지는 데 따라 찬란하게 소용돌이치기 시작했다. 완숙한 과일의 방향(芳香)과도 같고 어쩌면 부패하기 시작한 향기와도 같은 도시의 입김을 풍기면서, 오가는 사람들은 모두 금빛 황혼의 사람 같았다. 설레면서 밤을 맞이할 차비를 하고 꿈꾸듯 걷고 있는 것 같았다. 기쿠치 칸[菊池寬]의 진주부인(眞珠夫人)을 소망하는 여자가 걸어가고, 베를렌의 번역 시에 홀린 청년이 걸어가고 달콤한 허무주의 달콤한 비관주의, 도시의 황혼은 그리고 여름의 황혼은 미풍에 흔들리는 가로수와 더불어 달콤하고 슬프게 사람들을 매혹한다. 도시의 애수, 영광과 자부와 그리고 착각, 어둠이 밀려오면서 네온사인은 한결 선명해진다. 별보다 가깝고 별보다 미려하고, 나폴레옹도 아이스크림의 맛은 모를 것이다! 새삼 그 말을 상기하게 하는 네온사인. 인실은 가로수 밑에 서 있었다. 모던하고 스마트하고 이그조틱하고, 비록 영화간판 같은 것일지라도 그것을 만끽하고 지향하는 무리와는 동떨어져서 착각이나 환상의 여지가 없는 부른 배를 안고 인실은 동경을 바라보고 있는 것이다. 거대한 밤의 도시를 바라보고 있는 것이다. 로마제국이 군사, 토목, 법제에 주력하면서 정복자의 면모를 약여(躍如)케 한 바 있었고 특히 토목은 그 규모가 거대 웅장하여 대로마제국의 위용을 과시하고 사위를 진경(震驚)케 했듯이 관동대진재 이후 일본의 토목은 실로 눈부신 바가 있었다.

섬나라 일본이 유사 이래 처음으로 대국 청나라를 누르고 노랑머리 파란 눈의 외경(畏敬)하여 마지않는 백인의 나라 러시아를 견제하고 아시아에서 강국으로 도약, 천재일우의 시기를 맞이한 그들, 그들이 즐겨 썼던 촌스런 말 중에 일등국

민이라는 것이 있는데, 소위 일등국민에 걸맞게, 아니 그 이
상으로 외모를 갖추어야겠다는 욕망이야 새삼 말할 나위 없
는 일, 그야말로 미증유(未曾有)의 마천루들 아니 세우고 싶었
겠는가. 게다짝 신고 안짱걸음 걸으면서 땅바닥에 떨어진 동
전 살피듯 땅을 보고 걷는 그들 습성일지라도 새로운 것이면
모조리, 큰 것이면 모조리 개미 떼같이 달려들어 건설한 도
시, 농염(濃艶)한 시타마치무스메*나 규범에 투철한 하가쿠레
부시* 같은 존재는 잔잔바라바라 영화라는 무대가 있기는 하
되 안방에 모셔진 불단처럼 에도[江戶]의 자취를 걷어낸 동경
에는 파리가 있었고, 런던 뉴욕도 있었다. 루바시카의 모스크
바도 있었다. 유행이라면 무엇이든지 사회전반에서 현기증
나게 탈바꿈을 거듭하는데, 환락가·유흥가·연예계는 구미(歐
美)를 뺨칠 만큼 개방적이며, 성냥갑이나 포스터의 나체 그림
은 그들의 전통인 남녀 혼욕(混浴)만큼이나 자연스러웠다. 에
로 그로*의 엔본*이 홍수같이 쏟아져나오고 신바시[新橋]의 게
이샤가 사교댄스를 추는 것도 꽤 오랜 일이며, 졸부의 부인들
은 골프를 치고, 하기는 도시건설은 진재 이전에도 샐러리맨
일만 명을 수용하고 하루 출입자가 삼만이 넘는다는 매머드
마루비루를 세웠으니 일본인들의 팽창주의 거대일변도, 물론
그것은 도시나 문물에 한한 것은 아니었고 군국주의를 관통
하는 주된 흐름인 동시에 세계로 뻗으려는 그들의 야망이었
다. 한편 노가다 죽이는 데 아이쿠치가 필요 없다. 즉, 장마가

계속되면 노가다는 비수 없이도 굶어 죽게 돼 있다는 뜻인데, 도시 뒤켠에는 그 같은 계층이 있고 농촌에서는 소작료가 밀렸다 하여 농가의 농기구에 빨간 딱지가 붙은 현실, 정쟁(政爭)이 있고 암살이 있고 쿠데타의 기도가 있고 계급투쟁·노동쟁의·여성해방의 운동이 있고, 노동자 열 명의 이십 년 월급보다 훨씬 많은 돈을 방 하나 치장하는 데 쓰는 나리킨이 있고, 그러나 이러한 모든 것은 일본의 얼굴일 뿐이다. 분을 바르건 성형수술을 하건, 보기 흉한 종기에는 반창고를 붙이건 잘라내 버리건 그것은 얼굴에 다름없다. 천하무적의 군비, 일본의 심장은 그것으로 뛰고 있는 것이다. 『삼국유사』에 소를 몰고 가던 노인이 벼랑의 철쭉꽃을 꺾어 수로부인(水路夫人)에게 바치며 읊은 「헌화가」, 겨울 참나무 같은 노인의 무상한 멋에서 연상되는 것은 출진하는 남편 투구에 향을 사르는 일본여인이다. 생과 사를 초월한 멋에 얼핏 공통점이 있는 듯싶지만 우리는 향을 사르는 여인에게서 전쟁의 미학을 보는 것이다. 아무튼 모집으로 끌려온 조선의 수많은 백성이 무서운 채찍 아래 이승과 저승을 헤맬 때, 물론 그들은 동경의 찬란한 불빛을 알 턱이 없고 일본의 힘을 과시하는 도시를 본 적도 없고 환락가의 지분 짙은 여자 웃음소리를 들은 적도 없는, 오지의 탄광촌 바라크에서 꿈도 없는 지친 잠자리의 그들은 일본의 힘을 채찍에서 느끼고 목검(木劍)에서 느낄 뿐 더 이상 죽여야만 할 기도 남아 있지 않았지만 동경 유학생들의 동경을 바라보는 심회는 어떠했을까? 모집으로 끌려온 노동자와 동경 유학생, 사정이 다르다. 사정이 다른 정도가 아니라 하늘과 땅만큼의 차이가 있다. 지금은 여름방학이어서 대부분 조선으로 돌아갔을 테지만 더러 남아 있는 사람 중에는 적지(敵地) 심장부 동경 거리에서 휘청거리고 있을 유학생이 있을지도 모르겠다. 재력이건 두뇌건 혹은 문벌이건, 그들은 선택받아 이곳에 왔다. 희소가치의 존재로서도 그들의 자긍심은 대단했을 것이다. 그러나 그 자긍심은 동경에서 온전했을까? 이조 오백 년 차별 대우를 뼛속 깊이 맛보아야 했던 서출들처럼 이들은 동경땅에서 뼈에 사무치는 차별 대우를 어떻게 감내했을까. 사사건건, 눈에 보이는 모든 것은, 일각일각 부딪치는 것은 내 땅을 빼앗고, 내 존엄성을 빼앗고, 뿌리를 뽑고 짓밟는 그들 일본의 실상을 동경 유학생들은 어떻게 보았을까. 그 힘에 경도되어 칼을 꺾으며 경의를 표했을까? 거대한 힘에 공포를 느꼈을까? 아니면 이를 갈고 증오했을까? 부러움, 모멸감, 내일을 기한 인내심? 어쨌거나 명분에서 따지자면 그들은 민족에 대한 배신, 내 백성에 등을 돌리고 왔다는 것을 배제할 수는 없으리라. 그들의 대부분이 출세지향이었으니까. 일본 치하의 출세란 무엇을 의미하는가. 이제 조선에서 종래의 지식인, 지도적인 지식인이었던 선비는 완전히 붕괴되었다. 그 자리를 이어받을 동경 유학생들, 그들의 갈등과 고뇌는 개인적으로 비극이지만 그것은 또 조선 민족의 비극이다. 합리주의적 지식이 절실하게 필요한 것은 사실이나 그들이 묻혀올 일본의 가치관이 역사를 난도질하고 민족정신을 파괴할 위험부담은 심각하다. 그 맥락은 후일 오랫동안 스며들어 자기부정의 자해 현상으로 조선 백성은 시달리게 될 것이다. 사실 엽전이라는 자학은 유학생 사이에 팽배해 있고, 생업이 없이도 살 만한 계층에서는 쉽사리 댄디즘의 무풍지대로 도망치고 학문은 어디 산 홍차, 어디 산 양복지의 값어치로 전락했다. 또한 어느 무리는 반일의 거점을 사회주의로 찾을 수밖에 없었고, 또한 어느 무리는 계몽주의에 의거하여 기독교와 연합하면서 우리 것을 파괴하는데, 그것은 실로 일본이 바라는 바이다. 또 이들은 투철한 민족주의자로 자부하는 사람들이다. 또한 어느 무리는 미래의 관직을 꿈꾸며 육법전서를 맹렬히 들이파면서 기회 불균등을 한탄한다.

동경거리는 아니 신주쿠의 거리는 이제 어두워졌다. 인실은 걸음을 옮긴다. 다리가 천 근같이 무거웠다. 서 있을 때는 전혀 느끼지 못하였던 육체가 갑자기 그에게 압박을 가했다. 아무 곳이든 주저앉고 싶었다. 한참을 걸었던 것 같다. 검정 바탕에 희게 뽑은 우동이란 글씨의 노렌*이 눈에 띄었다. 그곳으로 들어간 인실은 자리에 앉는다. 빈자리가 더러 있었지만 손님은 많은 편이었다. 대개가 젊은 사람들이었다. 우동 한 그릇을 시킨 인실은 깍지 낀 손 위에 턱을 올려놓고 멍하니 벽면을 바라본다.

"자아 드십시오."

앞치마를 두른 남자가 우동 그릇을 탁자 위에 놓으며 흰 이빨을 드러내고 웃는다.

"고마워요."

무뚝뚝하고 드센 조선사람과 달리 일본의 상인이나 음식점 종업원은 매우 친절하고 공손한 것이 특성이다. 손님 역시 그런 친절에 대하여 고맙다고 하는 것은 관례다. 우동에서 파 냄새 어묵 냄새가 강하게 풍겨왔다. 인실은 다리가 무거웠을 뿐만 아니라 몹시 시장했다. 아침에 찬밥을 물에 말아서 단무지 몇 쪽하고 서너 술 먹는 둥 마는 둥 했기 때문에 따뜻한 우동을 내려다보는 것이 조금은 행복한 것 같기도 했다. 그러나 그것은 순간이었다. 그는 선뜻 젓가락을 들지 못한다. 전에는 그랬었다. 동경 와서 공부할 무렵, 혼자 밥을 먹고 있노라면 괜히 코허리가 시큰해지며 뼈에 사무치는 것 같은 외로움을 느끼곤 했었다. 강한 성격에 좀처럼 그런 감정에 빠지는 일이 없었는데 혼자서 밥을 먹고 있으면 겨울 벌판을 걷듯 외로워지는 것이었다. 그 후 형무소에 있을 때 인실은 음식을 대하면 외로운 것과는 사뭇 다른, 먹는 행위 자체가 비천하기 그지없이 느껴졌던 것이다. 하수구를 들락거리며 밥풀을 주워 먹는 한 마리 쥐 같았고 자신이 쓰레기가 되어간다는 기분이었다. 고문을 당하고 왜경한테 심한 욕설을 들었을 때도 인실은 자신이 비천하다는 생각은 하지 않았다. 동경에 와서 거처를 정하고…… 비천하다든가 외롭다든가, 그것이 모두 감정의 사치라는 것을 인실은 깨달았다. 밥을 먹는다든가 몇 끼를 굶는다든가, 그런 일들은 그냥 무의식으로 흘러가는 것에 지나지 않았다. 무의식, 그것에는 얼마간의 자학도 있었으리라. 인실은 천천히 우동을 먹기 시작한다.

"그거 다 뻔한 얘기야."

등 뒤에서 들려오는 소리, 조선말이었다.

"오나가나 문제는 문제야."

그러고는 잘 알아들을 수 없었고 인실은 관심도 없었다. 한참 후 그들의 웃는 소리가 들렸다. 젊은 사람들의 웃음소리였다. 인실은 젓가락을 놓았다. 절차 하나가 끝나 홀가분한 기분이다. 그새 손님들은 많이 빠져나갔는가 가게 안이 넓어 보였다. 앞치마 두른 남자도 어정쩡한 자세로 서 있었다. 가야겠다고 생각하면서 인실은 좀처럼 일어서지지가 않았다. 등 뒤에서 조선말로 얘기하던 남자, 청년들이 일어서는 기척이다. 그들은 인실에게 등을 보인 모습으로 우동값을 지불하고 있었다. 흰 셔츠에 검정 바지를 입고 있었다. 인실은 겨우 자리에서 일어섰다. 두 학생 중 한 사람이 돌아보았다. 순간 인실과 눈이 마주쳤다.

"아니!"

환국이었다. 그는 자기 눈을 의심하듯 그러나 그는 급히 인실에게 다가왔다.

"아주머니!"

환국은 저도 모르게 인실의 팔을 잡았다. 그는 인실을 보고 놀랐다기보다 인실의 임신한 모습에 놀랐던 것이다. 저도 모르게 팔을 잡은 것은 인실의 위태로운 모습 탓이었다.

"이 팔 놔요."

인실은 차갑게 말했다. 그리고 천천히 걸어서 우동값을 치르고 밖으로 나간다. 결코 사람을 잘못 본 것도 착각도 아니라고 환국은 생각했다. 그는 똑똑히 조선말로 이 팔 놔요 했던 것이다.


## 6장 영광(榮光)의 부상(負傷)


이리저리 뒤치락거리며 잠을 청했으나 끝내 잠을 이룰 수 없었다. 환국은 일어나 앉았다. 담배를 붙여 물고 보다 만 화집을 끌어당겨 칸딘스키의 초기 그림을 들여다본다. 현란한 꿈 같은 색채의 세계, 환국은 칸딘스키의 초기 그림이 좋았다. 칸딘스키가 추상화의 이론가라는 것은 그림 공부하는 사람이면 누구나 다 아는 일이지만 그의 초기 그림에 관심을 가지는 사람은 주변에 별로 없는 것 같았다. 사철 눈과 얼음에 덮여 있을 것 같고, 색채가 빈곤할 것만 같은 러시아에서 어떻게 현란한 이런 색채를 빚어내었는지, 칸딘스키의 초기 그림을 볼 때마다 환국은 신비스러움과 동경을 느끼는 것이었다. 친구 중에는 예술 자체에 대한 것보다 시인 에세닌과 무희 덩컨과의 연애에 흥미를 갖듯, 칸딘스키와 니나와의 사랑에 대한 얘기를 하는데 환국은 어쩐지 그것이 역겨웠다. 속물같이 느껴지는 것이다. 여전히 잠은 올 것 같지 않다. 밤은 깊어가는데, 캔버스 앞에 서본다. 거울 앞에서 자신을 비춰보듯 서 있다가 나이프로 물감을 이겨 캔버스에 찍어 발라본다. 오랫동안 그는 그러고 있었다. 결국 새벽녘에 쏟아지는 소나기 소리를 들으며 환국은 겨우 잠이 들었다. 눈을 떴을 때는 창문이 훤했다. 비는 멎었고 해가 중천에 떠 있었다. 새벽에 소나기라도 쏟아졌으니 망정이지 그렇지 않았더라면 밤을 꼬박 지샐 뻔했다. 장지문은 열려진 채, 낭하 너머 유리문도 열려진 채였고, 모기향은 모두 재가 되어 토막토막 접시에 떨어져 있었다. 뒤뜰은 여남은 평쯤 되는지, 하숙집 노인이 잘 가꾼 수목은 싱싱했다. 이끼 낀 돌도 파아랗게 살아나 시원해 보였다. 수목에 맺힌 물방울이 햇빛에 반짝이곤 한다. 비가 멎은 지는 얼마 되지 않는 모양이다. 물받이에서 물 떨어지는 소리가 똑! 똑! 들려왔다. 베개를 가슴에 받치고 환국은 담배를 붙여 물면서 재떨이를 끌어당긴다. 계속 뭔가에 의해 강타를 당하는 느낌이다.

'그럴 수가 있나, 그럴 수는 없다!'

형용하기 어려운 이상한 감정이 치민다. 이성으로는 다스려지지 않는, 왜 그런가조차 알 수 없는 기분이다. 이 팔 놔요, 그것은 결코 유인실의 목소리는 아니었다. 유인실이 아니었더라면 얼마나 좋았을까, 사람을 잘못 보았더라면 얼마나 좋았을까, 환국은 생각하는 것이었다. 그것이 무엇인지, 무슨일이 일어났는지 상상조차 할 수 없었지만, 무슨 일이 일어난 것만은 분명했다. 끔찍한 일이 있었을 것이란 생각, 끔찍한 일이라는 막연한 생각은 인실의 임신과 관계가 있었다. 이 팔 놔요, 비정한 그 목소리는 임신에 얽힌 어떤 사정 때문일 것이라는 추적, 그럼에도 불구하고 환국은 궁금증이나 걱정보다 강한 배신감을 느끼는 것이다.

'도대체 왜 인실아주머니의 배가 불러야 했나!'

인실은 결혼을 해도 안 될 사람이요, 아이를 낳아서도 안될 사람처럼, 그것은 기정사실이었던 것처럼, 신성불가침의 여인으로 생각했던 것을 환국은 그것이 깨어지면서 비로소 깨달은 것이다. 풋사랑이라고나 할까, 청춘의 상흔이라고 해야 할까, 양소림의 모습과 손등의 그 혹은 연민과 혐오감과 자책감으로 환국의 가슴속에 아직 남아 있다. 박외과 의원에 있던 허정윤과 결혼하여 딸인지 아들인지 아이를 낳았다는 얘기는 들었으나, 양소림을 생각할 때마다 환국은 지금도 썩 유쾌한 기분일 수는 없었다. 사랑을 고백한 것도 아니었고 자기 감정에 확신도 없는 채 소림의 불구를 목격했다는 것은, 그리고 혐오감과 함께 가책과 연민 때문에 갈등했었던 기억이 환국의 청춘을 조금은 병적으로 물들인 것은 사실이다. 그러나 젊은 여자들에게 무관심한 것이 양소림 때문만은 아닐 것이다. 세 명의 여성, 환국의 의식 밑바닥에는 어머니인 서희와 임명희, 유인실, 이 빼어난 세 명의 여자가 있었다. 서희는 어머니이기 때문에 혈육으로서 보다 밀착된 감정이었지만 임명희와 유인실은 타인이면서, 타인이기 때문에 거리가 있었고 그 거리 때문에 오히려 수수께끼 같았으며 신기루와 같이, 신비스러운 대상으로 의식 깊은 곳에 있었다. 그것은 칸딘스키의 초기 그림을 좋아하고 동경하는 그 비슷한 것이었는지 모른다.

'그럴 수가 있나, 그럴 수는 없다!'

배가 부른 모습, 삭막한 얼굴, 차갑게 빛나던 눈동자, 어젯밤에 우동집에서 만난 인실은 쉬르레알리슴의 그림같이 괴이하고 비현실적이며 먼 피안에 서 있는 목각인형 같기도 했다. 만난 그 순간보다 헤어진 뒤, 그 만남을 상기할 때 도무지 그것은 현실 같지가 않았다.

'왜 그랬을까?'

생각을 다시 시작해본다. 그러나 시작도 끝도 없는 일이었다. 이 팔 놔요, 하던 타인의 목소리와 임신부의 모습이 있을 뿐이었다. 환국은 벌떡 몸을 일으켰다. 재빠르게 이불을 개켜 놓고 밖에 나가 세수를 하고 들어왔다.

"사이상(崔氏) 식사는 어쩌실래요?"

하녀 오하쓰가 와서 물었다. 머리에 빗질을 하다 말고 환국은 시계를 본다.

"벌써 이렇게 됐나? 열한 시가 지났어."

"잠꾸러기."

오하쓰는 미소를 머금고 말했다. 환국의 나이 또래, 낯빛은 검고 동그란 눈에 얼굴도 동글동글했다.

"그런 말 말아요. 새벽녘에 잠이 들었거든."

"그래요? 난 그때 일어나 있었어요. 소나기 쏟아지는 소리에 잠이 깼는데 굉장히 무서웠어요."

"왜?"

"하늘이 우르르 쾅쾅, 번개가 번쩍번쩍."

"어떡한다?"

"뭘요?"

"열한 시에 아침 먹기도 뭣하고 기다렸다가 점심이나 먹지 뭐."

"그래요? 그럼 그렇게 하세요."

오하쓰는 방문을 닫아주고 갔다. 환국은 휴지로 빗을 닦아 서랍 속에 넣고 낭하로 나온다. 소나무 밑둥 가까운 곳에 함지만한 크기의 앙증스런 연못에 붕어 두 마리가 놀고 있었다. 둘레에 이끼 낀 작은 정원석을 배치하고 곰상스럽게 만들어놓은 연못은 소일거리가 없는 이 집 노인의 손장난이었던 것이다.

'내 자리는? 이게 무슨 자리지?'

인실과의 만남은 그렇다 치고 요즘 환국의 주변사정은 어젯밤 일에 못지않게 우울한 것이었다. 우울한 정도를 지나 어떤 위기의식으로 환국에게 육박해오고 있었다. 가정부의 이름으로 거금을 강탈해간 진주의 사건, 그 소식을 들었을 때 윤국이와 마찬가지로 환국은 부친이 관련됐을 것을 직감했다. 그러나 환국은 윤국이처럼 피가 끓었다기보다 부친을 연상한 그 의식 자체에 깊은 경계심을 가졌던 것이다. 부친을 연상하는 순간 그는 자신을 위험인물로 인식했다. 만일의 경우 자신이 경찰관의 취조를 받게 된다면, 아니 그보다 고문을 당한다면? 고문이 두려웠던 것은 아니었다. 환국은 견디어낼 용기쯤은 있다고 생각했다. 두려운 것은 자기 심중이 노출되지 않을까 그것이었고 저도 모르게 취조하는 상대가 자기 심중을 포착하지 않을까 하는 두려움이었다. 결국 자기 능력에 대해 확신할 수 없는 것과 그 사건이 끝내 미궁으로 묻혀지기를 바라는 소망, 지나치게 경계하는 그런 심리적인 것이었을 것이다. 그리고 여러 가지 국내에서 일어나고 있는 사건들은 환국의 긴장을 가중하게 했다. 신간회(新幹會) 해산, 예맹(藝盟) 검거, 최근에 있었던 중국인 습격사건 등, 그러한 일련의 사태를 동경에서 바라보는 환국에게는 눈에 보이지 않는 일본의 포위망이 좁혀져 가고 있는 것만 같았고, 뭔지 모르지만 음모가 진행되고 있다는 것을 예감하게 했던 것이다.

방학이었지만 환국이 동경에 남아 있는 것은 부친 길상의

지시에 의한 것이었다. 이쪽 사정이 복잡하니까 돌아올 것 없고 대신 송영광을 찾으라는 인편의 전갈이 있었다. 지난 초봄, 그 사건이 있기 직전에 환국은 동경으로 왔다. 떠나올 때 부친은 송영광을 찾으라는 당부를 했다. 분위기를 보아 매우 중요한 일이라는 것을 느꼈는데도 또다시 전갈을 받고 보니 예삿일이 아니라는 것을 짐작했다. 예삿일이 아니라는 것은 송영광이 송관수의 아들이라는 점에서도 느낄 수 있었다. 환국은 송관수에 대해서는 어느 정도 알고 있었다. 매우 드문 일이었지만 송관수가 진주 집에 드나든 일이 있었고, 그가 무슨 일을 하고 있는지, 형평사운동, 과거 의병으로 산에 들어간 일, 남들이 알고 있는 정도는 다 안다. 그러나 환국은 형평사운동이 관수가 하는 일의 전부가 아닌 것을 느끼고 있었다. 여하튼 부친이 시키는 대로 환국은 고향으로 가지 않았는데 돌아가지 않을 외적 구실은 어느 정도 있었다. 그동안 환국은 다니던 학교를 때려치우고, 지난봄 동경미술학교에 들어갔다. 해서 목적이나 선택의 변경에서 오는 준비라 해도 좋고, 화구를 메고 교외로 나다니며 스케치를 하는 행위, 하고 싶어서 하고, 해야만 하기 때문에 하는 것이지만 방학을 이용해 한다는 구실도 되는 것이다. 미술학교로 옮기게 된 데는 부친 길상의 도움이 있었다.

"어려운 시기를 지나가려면 자유업을 가지는 게 유리하지요. 행동도 어느 정도 자유로울 수 있을 거구, 내 기분은 만일 환국이가 망설이고 있다면 용기를 주고 권하고 싶을 정도요. 소질이 있는 것도 다행이며 마음을 굳힌 모양이라 당신도 응낙하는 게 좋을 거요."

"하지만 그 아이는 이 집을 이어갈 책임이 있습니다."

"나라가 없으면 가문도 없는 거요. 조만간, 우리 민족에게 급박한 사태가 밀려올 것이오. 앞으로의 세상은 당신이 상상하는 이상으로 변할 것인즉, 그 점을 명심해야 하오. 솔직한 내 심정을 말하자면 환국의 일본 유학, 그것이 마땅치 않소. 환국은 중국에 가서 공부를 했어야, 당신이 그 점만은 양보하지 않을 것은 알지만."

결국 서희는 길상에게 설득당한 듯했으나, 그러나 서희는 자기 마음속에서 납득을 하지 않는 한 굽힐 여자는 아니었다. 그는 생각했던 것이다. 자유업이란 말은 다소 효력이 있었고 중국 유학 운운은 협박에 가까운 것이었지만 그런 것보다 서희는 환국의 결심이 확고하다는 것을 알았다. 확고한 것이라면 반대는 모자간 서로 상처를 남기는 결과밖에 되지 못한다. 서희는 자기 고집을 꺾기로 했던 것이다. 그리고 아들에게 설득당하기보다 남편에게 설득당했다는 편이 어미로서 위신의 훼손도 없을 것인즉, 길상도 모르지는 않았다. 서희가 남편에게 복종하여 고집을 꺾은 것이 아니라는 것을 알고 있었다. 길상은 서희의 현명함을 믿었고 꺾이지 않는 성품을 사랑했다. 그의 인내를 고맙게 생각했다. 어쨌거나 환국은 큰 마찰 없이 숙원을 달성한 셈이다. 그러나 앞날의 방향이 달라졌다 하여 환국의 유학 생활에 큰 변화가 있었던 것은 아니었다. 그동안 그는 계속하여 그림을 그려왔기 때문에, 다만 달라진 것이 있다면 법서 대신 미술에 관한 서적을 읽는 시간이 많아졌다는 정도였다. 노부부가 사는 조촐한 하숙집, 그것도 하나레*여서 거처는 늘 조용했고 쓰는 공간도 뒤뜰을 합하여 넓은 편이며 아틀리에는 아닐지라도 불편한 것은 없었다. 먹고살기에 어려움이 없는 노부부는 사족(士族) 출신으로 상당한 교양이 있었으며 가족관계는 잘 알 수 없었지만 허전하여 한 사람쯤 하숙생을 둔다는 취지였으므로 환국은 그들에게 안성맞춤이었다. 잘생기고 점잖으며 예의 바르고 깔끔한 성격을 마음에 들어하며 노부부는 졸업할 때까지 있어달라 오히려 부탁을 했다. 동경에서의 환국의 신변은 단순하고 정돈이 잘 되어 있었다. 문제는 진주에 있었고 영광이를 찾아야 한다는 책임감이 그의 어깨를 무겁게 하였다. 영광을 찾는 것은 생각보다 쉽지 않은 일이었다. 동경에 오면서부터 부산 P고보 출신의 유학생을 만나 수소문했다. 그들의 소개로 다른 대학, 혹은 전문학교에 있는 P고보 출신도 만났다. 그러나 영광을 보았다는 사람은 없었다. 숫제 송영광을 전혀 알지 못한다는 사람도 있었다. 시일이 갈수록 환국은 초조했다. 자신이 없어졌다. 동경 넓은 바닥에서 영광을 찾는다는 것은 서울 가서 김서방 찾는 것만큼 어려운 일인 것을 깨달았다. 과연 그는 동경에 있는가, 그것조차 확신할 수가 없었다. 그런데 어느 날, 보름쯤 됐는지 환국은 화구를 메고 다마카와[多摩川] 강변을 서성거리고 있었다.

"저 말 좀 묻겠는데."

말을 걸어온 사람이 있었다. 조선말이었다.

"혹시 최환국이 아닌지요?"

상고머리에 신색이 그리 좋아 뵈지 않는 중키의 청년이었다.

"그렇소만……."

청년은 갑자기 활기에 넘친 표정이 되어.

"나 김수봉이다!"

"……?"

"모르겠나? 보통학교를 오 학년까지 같이 댕긴 김수봉, 알겠지?"

"아아, 아!"

"알겠지?"

"그래 그렇구나! 맞아. 김수봉이다!"

"겨우 알아보네."

활기찼던 표정이 갑자기 시들면서 서운해하는 기색을 나타내었다. 그러나 환국은 반가웠다.

"하기야 뭐, 자네하고 나하고는 처지가 다르니까 쉬이 알아보지 못하는 것은 당연해. 모르고 지나쳐도 할 수 없는 일이지."

"무슨 소릴 하는 게야? 그래 여기는 언제 왔나?"

"아마 자네하고 비슷한 시기에 왔을 거다."

서운해한 것을 넘어서 김수봉 얼굴에 비애 같은 것이 서린 다. 환국은 그것을 느꼈다.

"뭘 하나 지금?"

"……."

"학교에 다니나?"

"학교? 청강생을 학생이라 할 수 있는지, 하기는 처세상 학생이라 하긴 하지. 하하핫핫…… 하하하……."

비애는 무산되고 김수봉은 쾌활하게 웃었다.

"하여간에 반갑다. 어디 가서 쉬면서 얘기하자."

"그랬으면 좋겠는데 글쎄……."

머뭇거린다.

"일행이 있어서 오늘은 그만, 다음에 만나지 뭐."

김수봉은 뒤돌아보았다. 환국이도 그의 시선을 따라 수봉의 등 뒤를 바라보았으나 일행이라 할 만한 사람은 눈에 띄질 않았다. 높은 하늘에 구름만 둥둥 떠내려가고 있었다. 그리고 강기슭에 하얀 물새만 몇 마리 머물고 있었다.

"일행도 함께 가면 될 거 아닌가?"

"아니, 그럴 처지가 못 된다."

"애인하고 함께 왔어?"

환국은 웃으며 말했다.

"좋을 대로 생각해라."

수봉도 픽 웃었다.

"그럼 잠깐 기다리게."

환국은 수첩을 꺼내어 재빠르게 자기 하숙집 주소를 적는다. 그리고 수첩에서 적은 것을 뿍 찢어 김수봉에게 내밀었다.

"이게 내 있는 곳 주소야."

수봉은 그것을 받아 들여다보았다.

"그보다 밖에서 한번 만나자. 만날 날짜를 약속해서."

"그럴까?"

"언제면 좋겠나?"

"오늘이 일요일이니까 내일 말고…… 수요일이면."

"나는 언제든지 좋다. 방학이니까."

"참 방학인데, 왜 안 갔나?"

"볼일이 좀 있어서."

시간과 만날 장소를 정하고 환국은 김수봉과 헤어졌다. 그와 헤어져서 한참 지난 후 환국은 저도 모르게 손바닥으로 이마를 쳤다.

'진작 그 생각을 왜 못했나!'

수봉이 부산 P고보와 관련이 있는 것을 기억해낸 것이다. 보통학교 오 학년 때 부산으로 전학해 간 김수봉은 그 후 P고보에 들어갔다는 소식을 누군가로부터 들은 기억이 났던 것이다.

'수요일에 만날 건데 뭐.'

그러나 불안하고 초조했다. 손안에 든 물고기를 놓친 그런 기분이었다. 만나기로 약속한 것은 다행한 일이었지만 약속을 지키리라 믿어도 되는 것인지, 사정에 의해 그가 못 올 경우, 명심코 주소를 들고 그가 만나러 오지 않는 한 환국은 김수봉을 찾아갈 아무런 근거가 없다. 영광이를 찾아야 한다는 문제가 그를 뒤쫓고 있는 만큼 어떤 강박과도 같은 심리, 그러나 설사 김수봉을 만난다 하더라도 수봉이 영광을 알고 있고 영광을 찾을 단서를 갖고 있을 것이란 보장은 없는 것이다. 약속된 날 약속된 시간까지 환국은 초조해 있었다. 그런데 김수봉은 송영광을 알고 있었다. 알고 있을 뿐만 아니라 그들은 아주 가까운 곳에서 살고 있다는 것이다.

"그 자식을 왜 찾으려 하나?"

"그 사람 부친하고 내 아버지는 어릴 적부터 한동네서 자랐거든."

"그거야 뭐 흔히 있는 일 아닌가."

"그런데 영광이 그 사람 부친께서 날 찾아오셨다. 꼭 만나서 전해달라 하시면서 돈을 주시더군."

환국은 신중하게 부친이 개입되지 않는 선에서 말하는 것이었고 수봉은 뭔지 모르지만 심각한 표정이다.

"돈만이라면 자네편에 보내도 되겠으나 그분 말씀이 꼭 만나라, 아주 간곡한 부탁을 하셨기에."

"하기는, 왜 안 그러겠나. 상태가 영 좋지 않아. 엉망이다."

하면서 수봉은 영광과의 관계를 털어놓기 시작했다.

"영광이는 내가 어릴 적부터 서로 아는 사이다. 우리가 진주 있을 때 이웃에 살았거든. 그래서 집안 내력도 잘 아는데, 부산으로 이사한 후 다시 영광이를 만난 것은 고보 삼 학년 때, 그 자식은 일 학년이었고. 영광이네 집은 부산 온 후 수도 없이 이사를 한 모양이고. 옛날의 알음으로 우리 집에 세들어서 한 일 년 남짓 살았다. 처음 부산에 왔을 때는 점방도 장만하고 집도 있고 괜찮게 살았다 했는데, 영광이아부지가 자네도 알겠지만 왜경에게 쫓기는 몸이고 보니…… 영광이하고 나하고 학년 차이는 있으나 나이는 한 살밖에 차이가 없다. 아마 자네하고는 동갑일 게다. 고보에 늦게 들어왔고 또 무슨 일 때문인지 일 년을 구워먹었다 하고, 그나마 제대로 했으면 금년에는 졸업을 했을 텐데…… 온통 망가져 버렸다. 사람 될까 싶지도 않고."

환국은 여러 가지 생각을 머릿속에 굴리면서 서두르지 않았다. 평소 침착한 상태로 돌아가서 수봉의 얘기만 듣고 있었다.

"나도 집안 형편이 뭐 그렇고 그런 정도라서 대학 간다는 것은 바랄 수 없고 집에서는 졸업한 뒤 금융조합에 취직해서 장가나 가라, 그러나 무턱대놓고 배를 탔지. 설마 무슨 수가 없을라구, 혈기만 믿었다. 말도 마라. 참말로 말도 마라. 조선서 고보 출신이면 그래도 괜찮다고들 하는데 일본서는 인간쓰레기다. 조선서 돈 가지고 와서 공부하는 놈 말고는 말짱 인간쓰레기다. 조선서는 왜놈 종질한다고 손가락질하던 반토는커녕 고조 자리 하나 내주는 줄 아나? 노동밖에는 할 게 없

다. 공사판에서 벽돌 지고 모래 나르고 그나마 풀발 선 오야
지*를 만나야 일거리도 얻어 걸리고 품삯도 제대로 받지. 일
본서 조선놈은 사람이 아니다. 쓰레기지. 영국놈이 중국에 와
서 저희들 술집에 중국인과 파리는 사양한다 그랬다지만."

"돌아가지. 돌아가아."

"오기 때문에 돌아갈 수 없다!"

"그러면 지금도 공사판에 나간다 그 말인가?"

"지금은 아니다. 얼마 전까지 우에키야*에 있었지. 겨울에
는 일거리가 없는데, 하기는 공사판도 겨울에는 일거리가 없
지만, 지금은 고물장수다."

"구즈히로이(쓰레기 줍는 짓)란 말인가?"

"아니, 제대로 차리고 다니면서 고멘구다사이(실례합니다),
고멘구다사이."

하다가 수봉은 킬킬거리며 웃었다.

"그래서 사람이 나오면 쓰지 않는 것 팔아라, 그거지."

"그래, 그 편이 낫던가?"

"낫지. 좀 유식하다는 게 밑천이 되고 동정도 받고, 그러나
무엇보다 자유스러우니까. 비굴해질 때도 많지만 누가 하라
마라 그런 소리는 안 듣지. 공사판에 모여드는 인종이라는
게, 그게 별의별 게 다 있거든. 걸핏하면 아이쿠치 뽑아들고
생사를 겨루는가 하면 경찰의 끄나풀이 있고 아나키스트 공
산당이 있고 밥만 먹여주고 임금을 몽땅 말아 올리는 조직도

있고, 노동이 고되기도 하지만 그런 것 땜에 숨이 막힐 지경이었다. 그 판에서도 인종차별, 지역적 감정, 인간이란 참말이지 어디까지 사악하고 악독한지 바닥을 모르겠어. 젊은 날의 꿈이라는 거, 그거 물거품보다 더 허망한 것이더라. 이 세상에 달콤한 것은 없다. 어디로 가나 그것은 없어."

"그러면 돌아가아. 나 자신도 그래. 부모님 덕분에 유학이랍시고 와 있지만 허송세월이야."

"안 돌아갈 거다. 청운의 뜻, 그따위 어리석고 낭만적인 것, 이미 잃은 지 오래다. 하지만 이건 내 싸움의 과정이다. 나, 나는 백기 들고 돌아가지는 않는다."

"그건 자네 개인적인 것인가, 아니면 민족적인 것인가?"

"실은 어느 것인지 나도 몰라. 어쩌면 무작정 그걸 거다. 자네는 허송세월이라, 자네다운 말이지. 하지만 여기 와 있는 몇몇 동창들은 그렇지 않아. 판검사, 고등관, 그걸 잡은 듯 안 하무인이다. 개새끼들! 왜놈한텐 발발 기면서 동족에게는 거만스럽게, 정말이지 테러라도 하고 싶은 심정 알겠나? 자넨 모를 거다."

"더러 그런 사람도 있겠지. 자네가 그런 처지라면 어쩌겠나?"

수봉은 말문이 막힌 듯 환국을 쳐다보기만 한다. 그러다가 환국이 묻는 말엔 대답을 않고,

"공산주의 한다 하고 사회주의 한다 하고 껍적거리는 놈들,

날 만나면 피해 간다. 손 벌릴까 싶어. 그라고 내 행색이 초라하니까 그러는 거지. 참말로 사람 웃기는 거는 가시나들 끼고 댕기면서 천석이다 만석이다 하는 놈들 떨어진 내복 안 입고 카페 가서 고급 술 마시면서 공산주의 한다는 거지. 허 참."

"그러면 나도 할 말이 없다. 그는 그렇고 송영광이 그 사람의 근황에 대해서 얘기해주게."

"그간의 사정은 알고 있나? 그러니까 조선에서 있었던 일,"

"자세히는,"

"그럼 그 일에 대해서는 말 안 하겠다. 그러니까 작년 늦은 여름이던가? 집에서 주소를 얻어 영광이가 날 찾아왔더라. 죽기 아니면 살기라 하면서, 꼴은 말이 아니고. 역전에서 왜놈하고 쌈박질을 했던 모양이라 유치장에서 하룻밤 잤다 하는데 이마에는 피멍이 들고, 원래 그 자식 성질이 과격하거든. 도둑질을 하든 강도질을 하든 조선에는 안 돌아간다 하길래 졸업을 눈앞에 두고 뛰쳐나온 심정을 모르지는 않으나 경솔했다고 나무랐지. 했더니 형이 내 입장이 되어보라. 뛰쳐나온 게 아니고 퇴학을 당했는데 어쩔 것이냐 하며 악을 쓰더라구. 하여간에 골치가 아프게 돼 있다. 머리도 좋고 인물도 훤하게 잘생긴 놈이, 자네가 만나보면 그놈 자식 상태가 어떤지 알게 될 거다. 측은한 생각이 들다가도 어떤 때는 지긋지긋해."

"하여간에 만나봐야겠네. 지금이라도."

"지금은 안 돼."

"왜?"

"여기 없다."

"뭐? 어디 갔는데!"

"관서지방에 일 나갔다."

"일 나가다니?"

"노가다지 뭐. 전에 알던 오야지한테 붙여주었는데, 글쎄 얼마나 갈란지. 나하고 고물장사도 할 수 있고 전에 있던 우에키야에 말해줄 수도 있지만, 그놈 자식 성질 콱 죽여야, 세상살이가 어떤 건지 알아야 그래야 제 명대로 살 거다."

환국은 아직 송영광을 만나지 못하고 있었다. 영광을 찾으려고 여기저기 수소문하고 다닐 때의 초조함과는 달리 이제는 영광과의 대면을 걱정하고 있었다. 상대가 순순히 이쪽 호의를 받아줄 것인지, 상처투성이의 젊은 그가 어느 면으로 보나 우월해 뵈는 환국을 반발 없이 대해줄 것인지 그것은 매우 의심스러웠다. 사실 환국은 미리부터 그것을 느끼고 있었다.

대개의 경우 환국은 노부부와 함께 식사를 한다. 점심상에 그들과 환국은 마주 앉았다. 오하쓰가 시중을 들었다.

"사이상 웬일이지?"

"네?"

환국은 아리요시[有吉] 노인의 노처 오시마[お島]의 얼굴을 쳐다본다. 감색에 흰 무늬가 있는 가스리*의 기모노[着物]를 단정하게 입은 오시마는 미소를 지으며,

"전에 없이 늦잠을 자고, 그것도 아마 열한 시까지 잔 것 같은데?"

"죄송합니다. 어젯밤, 새벽까지 잠을 못 잤습니다."

"사내자식이 네모 반듯한 것도 좋은 건 아니지. 더러 늦잠도 자고 게으름도 피고, 사이는 너무 얌전해."

아리요시 노인이 말했다. 칠십을 바라보는 노부부, 아리요시 노인은 깡마르고 안경을 썼고 오시마는 다소 비대했으나 숭업지 않을 정도, 깨끗하게 늙은 양주였고 건강한 것 같았다.

"여보, 그렇지도 않아요. 사이상은 술도 마시는 눈치예요. 담배도 피우고."

오시마는 영감이 환국을 비판한다 생각했는지 열심히 변호하는 표정이다.

"죄송합니다. 술 마시는 건 비밀이었는데 오하쓰가 일러바쳤군요."

"일러바쳤다기보다,"

오하쓰가 변명하려 하자,

"오하쓰, 걱정할 것 없다. 사이가 술을 마신다니까 한결 맘이 놓이는구나."

아리요시 노인의 말에 모두 웃는다.

"여보!"

"무슨 항의가 또 남아 있소?"

아리요시 노인은 오신코*를 사각사각 씹으며 노처를 바라

125

본다.

"그게 아닙니다. 사이상은 우리 다미오[民雄]를 많이 닮았어요. 당신은 그리 생각지 않으세요?"

"당신 눈에는 사이가 다미오 같은 추남으로 보입니까? 큰일났군."

"그건 너무 심합니다. 우리 다미오도 그만하면 괜찮지요. 사이상만큼은 아니지만, 저는 성격이 닮았다 싶었습니다."

"다미오가 누굽니까?"

환국이 물었다. 오시마가 말했다.

"하나밖에 없는 우리 손자라오."

"그런데 한 번도 만나지 못했을까요?"

"여기 없으니까."

입 속에 밥이 든 채 아리요시 노인이 말했다. 고개를 갸웃거리는 환국에게 오시마가 설명해준다.

"지금 그 애는 영국에 가 있어요, 유학 간 거요. 사이상보다 두세 살 위, 스물넷이니까."

"어떻게 하나밖에 없는 손자를,"

"멀리 보냈느냐 그 얘기지? 누구나 그런 얘기 하지만 사정이 있어요. 그 애 아버지가 죽은 지 십오 년, 다미오가 아홉 살 때 죽었어요. 아카몬 출신으로 장차 교수나 문사로도 대성할 거라 주위에서들 그랬지. 영문학이 전공인데 그 애는 영국으로 유학하고 싶어 했으나 외아들이어서 우리도 반대했고 본인도 용기가 없었던 것 같았어. 그러고는 세상을 다 못 살고 갔으니 손자에게나마, 그리된 거지 뭐."

오시마는 담담하게 말하다가 끝에 와서 흐지부지 끊었다. 아리요시 노인도 표정 없이 밥만 먹고 있었다. 순간 환국은 노부부의 외로움이 가슴 저리게 전해져왔다. 여태 손자가 있다는 얘기를 하지 않았던 것도, 자기에게 졸업까지 있어달라 했던 것도 다 이해할 수 있었다. 식사가 끝나고 엽차를 마신 뒤,

"잘 먹었습니다."

인사를 하고 환국은 하나레의 자기 방으로 돌아왔다. 어쩔까 하고 그는 생각한다. 조찬하를 찾아가볼까 하다가 인실에 관한 것을 어떻게 물어봐야 할지, 또 자신이 본 것을 어떻게 말해야 할지 자신이 없었다. 자신이 없다기보다 인실을 위해 침묵을 지키는 것이 옳지 않을까 망설여졌던 것이다.

"사이상!"

오하쓰가 불렀다.

"손님이에요, 사이상!"

"아아."

환국은 일어섰다. 뒤뜰을 돌아 현관 쪽으로 나갔을 때 오하쓰는 환국을 힐끗 쳐다보며,

"어딘지 좀,"

머뭇거리듯 말했다.

"뭐가?"

"이상한 사람 같아요."

"무서운 사람이야?"

"아니······."

"초라해 뵌단 말이지?"

오하쓰는 고개를 끄덕였다.

"초라한 것하고 이상한 건 상당한 차이야."

환국은 수봉이 찾아왔을 거라 생각했다. 과연 수봉이었다. 그는 담벽에 박쥐처럼 붙어 있다가 문을 열고 환국이 내다보자 허겁지겁 다가왔다.

"나하고 가주어야겠다."

"하여간 잠시 들어와. 나가는 건 어렵잖으니까."

"그게 아니다. 사정이 바쁘다."

일상복인 듯 두 번 만났을 때보다 수봉의 차림은 초라했다기보다 남루했다. 낯빛도 나빴고 몹시 긴장해 있었다.

"영광이 때문이다."

'사고가 난 게로구나!'

비로소 환국은 깨닫는다.

"잠시만 기다려."

방으로 돌아온 환국은 책상 서랍 속에서 돈을 꺼내어 바지 주머니에 찔러넣고 서둘러 나왔다.

"가자."

수봉의 걸음은 빨랐다. 그를 따라 환국이도 걸음을 빨리하며 물었다.

"무슨 일이 생겼나?"

"다 죽게 됐다!"

"뭐라구?"

"우선 병원에 떼메다 놓고 이리로 달려왔다."

"다 죽게 되다니, 왜?"

"그런 설명할 새 없다. 어서 가자!"

전차를 타고 또 갈아타고 하는 동안 수봉의 말에 의할 것 같으면 어젯밤 열두 시가 지난 뒤 송영광이 나타났다는 것이다. 수봉은 또 사고쳤구나! 예정보다 일찍 돌아온 데다 입고 있는 옷이 찢기고 얼굴에는 찰상, 꼴을 보아 그렇게 생각했다는 것이다. 수봉이 세들어 사는 다다미 석 장짜리 방으로 들어선 그는 이유 없이 소리 내어 웃다가 하는 말이 술을 사달라고 했다.

"미친놈, 지랄하네. 돈 벌어 왔으면 니가 술을 사지, 내가 왜?"

했더니,

"일이고 자시고, 끝내기 전에 와버렸으니 품삯이야 그냥 떠내려갔지."

"왜 또 그랬어!"

"한 놈 때려눕히고 도망왔지 뭐. 그 새끼들 벌 떼같이 덤벼들어서 있으면 맞아 죽겠더라."

"구제불능이다. 내가 뭐랬나, 참고 또 참아라, 쇠 귀에 경읽기다. 이젠 모르겠다! 마음대로 해!"

"그 새끼들 센진[鮮人] 어쩌구, 사람의 오장을 뒤집어놓는데 참을 수가 있어야지. 나도 후회하고 있어."

"일본서 센진 어쩌구 한다 해서 시비했다가는 모가지가 열개 있어도 못 당할 거다. 니가 센진이지 그러면 왜놈이더냐? 쪽발이가!"

하다가 수봉은 홧김에 술을 사다 영광과 나누어 마신 뒤 과히 멀지 않은 곳, 빈민굴이나 다름없는 나가야* 한 귀퉁이에 세들어 사는 영광의 거처까지 데려다주었다는 것이다. 오래간만에 마신 술 탓인지 몸이 찌뿌듯해서 아침 늦게까지 자리에 누워 있던 수봉은 여자 비명에 놀라 일어났다. 나가보니 영광이와 함께 있는 여자, 수봉은 함께 있는 여자라 했다.

"영광 씨가 죽어요! 사, 살려주어, 으흐흐흣……, 매, 매를 맞고."

부들부들 떨면서 여자는 울부짖더라는 것이다.

"영문도 모르고 뛰었지. 나가야 뒤켠에 있는 공지로 달려갔을 때 영광이는 엎으러져 있었고 이미 놈들은 다 달아나고 없었다. 참말이지 비참해서 두 눈 뜨고 볼 수가…… 얼굴은 묵사발이 되었고 안아 일으키는데 팔과 다리가 부러졌는지 제 마음대로 덜렁거리고, 마치 망치로 때려 부순 장난감 같더라니까. 의식도 없었고 혜숙 씨 말이 건장한 사내 세 놈이 와서 다짜고짜 공지로 끌고 나가서 팼다는 거라. 아마 영광이가 때려눕혔다는 그놈의 한패거리가 뒤쫓아와서 보복을 한 모양이다. 그래가지고는 사람 될까 싶지가 않다. 살아도 병신이 되거나, 미친놈! 그렇게 타일렀는데 세상 무서운 줄 모르고, 아무래도 그 자식 일본 와서 죽으려고 작심을 한 거지 그렇지 않고서야……."

영광을 메다 놨다는 병원은 간다[神田] 부근에 있었다. 외과 전문의 개인병원인데 규모는 꽤 컸다. 수봉과 환국이 병원 문을 밀고 들어섰을 때 복도 옆의 긴 의자에 웅크리고 앉아 있던 젊은 여자가 벌떡 일어섰다.

"어떻게 됐습니까?"

수봉이 여자에게 물었다. 여자라기보다 소녀라 해야 할 앳되고, 아이같이 겁에 질려 있었다. 그는 연신 떨면서,

"아무 말 없어요."

"내 만나보지, 의살."

환국은 진찰실 문을 밀고 마치 쳐들어가기라도 하듯, 간호원이 뭐라 하는데 개의치 않고 의사 앞에 섰다.

"환자의 보호잡니다."

처방을 쓰고 있던 의사는 안경 너머 눈을 치뜨고 환국을 보았다. 사십 대 중반쯤 깐깐하게 생긴 사내다. 그는 다시 처방을 쓰고 나서 간호원에게 그걸 넘겨주고 다시 환국을 쳐다보았다.

"죄송합니다. 환자의 상태가 어떤지요."

"어느 환자 말입니까?"

"송영광입니다."

"아아, 그 조선인."

했다. 그리고 의외란 듯 환국의 차림새를 살핀다.

"어떻습니까 상태가."

"굉장히 험하더군. 말짱 다 망가졌어요. 장출혈도 있고."

"그, 그럼 살겠습니까!"

"수술준비를 하고 있으니 수속이나 밟으시오."

"네. 그, 그러겠습니다. 선생님 부탁합니다. 최선을 다해주십시오. 부, 부탁합니다."

환국이 돌아서 나오려는데.

"환자하고 어떤 관계요?"

순간적으로,

"사촌입니다."

거짓말을 했다. 어떤 관계냐고 묻는 의사의 목소리는 헌병이나 경찰관의 목소리와 흡사했다.

"사촌, 사촌치고는…… 좋소. 나가서 기다리시오."

진찰실을 나와 도어를 닫는 순간 환국은 좀 더 의사에게 매달려봤어야 했지 않았을까 후회를 했다.

"뭐라 하던가?"

수봉이 물었다.

"수술을 해야 한다는군."

"생명에는 지장이 없다 하던가?"

"지장이 없으면 수술하려 하겠나. 기다려보자. 그리고 나는 사무실에 가서 수속을 해야겠다."

수속을 해야 한다는 것은 돈을 낸다는 뜻이었다.

"고맙다."

수봉은 환국의 손을 잡고 고개를 숙였다. 여자는 제정신이 아닌 듯 떨고만 있었다. 수봉이 환국의 하숙으로 달려간 첫째 이유는 수술이든 입원이든 바로 그 수속을 밟기 위해서였고, 수속에 필요한 돈을 생각한 때문이다.

"혜, 혜숙 씨."

수봉이 말에 여자는 당황한다.

"내 친구고, 또 영광이 친군데 최환국 그리고 여기는 강혜숙 씨."

하고 소개를 했다. 혜숙은 고개를 숙이고 말이 없었다.

"최환국입니다. 너무 걱정 마십시오."


## 7장 영호네의 부탁

한복이가 거름을 넣고 반듯하게 다듬어놓은 남새밭에 김장 배추가 제법 손가락 한 마디만큼 자라 있었다.

콩밭을 매고 고추를 널어 말리고 보리방아 찧고 빨래하고, 영호네는 왼종일 이것저것 닥치는 대로 일을 하다가 해가 서쪽으로 기울 무렵 짬을 내어 남새밭으로 나왔다.

"식구 하나 줄고 보이 바빠서 정신을 못 차리겠네. 인호가 있었이믄 보리방아, 빨래, 집안일은 지가 하고…… 도모지 밭에 나올 새가 없다. 벌써 솎아야 하는 긴데 밭이 얼산 같구나."

영호네는 중얼중얼 중얼거리며 배추를 솎기 시작한다.

"그 잘나빠진 데 보내느니 차라리 늙혀 직이는 편이 나았제. 에미 애비 잘못 만나…… 눈물로 세월을 보낸다 카이 아이구 내 가심이야."

계속 중얼거리는데,

"우리는 이제 겨우 움이 트던데 너거들은 일찍 심었고나."

"야?"

영호네가 얼굴을 든다. 천일어매가 광주리를 이고 밭둑에 서 있었다.

"야, 좀 일찍 심었십니다. 고추 따가아 오십니까?"

영호네는 호미를 든 채 땀에 젖은 머리칼을 팔로 걷어 넘기며 말했다. 천일어매는 광주리를 밭둑에 내려놓고,

"고추도 끝물인가, 별로 따낼 기이 없네."

"그새 비가 잦아서, 아직이사 끝물이겠소."

"하기사 노(계속) 비가 질금거렸으니, 날씨가 좋으믄 우떨란고."

치맛자락을 당겨 땀을 닦다가 억센 삼베 치마 서걱거리는 소리를 내며 천일어매는 남새밭으로 내려온다. 천일이는 장가를 들어 아들딸을 낳았고, 둘째 부일(富一)도 장가들어 딸 하나를 낳았으며 딸마저 시집을 보내버린 천일어매는 짐을 풀어버린 뒤, 해이해진 탓이었는지 부쩍 늙었다. 경우 없이 욕심 많고 행실이 개차반이던 마당쇠의 아낙이던 천일어매, 남편 생시 때는 그의 비행으로 남에게 누 끼치는 것을 두려워하여 몰래 뒷감당을 하던 과묵하고 단정했던 아낙이, 그러나 그는 옛날과 달리 말씨며 옷맵시도 느슨했다. 밭고랑에 쭈그리고 앉은 천일어매는 영호네랑 함께 배추를 솎는다.

"그만두이소."

"가만있이믄 머하노."

"왼종일 꿈쩍이고, 좀 쉬시야제요."

"일이 보배라는 말도 못 들었나? 가만있이믄 오만 가지 생각이 다 나서 병난다."

"무신 걱정이 있어 병이 날 깁니까. 성자할무이는 할 일 다 하시고 자식들은 모두 자리를 잡았고 병날 일이 머 있겄십니까?"

"이 사람아, 그런 말 마라. 살고 보니 세상만사가 다 덧없고 허망하다."

"무신 일이라도 있었십니까?"

"무신 일이 있기는, 그렇다는 기지. 고추를 따고 있인께 불각처 눈물이 펑펑 쏟아지데."

"자식들이 섭섭키 했는가 배요."

"그런 것도 아니다."

"……."

"천일아배가 야속하더마."

"참. 성자할무이도."

"넘들한테는 못할 짓도 많이 했제. 하지마는 이녁 살았일 직에 제집이라고 욕 한마디 했이까 볼때기 한 분 쥐어박았이까. 이 세상에 어느 누가 나를 그리 섬기겄노. 날 두고 먼지간 기이 야속하고 괘씸타."

"언제 일인데 아직도 그런 생각을 합니까?"

영호네는 웃는다.

"모리는 소리. 그기이 그렇지가 않다. 자식들 데리고 살아볼 기라고 동동거릴 때는 아무 생각이 없더마는, 악처가 효자보다 낫다는 옛말이 옳다. 만 가지가 다 논(설움)이 난다. 해지는 산을 보아도 그렇고 흐르는 강물을 보아도 그렇고 비감한 생각만 자꾸 든다. 나도 젊었을 직에는 참사하다(말이 적고 조용하다)는 말을 들었고 말 많은 노인네를 보믄 늙어도 나는 군담 같은 거 안할 기다 생각했다마는 어디 장담할 일이 있더나."

"남 보기사 성자할무이곁이 만고에 걱정 없는 사람이 없다 카는데, 천일이는 집을 샀다믄서요."

"집이사 샀제. 가아는 이자 심이 피었네라."

하는데 주름진 얼굴에 쓸쓸함이 감돈다.

"그라믄 진주로 가시지요. 도방이니께 이놈의 엉걸나는(지겨운) 농사일도 안 하고 편하실 긴데."

"글안해도 지가 맏이라꼬 어무이 모시야 한다 카지마는……내사 싫구마. 낯선 곳에 가고 접지 않다. 가보이 깝깝해서 못 살겄더라. 여기서는 부애가 나믄 호미 자리 들고 밭에라도 나오지마는, 그래 인호가 시집가고 나이 일손이 딸리제?"

"야."

움찔하다가 영호네는 힘없는 대답을 했다.

"나도 제집아아 시집보내고 나서 우찌 그리 허전턴고, 밤에 잠이 안 오데. 그래 너거 집 인호는 시집가서 잘산다 카더나."

"잘살기야 하겠소. 시부모가 안 기시니 좀 우떨란가, 하기사 머 손위 시누도 시모 맞잽이니께 맘고생이야 하겠지요."

"살림 내준다 카던데, 안 그랬나?"

"말이 쉽지, 아직이사."

영호네는 내키지 않는 대답을 하며 손등으로 땀을 닦는데 그의 얼굴은 한순간 시들어버린 듯 해쓱해 보였다. 집안 내력 때문에 딸의 혼처를 찾지 못하여 노심초사하던 한복이 내외는 지난 늦봄, 중매쟁이 말을 믿고 인호를 통영에다 여의었는데, 설령 중매쟁이의 말을 믿지 못했다 하더라도 여읠 수밖에 없는 사정이었지만 총각은 조실부모하여 누이 집에서 자랐다 했고 인호의 곱절인 서른을 넘긴 나이에 매형이 저잣거리에서 크게 어물전을 하기 때문에 오늘까지 함께 장사를 해왔다는 것이었다. 혼인만 하게 되면 총각이 벌어놓은 돈이 있어 누이가 제금을 내어줄 것이라는, 대강 그런 얘기였다. 영호네가 나이 많다, 나이 그쯤 되도록 장가를 못 갔으면 필시 무슨 곡절이 있지 않겠는가 했을 때,

"잘살고 못사는 것은 지 복이고, 우리 형편에 찬밥 더운밥 가릴 수도 없으니 그렇다고 해서 여식 아아를 집에 두고 늙힐 수도 없는 일 아니겠소."

곰방대를 물고 앉아서 한복은 절망적으로 말했다. 결국 인호는 시집을 갔다. 그러나 인편에 들려오는 말에 의할 것 같으면 제금내어준다는 것은 빈말이었다. 신랑 된 위인도 불출인 데다 매형 가게의 일꾼에 불과했으며 인호 역시 바쁜 집안의 일손을 채우기 위해 데려갔을 뿐, 초혼도 아니었다는 것이다. 시누이가 혹사하고 학대하여 견디지 못하고 여자가 달아났다는 얘기였다. 한복이 내외는 속았다는 말도 입 밖에 내지 못하였다. 그쪽의 흠이 아무리 큰들 살인 죄인의 손녀요, 거렁뱅이의 딸이고 보면 입 벌리고 말하기도 민망하였던 것이다. 이미 쏟아져버린 물, 다시 주워담을 수도 없거니와 주워담은들 별 뾰족한 수도 없는 터에 그런 처지나마 끝까지 살아주어 일부종사, 팔자치레나 해주었으면, 바라는 것 외 달리 도리가 없는 일이었다. 어젯밤에도 영호네는 딸을 생각하며 울었다.

"이까짓 땅떼기 팔아부리고 고만 아아들 큰아부지한테 가

서 사입시다. 만주로 가잔 말입니다."

"무슨 소리!"

모깃불을 피우다 말고 한복이는 화를 내었다.

"기대볼 곳 없는 사람들도 거산해서 만주로 떠나던데 우리
는 그래도 시아주버니가 기시고 오라, 오라 하시는데 와 그
캅니까."

"씰데없는 소리 마소."

"제집아아도 그렇기 내던지부리고 다음의 우리 영호는 우
쩔 깁니까. 우리 강호, 성호는 또 우찌 되는 깁니까. 근본 모
리는 곳에 가서 자식들 사람 맨들어주어야 안 하겠소."

"짚신도 제 짝이 있는데 대대로 만내믄 될 거 아니오."

"혼사하자는 사람이 없으이 하는 말 아니겠소. 영호를 저리
내비리둘라 캅니까?"

"넓은 세상에 불쌍한 사람은 많소. 우리가 가문 찾고 인물
찾을 처지요? 어디 맘씨 착하고 불쌍한 아이 있이믄 데리오는
기지."

"참 태펭이네요. 나도 머 낯선 대국땅에 가고 접어서 이러
는 줄 압니까."

"형님있는 곳에 갈 생각은 아예 꿈도 꾸지 말아야 할 기구
마. 나는 고향에 뿌리박고 살 기요. 남이야 뭐라 하든 말든 두
귀 막고 살 기요."

한복은 대못으로 쾅쾅 박아버리듯 완강하게 말했다.

"영호는 우짤 기고?"

천일어매는 배추를 솎다 말고 눈부시게 흰 나래를 부챗살 같이 펴고 나는 백로를 올려다보며 말했다.

"가슬에는 장개보내야 안 하겠나."

"보내야 할 긴데."

"매가리 없이 와 그라노. 말하는 데도 없나?"

"아무도…… 우리 집 일이 늘 안 그렇십니까. 혼삿길 열기 가 어렵지요."

"우리도 혼삿말 있을 때마다 천일아배 성질 때문에 말이 많 았네라. 그러이 부모란 자식 혼인길 막는 짓은 하지 말아야, 우떤 때는 양잿물 묵고 콱 죽고 접어도 자식들 앞길 생각해 서……."

"성자할무이가 그러시믄 세상에 살고 접은 사람이 있겠십 니까?"

"남이 남의 사정 속속들이 우찌 알 기고."

"그거는 그렇제요. 실은 영호아배가 탐내던 처니가 하나 있 기는 있었는데."

"그래?"

"내는 보지도 못했지마는."

"근동 처니가 아닌가 배."

"야. 그랬는데 영호아배가 말을 끄내기도 전에 그만 시집을 가부린 기라요. 처니가 보통핵교도 나오고 집안이사 우리 청

140

혼 거절할 처지도 아니고 영호가 경찰에 붙잽혀가는 바람에 서둘지 않았더마는 낙심천만이제요."

"그런 일이 있었고나."

두 사람은 밭고랑을 옮겨 앉는다.

"이자 그만두이소."

"아니다."

"가서 쉬이소."

"아직 해가 남았는데."

천일어매는 웬일인지 집에 들어가기 싫어하는 기색이었다. 광주리 들고 고추밭에 나올 때 화가 나 있었던 것 같았다.

"아니 저기이 귀남애비 아니가?"

천일어매 말에 영호네는 얼굴을 들어본다

"새신랑같이 옷 갈아입고 어디로 가는고?"

"그렇네요. 밤낮 불머시마겉이 해가지고 댕기더마는 우짠 일일까요."

"옷이 날개라 카더마는 채리고 나서니 제법 사람 같고나."

올발이야 굵겠지만 명색이 모시라, 모시 중의 적삼을 입고 대님을 치고 흰 고무신에다 생고사 조끼까지 입은 귀남애비는 어디로 가는지 두 활개를 치며 걸어 내려가는 것이었다. 그의 모습이 시야에서 사라지자 천일어매가 말했다.

"죽은 우리 천일아배도 그런 말을 들었다마는 귀남애비 저 사람도 소다 소. 이마에 소 우 자 붙이고 사는 사람이다."

"그래도 성자할무이가 잘했으니 동네서 인심은 안 잃었제요."

"내가 머 잘한 것도 없다마는 하도 남정네가 말썽을 피고 댕긴께 감당은 내가 해야지 우짤 기고. 밖에서 미련하믄 안에서 사지역지해야, 자식 키우는 사람이 남의 입질에 오리내리는 것도 좋지 않제."

역지사지(易地思之)를 반대로 말한 것이나 처지를 바꾸어 생각하는, 즉 이해한다는 뜻인데 위에 오르고 아래로 내려왔다 해서 뜻이 달라지는 것은 아니다.

"귀남네 가아는 안 되겄더마. 소나아 제집이 똑같다. 며칠 전에 야단난 거 니도 알제?"

"머가요?"

"모리는 모앵이구나. 야무어매 기가 넘어서 까무라친 일이 있었다."

"와 그랬던고요?"

"성환할매가 여러 날 꼼짝도 않고 있어서 야무어매가 가봤던 갑더라. 갔더니 복동이댁네가 와서 귀남네랑 함께 장독가에서 김칫거리를 다듬고 있더란다."

"두 사람이 친한갑십디다. 음식이 오고 가고 하더마요."

"짝짜꿍이 맞아서 요새 그러는갑더라. 그래 야무어매가 들어갔는데 젊은것들이 오느냐는 말도 없고 씻죽(씰쭉)하니 쳐다만 보는데 야무어매 심사가 뒤틀리더라는 거지. 성환할매는 마루 뒷문가에 우두커니 앉아 있고, 와 요새는 꼼짝 안 하느

냐 함서 야무어매가 마루로 올라갔더니 성환할매 눈에 눈물
이 가득 차 있더라는 기지. 아이들은 강가에 갔는지 안 보이
고. 했더니 자식들 해주는 밥이나 묵고 가만히 있일 일이지
늙어감서 와 설치고 댕기는지 모리겠다. 들으란 듯 복동이댁
네가 말하더라는 기라. 그리고 또 하는 말이 남도 아닌 고몬
데 설마 조카 밥 굶기직이겠느냐 하더란다."

천일어매는 그날 있었던 일을 소상하게 설명을 했다. 괘씸
하여, 또 입이 바른 야무어매는 마루 끝으로 나앉으며,

"군은 군대로 모인다 카더마는 자알 논다."

하고 비아냥거렸는데,

"오복이할매, 군은 군대로 모인다. 무신 말입니까?"

복동이댁네가 눈을 희뜨고 따졌던 것이다.

"몰라서 묻나? 가심에 손을 얹고 생각해봐라."

다듬던 김칫거리를 휙 팽개치고 발딱 일어선 복동이댁네
는,

"귀남네 나 간다."

하고서는 삽짝을 쌩! 하니 소리를 내듯 나가버리더라는 것이
다.

"남으 일에 와 챙견일꼬? 그런 챙견 할라 카믄 이녁들 집에
가서나 하지."

입이 툭바리같이 된 귀남네는 뇌까렸던 것이다.

"그 제집은 와 남의 집에 와서 감 놔라 배 놔라, 본 바 없는

것은 할 수 없다. 지가 성환할매 밥 한 끼 믹있다고 그런 소리 하나? 사람이 그라믄 못씬다. 듣자 카이 복동이 집하고는 서로 모리는 임석(음식)이 없다 카던데 어째 지 피붙이한테는 그리 야박하노. 내가 오믄 눈의 까시걸이 한께 안 오겄다 생각함서도 할매 불쌍해서 와봤더니 그 제집까지 장구 치고 북 치네."

"그리 불쌍하믄 오복이할매가 돌보지 그로요."

"그라라믄 못 그럴까 봐? 돌보고말고, 너거들만 없이믄 집하고 땅하고 나 아니라도 동네서 돌봐줄 사람 얼매든지 있다."

귀남네는 한풀 꺾이는데,

"야무어매 그만하소. 제발 그런 말 하지 마소."

성환할매의 목멘 소리에 풀이 꺾였던 귀남네는,

"누가 머라 캤나! 사람만 오믄 금세 우는소리라 카이. 니(벼) 내노라고."

쌀 속의 뉘같이 나타나게 한다는 뜻인데, 귀남네는 중얼거리며 성환할매 쪽을 향해 눈을 흘긴다.

"세상에 니 겉으믄 누가 자식 낳을라카겄노. 해도 너무한다."

"누가 우쨌십니까. 자식 헌해하고 댕기는 어매도 잘한 거 없십니다."

"너거들 헌해한다꼬? 니 어매 너거들 감싸노라 열두 폭 치마도 모자랄 지경이다. 벌 받을 소리 하지도 마라. 옛말에 공안 든 자식 덕 보고 많이 묵은 놈이 악문은 더 한다 카더마는,

끼리끼리 자알 논다. 까마귀가 백로하고 놀겄나. 핏덩이 줏어다가 금이야 옥이야 키워가지고 집 주고 땅 주고 장개들있더니 악독한 며누리 때문에 복동어매 명대로 못 살았고, 그 며누리년과 어울리서 어무이를 면박해?"

"억설하지 마소. 복동어매가 더럽운 소문 때문에 죽었지 며누리 땜에 죽었소?"

"그 헛소문을 누구 퍼뜨릿제? 시어무니한테 오굼 건 거는 누고? 동네에 놔두는 것만도 고맙게 여기 조신하기는커녕 넘우 집에 와서 노인네보고 머 어쩌고 어째? 니가 어무이를 대수로 안 여긴께. 입이 열 개 있이도 말 못할 제집까지 와서 머 해주는 밥이나 묵고 가만히 있이라꼬?"

"얼매나 동네방네 댕기믄서 자식 헌해."

말이 끝나기도 전에,

"맞다. 그래서 니가 노인네 가두어놓고 덩신 안 만들었나."

"머 어째요!"

귀남네 얼굴이 새파래진다.

"그리 풀 세기 날뛰다가 뜨거운 일 볼까 무섭네. 죄는 지은 대로, 부모 눈에 눈물나게 해서 니가 복받을 것 같나? 어디 시상에 그런 법이 어디 있노. 저거 집에 얻어묵으러 가도 안 그럴 긴데."

야무네의 말도 과하기는 과했다. 말이란 내치고 보면 거둬들이기가 어려운 모양이다.

"야아, 그라믄 오복이할매는 지은 죄가 많아서 소싯적에 남편 잡아묵고 딸자식 잡아묵고 지금도 방 안에 산송장이 앉아 있십니까?"

귀남네는 눈이 시퍼래져서 악을 썼다.

"머라 캤노? 머, 머, 머라 캤제? 이 몹쓸 년, 니, 니는 다 살았……."

야무네는 픽 쓰러져서 까무라쳤던 것이다.

"그런 일이 있었구마요. 오복이할무이도 뼈아픈 말을 하싰지마는 귀남네가 심했네요. 가심에 피가 지는 일을…… 둘째 딸은 어마나나 조카한테 다시 없이 한다 카더마는."

"그러이 한배에서 나와도 자식이란 오랭이조랭이*라. 세상에 머니 머니 해도 자식 일만큼은 부모 뜻대로 안 되네라. 자식을 낳아 부모 노릇을 해도 부모 맘을 모리니, 성환할매가 얼매나 저거들을 감쌌기에? 그것들 여기서 나가믄 머 묵고살겄는가. 내가 에미 애비 없는 손주를 너무 감싼게 그러는 거 아니겄는가. 딸자식도 자식이다. 그러건만 귀남네는 자식들 헌해한다, 아무리 그렇지 않다 해도 곧이든나. 하니 성환할매 속이 내고 내도 말 안 하는 거 아니겄나. 성환할매 아니라도 그렇지. 자식을 우찌 내어쫓노. 부모는 그리 못한다. 에미 애비 없는 그 불쌍한 조카들, 남정네가 곰이믄 귀남네가 알아해야지. 소나아 제집이 똑같다 카이. 그래가지고 나중에 오래비 얼굴 우찌 볼 긴고."

"성질이 그러믄 할 수 없는갑십니다. 동생은 안 그런데……
지난 설에도 어머니 옷 한 벌, 조카들 옷에 버선까지 지어서
인편에 보내왔다 카데요. 농사가 많아 일도 지천이고 시부모
모시고 삼서 그거 해보내노라고 밤에 잠이나 잤겠십니까?"

"내 말이 그 말이다. 지가 못하믄 그만이지. 그것도 새(질투)
를 내더란다. 하기사 사람이란 천층만층 구만 층이라 카이 별
의별 사람이 다 있제. 옛적 얘기다마는, 그해는 가물었네라.
우리 천일아배, 니도 알다시피 무경우한 사람 아니더나. 그래
밤이 되믄 남의 논이사 우째 되든지 물꼬를 트러 나가는 기
라. 날이 새믄 보나 마나 동네가 시끄럽을 긴데 우짤 기고, 살
짝이 따라나가서 트놓은 물꼬를 막았네라. 아무리 가장이 하
늘겉다 하지마는 옳지 못할 때는 여자가 막아주어야 하는 기
라. 그기이 남정네 욕을 덜 먹이는 기고 자식들 앞길도 열어주
는 기고."

"그 말씸은 맞십니다. 성자할무이가 그러이 혼삿길도 수울
했지요."

"아닌 게 아니라 그렇기는 했다. 시어무이 보고 딸 주겠다
딸 데리가겄다 하기는 했제."

"이자 대강 됐십니다. 나가입시다."

두 사람은 일어섰다. 그리고 논도랑으로 가서 세수를 하고
발을 담근다.

"영호네."

"야."

"요조숙녀가 하나 있는데."

"야?"

천일어매는 깔깔 웃는다.

"그거는 내 말이 아니고 주막집 영산댁 말이다. 시영딸로
데리고 있는 처니를 두고 그 할매 말이 우리 요조숙녀."

"야……."

대답은 시원찮았지만 영호네 얼굴에 반응이 나타났다.

"조맨치라도 생각이 있이믄 야무어매를 찾아가보아라."

"오복이할무이를요?"

"내가 들은 말이 있어서 그런다."

"무슨 말을?"

"가보믄 알 기다. 나도 그 처니를 참하다 생각했지."

"야……, 오복이할무이 큰아들 때문에 그럴 겨를이 있이까
요?"

"하루 이틀도 아니고, 당장 우떻게 되는 것도 아니고 괜찮
을 기다."

"차도는 없다 캅니까?"

"골벵이 들었는데 하루 이틀에 낫지도 않겠지만, 야무어매
도 자식 때문에 풍파 많이 겪는다. 영호네, 저기 또 최참판댁
에 형사가 간다."

"야?"

겁에 질린 영호네가 뒤돌아본다. 오르막길을, 최참판댁을 향해 낯선 양복쟁이 한 사람이 느릿느릿 걸어가고 있었다. 그러나 그는 형사가 아니었다. 오가타였다.

"왜놈들 참말로 질기네."

"아직 못 잡아서 그런 모앵이지요?"

"몇 달이 지났노. 잡기는 우찌 잡아. 버얼서 돈도 사람도 대국에 가 있일 기라 하더마. 왜놈이 찰랑개비 재주를 지니도 이자는 못 잡을 기라 하는데."

"진주에는 가지도 않고 여기 있었다 카는데 와 저럴꼬요."

"까막소에 갔다 왔다고 해서 그런단다. 애국자라꼬 그런다 안 카나."

"야아……."

"직일 놈들, 저거가 안 망하고 우짤 기고. 죄 없는 사람 총 놓아 직이고, 우리 머시마들도 똑똑했이믄 애국자 돼서 아배 원수를 갚을 긴데, 그날 생각을 하믄 지금도 눈앞이 캄캄하다. 자식이라는 것도 저거 살 생각만 하고 부모 생각 조맨치라도 해야 말이제. 아배 기일에도 싸라지게(몹시) 걱정만 했지, 제상 차리는 것 보믄 눈물이 난다. 눈가림으로 시늉만 하고, 운전대를 잡고 있으니 할 수는 없지마는 천일이도 아배 제사에 참니(참석)하는 일도 드물다. 지도 미안해서 그러는지 진주로 모시 가겠다 하지마는, 없이(일없다). 내 살아 있는 동안에는 그러고 접지도 않고…… 내 눈 하나 감고 나믄 천일아배 산소는 우묵

장성, 풀이나 베줄란가."

굿마당에서 왜병에게 총 맞아 죽은, 남편 마당쇠의 죽음은 세월이 갈수록 천일어매 마음속에서 새로워지는 모양이다. 비극의 현장에 한사코 남아 있고자 하는 한복의 경우도 그러하거니와 이들은 슬픔을 잊으려 하는 것이 아니라 기억하려 하는 것인지 모른다. 살구나무에 목을 매 죽은 어머니를, 굿마당에서 총 맞아 죽은 남편을 잊지 않으려 하는 것이다.

이튿날 해거름이었다. 영호네는 아침나절에 쪄놨던 쑥버무리를 작은 소쿠리에 담고 삼베 수건을 덮어 들고 집을 나섰다. 꾸불꾸불한 내리막길을 지나 돌담 옆에까지 왔을 때 엽이네가 두 다리를 쭉 뻗고 앉아 있었다.

"여기 와 이라고 있노."

"음?"

엽이네는 멀거니 영호네를 쳐다본다. 그러다가 눈이 번쩍 뜨이듯.

"내사 못살겠다, 그만."

하고 머리를 절절 흔든다.

"와?"

"무신 액운인지. 하루 이틀도 아니고 한동네서 이러고 살겠나."

"……"

"글안해도 우서방이 꿈에 뵌든 하루 종일 맴이 산란하고 우서방 생각만 하믄 무섭어서 밤길도 못 걷는데, 참말로 미치겠네. 본 대로 이야기한 기이 머가 잘못인고. 징언[證言] 잘못해서 성구아배(오서방) 징역이 사 년으로 떨어졌다, 사형이 되어도 분이 안 풀리는데 우째 징역이 사 년인고, 귀에 못이 박히게 우서방 집 식구들 원성 아니가. 그거는 마 그렇다 하고 있는 심술 없는 심술, 사사건건 사람을 감아오고 참말로 못할 짓이다. 그 악종들을 갈바서 싸워봤자 이길 사램이 누가 있겠노."

그간의 사정은 영호네도 알고 있었기에.

"참아라."

"아, 오늘도 우쨌는지 아나! 우서방 아들이 우리 콩밭에 소를 몰아넣고 콩밭을 낭태질했단 말이다. 한두 번도 아니고 참말 못살겠네. 누구 하나 나서서 말해주는 사람도 없고."

"누가 그 식구들을 갈겠노. 막 나가는데."

"해악할까 봐 모두 겁내제. 하이 용천지랄하는 거 아니가. 질기 이라믄 우리가 떠든지 해야지. 벼락 맞는 거사 죄져서 그렇다 카지마는 이런 액운도 또 어디 있겠노."

"살자 카믄 우짜겠노. 참아라. 이거나 좀 묵어봐라."

영호네는 소쿠리 속의 쑥버무리를 조금 떼어서 엽이네 손에 쥐여주고,

"집에 가서 맘 가라앉히라. 질에 퍼질러 앉아 있이믄 머할 기고."

영호네는 야무네 삽짝까지 왔다. 다시 한번 생각해보듯 걸

음을 멈추고 콧물을 들이마신 뒤 마당으로 들어간다. 자기 깐
에는 이야기의 성질상 구정물 냄새나는 옷을 벗고 빨아놓은
옷으로 갈아입기는 했는데 삼베 치마의 기장이 짧은데 풀발
이 세어서, 허리를 끈으로 질끈 동여매기는 했으나 가는 종아
리 하며 흡사 암탉 같은 모습이었다. 야무네 초가지붕 너머
느티나무의 짙은 그늘 사이로 두 마리의 까치가 날고 있었다.
해는 아직 남았더란 말인가. 까치의 몸짓은 느긋하기만 하다.

"아무도 없나?"

영호네는 기침을 해본다.

"와 이리 집 안이 쥐 죽은 듯할꼬?"

아래채, 야무가 누워 있는 방에서 기침 소리가 났다. 야무
네, 야무어매 하지마는 야무의 나이는 사십을 넘었다. 영호네
는 그의 얼굴 구경도 못한 터에 아무리 병자라고는 하나 남녀
가 유별이라 내외법이 엄존하니, 말을 걸어 물어볼 수도 없거
니와 왠지 모르게 거북하고 으시시했다. 가버릴까 하다가 부
엌을 들여다본다. 부엌 바닥은 싹 쓸려져 있었다. 선반에는
투박한 사발이 가지런히 엎어져 있었고 솥전은 걸레질을 했
는가 반들반들했다.

"집을 비워놓고 모두 어디로 갔일꼬?"

돌아나오는데 큰방 앞 신돌 위에 짚세기 한 켤레가 놓여 있
는 것을 볼 수 있었다.

"오복이할무이요, 안 기십니까?"

허행이구나 싶었지만, 어렵게 결심하고 왔는데 일이 잘못
될 건가 불안을 느꼈지만 불러본다.

"누고?"

큰방 문이 열렸다.

"누가 왔나?"

부승부승 얼굴이 부은 야무어매가 내다본다.

"나는 아무도 없는 줄 알았십니다."

영호네는 반가워서 말했다.

"잠시 깜박했던가 배."

"할무이 혼자 기시는가 배요."

그 말 대답은 없이,

"몸이 짚동겉이 무겁네. 비가 올라 카나?"

흐트러진 머리를 쓰다듬으며 마루로 나온다.

"모두 어디 갔십니까?"

"응. 안사돈 환갑이라고 해서 식구들 모두 구례 외갓집에
갔다. 병자가 있으니 나는 참니도 못한다."

"야……."

"무슨 일고?"

좀체 마을 다니는 일이 없는 영호네였기에 야무어매는 의
아해한다. 소쿠리 속에 뭐가 들었는지 알 수 없지만 음식을
나누어 먹으려고 온 것만은 아닌 듯했다.

"저기, 할 이야기도 있고, 아아들이 묵고 접다고 해서 조맨

해봤는데 오는 길에 가지왔십니다."

야무어매는 소쿠리를 받아 삼베 수건을 들쳐본다.

"쑥버무리네. 너거들도 식구가 많은데 남 줄 기이 어디 있어서."

부엌에서 접시하고 작은 함지를 가져온 야무어매는 접시에 쑥버무리를 옮기면서 조금 뜯어 먹어본다.

"간이 맞네."

나머지 것은 함지에 옮겨 살강에다 간수하고 접시에 담은 것은 아랫방 야무 있는 곳으로 가져간다. 방문을 열고 접시를 넣어주면서,

"좀 묵어봐라. 꼽꼽해서 마치 묵기 좋다. 물 떠다 주까?"

"괜찮십니다."

낮은 야무의 목소리가 들렸다.

"꼭꼭 씹어 묵으라. 체할라."

마루로 돌아와 걸터앉는 야무어매를 보고 영호네는 물었다.

"요새는 좀 우떻십니까?"

"저분 때 개소주를 내서 믹있더마는 요새는 좀 묵는다."
했으나 깊은 한숨을 내쉰다.

"얼굴이 부은 것 같은데."

"이래저래 심장이 상해서 안 그렇나. 한분씩 속을 끓이고 나믄 이렇네라. 가심이 뛰고 밤에는 잠도 못 잔다. 그러다가 괜찮아지네라."

영호네는 천일어매한테서 들은 얘기가 있어 왜 속을 끓였는가 짐작할 수 있다. 그러나 귀남네하고 무슨 일이 있었다 하데요 하고 말하지 않았고 야무어매 역시 가슴에 맺히는 그 말, 서방 잡아먹고 딸자식 잡아먹고 지금도 방에 산송장이 있다는 기막힌 그 말을 입 밖에 내기조차 끔찍스러운 듯 일체 언급하지 않는다. 실은 그의 말대로 심장이 상하여 얼굴이 부은 것도 사실이지만, 식구들 없는 새 방 안에서 야무네는 울었고 울다가 설핏 잠이 들었던 것이다.

"방에 들어가자. 뒷문을 열어놔서 씨원타."

뒤늦게 아들 방에 신경을 쓰며 야무네는 당황하듯 말했다.

"야."

영호네 역시 야무에게 신경을 써가며 마루에 걸터앉아 말할 성질의 일도 아니어서 얼른 야무네를 뒤따라 방으로 들어간다. 아닌 게 아니라 뒷문이 열려진 채였고 감나무 한 그루가 있는 뒤란이 내다보였으며 방 안에 시원한 바람이 들어왔다. 야무어매는 습관처럼 방에 걸레질을 하며.

"너거들은 옛말하고 산다. 영호네, 나는 와 이렇겠노. 갈수록 태산이다."

걸레를 구석에 밀어붙여 놓고 티라도 들어간 것처럼 눈을 비빈다.

"사람 사는 기이 다 안 그렇십니까. 병자만 좋아지믄 오복이할무이도 무신 걱정이 있십니까?"

155

"말해 머하겠노. 아랫방의 자아만 나으믄 내사 내일 눈을 감아도 여한이 없겄다. 불쌍한 우리 야무, 따땃스리 밥 한 끼 못 묵고 십여 년을 객지 생활 함시로 에미하고 동생은 살게 해놨는데 지 몸이 저 지경 되었으니 참말로 내가 죄 많은 에미다."

"너무 심로 마이소. 설마 좋아지겠지요."

"그러씨…… 조금 기동은 한다마는."

야무네의 얼굴은 여전히 어두웠다. 그 어둠은 다만 야무의 신병 탓만은 아닌 듯싶었다.

"그래 할 얘기란 멋고?"

"맘도 안 편하신데 지가 이런 말을 해야 좋을지."

"마음 편할 날이 어디 있나. 그날이 그날이지. 말해봐라."

"어젯밤에 영호아배하고 의논을 했지마는, 우리 영호 때문에…… 핵교도 중도지폐하고 집에 있으니 맘을 못 잡는 모앵이라요."

"그럴 기다. 와 안 그렇겄노."

"지 맴이사 서울이나 일본에 가서 하든 공부를 더 하고 싶겄지요. 그럴 성시도 안 되지마는 또 붙잽히가믄 우짜꼬, 부모 맘에 안 그렇십니까. 그래서 장개라도 보내믄 우떨까, 맘 붙이고, 나이도 그럴 나이 아닙니까. 아니 늦었이믄 늦었지."

영호네는 말하기 난감해하는 표정이었고 야무어매는 담박 영호네가 찾아온 뜻을 알아차린다.

"실은 어제 성자할무이 말씸도 있고 해서 밤에 영호아배하고 의논도 했십니다."

"주막집 숙이한테 중신들어달라 그 말 아니가? 그렇제?"

아무어매는 처음으로 웃었다.

"아, 아닙니다. 중신을 들어달라기보다 오복할무이 생각은
우쩐고 싶기도 하고 의논 삼아서."

난감해하면서도 영호네는 매우 신중하다.

"의논하고 자시고 있나. 아아가 그만하믄 잘 컸지. 참하고 심
성 곱고, 처지가 그래 그렇지 이근동에서 그만한 아이는 없다."

"야, 지도 그 처니는 보아서 압니다. 조신하고, 그런데 영호
가 우찌 생각할까 싶기도 하고."

하다가는 영호네는 당황한다. 너희들 처지에? 비난을 받을 것
같은 생각이 들었던 것이다.

"부모가 하라 카믄 하는 기지. 무슨 소리고."

"요새 아아들은, 신식이 머리에 들어가서 주장을 하는갑데
요. 우리 처지에 푼수 없는 말이지마는 자식도 머리가 커져놓
은께."

"실은 영산댁이 나보고 한 말이 있었네라."

"주막집 할무이가요?"

"응, 한복이 집에서 우리 숙이를 우찌 생각하는지 말 좀 건
네보라 하더마. 그런 참에 우리 큰아아가 저리 돼가지고 돌아
왔으니 무슨 경황이 있었겄나. 잊어부리고 정신이 없었제."

"야. 그래서 성자할무이가."

"음, 천일어매한테 말한 일이 있었다. 영산댁 말로는 죽은 남정네, 와 그 팔난봉 겉은 남정네가 어디서 낳았는지 아들이라 캄씨로 찾아왔는데 그놈이 숙이를 채고 들앉을 심산이라, 몽둥이를 들고 쫓아내기는 했으나 늘 맴이 안 놓인다 하믄서 서둘러 숙이를 치웠으믄 하는 기라."

"그 소문은 지도 들었십니다."

"전생에 무슨 인연인지 피도 살도 안 닿은 남의 자식을, 우리가 보기에도 숙이한테는 공자라. 일구월심 숙이를 앉힐 자리 앉히겄다 그 생각뿐인 기라. 남한테 빠지지 않게 혼수도 장만할 기다 카고. 우리끼리니께 까놓고 얘기하자믄 너거들도 혼처 구하기 심든 처지 아니가."

"그거는 그렇지요."

"내 말 섭섭히 듣지 마라. 아이가 혼자 떠돌아댕긴 것도 아니고 아비가 영산댁한테 맽기고 갔으니, 또 주막에 있다 캐도 영산댁이 술심부름 시킨 것도 아니고 우리 요조숙녀 요조숙녀 함서 얼매나 떠받들었노."

혼자 떠돌아다닌 것도 아니라는 것은 영호네에겐 가슴 아픈 말이었다. 그러나 야무어매가 가슴 아프게 하려고 한 말이 아닌 것도 안다. 혼자 떠돈 너도 이렇게 자식 낳고 잘 살지 않는가, 그런 뜻인 것도 안다.

"그라믄 그 아아 시집보내고 나믄 주막집 할무이는 우째 살 긴고요."

"절에나 가서 있일 모앵이더만. 영호네 딴생각 말고 내 말 들어라. 이 일은 너거들을 위해서도 성사해야 한다. 내 말 알아듣것제?"

"야."

"서로가 다 사람 하나 보고 하는 것이니 영 딴생각 마라."

"그런데 맘에 끼는 일이 하나 있어서."

"맘에 끼는 일이라니?"

"소문을 믿어서가 아니라 저기 그런께 말해도 되겄는지."

"니새 나새(너랑 나랑) 말 못할 기 머 있노."

"최참판댁 둘째 도련님하고 어쩌고."

하자 야무어매는 웃었다.

"그 얘기라 카믄 나도 안다. 그 기이 까닭이 있제. 최참판댁 작은 도련님이 바람을 잡아 댕기다가 강가에 쓰러진 거를 숙이가 본 기라. 해서 영산댁하고 함께 주막까지 데리온 긴데."

"그기이 그런데,"

"빨래터 얘기가."

"야."

"하여간에 말 많은 기이 탈이라. 생각을 해봐라. 쓰러졌을 직에 도움을 받았으니 만나믄 인사하는 기이 정한 이치고, 또 그 댁의 작은 도련님은 예사 사람이 아니라 하더라. 모두 공평키 살아야 한께 또 높고 낮은 기이 없인께 함시로 도련님이라 불러도 질색을 한다는 기라. 그렇기 차별을 아니 둔께 숙이한테도 말을 건 거 아니겠나. 그라고 또 숙이가 엄전한께 그 댁 도련님이 만의 일이라도 마음을 두었다 치자. 그기이 너거한테 못할 기이 머 있노. 최참판댁 도련님이 마음을 둔 처자를 며느리로 데리온다믄 그야말로 영광 아니가. 숙이가 지 처지를 아는데 빨래터에서 말 몇 마디 걸었다고, 그거는 언감생심 말도 안 되는 소리고오. 그러이 내 생각에는 빠르믄 빠를수록 혼사 성사시키는 기이 좋다. 우리끼리니 하는 말이지만 최참판댁에서도 좋아할 일 아니가. 소문이 그렇다믄 그 소문 지우는 것이 된께."

"말을 듣고 보이 그렇소."

영호네는 비로소 얼굴이 환해진다.


## 8장 수유리에서


푹푹 찌는 날씨였다. 흐르는 땀도 땀이지만 습기찬 공기가 치덕치덕 몸을 휘감았다. 불귀신 물귀신이 한꺼번에 달려들기라도 하는 것처럼 미칠 지경으로 더운 날이었다. 춥다든가 덥다든가 시원하다든가, 혹은 경치가 좋다 나쁘다, 용모가 어떻고 따위의 감각적 표현에 절제가 강한 유인성은 음식에 관해서도 누가 맛이 있네 없네, 짜네 싱겁네, 그런 말을 할라 치면,

"맛이 있으면 맛나게 먹어. 맛이 없으면 수저를 놓고. 사내

자식이 채신머리없이 그러는 게 아니야."

따끔하게 일침을 놓아 상대를 무색하게 하였다. 그런 유인성도 오늘 같은 날씨는 견디기가 어려웠던 모양이다. 사랑의 방문을 활짝 열어놓고 안동포 적삼의 고름을 풀어헤친 채 연신 땀을 닦다가 부채질을 하다가, 그러고 있는데 선우 형제가 찾아왔다.

"이런 날 방구석에서 체력 소모하는 것은 그야말로 불경제라는 거다."

쪽문을 열고 좁은 사랑 마당으로 들어서며 선우일이 큰 소리로 말했다.

"불경제라……."

옷고름을 여미고 일어서며 유인성이 중얼거렸다. 회색 바지에 반소매 흰 셔츠를 입은 선우신이 웃으며 인사를 했다. 광대뼈가 솟고 양 볼이 꺼져서 여우상 같은 그의 인상, 그러나 날카로움은 많이 마모된 듯했으나 달콤하고 깨끗해 뵈는 웃음은 전과 다르지 않았다. 선우일은 마지(麻地)의 양복차림이었고 나비넥타이에 파나마모자까지 쓰고 있었다.

"올라오게. 왜 그리 우두커니 서 있기만 하는가."

"아닐세, 나가자구."

선우일이 말했다.

"어디로?"

"물 찾아가는 게지. 옷 갈아입고 나오게나."

"가시지요, 형님."

선우신도 거들었다.

"물 찾아간다구? 그렇담 옷 갈아입을 것도 없네."

안동포 홑바지의 걷어올린 가랑이를 풀어내리고 다시 한번
만 접어올린 유인성은 밀짚모자를 머리에 올렸다.

"친구 따라 강남 가더라고, 그럼 나서볼까?"

대절하여 대기하고 있는 자동차에 올라탄 세 사람은 우이
동 골짜기를 찾았다. 물소리만 들어도 땀이 식는 것 같았다.
골짜기마다 수박 참외 복숭아, 싱그러운 여름 과일을 물에 담
가놓고 여인네 아이들이 물맞이를 하고 있었다. 영계백숙을
뜯으며 소줏잔을 기울이는 남정네들도 눈에 띄었다. 세 사람
은 골짜기를 따라 곧장 올라간다. 사람들은 뜸해졌고 물소리
만 줄기차게 들려왔다.

"잘 왔지?"

선우일이 말했다.

"그런 것 같네."

"자넨 표현에 인색해. 언제나 그렇거든."

"반풍수 안 되려고 그런다."

"비트는군."

"아니 다행이다. 이것저것 반풍수 아닌 게 없지."

"흠 이것저것이라…… 이것저것 다 해낼 놈이 있어야 물러
날 것 아닌가. 빌어먹을 놈의 세상, 나 같은 놈을 세상이 만들

162

었지. 모두 명분만 찾고 원칙만 고집하고 허니 어쩌겠나."

선우신은 개울 한켠에 돌을 쌓아 흐르는 물을 막아서 수박, 참외를 담가놓고 그늘 밑의 평평한 바위에다 술병과 술안주 따위를 펴놓는다. 오는 도중 매점에서 꾸려온 것들이다.

"사방에서 욕은 바가지로 먹으면서, 그래도 어쩌겠나. 급하면 날 찾는걸."

"……."

"이 선우일은 머슴이냐 피에로냐, 허허헛헛……."

유인성은 싱긋이 웃는다. 선우일은 양복 윗도리와 바지를 벗는다. 무릎까지 오는 인조견 속바지 밑에 종아리는 가늘고 희다. 노리끼한 털이 물결같이 밀려 있다. 유인성도 바짓가랑이를 걷어 올린다.

"적삼 벗고 은가락지 낀다더니 그 꼴이 뭔고?"

유인성 말에,

"아아."

하다가 선우일은 나비넥타이를 풀고 와이셔츠의 단추도 끄르고 소매를 걷어 올린다. 두 사람은 나란히 바위에 걸터앉으며 물속에 발을 담근다.

"씨원하구나. 어이 씨원타!"

선우일은 탄성을 질렀다. 선우신은 술자리를 펴놓은 바위 옆에서 세수를 하고 얼굴을 닦은 뒤 유인성과 형을 바라본다. 이윽고 두 사내는 술자리에 와서 앉았다. 묘한 침묵이 한순간 흘렀다. 술을 마시고 수박을 베먹고 씨를 뱉으며 선우일이 먼저 입을 떼었다.

"인실의 소식은 들었는가?"

"......"

"아직 소식을 모르고 있어?"

"......"

"형님한테 오가타가 찾아가지 않았던가요?"

이번에는 선우신이 물었다.

"왔더군."

"그러면 인실이 소식은 들었겠군."

선우일 말에 선우신은 눈살을 찌푸렸다.

"형님!"

"왜?"

"오가타가 인실 씨 소식을 어찌 알겠어요. 그도 궁금해서 방학을 이용하여 나왔을 뿐인데."

하자 인성이,

"그 애는."

하다가 술을 마신다.

"죽은 거나 다름없어."

"그게 무슨 뜻인가?"

"몰라 묻는 겐가!"

"자네 말뜻 나는 모르겠네. 형무소 출입을 했기로, 그건 조선의 딸로서 영광 아닌가."

선우신은 다시 눈살을 찌푸렸다.

"영광이라…… 영광, 하하핫핫…… 영광?"

유인성의 웃음 속에는 분노와 비애가 있었다. 잊을 만하면 어디선가, 누군가가 끌고 나와서 인성의 가슴을 쓰라리게 한다. 며칠 전만 하더라도 큰누이 인숙이 찾아왔다. 병석에 누워 있던 모친은 큰딸의 손을 잡고 눈물을 흘렸다. 그 가엾은 것, 가엾은 것 하며 흐느꼈던 것이다. 모친의 울음 속에는 아들 인성에 대한 원망도 있었다. 인실이 집 나간 것은 지난봄이었다.

"오빠, 인실이 죽어서 장사지내는 비용쯤 생각하시고 돈 좀 주세요."

느닷없이 그런 말을 인실은 했다.

"무슨 말버릇이 그러냐?"

"절 믿으시지요."

"너를 안 믿으면 누굴 믿겠냐."

유인성은 어릴 적부터 총명했던 막내 인실을 사랑했다. 꺾이지 않는 그의 기상을 사랑했고, 옳고 그름이 분명한 그의 의사를 존중했다.

"신념대로 살 거예요. 강하게 살 거예요. 빈손으로 나가느니보다 얼마간의 돈 쥐고 나가야 오빠 마음도 덜 아플 거예요. 물론 전 지금 돈이 필요합니다."

돈을 주지 않는다 하더라도 인실이 자신의 계획을 변경하지 않는다는 것을 유인성은 잘 알고 있었다. 그리고 어쩌면 긴 세월 인실은 돌아오지 않을지도 모르고 또 어쩌면 영원히 돌아오지 않을지도 모른다는 생각을 했다. 손을 벌리고 돈 달라는 그 자체의 의미, 인실은 긴 세월이거나 아니면 영원한 이별이 아니고서는 그 같은 행동을 취할 성질이 아니었기 때문이다. 인성은 가족들 몰래 오백 원을 마련하여 인실에게 주었다. 오백 원은 결코 적은 돈이 아니었지만 좀 더 넉넉하게 주지 못했던 것이 한탄스러웠다. 인성은 그때 암울하고 오뇌에 젖어 있던 인실의 눈을 가끔 생각한다. 그럴 때마다 가슴이 철렁하고 알지 못할 노여움을 느끼는데 오가타를 연상하기 때문이다. 그러나 인실이 오가타의 아이를 배태했다는 사실을 어찌 상상이나 했겠는가. 오가타는 초라하고 의기소침한 모습으로 나타났다. 밖에서 인실의 소식이라도 들었더라면 그는 결코 인성을 찾아오지는 않았을 것이다. 인성은 오가타를 보면서 일종의 안도감을 가졌다. 인실은 오가타의 손이 닿지 않는 곳으로 갔을 거라고. 그러나 오가타의 진실에 연민을 느꼈다. 말없이 술을 마시다가 그는 돌아갔다.

"사회가 인실 씨를 잡아먹은 거지요. 배신에 대한 분노가 정당한 경우는 그리 흔치 않지만 대중이란 쉽사리 등을 돌리더군요. 사회 자체가 거대한 에고이즘의 덩어리 아닙니까."

선우신이 씹어뱉듯 말했다. 그 말에 선우일은 찔끔했다.

"다행이네. 신이가 몽상에서 깨어난 건."

유인성은 중얼거리듯 말했다.

"그건 또 무슨 말인가?"

선우일이 물었다.

"자넨 관에다 못질할 때까지 의문으로 끝날 거야."

"안 그럴 사람이 어디 있누."

그 말 대꾸는 없이 인성은,

"사회 자체가 거대한 에고이즘의 덩어리라는 말은 맞는 말이네. 전폭적인 긍정으로 감상주의에 흐르는 것도 대단히 위험한 일이야. 더더구나 민족주의를 휘두르고 나가는 사람들에겐…… 사회주의자들도 마찬가지야. 민중에게 절망하는 것도 그러하나 큰 기대를 거는 것도 어리석어. 실체를 뚫어보지 않고 하는 일은 결국 붕괴된다."

인성은 말을 계속할 듯했으나 그만둔다.

"그래 어떤 뜻에선 사회가 인실을 배신했지. 그러나 인실이도 피해망상이었어. 친일파나 할 일 없는 한량들의 입방아쯤 무시해도 좋았던 게야. 누가 뭐래도 인실은 조선의 딸이고 조선의 잔다르크야."

"형님은 늘 그렇게 순진하시지요."

선우신이 비꼬듯 말했다.

"뭐라구?"

"친일파 한량들이 뭐라 했습니까? 그들은 관심도 없어요.

소위 일한다는 것들 진보적이라 자처하는 것들, 그것들이 계집같이 종알대는 주둥이를 몰라 그러십니까?"

평소 성격을 봐서 선우신의 어세는 매우 강했다.

"주둥이 하나 가지고 다 해먹는 놈들, 검거선풍이 불면 이상하게도 빠져나가는 놈들, 개의할 것 없어. 나보고도 회색분자니 기회주의자니 하며 매도하는데 정작 그들이야말로 정체가 뭔지 모르겠더군."

"그들 주둥이에 난도질 당할까 봐 고분거리는 무리는 어떻고요."

"그만들 두게. 인실을 배신한 것은 없어. 뭐 그 애가 거물이야?"

인성은 쓰게 웃다가.

"차거운 눈길이나 노골적인 비난에 좌절할 인실은 아니야. 그 애는 지 자신이 선택한 대로 갔을 뿐이다."

유인성 말에 선우 형제는 입을 다물었다.

"자아 술이나 붓게."

선우신이 유인성 술잔에 술을 붓는다.

"여름이 가고 나면 의돈형님이 나올 텐데. 나와도 세상이 뒤숭숭하니 걱정이야."

선우일이 말했다.

"가족들한테도 충분히 못해 서운하게 여길지도 모르겠고."

계명회사건 때문에 잡혀간 사람 중에서 선우신, 유인성, 유인실 그리고 오가타 그 밖의 몇 사람은 비교적 일찍 풀려났고 작년에는 최길상(김길상)이 출소를 했으며 마지막 서의돈이 올 가을에는 형기를 마치고 나올 것이다. 그런데 선우일의 걱정과 자책 비슷한 말에 유인성은 왠지 냉담했다.

"권오송이 나왔다며?"

서의돈에 관한 말을 묵살하고 인성은 말머리를 돌렸다.

"나오기는 나왔는데 말들이 많아."

권오송은 지난 늦봄 예맹(藝盟)검거 때 잡혀갔다. 그러나 권오송은 예맹과는 깊은 관계가 없었고 오히려 약간의 알력도 있었던 터이어서 주위 사람들은 권오송의 검거를 의아하게 생각했다. 예맹 검거사건에 앞선 정월, 사무실 아래층 다실에서 저녁 늦은 시간, 극단 산호주는 실험 비슷하게 연극 동호인만 모아놓고 고리키의 「밑바닥」을 공연한 바 있었는데 그것 때문이 아니겠느냐 말하는 사람도 있었다.

"재취한 강선혜 때문에 더 말이 많은 모양이더군."

"나와서 일체 외부와 연락을 끊은 것도 오해에 부채질을 한 것 같습니다."

선우신이 덧붙여서 말했다.

"늘 있어온 일 아닌가."

유인성은 가볍게 말했다.

"그런 정도의 얘기가 아니네. 아주 흉칙스러워. 사전에 양해가 되어 잡혀갔다는 말도 있고 극단 산호주에 정체 모를 전주(錢主)가 붙었다는 말도 있고."

"권오송이가 이 모와 비교적 가까운 사이라 그런 말 듣는
거 아닐까?"

"그 점도 있지. 과거 이 아무개가 총독부에 의해 회유되었
던 것은 사실이고 지금 민족주의라는 미명하에 매문행위, 괴
상한 글을 쓰고 있는 것도 사실인데 권오송에 관한 흉칙한 소
문이 사실 아니기를 바랄 뿐이다."

"말치고는, 현실성이 없구먼. 이 모같이 이용가치가 있는
인물도 아니고, 희곡 몇 편 썼기로 거의 대중에게는 알려진
사람도 아닌데."

"잡지하고 극단이 있거든."

"……."

"만일 총독부의 손이 권오송에게 갔다면, 그건 이 아무개가
미치는 대중에의 영향을 꺾어버리려는 의도하고는 내용이 다
를 게야. 이 아무개의 작업은 혼자 하는 것이지만 잡지 언저
리에 모여드는 사람, 극단에 참가하고 있는 사람, 결국 예술
인들 속을 파고 들어온다, 그렇게 봐야 하고 잡지나 극단의
방향도 일본 정책에 따라 조정할 수 있고, 한발 더 나아가서
친일의 선전장일 수도 있고. 이건 어디까지나 가상이지만."

"그건 일본을 과소평가하여 하는 얘기다. 치밀하고 교활하
며 황당하고 대담한 일본이 문화정책을 내세웠다 하여 예술
을 육성할 의사는 물론 없지만 예술인들을 이용하여 친일의

선전장으로 만들 만큼 자신 없는 놈들도 아니라구. 이 모의 경우는 그가 지녔던 정치적 비중 때문이지, 그의 문학에 있었던 건 아니야. 하기야 이 모에게 있어서 정치와 문학을 떼어놓고 생각할 수 없는 일이긴 하나…… 뭐, 권오송의 손을 빌릴 것도 없이 그들은 개인을 상대하며 회유하거나 위협할 수 있고, 극단쯤 몇 개 만드는 게 뭐 그리 대수겠나. 현재로선 조선의 예술 따위는 그들 안중에도 없어. 독립운동가, 수상한 사상을 가졌다 하면은 집어내는, 다만 그것뿐인 게야. 권오송이를 어쩌구저쩌구하는 발상부터 황당하기 짝이 없다. 어디서 그런 말이 나왔나?"

"말의 진원지는 대강 짐작이 가네만 하여간."

"권오송이가 수완이 좋아서 잡지도 하고 극단도 있고, 그러나 사재를 털어 넣을 만큼 자기 나름의 사명감은 있을 것이며 섣불리 돈에 넘어갈 그따위로 우둔한 사람도 아니야."

"시기심이지요. 강선혜 씨가 적도 만들었구요. 결혼 전에 강여사는 좌충우돌, 하지만 따지고 보면 좌충우돌하게끔 몇몇 주변의 시선이 잔인했습니다."

유인성은 술을 마시려다 말고 선우신을 쳐다본다.

"동경 유학했다는 걸로 강여사 콧대가 높았던 것은 사실이지만 별 재주도 없는, 그 남녀평등을 주장한 글 때문에 조롱감이 되기도 했습니다. 시를 쓰네 연극을 합네 하고 《청조》 주변에 모여드는 사람들이 주로 그랬었지요. 인간이란 무리를 지으면 바닥 없이 잔인해지고 무책임해지고, 그건 마치 무대를 보는 관객과도 같이 신랄하다는 걸 느꼈습니다. 철부지에다 돈푼깨나 있는 집 딸, 낭비를 일삼는 꼴, 보기에 아니꼬운 것은 사람의 상정이지만, 진보적이라고 자처하는 그런 자들도 까불어보아야 지가 마포강 강서방 딸이지 누구겠는가, 그런 주제에 동경 유학이라니, 그런 눈으로 바라보는 데 그치지 않고 실제 언사로 내뱉는 겁니다. 상대가 모질고 표독스러웠으면 면대하여 그랬겠습니까? 심지가 약하고 보면 계속 짓밟는 겁니다. 옳고 그른 것을 따지는 게 아니고 약점을 꺼내어 계속 망가뜨리는 거지요. 건드려도 별 해가 없을 것이다 하면 계속 건드리게 되는 속성, 주변에서 가세하게 되고, 여자가 뭐, 하는 것도 여자가 지닌 특성보다 약자라는 전제하에 감정이 자행되는 것 아닙니까. 무리란 상향(上向)과 하향(下向), 양면을 지닌 것 같습니다. 무리가 사명으로 뭉쳐지면 지고선(至高善)으로, 협동과 사랑으로 가지만, 힘으로 뭉쳐지면 큰 것은 큰 것대로 작은 것은 작은 것대로 공격의 대상을 찾게 되고 가장 취약한 것을 골라잡아 괴롭히며 쾌감을 느끼며, 크게는 다른 민족을 침해하고, 작게는 골목대장식의 잔학성을 나타내는데…… 생각해보면 역사란 늘 그래왔다, 언제나 강자 편에 서 있었다. 조그마한 그룹에서도 그런 것이 느껴질 때가 있습니다. 그럴 때는 뭔지 살고 싶지 않은 기분이 들지요."

선우신은 흥분하고 있었다. 강선혜를 비호하는 말이라기보다 그는 오가타라는 일본남자로 인해 취약점을 안고 있다고 보는 인실의 처지를 가슴 아파하고 있는 것 같았다. 물론 그 것은 인간 본성으로 확대되어 선우신에게 절망감을 안겨주었 을 테지만.

"막상 강여사가 오송형님하고 결혼을 하고 보니, 또 잡지나 극단에 강여사 쪽에서 출자를 하는 형편이고 보니 일이 묘하 게 됐어요. 오송형님 주변에서 심히 강여사를 괄시했던 사람 들 입장이 곤란해졌지요. 《청조》사 최기자도 사표를 내고 나 갈 수밖에 없었지요. 이번에 검거사건이 터지니까 그들은 은 근히 좋아했을 겁니다. 어디 골탕 좀 먹어봐라, 《청조》도 망 하고 산호주도 해산할 것이다. 한데 그 감정이란 게 줄기를 찾아보면 참으로 하찮은 것에서 출발했거든요. 그런데 그들 의 뜻한 바와는 달리 오송형님이 나오게 되니 또 곤란해졌다 그 말입니다. 내친 걸음 되돌릴 수도 없는 고약한 루머가 퍼 진 거지요. 한마디로 추악합니다. 아무 원수진 것도 없고 이 해상관도 없이 어느 서슬엔가 출발을 해서 험악한 관계로 치 닫는 그런 상황을 도처에서 보게 되면 정말 견딜 수가 없지 요. 머리 박박 깎고 절에 가든지 동해 물에 빠져 죽고 싶어집 니다. 독립이고 해방이고 뭐 되는 것 있겠습니까! 기아로부터 해방! 인간 소외로부터 해방! 빛 좋은 개살굽니다. 서로 유리 조각 들고 아무것도 아닌 걸로 서로의 살갗에 상처를 내는."

선우신은 자신의 흥분을 깨달았는지 말을 끊었다.

"언제나, 어디서나 있어왔던 일인 게야. 앞으로도 그럴 것이고, 쓰레기는 나게 마련 아닌가. 지엽 때문에 근본을 망각하는 것도 옳은 일은 아닌 게야."

선우신은 약간 무안스러운 듯 고개를 숙인다.

"자네 같은 사람도 있으니 모든 것에는 다 양면이 있는 게야. 그는 그렇고 그놈의 잡지는 뭣 하러 해."

"나쁠 거야 없지 않나. 좁은 우리들 지면을 생각하면."

선우일이 말했다.

"민적민적 민적거리고 있는 그까짓 것."

"폐간당하지 않으려면 할 수 없다. 없는 것보다 나아."

"없는 것보다 낫지가 않아."

"어째서?"

"연극이란 사람을 모아야 되는 일이고 잡지가 있으면 사람 모으기 편리하긴 하지. 이론의 뒷받침도 되고 연극에 대한 계몽·관심도 확산되고, 우리 처지에선 미미한 거지만. 그러나 모여드는 사람들이 자칫 잡지 하는 쪽의 추종자가 되는 것도 부인할 수 없는 게 우리 현실 아닌가. 그런 면에서 오송이가 계산을 하는 모양인데, 그러나 잡지를 존속시키기 위해 미온적으로 계속하다 보면 알맹이는 빠져나가고 이해관계에 민감한 껍데기들만 남아서, 지금 오송이가 치르는 곤욕도 그런 선에서 비롯된 거야. 세상 돌아가는 것은 물론 미흡하지만 신문이 있으니 내 생각에는 잡지보다 시집이나 창작집, 정선한 번

역물 혹은 학술논문 같은 것을 단행본으로 출판하는 편이 낫겠어. 그건 우리들의 작업이라 할 수 있지만 총독부 눈치 보아가며 독자들 취향을 살펴가며, 또 자기 측근에다 지면을 안배하려 하고, 죽도 밥도 아닌 꼴이 되지 뭐. 게다가 일본을 거쳐서 온, 그나마 일본서 선택되고 해석한 것을 재탕하자니 그것도 단편적으로 말씀이야. 궁색하기 짝이 없지. 한구석만 보고 사물의 전부라 생각하는 반풍수 만들기 십상이고 겉멋 든 속물들이 단편적인 것 치켜들고 지식인 행세나 하고, 그놈의 계몽주의가 뭔가 하는 것을 보라고. 와장창 부숴버리는 게 그들의 능사 아닌가. 엽전이 어떻고 자기 비하 자기부정은 일본인과 궤도를 같이 하고 있거든. 마치 우리 것을 부정하는 일이 독립에의 첩경이요 민족을 구제하는 거로 착각을 하고 있어. 그런 망상의 도배들을 나는 반역자라 규정하겠네. 문화란 하루 이틀에 되는 것도 하루아침에 버려지는 것도 아닌 게야. 독립이란 국토와 문화를 되찾고 지키는 것, 국토가 육신이라면 문화는 영혼인 게야. 뭐 그렇다고 해서 남의 것 무조건 배격하자, 그런 얘기는 아니네. 묵묵히 종전대로 사는 백성들 꼭대기에 서서 미치광이처럼 남의 것의 찬송가를 불러대는 소위 그 지식층, 산호주니, 《청조》니 하는 따위의 극단이나 잡지 이름은 또 뭐고? 사이조 야소[四條八十] 풍인가? 사소한 일 같지만 그런 경박함은 언젠가는 아래로 흘러 백성들의, 민족 전체의 경박성으로 화하는 게야."

사이조 야소는 사푼사푼 달착지근한 시를 쓰는 일본의 삼류시인이다.

　"불과 십 년 전인 3·1운동 때도 아직은 우리의 뿌리가 남아 있었어. 십여 년 동안 무섭게 변했다. 더욱더 무섭게 변하겠지. 내가 걱정하는 거는, 악용당할 수도 있다⋯⋯."

　"잡지 말인가?"

　"아까 소문이 어쩌구 했는데 사실무근인 것은 알지만, 앞으로 오송이 입장이 난처해질 수도 있지."

　"내 생각에도."

　"소문도 그러하니 쾅 때리고 폐간해버리는 게, 이용당하는 고통보다 덜할 건데 나 같으면 그러겠다."

　"그건 아까 얘기하고 다르지 않나?"

　"앞으로 달라질 거라는 예상이지. 만보산사건으로 전쟁이 된다면⋯⋯ 일본의 야심이 도중하차는 아니할 게야. 그렇게 되면 여러 가지 양상이 나타나겠지. 안중에도 없는 조선의 예술인에게도 메가폰을 들릴 수도 있을 게고. 《청조》 같은 것 폐간시켜버리면 그건 다행이지만 인원 동원의 도구로 쓰일 수도 있고 일본 찬송의 글 나부랭이 실어라 할 수 있고 악용당할 소지는 있지. 그와는 경우가 다르지만 《조선일보》의 경우, 아주 교묘하게 악용당하지 않았나."

　"그 일은 참 고약하게 됐지."

　"이제 와서? 되놈들 다 때려잡자 하고서 입에 거품을 물던 작자가 누구였나. 그게 엊그제 일이야."

"그, 그때야 누구나 다 그랬었지. 신문의 요란한 기사 보고 안 그럴 사람이 어디 있었겠나."

선우일은 쩔쩔매며 얘기한다.

"경거망동, 그게 민족주의가 가진 취약점이다. 민족주의만 내세우면 어떤 범죄도 합리화하는, 나는 오늘날 식민지정책을 강행하는 나라에 대해 민족주의보다 국가주의, 그러니까 그건 제국주의지만 그들 스스로는 모두 민족주의자지. 생각해보게. 만보산에서 농민들의 충돌이 있었다 하여 조선인들이 중국인들을 습격하고 살상하고, 입맛 쓴 얘기야."

유인성은 담배를 꺼내어 붙여 물었다. 선우일은 술을 마시고 술에 약한 선우신은 안주로 사온 콩을 집어먹고 있었다. 개울물 흐르는 소리, 숲에서 찢어지게 우는 매미 소리, 물 마시러 왔을까 작은 새 한 마리가 바위 사이를 건너뛰고 있었다. 오랫동안 세 사람 사이에 침묵이 흘렀다.

"그자는 청맹과니더란 말인가."

술잔을 내려다보며 유인성은 들릴 듯 말 듯 중얼거렸다.

"누구 말인가?"

"누구긴…… 기사를 넘긴 그자 말일세."

"하긴, 태수형도 비난을 하더군. 경거망동이었다구. 공산당 했던 김 아무개 아닌가."

"그거 다 사회주의 낭인(浪人)이 우글거리는 동경서 보고 들은 때문이야."

"자네는 안 그런 것 같네그려."

유인성은 쓴웃음을 띠었다. 그리고 물었다.

"자네라면 어찌 했겠나?"

선우일은.

"글쎄에."

"되놈들 모조리 때려잡아라, 기살 넘겼을 테지."

"너무들 그러지 말게. 자네같이 이성에 투철한 사람이 흔하
겠나."

비꼬아놓고 다시,

"너무 그러는 것도 나는 불만이네. 동경진재 때 조선인 학
살하고 뭐가 다르냐 하면서 지나치게 비난하는 것, 난 불만이
야. 어째서 그 일하고 이 일이 같으냐 말이야. 이번 사건은 역
사적으로 쌓이고 쌓였던 우리 민족의 원한이 폭발한 거야. 물
론 결과적으로 우리 모두가 왜놈 계략에 놀아난 꼴이지만."

하자 선우신이 말했다.

"신문사에서는 전에도 특종을 보낸 일이 있었기 때문에 장
춘 주재 기자의 통신을 그대로 받았다 하더군요."

"만보산사건의 진상은 몰랐다 하더라도 그곳에 있던 놈이
면 그곳 실정쯤 파악하고 있어야지. 일본 기관에서 고의적으
로 흘린 오보를 판단 없이 송고해? 의도적이 아니었다 하더
라도 《조선일보》는 어용지 《경성일보》와 함께 일본의 계략을

도운 셈이야. 함정에 빠진 거라 해도 좋고."

"하지만 우리 농민이 핍박받는 것은 사실 아닌가. 따지고 보면 그 땅이 누구 땅인데? 태곳적부터 우리 땅이었다구."

"꿈같은 소리 하는군. 지금 우리가 앉아 있는 이 땅은 우리 땅이야?"

철없는 아우 바라보듯 유인성은 선우일을 본다.

"지금 중국인들, 속속 본국으로 돌려보내고 있는데, 대체 일본은 어쩔 요량일까요?"

선우신이 물었다.

"돌아가서 통곡하고 길길이 뛰고 외치라는 거지 뭐겠나. 중국을 싸움판으로 끌어내자는 일본의 수작이야. 중국이 총칼들고 달려나오지 않는다 하더라도 일본은 여러 가지 이득을 본 것이고, 그러지 않아도 재만(在滿) 독립군이 발붙일 곳이 없고 독립운동도 날로 하기 어려워져가는 상황인데, 앞으로 더 어려워질 게야. 그리고 그곳 조선인들에게 핍박이 가중되면 될수록 일본에라도 의지하려 들 것이고 또 한 가지는 형편없는 민족, 잔악하고 분열을 일삼는 조선 민족, 일본이 계속 목탁 두드리는 듯 해온 소리 아니었나. 국제적으로 실증이 되었으니 일본으로선 매우 만족스러웠을 게야. 게다가 중국인 빠져나간 뒤 그들의 상권(商權)도 일본인이 차지하고."

"그렇다 하더라도 결과만을 따지는 건 역시 난 불만이야. 간도땅은 우리 민족의 피와 땀과 눈물이 배 있는 우리 땅이라구. 우리 민족이 가서 살 권리가 있는 땅이야. 역사를 거슬러 올라가면 요동이 고구려 땅인 것은 말할 나위가 없고 말갈병을 이끌고 고구려는 요하(遼河)를 넘어 요서(遼西)까지 나간 일이 있어. 요서가 어디야? 몽고로 가는 곳 아닌가. 고구려의 광개토왕(廣開土王) 때 동부여(東夫餘)를 치고 예순네 개의 성을 공략했다 하니, 또 영류왕(榮留王) 때는 동북 부여성으로부터 동남쪽 바다에 이르기까지 천여 리의 장성을 쌓았다, 그러고 보면 그 영토의 넓이를 상상할 수 있는 일 아닌가. 삼국이 통일되면서 당(唐)에 빼앗겼던 땅도 고구려인 대조영(大祚榮)이 세운 발해국(渤海國)으로 실지가 회복되었다 할 수 있고, 누가 알어? 우리 조상들이 우수리강, 흑룡강도 넘었을는지.『동이전 (東夷傳)』이었던가? 어디서 보았는데, 하여간 우리 민족이 큰 활을 사용했다는 기록은 그만큼 사정거리가 멀었다는 얘기가 되지. 십육 세기에 와서 몽고 지배하에 있던 러시아가 겨우 국가를 형성하였고 시베리아는 그보다 훨씬 후에 모피를 얻기 위하여 러시아가 개척했으니, 거슬러 올라가면 우리 민족이 그곳까지 진출했을 가능성이 없는 것도 아니라구."

"그럴 것 없이 이보게 동생, 하는 게 어떨고? 에스키모에게 말이야."

유인성의 놀려대는 말은 들은 척하지 않고 선우일은,

"그런 저런, 옛날 옛적, 고릿적 얘기는 다 그만두고라도 두만강 압록강으로 국경을 정한 것이 어디 우리였나? 우리였느냐고! 왜놈들이 저희 마음대로 조약을 맺은 거 아닌가. 나라 안이 쑥밭이던 이조 말엽에도 조선은 결코 간도를 포기 안 했어. 이중하는 내 목을 쳤으면 쳤지 국경선을 좁힐 수 없다 했어. 간도는 우리 땅인 게야. 왜 우리 백성이 되놈한테 구걸하고 살아야 하나."

"태평성세에 풍월 읊는 그따위 소리 하면 뭘 해. 그러면 한반도는 조선인이 일본에 갖다 바쳤단 말인가? 왜놈 마음대로 한 짓이 아니란 말인가? 집안이 불바단데 들판의 볏가리 챙기러 뛰어나가는 꼴이군."

유인성은 껄껄 소리 내어 웃었다. 그러나 선우일의 말이나 분노를 잘못이라 할 수는 없었다. 흑룡강을 넘고 우수리강을 넘고 어쩌고 하는 말은 다소 황당했을지 모르지만, 간도가 우리 민족의 원한이 사무쳐 있는 곳인 것만은 틀림이 없다. 지난날, 용정촌 상의학교의 젊은 교사였던 송장환은 생도들에게 말하기를 당나라의 힘을 빌려 백제를 치고 고구려를 쓰러뜨려 삼국을 통일하여 칠백 년 찬란한 문화를 꽃피운 신라는 통일의 대가로 요동 일대의 우리 영토와 영토 내의 우리 수많은 백성을 잃었다, 지금 여러분들이 거리에서 만나게 되는 청인들 속에 우리가 잃은 조상의 피가 흐르는 사람이 있을지 모르는 일 아니겠는가, 우리가 발붙이고 있는 이 땅 간도도 옛날에는 우리 땅이었고 가시덤불과 울창한 수림을 낫으로 헤치고 도끼로 찍어내어 용정촌을 만든 것도 우리들의 부모님이 아니었던가— 사라져간 민족의 영광을 강조하고 물거품이 된 개척 정신을 애통해했던 송장환, 그의 비분은 나라를 빼앗긴 약자의 부질없는 감상이라 할 수 있겠고, 선우일 역시 약자의 허세로 볼 수 있을지 모른다. 그러나 그것은 인간 본연의 어쩔 수 없는 감정이며 자신들이 소속된 집단에 대한 도덕이기도 하다. 한말(韓末), 일본이 조선을 먹어 들어올 무렵, 의병 봉기에 이어 오늘 현재까지 가히 민족의 대이동이라 할 만한, 수많은 조선인들이 고향을 버리고 남부여대, 이주해 갔고 항쟁의 터전으로 부상된 곳, 조선 민족에게는 서사시적 무대이며 아득한 옛적부터 민족의 혈흔이 점철된 그곳 간도의 땅을 선우일이 말한 대로 중국에게 결정적으로 넘겨준 것은 일본이었다. 안중근 의사가 하얼빈 역두에서 조선 침략의 원흉 이등박문을 사살했던 그해, 1909년 청일 간에 간도협약(間島協約)을 맺음으로써 그 땅은 청국으로 넘어갔다. 말하자면 일본은 두 걸음 전진하기 위하여 한 걸음 후퇴한 것이다. 간도를 중국땅으로 확정지으면서 일본이 얻어낸 것은 일본 영사관 내지 영사관 분관을 설치하는 일이었고 장차 청국의 길장철도(吉長鐵道)를 연길(延吉) 남쪽까지 연장하여 회령의 조선철도와 연락하게 하는 것이었다. 두말할 것도 없이 영사관 설치는 조선 독립군을 색출 탄압하는데 합법적 본거지가 될 것이며 철도의 연결은 병력과 군수품의 신속한 이송을 위한 장차의 포석이었던 것이다. 요동 일대가 한민족의 고토였다는 것은 역사적인 사실이지만 밀리고 밀어붙이는 끊임없는 판도의 변화 속에서도 여진족은 금(金)과 후금[淸]이라는 국가를 형성하기까지 대체로 한민족의 지배, 혹은 영향권 속에 있었던 것, 또한 사실이다. 주변 국가에 둘러싸여 국가를 형성하지 못하였던 만주는 그 자체가 하나의 완충지였으며, 어쩌면 반만 년 역사에 단일민족으로, 독특한 문화를 이룩하여 존속해왔던 조선은 만주라는 완충지대의 덕분인지 모른다. 한민족과 중국, 몽고의 각축장이기도 했던, 그러나 대청제국이 성립되고 만주는 중국을 정복한 대제국으로 부상함으로써 완충지대는 간도지방으로 좁혀지고 고정되기에 이르렀는데 그 사정 또한 매우 복잡하게 되었던 것이다. 간도지방에 할거했던 오란가이족[兀良哈族]과 충돌이 있어 사십여호의 부족을 이끌고 돈화(敦化) 방면으로 도주한 건주여직(建州女直)의 간타리족(幹朶里族)에서 청의 시조 누르하치가 나왔다 하여 그들 발생의 영지(靈地)를 보존한다는 의지와 그 밖에 정복한 타부족이 월경하여 도피하는 경우가 많았으므로 그것을 방지하려는 정치적 배려도 있고 해서 1628년 청의 태종(太宗)은 간도를 비워놓고 피차 사월(私越)하는 것을 엄단한다. 그것을 제시하여 조선의 인조(仁組)와의 사이에 협약을 맺은 것인데 소위 간광(間曠)지대로써 봉금(封禁)한 것이다. 강약이 부동하여 조선은 불평등협약에 응할 수밖에 없었지만 그러나 조선에서도 권리는 있었다. 이쪽에서 그 땅으로 넘어가면 아니 될 일이나 그쪽 역시 농부들이 넘어와 주거를 마련할 때 조선은 청에 통보하여 그들을 철수하게 했던 것이다. 그러나 비옥한 땅, 국법이 아무리 엄하다 하여도 굶주린 쌍방의 백성들이 옥토를 방관만 하고 있을 수 있었겠는가. 청이 쇠퇴기에 들면서 간도 지방을 돌볼 겨를이 없을 때 그 틈을 타서, 또 흉년을 맞이하여 많은 유민들이 그곳으로 흘러간 것이다. 그런데 1881년 청은 도문강(圖們江) 동북의 간광지를 개간할 계획을 세워 미리 조선에게 통고하고 시찰을 한 바, 많은 조선 백성이 거주하고 있는 것을 목격했던 것이다. 해서 청은 변발하고 그들 복색에 따를 것이며 그들 정교(政教)에 복종 아니하는 조선 백성은 간광지에서 나갈 것을 명령하였다. 그러나 조선 백성은 그들 요구에 불응했고, 많은 유민들은 갈 곳이 없었다. 조선정부에서는 그들을 받아들이려 했으나 그것은 심히 난감한 문제였다. 당시 조선의 동북경략사(東北經略使)였던 어윤중(魚允中)이 종성(鐘城) 사람, 김우식(金寓軾)으로 하여금 백두산을 답사하게 하고 정계비(定界碑)와 토문강(土門江)의 원류를 규명하게 한 것이 이 무렵이다. 그리하여 토문(土門)과 도문(圖們)은 별개의 것으로서, 정계비에 씌어진 토문강은 북류하여 송화강(松花江)에 이르는 것이므로 철수해야 할 조선 유민은 토문강 밖에 있는 사람에 한할 것이며 도문강 밖의 유민은 해당이 되지 않는다는 것을 조선은 청에도 제기했던 것이다. 말하자면 국경분쟁이 시작된 것이다. 1885년 두 나라는, 청의 가원계(賈元桂)·진영(秦瑛), 조선의 이중하(李重夏)·조창식(趙昌植)이 마주 앉아 담판을 벌이게 되었다. 그들은 정계비에 씌어진 강 이름의 차이 따위는 별로 개의치 아니하다가 실지를 답사하고 산천의 형세를 살핀 뒤 당황하기 시작했다. 결국 결판을 내리지 못하고 그들은 물러 갔던 것이다. 그러나 이차 삼차로, 담판은 속개되어 청은 협박으로 밀고 나왔으나 이중하는 내 목을 쳤으면 쳤지 국경을 좁힐 수는 없다 하여 강경히 맞섰던 것이다. 간도 내에 거주하는 유민 중 조선인이 십만이요 청인이 삼만, 십 대 삼이었지만 그간 대국의 세를 믿고 청인의 핍박을 조선 백성은 겪어야 했고 그 고초는 오죽했겠는가. 끊임없이 변발과 복색의 변경을 강요당하며 그러지 아니할 때 땅을 몰수당하는 등, 군과 경찰이 그들 수중에 있는 만큼 소수 청인들의 횡포는 격심했을 것이다. 그런 과정 속에서 빗발 같은 간도 유민들의 보호 요청을 받은 조선 정부는 이범윤(李範允)을 시찰원으로 파견하였고 이범윤은 동포들의 참상을 보고 정부의 허가를 무시한 채 사포대(私砲隊)를 조직하여 청에 대항했다. 이범윤은 노일전쟁 때 러시아에 가담했는데 그것은 북청사변(北淸事變) 때, 러시아가 진주했을 때 청의 질곡에서 벗어나고자 했던 그곳 백성들 경향에 따라 한 짓이며 그 역시 러시아의 힘을 빌어 청을 밀어내려는 일말의 희망 때문이었을 것이다. 러시아가 패전하게 되자 이범윤은 노령으로 잠적했던 것이다.

간도의 사정은 대강 이상으로 설명이 되었는데 그러면 만보산사건은 어떤 것이었는가. 동북지방, 길림성의 장춘(長春)에서 서북방 삼십 킬로 지점에 있는 만보산 부근에서 중국 농민과 조선 농민의 충돌, 더 정확하게 말하자면 중일 관헌(中日官憲)의 무력충돌이라 해야 옳고, 더 정확하게는 무력충돌이기보다 쌍방 간의 시위로 보아야 옳은 것이다. 결과적으로 중국측 농민 한 사람이 약간의 부상을 입었을 뿐 쌍방 간에 사상자는 없었다. 그런데 어찌하여 이 사건은 그렇게 엄청난 것으로 발전했고 국내 중국인 학살로 격화되었는가. 그러면 간도협약 이후의 간도 사정은 어떠한가. 한마디로 말하여 간도의 백만을 헤아린다는 조선인은 중국과 일본 사이의 쿠션 같은 존재였다. 중국은 조선인을 때림으로써 일본을 때리는 효과를 얻으려 했고 일본은 조선인을 방패 삼아 밀고 나간다 할수 있었으니까. 조선인의 대부분이 소작농과 고용의 입장에서 비참하게 살아야 하는데 오 할의 소작료, 전수입의 일 할오 부가 공과금, 팔 부의 비싼 이자, 게다가 일본 경찰의 지배하에 있는 우리 백성들, 착취는 중국이, 탄압은 일본이, 그것만으로 끝나는 것은 아니었다. 간도 주민 자체가 완강한 저항세력이었기 때문에 일본의 경찰권은 강화되고 일본 경찰권의 강화에 불안을 느끼는 중국은 조선 독립운동을 저지하려 들었고 일본이 중국침략을 계획하는 만큼 조선인을 앞세워 토지매수를 공작하고 중국은 또 불안하여 토지매매는커녕 토지상조권(土地商組權)에 대해서조차 창구를 닫아버리는 현상, 일본은 조선인의 국적 이탈을 절대로 승인 아니하는가 하면 중국은 귀화해야 땅을 준다, 해서 이중국적자는 늘어났고 따라서 조선인은 이중의 탄압에 신음해야 했다. 그리고 배일 민족운동은 조선인 배척운동으로 나타났는데 물론 일본의 앞잡이가 조선인에게 없지 않았으나 동북정권의 일본을 업으려던 지난날의 행적이 있고 팽배해오는 배일 민족운동은 그들에게 일말의 위기의식을 불러일으켜 그 칼끝을 조선인 배척운동으로 돌려왔다 할 수도 있었다. 그리고 민중들은 단순한 민족 배외운동으로 흐르기 쉬운 존재였기에 결과적으로 관민 모두가 합세하여 쫓기는, 상처입은 짐승 한 마리를 일본과 함께 몰아붙였다 할 수도 있을 것이다. 일본은 중국인이 조선인을 몰아붙이면 그럴수록 좋다. 독립운동의 지반이 없어지는 것이 우선 좋고 중국이 과혹해지면 그럴수록 조선인이 일본에 기대려는 것을 기대할 수 있어서 좋은 것이다. 중국은 분쟁의 씨로 보기 때문에 조선인을 내몰려 하고 이런 사정에서 중국인 장농도전공사(長農稻田公司) 지배인이 만보산 부근의 토지 삼백 헥타르를 지주 열두 명으로부터 십 년 계약으로 빌려 그것을 아홉 사람의 조선인에게 빌려주었고 이들 빌린 사람은 이백여 명의 조선인을 동원하고 개간에 착수했는데 개간비용의 삼천 원은 일본 영사관 감독하에 있는 조선인민회 금융부(朝鮮人民會金融部)에서 조달하였고 수전(水田)의 설계, 씨앗 구십 석은 남만주 철도주식회사(南滿洲鐵道株式會社)의 지원을 받았다. 그러니까 애당초 문제가 있었던 공작으로 보아야 옳고 지주와 중간에 땅을 빌린 자와 또다시 조선인이 빌리는 이 과정에서 계약상의 하자도 있었으며, 그러나 무엇보다 수로 개설로 인근의 다른 농토에 침수위험이 있다는 것이 분쟁 발단의 가장 큰 이유였다. 중국 농민들은 일을 막으려 했고 조선 농민은 강행하려 했고 중국 공안국에서 사람이 나오게 되고 일본영사관에서 압력을 넣고 아홉 명의 조선인 개간 당사자가 체포되는가 하면 다시 영사관 경찰에서 출동하고, 일은 확대일로로 치달아 무장한 쌍방 경찰, 보안대가 대치하고 이쪽저쪽 농민들이 대치하고, 위기촉발의 상태로까지 갔던 것이다. 앞서도 말한 바와 같이, 그러나 쌍방 간에 중국인 농부가 약간의 부상을 했을 뿐 사상자는 없었고, 결국 일본의 압도적 무력 하에 공사는 완성되었던 것이다. 이 경우 여러 가지 면에서 억울했던 것은 중국 농민 측이었다. 그런데 문제는, 7월 2일 《조선일보》 호외로 만보산사건은 조선 국내로 비화되었다. 일본 기관에서 흘린 허위자료를 받은 장춘 주재의 기자가 본사에 타전했던 것이다. 남의 땅에서 가난한 내 동포가 생명에의 위협을 받고 있다는 위기의식을 강조한 그 보도는 순식간에 민족감정을 자극했던 것이다. 7월 3일에 벌써 인천에서는 중국인 습격이 시작되었고 서울, 가장 격렬했던 곳은 평양이었다. 연이어 부산·신의주·원산, 학살된 중국인은 백이십칠 명, 부상자 삼백구십삼 명, 물적 손해는 이백오십만 원에 이른다 했다. 이러는 동안 일본 경찰은 방관했고 또는 극히 소극적으로 대응하였던 것이다. 물론 만보산사건이 파급되어 국내에서 일어났던 폭풍은 일본이 면밀하게 짜낸 각본 때문이었다. 칠월을 넘기고 팔월을 넘기고 구월, 십팔 일 만주사변(滿洲事變)이 그것을 증명하는 것이다.

## 9장 만주사변(滿洲事變)

송관수가 만주로 떠난 것은 중국인이 속속 본국으로 철수하던 그 무렵의 일이었다.

만주사변은 만보산사건 후 두 달을 넘긴 구월에 발발했는데 정확하게 9월 18일 유조구(柳條溝)의 만철(滿鐵) 폭파로써 일본은 만주침략의 각본을 무대에 올린 것이다. 오랜 세월 그들은 얼마나 이 시기를 꿈꾸며 고대해왔는가. 얼마나 초조했으며 또 주저해왔는가. 만주의 군벌 장작림(張作霖)이 북평(北平)의 국민군을 내몰고 대원수가 되었으나 결국 북벌군 장개석(蔣介石)에게 패하여 봉천(奉天)으로 가던 열차에서 한때는 동업자였던 관동군(關東軍)에 의해 폭사했는데, 패전한 장작림을 뒤쫓아 국민군이 만주로 진격해올 경우 일본은 매우 불리한 입장이므로 관동군의 고급 참모 가와모토 다이사쿠[河本大作]의 공작에 의해 장작림을 폭살하고 동북 삼성(三省)을 혼란에 빠뜨려 단숨에 그들은 만주를 장악한다, 그러나 그 계획이 실패로 돌아간 것이 1927년의 일이거니와 역시 만보산 사건을 이용하여 던진 미끼를 중국은 물지 않아 일본의 희망은 또 한번 무너졌다. 무저항방침을 견지하는 중국은 국토가 넓고 세월이 길어 그랬는가. 발버둥치는 일본은 섬나라, 시간이 짧았다고나 할까. 그들은 더 이상 기다릴 수 없게 된 것이다. 사정이 급박하게 되긴 했다. 장작림의 아들 장학량이 국민정부와 합류한 것은 일본에게는 청천벽력이었을 터이고 중국 전토에 팽배한 반일·항일운동의 격화, 간도에서는 독립을 쟁취하려는 조선인의 무장봉기가 있었고, 수차 만주땅에 침입한 바 있는 소련 또한 호시탐탐 남진을 노리고 있었다. 만주를 먹어치우겠다는 불타는 야망의 성취는커녕 자칫 잘못되면 일본은 기득권마저 잃게 될 형편이었던 것이다. 동지철도(東支鐵道)의 회수를 중국이 강행한 것을 보더라도.

일본의 국내사정 역시 심각했다. 금융공황은 경제계를 휩쓸었고 급속한 공업화에 과도한 군비확장으로 농촌은 피폐해졌으며 사회 전반에 걸쳐 사회주의 물결은 드세게 일렁였다. 불경기는 수많은 실업자를 거리로 내몰았으며 노동쟁의는 격화일로로, 사회풍조는 퇴폐와 환락에 흠씬 젖어가고 있었다. 정계 또한 혼란의 연속이었다. 불발이었지만 삼월사건, 런던 군축조약을 둘러싸고 천황의 통수권을 간범(干犯)했다 하여 벌어진 소동, 하마구치[濱口] 수상의 저격사건, 빈번한 내각의 경질, 일본으로선 돌파구를 찾지 않을 수 없었을 것이다. 그것이 바로 만주로 향한 진격, 그러나 내용적으로는 군부의 관동군 스스로 봉천역 북방 팔 킬로 지점에 있는 유조구의 철도를 폭파한 뒤 장학량의 소행으로 뒤집어씌우면서 공격을 개시한 각본은 관동군의 고급참모 이타가키 세이시로[板垣征四郞]와 이시하라 간지[石原莞爾]의 작품이다. 공격을 개시한 십팔 일에서 이십 일일까지 관동군은 봉천·장춘·길림을 장악했고, 이듬해 이 월까지 치치하얼·진저우·하얼빈 등, 사건이 발발한 후 불과 반년 만에 만리장성으로부터 노령인 시베리아에 이르기까지 중요 도시, 전략 거점을 점령했으며 이시하라하고 쌍벽인 모사꾼 도이하라 겐지[土肥原賢二]의 공작으로 천진(天津)폭동을 유도하면서 교묘히 끌어낸 청의 마지막 황제 부의(溥儀)를 내걸고 1932년 3월 1일 드디어 일본은 대망의 만주국 괴뢰정권을 만들어내었던 것이다. 그동안 일본 정부는 세계의 여론을 두려워하여 사변의 불확대를 성명했으나 그것은 구두선에 불과했다. 신속하기가 질풍과도 같은 관동군의 진격은 멈추지 않았고 일본 국민은 열렬히 만주침략을 지지하고 나섰다. 만몽(滿蒙)은 일본의 생명선이라 외치면서. 만몽이 일본의 생명선이라 한 것은 정우회(政友會)의 대의원이자 만철의 부총재를 역임한 바 있는 마쓰오카 요소케[松岡洋石]가 최초다. 그러나 오늘날 일본의 생명선이라고 누구나 말한다. 만몽 문제해결의 유일한 방책은 그것을 우리 영토로 하는 것이다. 이것은 이시하라의 호언이었다. 일본 거리 거리에는 애조 띤 군가가 물결치고 퇴폐풍조는 하루아침에 군국주의로 결속이 되었다. 그리고 살찐 암소 같은 만주를 어떻게 요리해 먹을 것인지 군침을 삼키면서 상하 국민 모두가 대륙으로 나는 꿈에 부풀어 애국심은 고양되고 신국, 황도는 한층 공고해졌으며 군병은 신병(神兵)으로 장엄시되었다. 이 모두가 세계의 주시 속에서 백주에 일어난 범죄였다. 국제간에 정의(正義)는 없다. 오직 잇속이 있을 뿐, 모두 어슷비슷한 약탈자이던 열강은 살찐 암송아지를 일본이 독식한다 싶었겠지만 세계적인 경제공황에 국내사정이 복잡하였고 실력을 행사할 처지도 아니었으니 입으로나마 떠들듯 했으나 막상 소리나마 높인 것은 미국뿐이었다. 하니 중국이 태산같이 믿었던 국제연맹은 공기 빠진 고무풍선이었고, 조사단인가 뭔가 구성하기는 했지만 질풍을 막는 막대기 하나의 역할이라고나 할까. 걸작인 것은 연맹의 사무총장이라는 사람의 말이었는데 왈, 일본은 수치를 모르느냐, 일본의 무사도는 어디 있느냐. 과연 일본의 무사도는 어떤 것이었을까. 일본 무사도의 본질을 알고서 한 말이었을까.

여하튼 부의를 깃발로 세우고 일본이 만주국 수립을 선포하였는데 이에 앞서 중국의 항일운동은 학생층을 중심으로 전국에 확대되어 특히 상해에선 십만 학생이 수업을 포기하고 거리로 나왔으며 부두노동자 수만 명이 반일파업에 돌입하였고 상해 중국은행가협회까지 일본인과 관계를 끊음으로써 경제적 보복을 가하고 시민은 모두 항일대열에 합류하여 격렬한 배척운동이 전개되었다. 운동은 나약한 정부에 대한 응징으로도 흘러 외교부장 왕정정(王正廷)의 구타, 국민당사에 난입하여 요인들을 구타, 그 밖에도 항의행동은 속출하였다. 이때 일본은 상해에서 또다시 사악한 음모를 실행하였다. 소위 일본승려 살상사건이다. 세계의 이목을 만주에서 돌려놓기 위해 만주건국의 주모자인 관동군 이타키의 의뢰를 받은 상해주재 육군무관 다나카 유키치[田中隆吉]가 중국인을 매수하여 승려를 죽이게 했고 범인이 달아난 공장을 습격한 것은 다나카의 지시를 받은 일본의 우익단체 청년동지회(靑年同志會)의 회원들이었다. 물론 일본은 즉각 병력을 증강했다. 그리고 일본 영사는 상해 시장에게 시장의 사과, 범인의 체포·처벌, 배일단체의 즉각해산 등 네 가지 항목을 시한부로 내밀었다. 수락되지 않기를 바란 일본은 그러나 의외로 시장이 요구를 수락한 것에 당황하면서 수락을 무시하고 육전대(陸戰隊)로써 공격을 개시했던 것이다. 이것이 상해사변이다. 무사통과를 예상했던 일본은 분노에 불탄 십구로군(十九路軍)의 격렬한 반격과 항쟁의 강한 의지 앞에, 또 중국 민중의 열렬한 군의 지지 앞에서 고전을 면치 못하다가 3월 3일, 만주에서 목적을 달성했으므로 일본은 정전을 성명했다.

송관수가 들어간 만주의 급변한 사정은 대강 이상으로 설명이 되었고, 자아 그러면 지리산의 우리 해도사와 소지감선생의 동향은 어떠했는가.

해도사는 짐을 꾸리고 있었다. 소지감은 돌 위에 엉덩이를 박고 앉아서 해도사를 바라보고 있었다. 그러니까 작년 음력으로 삼월삼짇날 밤 김두만의 집을 습격한 두 사내 중 한 사람은 물론 송관수였고 서울 말씨에 젊은 남자는 소지감의 외사촌, 형평사운동에 가담했던 이범준이었다. 그리고 이도영의 집으로 간 손태산을 담 위로 밀어 올려주고 담 밑에서 기다린 사내는 양필구다. 석이의 전처, 그러니까 성환과 남희의 생모 양을례의 배다른 오라비로서 그는 손태산에게도 변성명(變姓名)을 하여 정체를 감추었고 일부러 강한 사투리를 쓰기도 했다. 필구는 과거 석이와는 처남 매부지간이었지만 친구이기도 했다. 이범준과 함께 일을 해왔으며 식자층인 그는 다소 냉소적인 일면이 없지 않았으나 을례와는 딴판으로 심지가 굳고 능력 있는 일꾼이었다. 그날의 돈은 소지감과 해도사가 양편에 갈라져서 릴레이식으로 옮겼으며 도솔암 일진이 보관했고, 이범준과 양필구는 구례로 갔는데 양필구와 동명(同名)인 윤필구 집에 피신해 있다가 서울로 갔다. 송관수는 강쇠를 따라 광주리장수로 떠돌면서 더러는 통영 조병수 집에 묵기도 하며 때를 기다리고 있다가 일진과 함께 만주로 간 것이다.

"싫증이 나면 언제든지 떠나시오."

연장망태에 연장을 챙겨 넣으며 해도사가 말했다.

"어느 누가 날 잡아."

소지감은 심드렁하게 말했다. 그러나 약간 난처해하는 빛
도 있었다. 수일 전에 농담 반 진담 반 이야기 끝에 일이 우습
게 되어버렸다. 해도사는 살던 산막의 일체를 소지감에게 떠
넘기고 떠나게 된 것이다. 말이 산막이지 구석구석 손질이 잘
되어 조촐했고 필요한 세간은 모두 구비된 데다 장무새며 뒤
꼍에 묻어놓은 머루주, 십 년이 넘는 더덕으로 담근 술이며,
술이 소지감을 유혹한 것은 사실이다. 게다가 밥도 짓고 심부
름도 곧잘 하며 이제는 철이 든 몽치를 두고 간다는 것이다.
상당한 거리이긴 했지만 아래쪽엔 도솔암이 있었고 왼편으로
곧장 가면 강쇠의 산막이 있어서 오고 가고 반나절 거리, 왔다
갔다 할 수도 있었다. 해도사는 연장망태와 갈청같이 얇은 이
불 하나, 옷 몇 벌, 당장에 끓여 먹을 기구들을 꾸리면서 피아
골 쪽에 쓸 만한 목기막 하나를 봐두었다고 말하는 것이었다.

"떠났다가 오고 싶으면 또 오는 거구, 새도 둥지가 있는 법
인데."

홀가분해진 해도사는 히쭉히쭉 웃었다.

"누구 말이오?"

"누구긴 소선생이지요. 나야 뭐 옮겨봤자 산속이지."

사실 해도사는 홀가분했다. 진작부터 털고 일어날 심산으
로 안서방보고 와서 살라는 말도 했었다. 그때만 해도 강쇠
곁이 아니면 죽는 줄 알았던지 안서방은 도통 귀담아들으려

하지 않았다. 그 후론 팔자에 없는 훈장질 하느라 매여버린 것이다.

"곰곰이 생각하니 어째 일이 재미없게 된 것 같구먼."

햇볕 따라 돌에서 축담으로 옮아앉으며 소지감이 말했다.

"지금 와서 그래봐야 소용없소이다."

"내가 자주 와서 귀찮아진 거요? 내빼는 거 아니오?"

"내뺀다…… 그런 점도 있겠지요. 산은 원래 인내(사람 냄새)를 싫어하고 산짐승도 인내를 싫어하고 산사람도 그러니,"

"흥, 산놈은 사람 아닌가?"

"사람이로되,"

하다가,

"역마살 든 소선생도 인내야 반쯤 빠진 사람이지. 하니 이 산막의 주인으론 자격이 없지도 않고."

"거 징그러운 소리 마시오. 주인이라니."

"왜요? 천년만년 묶어둘까 봐 겁이 나는 거요?"

"도사께서 왜 이러시오."

"산사람하고 역마살 든 사람하고는 골육 간이라, 말뚝 박아 놓고 베리줄에 묶여서는 못 사는 사람, 집이 있으되 산에서는 그게 집이던가. 내가 있으되 그게 어디 나이던가. 내가 있으므로 남이 있는 것, 남이 있으므로 내가 있는 것, 남이 없는데 어찌 내가 있을꼬. 소선생께서는 오십 평생을 행인으로 왔건 만 그거 말짱 허행이었었소. 아직 자신으로부터 풀려나지 못하니 눈먼 말이 은령 소리만 듣고 왔지."

"어디서 많이 듣던 말인데?"

하다가,

"은령 소리 듣기론 눈먼 말이나 눈 뜬 말이나 매일반이지."

그 말 대꾸는 하지 않고 해도사는,

"산에는 갈구리질하는 관속도 없고요, 채찍 들고 호령하는 상전도 없고 다락 같은 소작료, 못 내면 딸년이라도 내놔라 할 지주도 없고, 그래저래 해서 죄지은 사람 억울한 사람 잡아가두는 감옥도 없고 누가 하라 마라 할 사람이 있소? 불질러 화전 부쳐먹다가 땅심 떨어지면 옮겨가고 임자 없는 열매, 임자 없는 산채,"

"허니 무정부주의다,"

"아암 암요."

"그러니까 선남선녀들이다,"

"무도한 인사가 없다 할 수는 없으나 빼앗아 갈 재화가 산속에 있어야지. 하여도 명줄은 이어갈 수 있는 곳,"

"지상천국이구려."

"산에 맛을 딜이고 한번 인이 박혀버리면 산을 떠나지 못하는 것이 보통인데 시쳇말로 자유라는 것이 그렇게도 좋은 것이다, 그 말인데 신선이 무어이겠소? 소위 자유인, 풀려난 사람 아니겠소이까? 어디 사람뿐이겠소? 천지만물 생명 있는 것, 그 모두가 남에게서 풀려나면 나로부터도 풀려나는 게요.

197

수십 년 기나긴 성상 소지감 선생께서 헤매고 다닌 것은 무슨 까닭이오? 골육에서 풀려나고자, 윤리 도덕에서 풀려나고자 한 몸부림 아니외까?"

"도사 말씀대로 하자면 독립운동하는 놈들 모두 시러베자식들이군."

"원칙으로는 그렇다 할 수 있을 것이오. 독립이다, 침략이다, 그것 다 없느니 못한 것 아니겠소?"

"침략이 없었으면 독립운동도 없다, 남이 없으면 나도 없다."

소지감은 소리 내어 웃었다. 웃거나 말거나 해도사는,

"무리를 짓고 당을 만들고 그게 민족이요, 국가요, 법이요. 그야아 인간이란 똑똑하고도 영악한 조물이니 어쩌겠소. 그러나 생명을 만들고 운행하게 한 조물의 법보다 신기할 수는 없는 것,"

"그럴싸하게 늘어놓기는 하오만 말같이 쉬운 것이라면 해도사와 소지감이 이렇게 앉아서, 한 사람은 짐을 꾸리고, 그렇게는 안 되었을 것이오."

"말이 쉬운 것이 아니지요. 이치가 쉬운 것이요 명료한 것인데 사람들이 어렵게, 어렵게 사는 탓으로 쉬운 것을 알질 못하는 거요."

어쨌거나 두 사람은 죽이 맞는다. 내용이야 있건 없건 말은 이들에게는 장단인 것이다. 짊어지기에 알맞게 짐을 꾸린 해도사는 손을 털고 일어섰다. 먼산을 한 번 바라보고 집터 주변을 돌아보고 나서 해도사는 마당에 멍석을 깔았다.

"몽치야? 술상 내오너라."

족제비를 보고 마당 앞뒤를 쏘다니던 몽치는 예상하고 있었소, 하듯,

"예에……."

늘어져 빠진 대답을 했다.

진달래철은 갔다. 골짜기마다, 개울가 바위틈에 철쭉은 터질 듯 봉오리를 물고 있었다. 궐련을 붙여 문 소지감의 망연한 눈이 구름을 보고 있다. 산새 소리는 왜 그리 요란한지 알자리를 찾는가, 수컷을 부르는가, 산, 산, 끝이 없이 연이어진 산, 눈으로 생각으로도 가늠해볼 수 없고 침묵도 언어로써도 아무 소용이 없는 산, 말이건 생각이건 다람쥐가 까먹고 버린 도토리껍질만큼의 쓸모도 없는 곳, 무엇을 찾고 무엇을 잃었는가 아무 관심도 없는 비정한 산은 지금 봄으로 무르익어가고 있는 것이다.

"그러면 소선생, 이별주나 합시다."

술상을 내려놓은 몽치는 이가 들끓어서 가려운지 두 주먹으로 머리통을 탕탕 치면서 간다.

"저놈 머리통을 밀어주어야겠는데."

해도사가 아이 뒷모습을 바라보며 중얼거렸다.

"오시오 소선생, 객이 주인 되고 주인이 객이 되고, 천지무

정(天地無情), 이별이 있다는 것이 그 어찌 축복이 아니겠소. 그나마 유정(有情)이니, 하하핫핫."

소지감은 순간 뼛골이 저려오는 것을 느낀다. 해도사는 술을 부어 소지감에게 권하고 자신도 마신다.

"한밤중에 자다 일어나서 캄캄한 뒷간 길을 갈 적에 아 이것이 저승길이로구나, 내가 무슨 제왕이라고 자미성(紫微星)이 있을 리 없는데 별이 깜박깜박, 하늘을 보면 아 아직은 이승이로구나 하하핫 하하핫핫."

"아직 풀려나질 못했군."

소지감의 핀잔이다.

"아암 풀려날 수가 없지. 목숨이 있는 한,"

"이랬다 저랬다, 혹세무민의 엉터리 도사, 그는 그렇고, 가만히 생각을 하자니까, 해도사!"

"말씀하시오. 아직은 나 여기 있소."

"여자 생각이 나서 날 내치고 달아나는 거 아니요? 몽치 놈도 날 주고,"

"허허어, 합환주 마신 처지가 아니라면 여자란 사내가 찾아가는 거지 어찌 여자를 찾아오게 하겠소. 꽃은 자리에 있고 나비가 가는 게요."

"허긴 그렇소."

"소선생 매씨(妹氏)가 그래서 안 좋다는 것 아니오. 그나저나 일진스님이 돌아오리란 기약도 없는데 산에 저러고 있어 되겠소? 보살이 되려나?"

"보살은 무슨 놈의 보살, 세상 물정 모르는 오기지. 하여간 골치는 골치야. 서울 그 애네 친가에선 나를 원망하고,"

"그러니 여기 계시길 잘하지 않았소."

"흥, 원망에는 이골이 나 있는데 그까짓 것, 구데기 무서워 장 못 담글까."

"그나저나 짐을 싸고 보니 이곳에서 젤 오래 머물렀다는 생각이 드누만. 여하튼 씨원하외다. 똥을 누고 나면 씨원하고 홀가분해지는 것처럼 하하핫 하하하……."

"무슨 소리요? 그러면 내 꼴이 뭐요? 해도사가 싸질러놓은 똥을 뭉개고 앉은 것이 소지감이란 말인가? 듣고 넘길 말이 아니군그래."

"송장 썩은 물을 마시고 대오(大悟)한 원효를 모르오?"

"술안주치고는 고약한 말이로고."

"두 칸 누옥도 마음먹기 별유천지가 되고 별유천지도 시궁 창이 되는 것은 신선이냐 쥐 새끼냐, 허허 참 세상이 신묘하지. 공간이 무한하고 시간이 무한할진대 그러면은 공간이 어디 있고 시간이 어디 있을꼬? 사람이 상중하에 전후좌우를 정하고 시간을 도막으로 썰어서 죽음을 기다리니 어헛! 헛되고 헛되도다아."

"귀신 응감하나? 무당 살풀이하나?"

해도사는 낄낄거리며 웃다가,

"아무튼 털고 일어나는 것은 신양(身養)에 좋은 거요."

"헛되고 헛되도다. 신양은 무슨 놈의 신양,"

"모르는 소리, 모순을 몰라 하는 소리요? 죽음이 있으면 삶이 있고,"

"개똥철학 가지고 잘도 노네."

"천지만물이 모순이나, 그러나 이치는 운행(運行)이오. 신양도 운행이오. 너무 오랫동안 뭉개고 있으면 찌꺼기가 쌓여 운행이 안 되고 연장도 자릴 옮기지 아니하면 녹이 슬어 숨구멍이 막히는 법이거든. 연장망태 속의 연장들, 지금 이 해도사 맘이 설레는 것과 같이 저들도 지금 신명이 나 있을 게요."

그저 그렇게 보이던 해도사 얼굴에 갑자기 생기가 돌았다.

"알고 보니 보통 사기꾼이 아니구먼. 패, 팻팻!"

소지감이 술을 마시다 말고 침 뱉는 시늉을 한다.

"그런 소리 마시오. 신발이란 신어보아야 벗는 것 아니외까. 거(居)한 곳이 없는데 어떻게 털고 일어나나. 평생이 뜬구름인 소선생, 한번 살아보고 털며 일어나는 것도 과히 나쁘지 않을 것이요, 노상 쌓여 있는 것은 썩고 막히기 때문에 고장이 나서 종내는 죽을 것이요. 노상 비어 있는 것은, 그것 역시 살아 있다 할 수 없고, 소선생 당신은 노상 비어 있기 때문에 살아서도 송장이 아니냐 내 말은 그것이오. 채울 때는 채우시고 비울 때는 비우시고, 천지만물이 다 그러하외다. 만물뿐이겠소? 만 가지 현상이 다 그러하외다. 비어 있어도 운행이 안 되는 법, 쌓여 있어도 운행이 안 되는 법, 많이 먹으면 배가 터져서 죽고 안 먹으면 배 곯아서 죽고."

"임병에 죽은 귀신아 칼 맞아 죽은 귀신아 배 곯아 죽은 귀신아 목매어 죽은 귀신아, 작두 가져올까요."

"여보시오 소지감 선생, 무배들을 그리 괄시하지 마소. 나는 무배는 아니오만 신령이 있고 없고 물증이 없기론 매일반 아니겠소. 서울 식자 귀에는 내 말이 우매하게 들릴지 모르나 이치란 어디 갖다가 붙여도 하나요, 명료하고 어긋남이 없는 것인데 쓸데없이 헤매면서 근간(根幹)은 놔두고 수많은 잔가지들 각기 마음대로 휘어잡고 이것이다 저것이다, 때론 잔가지로 그물코를 만들어서 죄 없는 사람 올가미 씌우기 일쑤, 의론에 영일이 없는 잘난 식자들 아무리 그 머리통 거미줄같이 생각이 얽힌들 그것 다 헛배 앓음에 불과한 것."

"아아 알았소. 알았다니까, 내 이 오두막에서 밥 짓고 나무 패고 살아보리다. 쓰레기가 쌓이면 털고 일어나지요. 하하하 핫핫……."

두 사내의 웃음소리가 쩡쩡 울린다.

"그, 그는 그렇고 하던 일을 끝내지 않는 것도 해도사 개똥철학에 합당한 일이오?"

"무슨 소리요?"

"서동들 내팽개쳐놓고,"

"아아, 그 일이면 끝났소이다."

"끝이 나요?"

"까막눈은 면했으니 이제는 지 하기 탓이지요. 더 나가면 반풍수 집안 망하는 꼴이 될 터인즉,"

"재목이 없다, 그 말씀이오?"

"있지요."

"김장사 아들이오?"

"글쎄올시다. 천기를 누설해서야,"

"허허헛 허헛 천기라. 태산만큼 내미는구면."

"휘란 놈은 좀 별종이지요. 겁나는 놈은 몽치 저놈이오. 나머지 두 아이는 지방이나 쓰고 편지 읽고 쓰고, 배운 것 잊으면 잊은 대로, 참 내가 피아골에 갔을 적에 왜놈들 포수를 보았소."

"원정 나온 게로군."

"지리산 호랑이가 왜놈 총에 쫓기게 생겼으니, 왜포수를 안내하는 작자가 조선인인데 위세가 당당하기론 왜놈 찜쪄먹겠습니다."

"그게 어찌 불만이오?"

"그 위세가 내 백성을 향해 오니까 하는 말이지요."

"도사가 손 좀 봐주지 그랬어요."

"벙어리 행세를 했는데, 호랑이 위세를 빌린 고양이 같은 놈."

"고양이를 업은 호랑이겠지요."

"병신 같은 것이 피아골에 맹수가 많기는 하나 짐승 찾기가 힘든 지대인데, 그자들이 아직도 거기 서성거리고 있는지 모르겠소."

해도사는 떨떠름해한다.

"그자들이 산을 들락거려서 좋을 것 하나 없지요. 어떻소? 해도사의 도력으로 산짐승을 불러모아 찾지 못할 골짜기에다 몰아넣는 것이,"

"허허어, 모르는 소리 마시오. 관장하는 바가 다르거늘."

곁눈질과 장난기 서린 웃음, 해도사는 말해놓고 우물우물 김치 가락을 씹는다. 말의 장단을 맞추며 술을 몇 잔씩 마시는 동안 해는 스물스물 중천에 떠올랐다.

"내일 출타를 해야겠는데."

소지감이 말머리를 돌렸다.

"통영 가시게요?"

"그렇소."

"거 김장사하고 소지감 선생이 의논 썩 잘한 거요. 본인의 의향은? 달거워하던가요?"

"그러니까 가는 거 아니겠소."

휘를 통영 조병수한테 보내어 소목일을 배우게 하자는 강쇠와 소지감 사이에서 의논이 되기론 달포 전의 일이었다. 조병수의 승낙도 받았고 내일이면 휘는 산을 떠나게 된다.

"댁네 산월이 가까울 텐데,"

"산월하고 남자하곤 상관이 없지. 보다 내가 없는 새 몽치 저 아이를 어쨌으면 좋겠소?"

"그건 걱정 마시오. 그놈 제 세상 만났다 싶을 게요. 혼자 끓여 먹을 거고 김장사 집이다, 절이다 하고 싸돌아다닐 거요. 피아골로 날 찾아오지 않으면 다행이지."

"허나 아직은 아인데,"

"소선생은 아직 모르시는군."

"뭘 말씀이오?"

"그놈 짐승 밥 될 놈이 아니오. 기가 보통으로 세야지. 가르칠 필요도 없고."

"천재란 말씀이오?"

"먹혀들어가지 않는다 그 말이오."

"그럼 천치로군."

"천재도 천치도 아니지요. 그놈은 지 식대로 살 것이며, 보짱이 태산이오."

해도사는 해가 서쪽으로 조금 기울 무렵 손때 묻은 세간이며 곱돌같이 손질하여 겨울 여름 무탈하게 지낸 오두막을 뒤로 하고 떠났다. 등짐에다 지팡이 하나 들고 떠나는 뒷모습을 바라보다가 소지감은 방문을 열고 방으로 들어와서 큰 대 자로 누웠다. 적막이 골을 빠개듯 스며든다.

'천지무정, 이별이 있다는 것이 그 어찌 축복이 아니겠소. 그나마 유정이니,'

해도사 목소리가 귓가에서 들려왔다.

'한밤중에 자다 일어나서 캄캄한 뒷간 길을 갈 적에 아 이것이 저승길이로구나, 내가 무슨 제왕이라고 자미성이 있을 리 없는데, 별이 깜박깜박, 하늘을 보면 아 아직은 이승이로구나. 하핫핫 하핫핫!'

해도사의 목소리는 계속해 들려왔다. 몽치는 해도사를 따라갔는지 아무 기척이 없다. 해거름에 몽치는 씩씩거리며 돌아왔다. 그는 까투리 한 마리를 들고 왔다. 그것도 목을 꽉 잡고 있었다.

"그걸 어디서 잡았느냐?"

소지감은 놀라며 물었다.

"저기서요."

퉁명스럽게 대답하고 그는 뒤꼍으로 돌아갔다. 저녁상에는 볶은 꿩고기가 놓여져 있었다. 부엌에서 먼저 냠냠거리며 먹은 것 같다. 꿩고기는 아주 소량이었다.

"네가 어쩌 이런 걸 만들어왔느냐?"

신기해하며 물었으나 몽치는 대답 없이 볼이 미어지게 밥만 쑤셔넣고 있었다. 하기는 이 년 넘게 해도사 곁에 있었으니 배우기는 배웠을 것이다.

이튿날 아침 소지감은 먼저 와서 기다리고 있던 휘를 데리고 오두막을 나섰다.

"성 운제 올 기요?"

몽치가 따라나오며 물었다.

"추석에는 오겠지."

휘는 뒤돌아보지 않고 대답했다.

"꼭 오소."

해도사가 떠날 때는 하지 않았던 말이다. 피아골로 간 해도사를 떠난 사람으로 생각지 않았는지 모른다. 해도사 말대로 몽치는 그곳으로 찾아갈 것이 분명했다. 휘는 올발이 고르고 햇볕에 잘 바랜 베 겹저고리 겹바지에 회색 조끼를 입고 있었다. 모두 진솔이었다. 보따리 하나 검정 고무신을 신었다. 장 가든 지 일 년이 넘었으며 영선은 내달에 몸을 풀 모양이었다. 그새 키가 좀 더 컸는지 휘는 훤칠해 보였다. 산을 내려가는 동안 휘는 소지감이 묻는 말에만 대꾸했다. 그것도 간단명료하게 아닙니다, 그렇습니다, 예 하는 정도. 소지감은 마음속으로 나도 아들을 두었으면 저만했겠다 하고 생각한다. 전에 없던 생각이었다. 산허리를 지른 구름도 없고 날씨는 쾌청했다. 이따금 산짐승을 만나곤 했다. 멍청한 노루 새끼가 가까이까지 가도 모르고 있다가 뒤늦게 화드득 뛰어 달아난다.

"저것 다 애물이로고."

소지감은 혼잣말로 중얼거렸다. 얼마 후 이들은 도솔암에 당도하였다. 상좌 일휴하고 공양주 노친네가 반갑게 맞아준다. 소지감이 반갑기도 했지만 행여 일진의 소식을 들을까 해서,

208

"별일 없었느냐?"

"네. 별일은 없습니다마는 스님께서 언제 돌아오실지, 반년이 넘었는데,"

"걱정 말고 기다리게. 공양미는 있고?"

"예, 그거는 거사께서 꼬박꼬박,"

거사는 길노인을 말함이다.

"중이 없으니 불사도 없을 것이고, 좀 참아보아라."

"기다리는 것은 어렵지 않습니다마는,"

일휴는 난처해하는 표정을 짓는다.

"저어 서울아씨께서도 가끔 오시는데 스님께서는 아씨 때문에 아니 돌아오시는 거는 아닌지요."

조심스럽게 말했다. 소지감은 한동안 말이 없다가,

"그렇지는 않을 게다. 그럼 나는 가네."

절문 앞에 우두커니 서 있는 휘를 재촉하여 소지감은 화개로 내려왔다.

"요기나 하고 가지."

주막으로 들어간 소지감은 휘에게는 국밥 한 그릇을 시켜주고 자신은 술을 청해 마신다. 주막 안은 장날도 아닌데 시끌벅적했다.

"와 이리 시끄럽노?"

나그네 한 사람이 물었다.

"사당패들이 지나갔소. 그래 야단이었제요."

주모가 말했다. 비연은 아니었다. 늙수그레한 여자였는데 술꾼들 주고받는 말에 의하면 주막의 국 맛이 썩 좋아졌다는 것이었고 비연은 주막을 팔고 장돌뱅이 사내를 따라 종적을 감추었다는 것이다.

"여기서 한판 놀았소?"

나그네가 또 물었다.

"놀기는, 구례에서 논 모엥인데 요새는 사당패 보기도 어렵은께."

"그라믄 다음은 어디서 놀 긴고?"

"그거사 하동이지 어디겠소. 나룻선 타고 패거리가 내리갔이니."

"나룻선 타고, 여기서 한판 놀지 그랬이까?"

"앗따, 사당패들 대기 좋아하는갑네."

"다 인연이 있인께 그렇제요. 소싯적에는……."

"보기는 안 그런데 이 나그네, 소싯적에는 해우채[花代] 많이 뿌렸는갑소."

늙수그레했는데 주모는 특유의 교태를 보인다.

"허허허 이 주모 보게나. 비연이보다 점잖다 싶었는데 그게 아닌데."

"보소. 점잖았이믄 삼거리서 술쪽 들었겠소?"

"하기는 그렇구마는, 나도 소싯적에는 북채도 들었고, 해서, 씰데없는 말 해가지고 개망신만 당했네."

"남자도 참, 생기다 말았나? 북채를 잡은 게 아니라 실꾸리나 돌린 모앵이네."

주모는 탁한 목소리로 웃었다. 그것은 남자의 기를 꽉 죽이자는 심산에서 한 짓 같았다. 드세지 않으면 어찌 술장사를 하겠는가. 휘는 그들의 말을 귓가에 흘리면서 꼿꼿이 허리를 세우고, 천천히 국밥을 먹고 있었다. 대개 밥 먹는 것을 보면 그 사람됨을 안다고들 한다. 게걸스럽게 음식을 먹는 사람치고 비천하지 않은 경우는 드물다 한다. 소지감은 술을 마시면서 휘를 주의깊게 보고 있었다. 가끔 강쇠 집을 찾아가곤 했지만 휘는 어른들을 피해서 슬그머니 나갔고 도통 말도 없었다.

'산중에서 보고 배운 바 없는 아이가…… 기품이 있다. 어딘지 범접 못할 곳이 있다.'

소지감은 넌지시,

"자네도 술 한잔 마시겠는가."

하고 말했다.

"아닙니다."

이때였다.

"오라버니!"

비단 째는 듯 날카로운 여자 목소리였다. 소지감은 술잔을 든 채 돌아본다. 지연이었다. 몸종으로—종의 신분은 이미 없어졌지만 지연이나 그의 가족의 의식 속에서는 여전히 종이었다—데리고 다니는 소사도 그의 옆에 서 있었다. 소지감은 눈을 내리깔고 눈살을 찌푸리며 술잔을 놓았다. 그리고 마루에서 일어나 지연이 곁으로 다가간다. 옥색 치마에 흰 명주 저고리를 입은 지연은 얼핏 보기에 구식 여자 같았다. 스프링코트에 자주색 머플러를 두르고 구두를 신고 이곳에 처음 나타났을 때와는 딴판이었다. 그러나 자세히 보면 복장이 달라졌을 뿐 변한 것은 아니었다. 다소 여위었다고나 할까. 그는 적의에 가득 차서 소지감을 쳐다보았다. 소지감도 비난하는 눈초리로 지연을 쳐다본다.

"네가 여긴 웬일이냐?"

"답답해서,"

"……."

"구경이 있다기에 소사하고 나와보았습니다."

지연에 대해서는 이미 손을 놓아버린 소지감이었다. 무슨 말을 해도 철벽 같은 그에겐 통하질 않았다. 연민의 마음이 없지는 않으나 그를 대하면 지겹고 짜증나며 미운 생각이 치민다.

"내가 널 안 보려고 했는데, 여하튼 구경하러 나온 걸 보니 여유가 있어 불행 중 다행이다."

소지감은 저도 모르게 꼬집었다. 지연의 눈에 날이 섰다.

"죽지 않고 살아 있는 것이 못마땅하다 그 말씀입니까."

지체 않고 응수했다.

"객지에서 고생을 하는데 도무지 넌 변할 줄 모르는구나."

날이 선 눈으로 지연은 소지감을 빤히 쳐다만 본다. 나약하고 아리송하고 권태스러움이 감도는 얼굴에 타는 듯 붉은 입술은 전과 같았다. 꼬리가 긴 외꺼풀 눈매 속의 눈동자 빛깔이 엷은 것도, 비단 실같이 부드러운 머리칼의 빛깔이 엷은 것도 전과 같았다. 가냘픈 몸매, 은젓가락같이 가는 손가락, 눈송이 같고 새털 같고 종이꽃같은 여자, 얼굴이 창백한 것도 전과 다름없었다. 타는 듯 붉은 입술이, 존재하지 않는 것을 존재하게 하는 강한 구심점, 요화(妖花)의 그림자가 너울거리듯, 주막을 들락거리는 사내들이 힐끗힐끗 쳐다본다.

"기서(일진) 씨는 언제 오지요?"

"그걸 왜 내게 물어."

"그럼 뉘에게 묻습니까?"

"이제는 내가 상관할 일이 아니다. 만일 내가 상관하게 된다면 너를 패주거나 상자에 집어넣고 서울로 데려가는 것뿐이다."

한참 있다 지연은 물었다.

"지금 어디로 가시는지요?"

"서울 간다. 함께 가겠느냐?"

"아니오. 가시거든 어머님한테 돈 좀 부쳐주시라고 전해주십시오."

"내가 얼마나 원성을 듣고 있는지 알고 하는 소리냐?"

"저도 오라버니를 원망하고 있습니다. 저의 처지에서 오라버니는 한 번이라도 생각해주신 적이 있습니까?"

"허어 그래? 내가 너의 편에 서면 일진이 환속할 것 같으냐?"

"……."

"안 될 일을 잡고 늘어지는 어리석은 짓 제발 그만두어라. 하기는 쓸데없는 말이지. 소용없다는 걸, 남부끄러운 일인 게야. 세상 사람의 이목도 생각해야지."

"오라버니는 세상 사람 이목 생각하고 사셨습니까?"

다부진 말이다. 소지감은 할 수 없이 웃는다.

"기서 씬 뭣 하러 갔지요?"

"나에게 묻지 마라. 나는 모른다."

"만주에 갔다면서요?"

"그것도 모른다."

했으나 소지감은 가슴이 철렁한다.

'어디서 들었을까? 말할 사람이 없는데?'

"만주는 왜 갔을까요?"

"중이 포교하러 어딘들 못 갈까. 설마 망명길로 갔겠느냐?"

"만주 아니라 더 멀리 가더라도 저는 찾아갈 겁니다. 기필코 찾아갈 것입니다."

"전생에서 무엇이 너로 태어났을꼬."

소지감은 한탄하듯 말했다.

"상사뱀이었겠지요."

씹어뱉듯 말했다. 철저하게 소외된 채 그래서 지연은 많이 거칠어졌고 영악해졌다. 소지감은 주모에게 밥값 술값을 셈하고 나서,

"김휘! 가세."

"예."

휘는 보따리를 들고 일어섰다. 소지감은 혐오를 나타내며 작별의 말도 없이 지연이 옆을 스쳐 지나갔고 휘는 그의 옆을 스쳐갈 때 목덜미가 붉어져 있었다. 지연은 이를 악물고 그들 뒤를 따라간다. 소사도 그림자같이 지연을 따라간다. 작별의 말을 바란 것은 아니다. 고집이었다. 끝내 그러고 떠날 것인지 끝까지 확인하려는 고집이다. 사방에서 소외당하여 지나만 가도 수군수군 수군대며 구경거리가 되는 지연이, 사촌이지만 오라빈데 어디 끝까지 내게 이럴 것인가 어디 보자, 그들은 강가로 내려갔다. 그리고 나룻배를 탔다. 지연은 강가에 서서 뚫어져라 소지감의 고집스럽게 돌린 등짝을 바라보고 서 있는 것이다. 나룻배는 떠나갔다. 물살을 가르고 하류를 향해. 소지감은 끝내 고개를 돌리지 않았고 동행인 휘만 한 번 돌아보았다. 지연은 눈물을 흘린다.

"소사야."

"네."

"저게 무엇이냐?"

"뭘 말씀입니까?"

"저 강물 위에, 흘러가는 것."

"아아, 뗏목이라 하더군요."

나룻배 떠난 뒤 뗏목이 지나가고 있었다. 뗏목에는 장작이 잔뜩 실려 있었다.

"소사야."

"네."

"가자꾸나."

"네."

지연은 발길을 돌려놓는다. 가는 길목 사람들이 있는 곳이면 따가운 시선들이 지연에게 쏠린다. 절 밑 마을에서 지연과 일진의 사연을 모르는 사람은 별로 없다. 삼 할 정도는 약간의 동정 서린 눈이었고 칠 할은 비난의 눈길이다.

"정혼했다 하지마는 머리 깎은 사람 바라고 저리 있으믄 우짜노. 청춘이 아깝다."

하는 사람은 최소한 동정을 깔고 하는 얘기였으나,

"도솔암 중이 저 여자 때문에 절에서 부질 못하고 내뺐다 안 카나. 저러다가 상사뱀 안 되겠나."

"와 아니라. 절에서는 학을 뗀단다. 혼인한 처자식도 절에 밀고 들어가지 못하는데 무신 보짱일꼬? 절 궂히는 일이라."

"생긴 것 보라모. 죽으믄 원귀 될 상호 아니가. 여자나 남자나 질긴 거는 못씨는 기라. 세상 버리고 머리 깎았는데 저리 눌어붙으믄 우짤 기고. 공부도 하고 서울서는 부잣집 딸이라

카는데."

"종도 거느리고 안 댕기더나. 배가 부른께 거런다. 묵고 할
일 없이이."

"저런 거는 굿을 해야 떨어지거마는."

"이 사람아 불력(佛力)으로도 안 되는데 굿한다고 되겠나."

수군거리는 그런 말이 지연의 귀에 들어올 때도 있었다. 소
사는 무표정이었다. 감정을 나타내면은 지연이 노여워하기
때문인데 무슨 말을 들어도 이제는 면역이 된 듯했다. 이들은
화개 골짜기에 있는 농가의 방 하나를 얻어서 조석을 끓여 먹
고 있었다.

"도솔암으로 가자."

지연이 말했다. 소사는 순간 난색을 보였으나 말없이 따랐
다. 수없이 오르내렸기 때문에 산길에 발이 익어서 이들은 수
월하게 걷는다.

"소사야."

"네."

"어떻게 하면 좋으냐?"

"……."

"나는 어떻게 하지?"

소사는 대답을 하지 않는다. 이 역시 수없이 들은 말이어서
벌써 이력이 난 것 같았다.

"그만 죽어버릴까?"

"아씨도, 또 그런 말씀을."

"나갈 길이 없지 않느냐? 나는 서울엔 안 갈 테다."

"……."

"너하고 나하고 머릴 깎을까?"

"그러시면 안 됩니다. 아씨."

"그럼 어떻게 하란 말이냐."

지연은 산길에서 주저앉는다. 말로는 만주든, 만주보다 더 먼 곳이라도 찾아갈 것이라 했지만 그것은 말뿐이란 것을 그 자신이 잘 안다.

"으흐흣…… 으흐흣흣."

지연은 울기 시작했다. 두 손으로 얼굴을 받치고 흐느껴 운다. 흐느낌은 차츰 통곡으로 변한다. 도솔암으로 가자 할 때는 두 가지 경우가 있다. 도솔암으로 가는 일과 도중에서 실컷 울고 나서 거처로 돌아오는 일이다.

## 10장 조용하의 자살(自殺)

"오줌 마려운 얼굴이군그래. 왜 그리 안절부절이야."

조용하가 말했다. 제문식은 대꾸 없이 앉아 있었다. 안절부절못하고 있는 것은 조용하 자신이었다. 탄탄하고 네모가 반듯한 그 닫혀진 궤짝과도 같이 육중한 침묵이 방 안 가득히 들어차 있었는데 조용하는 그것을 갈기갈기 찢어버리고 싶었고 할 수만 있다면 제문식을 방에서 내쫓고 싶었다. 소리소리 지르고 악을 쓰며 쫓아내고 싶었다.

'저놈은 지금 내 고통을 즐기고 있는 게야. 내가 죽으면 저자는 무슨 이득을 얻나. 무슨 이득이 생기지?'

그러나 조용하는 제문식을 자석같이 빨아당겨 옆에서 떠나지 못하게 하고 있는 것이다. 자신을 상대하여 끝까지 버티어줄 사람은 제문식 말고는 주변에 아무도 없다.

'이놈아 내 사정을 어느 정도 알고 있는지 실토해! 네놈은 뭘 바라고 내 곁에 붙어 있는 거지? 내 껍데기를 홀렁 벗기고 싶은 게야? 내가 지금 죽어가고 있다는 것을 고백하라는 게야?'

제문식과 마주 앉으면 매번 그런 말을 마음속으로 중얼거리곤 했다. 건강이 조금 나쁘다, 과로한 모양이야, 과음한 탓이겠지, 수면부족으로, 그런 등의 말로 자신의 병을 엄폐해온 조용하, 잠시 회사에 나가는 일과 사업상 피치 못할 자리에 얼굴을 내미는 정도로 거의 산장에 칩거하다시피, 집안사람이나 친지들에게까지 명희의 가출로 상심하고 있다는 위장술을 쓰면서 그들과의 내왕까지 차단하고 지내는 조용하, 완전 무장한 철옹성 같은 산장에 다만 제문식만의 통로는 있었다. 어쨌거나 제문식은 오랜 친구였으며 그만큼 대소사를 막론하고 조용하에게 밀착돼 있는 사람은 없다. 조용하는 그에게 기대어보고 싶은 마음이 없지는 않았다. 아니 기대어보고 싶었다, 간절하게. 그러나 함께 슬퍼하고 아파해줄 우정이 제문식에게 있으리란 것을 믿지 않았다. 그리고 제문식에게 의지하는 자신의 몰골은 생각만 해도 끔찍스러웠다. 쫓아내버리고 싶은 충동과 옆에 꼭 잡아놓고 싶은 욕망, 그것은 같은 인력(引力)으로 조용하 내부에서 소용돌이치고 있었다. 혼란이며 목마름이었다. 순명할 수밖에 없는 절대적인 힘 앞에서 꿈틀거리는 한 마리의 벌레, 단말마의 고통으로 몸부림치는 한 마리의 벌레, 자신의 마지막 삶의 모습을 조용하는 어느 누구에게도 보이고 싶지 않았다. 동정이라는 구둣발로 짓이겨지는 것은 상상만 해도 모골이 서늘해진다. 함에도 불구하고 누구 한 사람 얼씬거리지 않는 산장은 공포, 그것은 공포의 밤이요 공포의 낮이었다. 각일각 다가오는 죽음의 그림자를 지켜보는 시간은 가장 잔인한 고문이었다. 조용하는 혼자 이를 갈았다. 눈물을 흘렸고 애소도 해보았다. 정맥이 내비친 자기 팔에 입맞춤도 해보았다. 신을 저주하고 세상을 저주하고 건강한 사람들을 저주하고, 제문식을 천하에 둘도 없는 악당으로 매도하다가 결국에는 산장지기를 보내어 제문식을 불러오게 했다.

'알고 있다 하자. 그럼 어느 정도 알고 있는가. 의외로 심각한 것까지는 모르고 있는지, 물어볼까? 물어본다? 아, 아니야. 덮어두는 거다. 네놈이 어떻게 생각하든 난 상관없어. 내 꼴을 곁눈질하며 악마같이 즐긴다 해도 내가 입을 열어 너를

더 즐겁게, 만족하게 하지는 않을 테다!'

붕괴되어가는 육체를 두 손으로 꽉 틀어쥐듯, 틀어쥐어 주먹 속에 감추려는 듯, 조용하는 필사적으로 자신이 무너지는 과정을 보지 못하게 눈치채지 못하게, 그래서 제문식이 옆에 없으면 불안해진다. 시간과의 싸움도 무서웠지만 어디선가,

"얼마나 살까? 아마 조용하에게는 시간문제만 남았을 게야."
라든가,

"온갖 특혜가 땅속으로 들어가다니 아깝다, 아까워."
하며 나불거리고 있을 것만 같아 속이 들끓었다. 증오감은 전신을 활활 불태우는 것 같았고 고독감은 전신을 싸늘한 얼음장으로 만드는 것만 같았다.

"찬하를 불러오게."

제문식의 목소리가 육중한 침묵을 뚫고 나왔다. 조용하는 반문했다.

"뭣 땜에?"

"글쎄, 그러는 게 좋을 것 같아서."

"좋을 것 같아서? 어째서 좋다는 게야?"

"그렇게 나온다면 나로선 할 말이 없네만, 내 말뜻을 모르고서 되묻는 건 아니지 않은가."

"……."

"찬하는, 찬하에 관한 자네 처사는 처음부터 억지 춘향이었다구. 계속 그런다면 내가 이유를 설명한들 무슨 소용이 있겠

나."

조용하는 비웃을 듯했으나 침묵으로 가라앉는다.

"병이야. 자넨 본시부터 병자야."

제문식 말에 조용하 얼굴이 험악해진다. 그러나 제문식은 개의치 않는다.

"내 자신도 꽤 집요한 편이지만 그래도 목적이나 이유는 있어. 자넨 뭐야? 병 아니라고 달리 설명할 길이 없지 않아. 연산이나 네로 같은 위인이 제왕 아니었더라면 병자가 됐을 리가 없지. 자네도 마찬가지야. 문벌에 재력, 그게 없었다면 정상인이었겠지. 하고 보면 세상이란 공평한지도 몰라. 찬하를 불러오지 않는 이유가 뭐야? 이유가 없지 않아. 의처증도 아니면서 의처증환자가 되고, 싫은 것도 아니면서 의심한 것도 아니면서 왜 그랬나. 자네 어부인에 관한 얘길세. 없는 사실, 멋대로 가상해놓고 그것에 집착하는 것. 맞어, 그건 집착할 그 아무것도 없는 데서 집착한 거야. 세상이 재미없고, 재미가 있었다 싶으면 이내 시들해지고 사람을 사랑한 적도 없고 핏줄에 애착도 없고 원하면 무엇이든 있지만 실상 아무것도 없고."

"잠꼬대하는 겐가?"

"하지만 이젠 집착할 기운 없을 거야. 혼자 씨름해나갈 기운이 있느냐구. 명희부인 얘길 해도 가만있는 걸 보면, 어때? 기운 있어? 고집 피워보아야, 아무리 그래보아야 자넨 외로운 허수아비 아닌가."

"뭣이 어쩌고 어째?"

"내친 길이니 뛰고 있다, 그런 셈인가? 조금만 방향을 꺾어보아. 종이 한 장 차이야. 그러면 찬하를 불러올 수 있을 게야. 이대로 파선(破船)할 건가."

"늑대 같은 놈, 누구 속 떠보노라 그러는 겐가?"

"……."

"내 입에서 무슨 말이 나오기를 기대하나. 미안하지만 자네마음을 흡족하게 할 그런 말 따위 없다. 제문식과 내 관계는 한 치의 후퇴도 전진도 없어. 하하핫 하하핫……."

갑자기 웃었다.

"오란다고 올 놈도 아니지만 부르고 싶은 생각, 천만에. 의무나 책임 같은 것 내겐 없어. 난 그런 것 몰라! 내가 관련 안된 일에 내가 왜 관심을 가져야 하나. 자네 같은 작자가, 다른 사람도 아닌 제문식이 시시하게 복고조(復古調)로 나오긴가? 혈육 따위, 내겐 애당초 그런 것 없어. 찬하 그놈은 물론 난 부모한테도 정 같은 것 없다. 병아리 오줌만큼도 없다! 자네 잘 알 텐데 그래?"

지리멸렬이었다. 저도 모르게 뭔가를 시인하고 말았다는 것을 깨달았으나 조용하는 당황할 기력도 여유도 없는 것 같았다.

"자네다운 얘기야. 한데 복고조라니? 나보고 복고조라, 제발 그런 말은 말아주게. 천신만고하여 배울 권리나마 얻어낸 나 같은 놈이 설마한들 하정배(下庭拜)하고서 네, 나으리마님 하고 싶겠나."

제문식은 말하고서 팔을 들어 시계를 본다.

"왜 그래?"

조용하가 물었다. 제문식은 일어섰다.

"시간 약속이 있었어. 가봐야겠네."

조용하는 제문식을 강한 시선으로 바라본다.

"어디 가는데?"

목소리는 약했다.

"누가 좀 보자고 해서."

코트를 걸치며 도어까지 걸어간 제문식은 돌아본다.

"만나보고 다시 오겠네."

조용하는 꼼짝 않고 앉아 있었다. 제문식이 찾아간 곳은 남천택의 하숙이었다. 이미 선객이 있어 한참 토론이 벌어지고 있는 판이었다. 말이 하숙이지 누구 호주머니에서 돈이 나왔는지 알 수 없으나 호화판 양옥의 거실이었다. 하기는 H전문 학교의 명색이 교수인지라 그럴 법도 했다. 남천택은 재작년 동경서 나온 뒤 서울에 눌러앉아, 얼마나 갈지 그것은 의문이지만 하여간 현재까지는 학교에 나가고 있었다. 검정 두루마기를 입은 선객은 제문식도 알 만한 얼굴의 김 모라는 사람이었다. 눈을 자주 깜빡거리는 버릇이 있었다. 두루뭉술한 분위기에 우둔하면서 비굴한 느낌을 주는 사내다. 수박색 엷은 스웨터에 연회색 플란넬 바지를 입은 남천택은 재미없어하는 표정으로 앉아 있었다. 검정 두루마기의 김 모는 제문식의 출현으로 끊어졌던 얘기를 다시 시작했다.

"오늘날, 이 땅에서 중간층을 위시하여 하부층에까지 침투해오고 있는 것은 왜놈의 식민정책이 몰고 온 계몽주의, 그러니까 조선을 말살하려는 한갓 구실이요 허울 좋은 명분으로 내세우고 있지만 그런 속사정과는 다르다 하더라도 기독교가 몰고 온 계몽의 양상, 즉 낯선 문화를 이 땅에 심고 있는 형편을 보건대, 이런 말을 한다고 해 나를 복고주의자로 공격할지 모르지만,"

김 모 입에서 복고주의자라는 말이 나오자 제문식은 저도 모르게 픽 웃었다. 방금 조용하로부터 복고조라는 말을 듣고 왔기 때문이다.

"그 치졸함, 경박함이 과연 재래 것과 견줄 만한지 의문이야."

"낯선 옷도 자주 입어 버릇하면 맵시가 나는 법이지. 일본은 꽤 그 맵시를 내고 있어. 실리적으로 이용도 하고 있지. 우리보다 그들은 템포가 빠르거든."

남천택은 시답잖다는 듯 말했다.

"나도 그것은 인정하지만 조선에선 자네가 말하는 템포가 문제 아니지. 의식의 문제야. 초입인 만큼 신파가 치졸한 것은 어쩔 수 없는 일이냐."

"두루마기처럼 조선의 겉가죽만 걸치고 다니는 자네가 설마 무속을 두둔하여 하시는 말씀은 아니겠지?"

"하여간 내 생각으론 개화바람이 불기 시작하면서부터 오늘까지 걸작을 들라 한다면 첫째가 동학 봉기요, 둘째는 3·1운동, 셋째가 광주학생사건, 그 밖에 뭐 뾰족한 게 있어? 다 바람의 먼지 같은 것이라."

남천택은 픽 웃었다.

"얘기가 엇길로 빠졌지만, 예를 들어 말할 것 같으면 개화파의 박규수(朴珪壽), 수구파의 최익현(崔益鉉). 그들의 언행이 최선은 아니었을지라도 한 그루의 나무, 한 그릇의 밥은 되더라, 그렇게 말할 수는 있고, 그들에겐 뿌리가 있었거든. 그들이 전후하여 가고 난 뒤 나무는 잔가지만 무성하여 열매를 아니 맺고 밥그릇 속엔 밥이 없고, 그나마 이제 나무는 찍어내어 아궁이 군불감이 되었네. 밥그릇은 엿장수 엿판 속으로 들어가고…… 종교다 철학이다 예술이다, 무슨 사조다, 나발 같은 소리야. 적어도 밑둥은 두어서 접목이나 해야지, 뿌리 없는 꽃 시들면 안 되니까 숫제 종이꽃 아닌가 말이야. 그것도 간지러운 왜놈의 먹고 남은 찌꺼기에, 세계 도처에선 침략의 앞잡이로 설치다가 뒤늦게 이곳으로 상륙한 기독교, 이래 되겠어? 이게 오늘의 식자들이요 문화의 양상이라, 내 자신을 포함하여 매도하는 거지만."

그럴싸한 것도 있었지만 김 모의 말은 갈 지 자였다.

"복고주의든 신파든, 낭만주의일 때 뭔가 근사하고 진짜처럼 보이긴 하지. 지금 국내에서 뭐 한다 할 만한 사람들, 바이런이 아니면 하이네다."

남천택은 또다시 웃었다.

"그나마 그들에겐 밟을 땅이 있지. 보리밥에 굶지 않을 정도의 소시민은 낭만인지 감상인지 알쏭달쏭한 껍질을 핥으면서 신식으로 자위하고 바야흐로 서구문물이 계몽을 앞장세우면서 그들 외래인들이 주장하듯 우매한 이 땅에 들어오는데 선봉장은 기독교요 동경 유학생, 후원자는 일본으로서 그들은 깨쳐라! 깨달아라! 눈을 떠라! 해서 낭만주의는 애국주의도 되고 감상으로도 변신하며 선동적으로 하부에까지 침투하는 장점을 갖고 있는데, 해서 아주 대중적이기도 하고, 허나 그건 착각일세, 착각. 검(劍)과 우애(友愛)를 각각 한 손에 쥔 그들의 역사, 그것을 환상화하고 교묘히 합리적으로 써먹는 낭만인지 감상인지 알쏭달쏭한 그것, 밟을 땅도 없는 만주 벌판 설한풍을 가는 망국인, 임금노예가 된 일본 땅의 우리 조선인 노동자들, 한(恨)이 있을 뿐이야. 짙고 짙은 삶에서, 목숨에서 우러난 그 한 말일세. 자부심 따위, 자네들 그 출중한 대갈통 따위는 아무것도 아니라구. 여름 한 철을 사는 나방에 불과한 거야. 오직 불변한 것이 있다면 내가 살아 있다는 자각과 죽을 것이란 그것뿐이지. 하지만 나는 허무주의자는 아니다. 결코 허무주의는 아니다."

"이제 다 했어?"

남천택이 모멸하듯 말했다.

"뭘?"

"연설."

"주눅들게 그러지 말게."

"어디서 동냥했어? 많이 듣던 소린데."

"동냥을 하다니?"

"여기서 하는 말 다르고 기생방에서 하는 말 다르고 친일파
안방에서 하는 말 다르고 왜놈들 앞에서 하는 말 다르고 왜
그리 사람이 미욱해."

"무슨 소리야, 날 밟는 겐가?"

"타이르는 거다. 밑천이 짧아서 툭툭 터져 실밥이 보여."

"오만불손."

"아암 오만불손해야지 비굴해선 못쓴다."

불청객을 쫓아내기 위해 한 말인 것 같았으나 말치고는 심
했고 별안간 터뜨린 신경질이기도 했다. 그러나 김 모는 꿈쩍
하지 않았다. 자리에서 일어설 생각이 없는 모양이었다.

"무슨 일로 보자고 했어."

말없이 담배만 피우고 있던 제문식이 물었다. 그 말 대꾸는
없이,

"조용하가 다 죽게 됐다며?"

"어디서 그런 말을 하던가?"

"어디긴 회사 쪽에서 나온 말이겠지."

"조사장 건강회복해서 나오면 몇 놈 모가지 날리겠군."

"그럼 별탈 없다 그 말인가?"

"사람이 어찌 무병으로 사나. 아플 때도 있지."

제문식의 말투로는 아주 온건하다.

"한데 왜 그리 우울해 봬나. 원판이 그 모양인데 얼굴판 좀 펴라구."

"좋은 일도 없고 누구 말마따나 바람의 벙거지 같은 꼴이지 뭐."

성이 나서 앉아 있던 김 모가 실쭉 웃었다.

"자네 학교에 나와볼 생각 없나?"

"그것 땜에 날 보자 했어?"

"응."

"생각이 없는 건 아니지만 일 년 후에나……."

하는데 선생님! 하며 누군가가 방문을 열며 황급히 들어왔다.

"선생님 소식 들으셨습니까!"

하숙집 아들이었다.

"무슨 소식?"

"굉장한 테러가 있었답니다, 상해에서 왜놈의 대장 시라카와[白川], 그리고 시게미쓰[重光] 공사 등이 폭탄세례를 받고 십여 명의 사상자를 냈다 하는군요."

"어디서?"

남천택이 물었다.

"상해에서요. 홍구공원 천장절(天長節) 축하식전에서 그랬답니다."

"누가?"

"물론 조선인이지요."

앉아 있던 김 모가 일어서며,

"만세다!"

하고 외쳤다.

"큰일 했군."

남천택의 목소리도 흥분되어 있었다. 제문식은 코트를 입고 모자를 머리에 올려놓으면서,

"나는 가네."

"밤새워 술 마시는 거다. 가기는 어딜 가아."

남천택은 팔을 벌리며 막고 나섰다.

"내 몫까지 마시고 내 몫까지 축하하게."

붙잡는 것을 뿌리치고 제문식은 거리로 나왔다. 그래 그런지 거리는 술렁대고 있는 것같이 느껴졌다.

'되놈들 무색해졌을 게야.'

그러나 제문식은 아무런 감동을 느낄 수 없었다. 다만 혼자 있고 싶었고 혼자서 술을 마시고 싶었다. 큰길로 나간 제문식은 다시 골목길로 되잡아 들었다. 그 골목길에 주점이 하나

있었던 것이 기억났던 것이다. 뒷골목 술집에서 제문식은 비로소 일종의 안온감을 느낀다. 대낮부터 술손님이 있을 리 없고 따라서 떠드는 소리도 없고 물속에 가라앉듯 술을 마신다. 조용하를 위해 슬픈 것도 가슴 아픈 것도 아니었다. 암울할 뿐이었다. 조용하 옆에 있으면 침묵한 채 있을 때도 펄펄 끓는 솥바닥에서 생선이 튀어오르는 것을 바라보는 기분이 된다. 어차피 죽음이란 고독한 것이지만 조용하의 고독은 처참했다. 죽음 그 자체보다 처참했다. 시간을 재듯 술을 마시는 제문식의 마음은 산장으로 가야 한다 하고 서둘러지는가 하면 궁둥이가 자리에 눌어붙은 듯 일어서기 싫어지기도 했다. 제문식이 산장으로 간 것은 해 질 무렵이었다. 조용하는 제문식이 방을 나섰을 때 그 모습 그 자세로 앉아 있었는데 흐릿한 그의 눈에 빛이 돌아오고 있었다.

"무슨 일이 있었나?"

조용하가 물었다.

"애인 좀 만나고 왔지."

제문식은 조용하가 등지고 앉은 창문에 눈을 던지며 말했다. 석양이 진홍빛으로 타고 있었다. 상해 홍구공원에서 고위 장성, 공사 등 십수 명의 일본인을 조선인이 투탄하여 살상했다네, 그 말을 제문식은 보류했다.

"술이나 마시자."

"그러지."

"자넨 한 번도 말린 일이 없었어."

"술 말인가?"

"내 건강이 나빠질수록 제문식은 기분이 좋을 테니까."

사십을 넘긴 사내가 갑자기 소년으로 변한 듯, 조용하 얼굴에 나타난 분노조차 단순해 보였다.

"그럼 관두자꾸나."

"아니야."

제문식은 웃는다.

"악마같이 웃는군."

"추남이 악마같이 웃어야 제격 아닌가. 달콤하게 웃어보아야 별수 없지."

석양은 꽤 오랫동안 창가에 머물러 있었다.

"밖에서 마셨어?"

술잔을 들었으나 늦추듯 하며 조용하는 물었다.

"응."

"무쇠 덩어리로군."

"찬하를 불러들여."

아침나절에 한 말을 제문식은 되풀이했다.

"듣기 싫어!"

"들어야 해."

"거머리 같은 놈! 저의가 빤하지 빤해!"

"……."

"그놈을 들먹여 날 자극하자는 게야? 그럼 자네가 맡아 하게, 그럴 것 같은가? 그걸 노리는 게야?"

"……."

"아니면 미리부터 그놈의 공신(功臣)으로 자릴 펴놓자 그건가?"

제문식이 크게 소리 내어 웃었다.

"왜 웃어!"

조용하는 악을 썼다.

"그럴 수도 있겠지."

말하면서 제문식은 손수건을 꺼내어 코를 푼다.

"흥, 솔직해서 좋구나."

"나 돌대가리 아닐세."

"누가 그걸 모르나. 날고 기지."

"조용하라는 인물을 모를 내가 아닐세. 그런 것도 모른다면 자네가 내 머리통 빌려 썼겠나? 공신 운운, 그것도 많이 빗나가 있어. 찬하는 나를 두고 조용하의 충견이라 하지. 찬하는 생리적인 혐오감으로 나를 대한다. 조용하의 심리분석이랄까 투시력 같은 것은 귀하신, 비단 포대기 출신치고는 상당히 정확하고 날카롭지. 그러나 자넨 나르시스트, 애정 결핍증, 바로 그것 때문에 백발백중이 안 되는 게야. 오산이 있었다 그 말일세. 실은 정확하다는 것도 따지고 보면 맹목적이다 할 수도 있어. 진실보다는 말씀이야. 숫자놀음으로 해결이 안 되는 것이 인생이거든. 하나 예를 들자면 명희부인의 경운데 그 공작은 졸작이었고 실패했지. 자네 자신이 뼈저리게 느꼈을 게야. 가고 싶어 하는 사람 사슬 풀어준 꼴이었다. 안 가겠다고 기둥 잡고 도는 사람 엉덩이 차서 내쫓은 결과는 아니지 않았는가. 세상엔 예외란 것이 있어. 문벌에다 학벌, 재벌, 외모 반듯하고 고루 갖춘 조용하, 천하의 모든 계집들 손만 뻗으면 잡히는 걸로 알았겠지."

조용하는 으르렁거렸다.

"득의에 찬 자네를 하나님같이 우러러볼 여자들은 물론 많았다. 그러나 인간적으로 경멸하고 역겨워하는 여자도 더러 있을 것이란 사실을 자네는 몰랐던 게야. 이렇게 우리는 마주하여 술을 마시고 있는데, 글쎄…… 자넨 달라졌을까? 달라졌겠느냐 하고 생각해보는데. 아니야. 자네 눈에 비치는 것, 판단은 여전히 변하고 있질 않아. 본성은 냉혹한데 자기 자신에게는 어찌 늘 그렇게 달콤하냐. 쇠약해지고 희미해진 자네 눈에 비치는 제문식, 그리고 자신에게 소속된 사람들, 여전히 개새끼처럼 고깃덩이를 보고 침을 흘린다, 물론 그렇지, 그렇고말고, 본능이니까. 그러나 억누르는 자의 힘이 쇠약해지면 자네가 생각하는 대로 한몫을 얻어내기 위하여 고깃덩이를 보고 침을 흘리며 꼬리가 부러져라 흔들어대는 개새끼들이 있고 다른 하나는 쌓였던 분노와 증오 때문에 작은 몫이고 큰 몫이고 그건 안중에 없이 덤벼들어 목덜미를 물어뜯는 부류도 있는데 그것 또한 본능 아니겠나."

"그렇다면 자네는 가능할지도 모르는 큰 몫을 포기하고 내 목덜미를 물어뜯겠다, 설마 그런 부류는 아니겠지? 꼬리를 흔드는 축인데 그것도 좀 기발하게 말이야, 하하핫핫핫……."

"내가 억눌림을 당했던 처지였다면 물론 자네 말대로 뱀같이 사악하고 여우같이 교활하게 먹이 쪽을 택했을 것이 분명해. 그러나 제문식은 조용하의 분신이었지. 안 그런가?"

"뭐라구?"

"내가 만일 자네에게 빌붙어서 비위나 맞추고 지냈으면 제법 긴 세월인데 쫓겨나지 않았을 리가 없다. 그 점에서 조용하가 여느 귀하신 서방님과는 딴판이었지. 냉철하고 계산 빠른 사업가였거든. 자타가 공인하는 내 이 머리통, 두둑하게 생겨먹은 배짱, 필요했지. 필요로 한 건 이쪽보다 그쪽, 지금 이 자리도 마찬가지야. 자네가 어찌 생각하든 우리는 나란히 서 있었지 종속은 아니었다."

너털웃음을 웃는다.

"사실은 나 기분이 나쁘다. 계속해서 우울하고, 잠자코 있자니 숨이 막힐 것 같고…… 내가 한숨이나 쉬고 있다면 자넨 더 못 견딜 게야."

"우리 명월관에 갈까?"

느닷없이 조용하가 말했다. 제문식은 빤히 쳐다보다가,

"요즘 듣자니까, 자네 말을 빌리자면 되잖은 계집들인데,

그것들을 채신머리없이 불러다 놓고 넋두리를 한다는 소문이
던데 왜 그러나."

"흥."

"이해 못하는 바는 아니나, 호색가도 아니요, 풍류남아도
아닌 자네, 화류계 계집이라면 먼지 털듯 탈탈 털던 결벽증인
자네는 취향이 신여성 인테리 여성인데 누구 하나 꼬셔다 놓
고 넋두리를 하든 신세타령을 하든, 마땅찮아."

술잔을 놓고 담배를 붙여 문다. 반사적으로 조용하도 담배
에 손이 가다가 그만둔다.

"산전수전 다 겪은 그 계집들, 세상 보는 눈 무시 못하지.
비록 귀부인에 신사는 아닐지라도 기생과, 내로라 거들먹거
리는 득세층이 들고나는 그곳을 이른바 사교계라 해도 무방
한데, 해서 장안에 이름난 사내들, 그 사내들 사람됨의 치수
를 재는 데 있어서 그곳이 본산임을 명심하게. 자네가 아무리
업신여겨도 그들의 복장은 두 개야. 수모를 감수하는 복장하
고 비웃는 복장, 그것들 매 눈이야. 하필이면 그곳 계집들 불
러다 놓고 발가벗어?"

"발가벗다니!"

"그들이 자네 말이면 무조건 희희낙락할 줄 생각하니까 추
태가 나온 게야. 소위 죽음의 문답 같은 얘기도 나온 모양인
데 자네가 냉혹했다면 상대도 냉혹한 게야. 자네의 인생관리
가 설사 달랐다 하더라도 불행한 사람은 냉혹한 거야. 조씨

문중 사람들은 말할 것도 없고 임씨네 집에서도 초병 마개같이 입들을 틀어막고 있으니 마누라 달아난 소문은 그리 넓게 나지는 않았겠지만 설사 소문이 넓게 퍼졌다 하더라도 달아난 어부인 때문에 노심초사, 자네가 여위고 초췌해졌다, 생각할 그 바닥의 여자들은 아니야. 냉혈한이 자기 자신을 위해 흘리는 눈물."

"누가 눈물을 흘렸어! 듣자 듣자니까, 나가아!"

"눈물이야 아니 흘렸겠지만, 뭐 그런 꼴이었겠지. 그 양반 파김치가 됐더군, 그래가지곤 멀잖은 것 같던데? 허깨비를 본 것 같애, 넋이 반쯤 나갔더구나, 강산이 내 것이면 뭘 해, 그런 뒷공론."

"이 돼지 같은 놈아!"

술잔을 냅다 던진다.

"이렇게 나와야 제격이지. 하하핫핫."

술잔은 피했으나 술에 젖은 얼굴을 손수건으로 닦으며 제문식은 크게 소리 내어 웃는다. 딸꾹질을 하면서 연신 웃는다. 조용하가 이상한 것은 당연하지만 제문식의 숨막힐 것 같은 웃음소리는 납득이 안 되는 일이다. 신경이 굵어 그랬지 제문식도 조용하 성미에 넌더리 친 일이 있었고 경멸을 하고 미워도 했으며 다만 정확한 판단과 일 처리에 죽이 맞아온 두 사람의 관계다. 현재 심정도 그를 위해 슬퍼하고 아파하는 제문식은 아닌 것이다. 그럼에도 답답하고 우울했고 뭔가 들어

올려 와장창 깨버리고 싶은 충동이 일곤 하는데 제문식 자신
도 그 이유를 알 수 없었다. 손수건을 호주머니 속에 찔러넣
고 제문식은,

"자네 나보고 나가라 했나?"

조용하는 노려보기만 한다.

"내심으론 갈까 봐 겁나지? 안 그래?"

"갈려거든 가아!"

"나야 해방되는 게 좋지. 저놈이 내 고통을 즐기고 있다, 저
놈을 어떻게 잡아먹으면 속이 시원할까 하면서 자신의 무력
함에 이를 갈겠지만 자네 의식 속에는 내게 대한 신뢰 같은
것 있을 게야. 인정하기 싫겠지만 말씀이야."

"차라리 미쳐버리는 편이 낫겠다. 제문식을 믿느니 독사를
믿지."

"인간이란,"

담배를 눌러 끄고 새 것으로 피워 문 제문식은,

"인간이란 묘한 거야. 참말 묘하고도 신비스러워."

늦추듯, 삼가듯 하던 술을 조용하는 퍼마시기 시작했다.

"묘해, 인간이라는 것 말씀이야. 어디까지 측은하고 어디까
지 악독한 건지 측량할 수가 없어. 제아무리 크다 한들 기껏
팔 척 장신, 이 괴물이 전후좌우 어찌 그리도 방자한지, 복잡
한지, 그런 생각 해본 일 있어? 없을 게야. 소위 그 민중이라
는 것, 시쳇말로 민중인데 그들은 특수층과는 너무 거리가 멀

어서 과소평가되고 그놈의 특수층은 또 너무 거리가 멀어서 과대평가가 되는데, 이것이 역사가 시작되면서 오늘까지 속성이라. 그러나 그들 양켠 다 가까이 가보면 일정한 공약수가 나오긴 나오지. 그게 잘 나타나지 않는 것이 대체로 중간층에 속하는 족속들이 아닌가 싶어. 물론 상중하 어느 곳이든 개성에 따라 그런 부류가 없는 것은 아니지만…… 으흠흠 내가 왜 이러지? 아프기는 조용하 쪽인데 내 대가리가 왜 이 지경으로 터질 것 같나. 으흠, 그래서 말인데, 음 그래 아까 기생들이 자넬 어떻게 보는가 말했었지. 하여간 권력이라는 것을 잡고 정사(政事)를 요리하는 놈치고 교활무쌍하지 않는 것이 없는데, 그들 나름대로 신산(辛酸)을 맛보았다 할 수 있으니 심리구조가 이중으로 삼중으로 될밖에 없지. 그러나 말씀이야, 권력 근처에 가질 못했거나 혹은 참여의 기회가 없었던 패거리, 문벌·재벌·학벌을 두루 뭉쳐서, 벌족 부호들 말씀이야, 그것도 한가하게 의식(衣食)을 즐기는 계층, 이를테면 자네 같은 부류인데 비교적 그들에게선 공약수가 나오는 것 같애. 그러니까 양지에만 있었기 때문에 그늘이 없었다 할 수 있을까? 그들은 인생의 신산을 맛본 일이 없거든. 대체로 신분이란 그 높이에 따라 신비감이 조성된다고들 하지. 그러나 그건 틀린 것이야. 잘 보이지 않고 먼 곳에 있기 때문에 사람들은 그 요란한 가문, 요란한 인물을 상상 속에 가두어버린단 말씀이야. 그 속에서 메치고 바로 치고 반죽하거든, 상상엔 제한이 없는 게야. 얼마든지 색칠이 가능하고 모양새도 뜯어고치고 해서 신비스럽게 부각도 되고 황당무계하게 만들기도 하고 그로테스크하게 색칠도 하고, 그건 관점이 아니라 망상이야. 소문이야. 그러나 거리가 좁혀져서 실재(實在)를 인식했을 때 떡장수 엿장수 처세가 예술가 할 것 없이 그 파악이 거의반 일치한단 말씀이야. 조용하를 냉혈, 독선, 오만불손, 숫자에 능하고 편집광에다, 사람이나 사물에 대하여 완상(玩賞)하는 이외 다른 가치를 느끼지 못하는 인간, 마찬가지로 운상거인(雲上居人)에 속하는 조찬하는 어떤가? 내성적이며 방관자 같고 순수한 열정파, 하면서도 만만찮은 고집, 숫자에는 무관심한 듯하면서도 사물을 보는 눈은 정확하고, 물론 모두가 다 나같이 표현하는 것은 아니지만 집어내는 것은 비슷할 게야. 나 같은 인간은 엿장수 눈에 비친 것 다르고 기생 눈에 비친 것 다르고 양반 눈에 비친 것 다르고 식자 눈에 비친 것 다르고, 의식하건 아니하건 끊임없이 변신한다고나 할까. 왜 그럴까? 왜, 아마 강력한 상부층과 대다수인 하부층 사이에 끼어든 박쥐 같은 존재라서 그럴까? 아무튼 자네들 계층의 속성, 아 아니야, 그 말이 아니고 아무튼 자네들 계층은 창자 속까지 들여다뵈는데, 그런데 말씀이야 하부층, 소위 그 대다수인 민중 말일세. 이건 보는 사람에 따라 관점이 달라진다는 것과는 달라. 솔직히 말해서 민중이라는 큰 무리 그 자체, 난 모르겠어. 모르겠거든. 도무지 알 수가 없어. 대다수인 그들 민중 그 큰 무리를 통하여 나는 인간이라는 것을 생각하게 되고 인간이란 무엇인가, 역시 그들을 알 수 없듯이 인간 역시 오리무중이야. 그건 크나큰 절망, 절망이지. 어쩌면 그 절망은 역사의 본질 같은 거 아닐까 하는 생각도 들구. 완전한 지배, 완전한 복종, 한다면 역사란 존재할 수 없는 거 아니겠나? 그런 뜻에선 절망의 본질이란, 억지 같은 얘긴지 모르지만 명멸(明滅)의 이 끝없는 되풀이 그 자체인 것 같은 생각도 들어. 복종의 존재인 저 거대한 무리는 그러나 결코 복종 아니하면서 목적에 이르지도 못한 채 사라져가며 또 사라져가고, 결코 그들은 그 아무에게도 지배된 적이 없고, 어떤 힘도 그들을 완벽하게 지배한 적은 없었다. 물질의 결핍이란 순간 순간 혹은 어느 기간에 있어서의 고통이며 굶주림과 헐벗음이 생명을 파괴하는 만큼 의식주야말로 가장 초미한 문제임엔 틀림이 없겠으나 그러나 존재만으로 인간은 설명이 되지 않아. 도시 인간을 모르겠다 한 것은 그 때문일까? 노예나 노비들의 끊임없는 탈출에의 정열, 그 치열함이 헐벗음과 굶주림과 더불어 역사의 본질일까. 그리고 그네들은 본능적으로 진리를 진실을 희구하며 종교나 예술, 사랑을 혹은 일을 통하여 끊임없이 소망하고 갈망하며 이것들이 상극하고 상승하고 상쇄하며 엄청나게 준동하는데 상층과 중간층이 역사를 지배해왔다는 것은 과연 옳은 말일까? 상층과 중간층은 중심에서 퉁겨나간 한낱 비말(飛沫)에 불과한 거 아닐까. 대다수 민중이야말로 거대한 여울이다,

여울. 내가 또 그들을 모르겠다 한다면 중언부언이겠으나 거대한 그 집단, 꿈틀거리는 그 집단은 어디를 향해 가고 있는가, 내게 있어서 그 행방은 늘 불가사의하면서도 불길해."

"행방? 다 죽었겠지. 하하핫핫……."

다음 순간 조용하의 웃음은 갑자기 멎었다. 얼굴이 새파래졌다. 의자 모서리를 누른 손이 떨고 있었다. 그 모습을 제문식은 미동도 하지 않고 쳐다본다. 너무나 기묘한 광경이다. 조용하는 겁에 질린 얼굴이었다. 제문식은 우울증 환자의 눈빛이었다.

"엄지손가락 하나로 문질러 죽일 수 있는 개미가 무리를 지어 아프리카의 정글을 메우며 진군할 때 그것들이 지나간 자리엔 아무것도 남는 것이 없다고들 하는데 그럼 그 거대한 무리는 어디로 갔나. 그것을 생각할 때 나는 동학의 김개남(金開南)을 연상한다. 김개남은 무엇을 했고 어디로 갔으며 그 무리 또한 어디로 갔는가. 죽었다 하겠지. 물론 죽었지. 자네도 죽었다 하지 않았나. 그러나 나는 죽은 게 아니라 좌절했다 하고 싶어. 밀려오고 밀려가는 파도였을까?"

제문식의 목소리는 늪으로 가라앉는, 깊이 모를 곳으로 한없이 가라앉는 분위기를 자아낸다. 그는 자신을 추스리듯 갑자기 소리를 높였다.

"그런데, 그런데 말일세, 『독일농민전쟁』에서 엥겔스는 말하기를 각 주방(州邦)의 농민들은 단독행위를 고집하여 반란을 일으킨 이웃 농민의 구원을 거부함으로써 그 결과, 개개의 투쟁 결과는 반란대중의 십분지 일에도 못 미치는 군대에 의해 차례차례 섬멸되고 말았다……. 진주의 농청(農廳)과 백정과의 싸움은 어떠한가. 그게 이해상관의 충돌이었나?"

제문식은 머리를 흔들었다. 창자 속에 흘러들어 간 술의 양도 엄청나게 많았지만 조용하와 함께 자신도 무너져가고 있다는 것을 그는 의식했다. 지껄이고 지껄이고 또 지껄이고 왜 지껄여야 하는지 그 자신 알 수 없었다. 그것은 물에 빠지지 않으려고 허우적거리는 것과도 같은 것이었다. 조용하는 제문식의 얘기 따위는 이미 듣고 있지도 않았다. 미친 여자 물 마시듯 술만 퍼마시고 있었다.

"짐승이나 초목도 제 영역을 침범하면, 초목도…… 초목 그, 그건, 아무튼 격렬하게 싸우는 것 그거 다 생존의 본능 아니겠어? 백정과 농청의 싸움도 본능인가? 그건 인간의 싸움이야. 인간 말이지? 소위 계급투쟁이다 이거야. 농청은 상하를 그어놓자! 백정은 아니다 상하를 지워버리자! 그게 먹는 것하고 무슨 상관이야! 뿌리 깊은 인습, 그것도 있지. 하지만 그건 민중에게 내포되어 있는 분파작용인 게야. 그래서 그 거대한 무리의 행방이 묘연해지는 게야. 모이고 흩어지는 것, 운동은 운동이지. 만물이 모두 모이고 흩어지고 그게 운동인 게야. 조용하 알겠느냐고. 죽는 것도 운동이고 사는 것도 운동 아니겠어? 홍수전(洪秀全)의 막하에서 가장 뛰어났던 사내,

숯 굽던 사내, 나 그 사내를 참 좋아하는데 말씀이야, 양수청
(楊秀淸) 있지 않아? 태평천국의 그 양수청 말일세. 그 양수청
이가 전당포 아들인 동료 위창휘(韋昌輝)에게 암살당하면서 태
평천국은 일시에 무너지는데 아까 내가 운동이라 했던가? 계
급투쟁이라 했던가? 아니야 아니야 에고이즘, 이게 환상이거
든. 측은(惻隱)의 마음이 없음은 사람이 아니요, 수오(羞惡)의
마음이 없음은 사람이 아니요, 사양(辭讓)의 마음이 없음은 사
람이 아니요, 시비(是非)의 마음이 없음은 사람이 아니요, 그
사단설(四端說), 아암 훌륭하지, 군대의 사열만큼이나 반듯하
지. 난세에 시달리는 백성에게선 실효가 없어도 패왕(霸王)들
의 구실로 둔갑하고 보면 지팡이 지휘봉이 되기도 하고 몽둥
이가 되어 부러지기도 하고."

"그, 그만 그만."

조용하가 손을 내저었다. 비실비실 일어나다 말고 픽 쓰러
진다.


거실 소파에 등을 묻고 조용하는 앉아 있었다. 바둑판무늬
의 헐거운 회색 가운을 입고 있었다. 커튼은 드리워진 채로,
그러나 커튼을 통하여 산장에는 아침이 활짝 열려진 것을 느
낄 수 있었다. 방금 어멈이 끓여온 녹차가 탁자 위에 놓여 있
었다. 흑단 탁자에 백자 찻잔은 눈이 시리게 대조적이다. 조
용하는 등을 세우며 녹차 한 모금을 마신 뒤 궐련을 뽑으려다

말고 한숨을 쉰다.

"늑대 같은 놈."

팔을 들어 깍지낀 손에 뒤통수를 받친다.

"야수 같은 놈."

해 질 무렵부터 시작하여 밤늦게까지 악몽과 같이 술을 마셨다. 제문식의 번들거리던 눈빛이 다가오고 너털웃음이 귓가에서 울린다. 누구 사형선고 받았느냐고 악을 쓴 자신의 목소리도 되살아났다. 어제 온종일 죽은 듯 누워 있었고 밤에는 악몽에 시달렸다. 깍지 낀 손을 풀고 시선을 찻잔에 떨어뜨린다. 녹차는 투명했지만 액체가 아닌 고체로 느껴진다. 흐물흐물한 푸딩을 조용하는 연상한다. 일본에 있을 때 가끔 먹었던 꼬냑이 생각나기도 했다.

'해파리, 낙지, 해삼, 문어 또, 또오 으음 홍성숙 같은 계집? 명희는 홍차 같은 계집인가…… 유인실은 냉수, 냉수.'

조용하는 저도 모르게 피전 갑에서 궐련을 한 개비 뽑는다. 그러나 불은 붙이지 않고 담뱃개비를 손가락 사이에서 굴리면서 골똘히 그것을 쳐다본다.

'그자의 말이 옳기는 옳아. 내 앞에서 한숨이나 푹푹 쉬었다면 그 입을 찢어주고 싶었을 거야. 힐끔힐끔 눈치를 보았다면 눈알을 뽑아내고 싶었을 거야.'

천천히 담뱃불을 붙인다. 연기를 뿜어내다가 심한 기침을 한다. 기침을 하면서 창가로 걸어간다. 커튼을 걷는다. 산장의 뜰에는 눈부신 햇살이 가득 차 있었고 새들이 지저귀고 있었다. 신록은 미친 것처럼 연둣빛 진초록이 서로 얽히고설켜 일렁이고 있었다. 타고 있었다. 녹색도 탄다. 진홍의 단풍만 타는 것은 아닌 모양이다. 생명이 타고 있는 것이다. 생명의 환희, 인고의 겨울은 이 환희를 예비하고 있었기에 설원은 그렇게 청정(淸淨)하였는가. 햇빛은 황금가루같이 부서지고 흩어지고, 산장에서 바라다뵈는 앞산에는 철쭉이 한창이다. 짙고 옅은 빛깔, 분홍 같은 연보라 같은 빛깔들이 얼룩처럼 구름처럼 흐드러지게도 피어 있다.

'여자도 아니요 가족도 아니요, 아무것도 없는데 지금 내 곁에는 햇빛과 신록과 꽃빛만이 있구나.'

가면 같았던 손의사의 얼굴이 지나간다. 소독 냄새, 하얀 시트.

'나는 다시 저 신록을, 꽃을 볼 수 있을까? 명년에……'

조용하는 유인실을 한 번만이라도 만나고 싶었다. 냉담해도 상관없었다. 비난해도 아무렇지 않을 것 같았다. 경멸을 당하더라도, 하여간 그를 한번 만나보고 싶은 생각은 간절하였다. 이 세상 누구에겐가 한 사람에게만은 자신의 죽음을 고백하고 싶은 것이다. 제문식이 알든 모르든, 알고 있다는 것이 명백해졌지만 이제 그것은 아무래도 좋았다. 제문식이 안다는 것은 이제 아무런 의미가 없다. 집요하게 그토록 자기 신병을 감추기 위해 벽을 쌓고 또 쌓았는데 어이가 없을 지경으로 제문식에 대하여 조용하는 아무렇지 않은 것이다. 시원하다거나 해방감 같은 것이 있을 리는 없지만 제문식과의 관계에서 결박을 풀어버린 듯한 느낌은 드는 것이다. 다만 쫓기는 기분, 갈 길이 바쁘다는 생각, 서둘러지는 마음이 유인실을 절실하게 요구하는 것이다. 그러나 유인실의 행방은 묘연했다. 사방에 수소문해봤으나 찾을 길은 없었다. 찾지 못한다는 초조함 때문에 기생을 불러들였는지 모른다. 고백한 것은 아니었으나 제문식의 말대로 추태를 부린 결과가 됐는지 모른다. 그런데 고백의 대상이 유인실이라야 한다. 그것도 상식 밖의 집요한 생각이지만 한편 여자라야 한다는 무의식적인 희망도 설명이 되지 않는 부분이다. 여자라야 한다. 그럼에도 불구하고 명희를 찾을 생각은 하지 않는 것이다.

조용하가 유인실을 마지막 본 것은 작년 봄, 그러니까 새 학년, 아니 봄방학을 며칠 앞둔 어느 날이었다. 마지막이라 했으나 두 번째라 해야 옳다. 그날 요정에서 제문식과 함께 술을 마시던 조용하는 별안간 쏜살같이 밖으로 나왔다. 그리고 소리소리 지르며 운전수를 불렀다. 밤도 어지간히 깊어 있었는데 빨리 가자고 운전수를 내몰아 찾아간 곳이 야간부 기예학교였던 것이다. 그는 곧장 교무실로 들어갔고, 술에 잔뜩 취해 있었기 때문에 염려한 운전수는 그를 뒤따른 것이다. 교직원들은 퇴근준비를 하고 있었다. 불시에 방문한 취객의 신분을 몰랐던 교직원들은 어리둥절했고 운전수가,

"조용하 사장님이십니다."

낮은 목소리로 주의를 환기시켜주었다. 그러나 그 이름을 실감할 수 없는 듯 직원들은 입만 벌리고 있는데 그중 한 사람이 용수철같이 화다닥 일어났고 나머지도 덩달아 일어섰다. 그러고 나서 그들의 낯빛이 새파랗게 변했다. 유인실만은 약간 놀란 표정이기는 했으나 침착하게 일어섰다. 조용하가 야학교에 술 냄새를 풍기며 찾아오다니, 술 냄새를 풍기며 왔다는 사실이 그의 체면을 말이 아니게 했지만 명목상 교주(校主)이긴 해도, 기예학교 야간부의 존재 따위는 조용하에게는 호주머니 속에 든 영국제 담배 케이스만큼의 가치도 없는 것이다. 팔을 부러뜨린 이곳 학생이자 방직공장 여공의 건으로 유인실이 서한을 보내지 않았더라면 조씨 가문의 학교재단 속에 기예학교, 그것도 야간부가 있으리란 생각도 못했을 것이다. 교무실 함석지붕에서 모래 구르는 소리가 들려왔다. 발가숭이 전등이 댕그랗게 매달린 교무실은 을씨년스럽기만 했다.

"안녕하십니까? 유선생."

조용하는 아무도 거들떠보지 않았다. 곧장 유인실 앞으로 걸어갔다.

"안녕하세요."

인실은 짤막하게 말했다.

"얼굴이 안 좋으시군요. 어디 몸이라도 불편하십니까?"

아닌 게 아니라 인실은 몹시 초췌해 보였다. 실은 인실도 처음에는 조용하를 알아보지 못하였다. 삼사 개월인가, 겨울 방학이 시작되기 바로 전에 한 번 만났으나 그때는 대단히 단정해 뵈던 신사였었다. 몸가짐이 흐트러져서도 그랬지만 조용하 역시 건강이 안 좋아 보였던 것이다. 얼른 알아보지는 못했지만 인실은 삼사 개월 동안 꽤 많이 조용하를 생각한 셈이다. 여공 아이에 대하여 감감소식이 괘씸하여 그의 생각을 했고 낯선 항구로 명희를 찾아갔기 때문에 그를 생각하지 않을 수 없었다. 하지만 그보다 일본서 오가타와 함께 나온 조찬하가 그의 동생이었고 그의 동생과 함께 여행을 했기 때문에 조용하를 자주 떠올렸을 것이다.

'그새 사람이 왜 이렇게 변했을까?'

"여행하셨다지요? 겨울방학 동안,"

"⋯⋯."

"왜 놀라시지요?"

'어떻게 알았을까? 어째서 이 사람은 내 행적에 대하여 알아야만 했나?'

인실은 불쾌감을 나타냈다.

"명희여사를 만났다지요?"

'아하 그랬었구나.'

"어떻게 알았느냐고 묻지 않는군요. 다 아는 수가 있지요."

조용하는 비로소 교무실 안을 둘러본다.

"이 기예학교 교장을 하라 해도 마다할 사람이 벽촌 코흘리

개한테 자수를 가르치는 처지로 전락했다 하니 사람의 일이
란 알다가도 모를 일이오."

　사정없이 조용하는 자신의 치부를 펼쳐놓는 것이었다. 그
것은 또한 안하무인의 처사이기도 했다. 조용하가 돌진해간
목표물은 유인실이기 때문에 명희를 거론한 것은 말을 잇는
구실에 지나지 않았다.

　"그는 그렇고 지나가는 길에, 언제였지요? 유선생께서 부탁
한 일이 생각났습니다. 해서 들렀소이다."

　"직접 안 오셔도 될 일인데요."

　"그렇습니까?"

　"……."

　"어쨌거나 여기 생도이자 우리 공장 여공아이에 관한 얘기
였지요?"

　"그렇습니다."

하고는 인실이 의자를 내밀었다.

　"앉으시지요."

　"아니 괜찮소."

　조용하는 스프링이 망가져서 푹 꺼진 의자를 내려다보고
눈살을 찌푸린다. 다시 고개를 들고 인실을 뚫어져라 쳐다본
다. 교직원들은 발가숭이 전등 밑에 실루엣처럼 서 있었다.

　"생활이 복잡하다 보니, 유선생과의 약속을 이행 못했습니
다."

"심려를 드려 죄송합니다."

"아, 아니오. 갑자기 생각나서, 학교 실태도 볼 겸."

"유념해주셔서 고맙습니다. 보시다시피 경영주의 무관심이 역력하지요."

실루엣같이 서 있는 교직원들의 눈이 휘둥그레진다.

"그렇게 말씀하시지 않아도 내가 적지에 들어왔구나 생각했습니다."

"……."

"그보다 유선생은 몹시 수척해졌군요. 나처럼 건강이 나빠진 것 아닙니까?"

아까 한 말을 잊었는가 조용하는 되풀이했다. 인실은 건강에 대하여 두 번이나 묻는 조용하의 의도를 잠시 생각해보는 듯한 표정이었는데 그것은 또 고통스러움을 참는 표정이기도 했다.

"아아 참 비좁고 답답하군. 이래가지고 학교 구실을 할까? 으음, 내가 이곳의 임자라니 민망하고 창피스럽군."

이때 조선어를 가르치는 남자 선생이 용기를 내어 말했다.

"그, 그렇습니다만, 그, 그렇겠습니다만 불우한 아이들을 위해서는 이 층 큰 교사보다 소중하고 보람도 있는 일 아니겠습니까?"

선생의 말은 묵살한 채,

"어떤 얼빠진 놈이 진언(進言)을 했는지, 사회주의자? 독립투사? 부친의 콤플렉스를 이용한 모양인데 기왕이면,"

또다시 조용하는 인실의 얼굴을 뚫어져라 쳐다본다.

"기왕이면 유선생이 다니던 그런 여자대학이나 설립하실
일이지, 했으면 춥고 배고픈 밤에 이런 수고는 아니했을 것
을, 하하하핫…… 유선생을 이런 곳에서 썩게 하다니 하하하
핫……."

인실의 얼굴이 창백해졌다.

"무례하십니다."

"제가 유선생 심기를 건드렸습니까? 솔직하게 말해서 사회
주의하는 것도 좋지요. 식자들 사이의 유행병이니까. 하지만
이곳이 무슨 근거가 되겠소? 안 그렇습니까?"

방약무인이야 그의 본령(本領)이지만 이런 경우는 추태다.
그들의 영역에서 그들의 사고방식에서 본다면 양반이 백정과
다투는 꼴이요, 술을 마시고 나타났다는 것부터 추태였던 것
이다. 왜 이래야 했을까? 머리칼 하나 비집고 들어갈 틈이 없
는 유인실, 그 여자의 영혼 때문이었을까? 머지않아 붕괴될
자기 자신 때문이었을까? 방법은 없다. 아무런 방법이 없는
것이다. 그러나 마지막 소망은 치열하고 여유가 없는 것이다.
인실은 몇 개월 전의 조용하와 지금 눈앞에 있는 조용하, 엄
청난 변화에 의문과 인간적인 연민 같은 것을 느끼기 시작한
다. 그의 말은 다만 언어일 뿐 심정이 아닌 것을 깨닫기 시작
한다. 아까 말을 꺼내었다가 묵살당한 조선어 선생의 얼굴은

벌게져 있었다.

"춥고 배고파서 독립투사가 됐다, 춥고 배고파서 사회주의자가 됐다, 뭐 그런 겁니까? 등 따습고 배부르면 친일파요, 민족 반역자라, 사고방식이 좀 완곡해도 될 텐데 왜 그럴까요? 너무 성급하다 생각지 않습니까? 인실 씨. 식자들, 예나 지금이나 그놈의 식자들 식자 자랑이 문제는 문제요. 선생들 콧대 높은 것도 따지고 보면 식자 자랑."

횡설수설하다가 트림을 한다.

"하루 열두 끼 먹는 사람 있습니까? 식자 자랑하려고 교단에 섰다면 그거 때리치워야지요."

별안간 조선어 선생이 발악하듯 말했다. 그리고 책상 위에 놓여있던 가방을 나꿔챘다.

"내일부터 나 안 나올 거요. 여러 선생들 잘해보시오!"

문을 쾅! 닫고 그는 나가버렸다. 교무실 안이 술렁거렸다.

'성격파탄이다. 이 사람은 왜 이렇게, 사람이 이렇게 갑자기 변할 수도 있는 걸까? 아니면 술버릇이 고약해서 이러는 걸까?'

그러나 인실은 쏘아붙인다.

"조사장께서는 이곳이 마땅찮은 모양이지요? 모멸스러운 곳에 오실 필요가 있었을까요?"

"아무리 취중이나 목적 없이 왔겠소?"

조용하는 고개를 푹 숙이고 끼들끼들 웃었다.

"자부심이 도도하신데 그런 객담, 자존심이 용납하나요?"

"역겨웠을 게요. 이곳 사람들은 저어 만주 벌판, 설한풍을 뚫고 말 달리는 투사들을 숭배하고 동경하고, 투사들 몸에 들끓는 이조차 거룩하게 여기는 사람들 아니오? 왜놈 청사에 폭탄을 투탄하고 역두에서 원수의 원흉을 저격하고, 여기 사람들 그것을 꿈꾸며, 그런데 친일파 앞에서 부동자세로 서 있을 필요가 있을까요? 반대로 나의 부친께서는 정치적 정열을 획득했다 하여, 무산계급이 여름날 메뚜기 모양으로 날뛴다 하여, 상대가 유인석(柳麟錫)도 아니겠고 안중근(安重根)도 아니겠고 베풀면서 허리 꺾이는 짓을 왜 하느냐, 그야 뭐 원죄지요, 원죄, 진실, 좋지요. 사랑? 숭고한 겁니까? 아아 참 내가 이런 말 하려고 여기 온 건 아니었는데, 주정 아닙니다. 인실 씨, 뒤죽박죽이오. 아아 참 장광설은 조용하 스타일이 아닌데 말씀이오. 나 주정하는 거 아닙니다. 하하핫핫……."

교직원들은, 교직원들이라 해야 몇몇 되지도 않았지만 뭐가 어찌 돌아가는지 넋이 빠져 있었다. 술에 취해 발음이 정확하지는 않았다. 그러나 조용하는 친일파 앞에서 부동자세로 서 있을 필요가 있을까요? 분명히 그 말을 했는데 직원들은 그냥 서 있는 상태였다.

'나는 왜 이 사람을 동정하나. 등이 휘도록 일하여도 늘 굶주려야 하는 사람들, 길을 헤매며 행인에게 손을 벌리는 어린 것들, 만주로 팔려가는 젊은 여자들, 그들이 이 배부른,'

하다가 인실은 뭣에 놀랐는지 소스라친다. 다시 생각을 잇는다.

'돼지같이 미친 지랄하는 것을 증오 없이 바라볼 수 있겠는
가. 나는 무엇이냐, 나는 어느 편이며 무엇을 하려는 거지? 나
는, 나는 이제 아무 일도 못하게 될까?'

인실은 암울한 눈을 들었다.

"그는 그렇고 유선생 마침 퇴근길인 모양인데 내 차로 댁까
지 모셔다드리지요. 춥고 배고픈 이 장소에서 한시바삐 탈출
하시지 않겠소?"

"술 취한 남자하고 동행할 어리석은 여자도 그리 흔치는 않
을 것입니다. 가십시오. 아까 그 선생님처럼 조사장께서도 용
감하게 나가보십시오."

조용하는 물끄러미 인실을 바라보았다. 인실은 그 눈을 강
하게 받는다.

"그러지요. 용감하게 하하핫핫……."

웃다가 순순히 물러갔다.

조용하는 야학에 가서 추태를 부린 후에도 인실을 단념하
지는 않았다. 단념하지 않았다 하여 인실을 소유하겠다는 것
은 아니었다. 그 후 인실은 학교를 그만두었고 일본으로 건너
갔다는 확실치 않은 얘기를 들었을 뿐 그를 만나지 못하였다.
급전직하(急轉直下), 조용하는 계속 급전직하 나락으로 나락으
로 굴러떨어지고 있었다. 명희의 가출에서 시작하여, 유인실
과의 만남, 그리고 불치의 병 암의 선고, 모든 것은 갑자기 예

기치 않게 달려들었다. 명희를 머릿속에서 지워버린 것은 유인실 때문이지 후퇴는 아니었다. 유인실, 조용하는 가장 귀한 보석을 보았다고 생각했다. 그러나 후퇴하고 또 후퇴하고 백기를 천 번 만 번 흔들어도 유인실은 너무나 멀리 있는 여자였다. 자신의 병을 알았을 때 한 가닥 희미한 희망까지 그는 놓아버릴 수밖에 없었다. 죽음은 새까맣게 조용하를 지배하기 시작했다. 그 새까만, 칠흑 같은 어둠 속에서 자신의 죽음을 인실에게 고백해야겠다는 이상한 집념을 그는 아직도 버리지 못하고 있는 것이다. 어쩌면 그것은 마지막의 빛, 생애에서 가장 진실된 빛을 잡아 보고자 하는 시도였는지 모른다.

'남자를 지배한다는 것은 무엇일까? 지배한다는 말은 적절하지가 않아. 서러움 서러움…… 모르겠다, 모르겠다. 아아, 모르겠다. 왜 그 여자는 보석인가.'

뜻도 없는 말을 중얼거리다가 조용하는 창가에서 떠난다. 휘청거리며 소파 곁에까지 와서 소파를 붙잡고 바닥에 쓰러지며 오열한다.

'내 주먹에서 피가 흐른다. 두드려도 내리쳐도 아무것도 달라지는 것은 없다. 미쳐서 거리를 헤매면서 이 고통을 잊을까. 그 여자만…… 나는 평화스럽게 체념할 수 있을 텐데…… 이렇게 이렇게 나는 남몰래 죽어가고 있다. 나는 죽어가고 있다! 나는 무엇을 위해 나를 태워왔는가! 과연 내 생애에 불꽃은 있었던가? 캄캄한 밤……'

울음을 끊고 조용하는 술을 찾았다. 술병은 아무리 찾아도 없었다.

"돼지 같은 놈! 악마 같은 놈!"

제문식이 술병을 치워버린 게 분명했다.

"술을 치울 성의가 있었다면, 응 음 그런 성의가 있었다면 날 혼자 내버려두어? 돼지, 거머리, 박쥐! 이러고 있어선 안 되겠다. 나가야지, 나가 술을 마시든 회사 내 방에 가서 웅크리고 있든 나가야지 나가."

갑자기 생각이 난 듯 그는 급히 화장실로 들어갔다.

"면도를 해야지, 면도를 하고 나가야지. 나는 병자 아니다! 마지막 순간까지 난 병자일 수 없어. 젤 마음에 드는 옷 입고, 젤 마음에 드는 넥타이를 매고 음 음."

서둘러 얼굴에 비눗물을 칠한다. 면도를 들었다. 날을 이리저리 살피다가 얼굴을 밀기 시작한다. 사각사각 털이 밀려나는 소리가 들린다.

"젤 좋은 옷을 입고 호주머니 가득히 지폐를 넣고…… 바닷가로 나가볼까? 제문식이 끌고서 바다로 나가볼까? 기생 몇 데리고 말이야."

수건으로 얼굴을 닦아낸다. 거울 속에 나타난 자신의 얼굴을 조용하는 바라본다. 부승부승 부어오른 얼굴, 눈꺼풀이 아래로 처져 있다. 눈은 빛을 잃고 있었다. 손을 들어 올려 자세히 들여다본다. 뼈마디뿐이었고, 정맥이 나돋았던 손이 여자

손같이 도톰하다. 역시 손도 부어 있었다.

"제문식이 말이 옳아."

중얼거렸다.

"제문식이 말이 옳아."

한 손엔 면도칼을 들고 한 손으로 얼굴을 문질러본다.

"나 생긴 대로, 조용하로서 죽어라! 그 말이렷다아? 조용하
는 달콤한 사내가 아니지 않는가. 허허 헛헛 허허, 맞는 얘기
야."

조용하가 화장실에 들어간 지 두 시간쯤 지났을 때 제문식
은 산장에 왔다.

"이 사람 잠 좀 잤나?"

도어를 밀고 들어왔다.

"어어 없네?"

침실을 들여다본다. 제문식은 산장지기를 불렀다.

"사장님 나가셨소?"

"안 나가셨는데요."

"없는데?"

"아침에 차를 끓여다 드리고, 조반 내오라는 말씀이 없어서
기다리고 있는 참입니다."

"이상하군. 그럼 어딜 갔지? 창밖으로 날아갔나?"

하다가 제문식의 안색이 싹 변한다. 허둥지둥 화장실로 달려
가 문을 열고 들여다본다. 다음 순간 제문식은 바닥에 주저앉

고 말았다.

도하 신문에 조용하의 자살은 일제히 보도되었다. 남몰래 불치의 병을 비관해오다가 스스로 목을 찔러 자살했다는 대개 그런 내용이었다. 어떤 신문에는 그 불치의 병은 폐암이었다고 씌어 있었다.


## 11장 양자(養子) 얘기


조용하가 죽기 전, 그러니까 제문식과 함께 미친 듯 술을 퍼마시다가 쓰러진 그 이튿날, 온종일을 인사불성이다시피 잠들어 있었을 무렵, 동경 조후[調布]에 있는 조찬하 집에는 방문객이 있었다. 외출준비를 하고 오이치[お市]의 전송을 받으며 막 나서려던 찬하의 처 노리코[則子]는 깜짝 놀란다.

"오가타상!"

문 앞에 서 있던 오가타는 슬그머니 웃었다. 그리고 모자를 들어 올려 인사하는 시늉을 하며,

"모양 잔뜩 내고 외출이군요."

했다. 노리코는 정장을 하고 있었다. 굽이 높은 조리*에 다비가 눈이 시도록 희었다. 연한 감색 바탕에 짙은 감색 무늬가 있는 기모노에 황갈색 오비를 둘렀는데 크고 영롱한 비취의 오비도메가 눈에 확 띄었다.

"정말 오래간만이네요. 참 잘 오셨습니다."

노리코는 진심으로 환영했다. 찬하가 오가타를 알게 된 것은 처가 식구들을 통해서다. 그러니까 오가타와 노리코의 친분은 훨씬 이전부터라 할 수 있었다.

"유키코 아주머님께서 건강이 안 좋으시다는 말씀을 하시던데, 많이 수척해지셨어요."

오가타는 손바닥으로 자신의 얼굴을 쓸어본다.

"자아, 들어가시지요. 산카가 기뻐할 거예요. 오이치, 반가운 손님 오셨다고 서방님한테 여쭤어."

오이치는 게타짝을 굴리며 급히 들어갔고 두 사람은 자갈길을 밟으며 현관을 향해 걷는다.

"건강은 이제 괜찮으세요?"

"네."

그들이 거실로 들어갔을 때 찬하는 서재에서 나와 기다리고 있었다. 두 사나이는 한동안 서로를 바라본다.

"오래간만이군."

찬하 쪽에서 손을 먼저 내밀었고 악수를 했다. 노리코는 시계를 보며,

"시간 약속이 돼 있어서, 어떡하지요? 반가운 분이 오셨는데 나가야 하다니."

"개의치 말아요."

오가타가 말했고 찬하도,

"걱정 말고 나가시오."

했다.

"제가 돌아올 때까지 꼭 계셔야 합니다. 저녁을 함께하시는
거예요."

"그러지요."

"내가 꼭 잡아두리다."

찬하 말에도 노리코는 안심이 안 된다는 듯 되풀이하여 자
기 올 때까지 가지 말라는 말을 했다. 오자마자 외출하는 것
이 미안하여 더욱 그러는 것 같았다.

"그럼 다녀오겠습니다."

학교 가는 아이처럼 말하고 노리코는 나갔다. 두 사람은 거
실 소파에 마주 보고 앉는다. 오이치가 재빠르게 홍차를 끓여
내왔다.

"몸은 좀 어때요. 괜찮소?"

담배를 붙여 물며 찬하는 물었다.

"괜찮아요."

"학교는?"

"휴직을 했는데 다시 돌아갈 것 같지가 않아요."

"룸펜으로 있겠다 그 말이오?"

찬하는 애써 가볍게 넘기려는 투로 말했다.

"글쎄…… 내가 생각해도 딱한 인간이지요."

찬하가 오가타를 만난 것은 작년 여름, 여름방학이 끝날 무

렵이었다. 초췌한 모습으로 나타난 그는 조선에 갔다 오는 길
이라 했다. 인실은 만나지 못하였고 그 여자는 어디로 갔는지
행방조차 모른 채 돌아오는 길이라 했다.

"죽었는지도 모르지요."

오가타는 안경을 벗어 손수건으로 안경알을 닦았다.

"죽었는지도 모르지요. 그건 모두 내 탓입니다. 이 내가, 내
가 다 잘못한 때문이지요."

목멘 소리로, 오가타는 눈물을 흘렸다.

"그러는 게 아니었는데, 그러면 끝장난다는 것을 알면서 말
입니다. 사내자식이, 이, 이러면 안 되는 것도 아는데 말입니
다."

참지 못하고 오가타는 흐느껴 울었다. 그때 하마터면 인실
씨는 지금 동경에 있소 하고 찬하는 토설할 뻔했다. 그러나
오가타의 말, 그러면 끝장난다는 것을 알면서 말입니다, 그
말이 찬하의 입을 간신히 막았다. 그날 밤 오가타는 술을 많
이 마셨고, 휘청거리며 밤길을 돌아갔다. 그 후 병이 났다는
소식을 들었으나 찬하는 병문안을 하지 않았다.

"산카상."

"……."

"당신 나한테 화내고 있지요?"

찬하의 기색을 살피며 오가타는 조심스럽게 물었다. 찬하
는 말없이 그를 바라만 본다.

"화내지 않았을 리가 없지. 그래서 나를 한 번도 찾아주지 않았던 것 아닙니까?"

쓸쓸해하는 음성이다.

"뻔한 병인데 뭐. 찾아가면 뭘 해. 상사병 걸린 사람한테 할 말도 없고."

했으나 찬하의 표정은 착잡했다. 한동안 침묵이 흘렀다.

"화내고 있지 않소. 화낼 염치도 없고."

한참 후 찬하는 중얼거리듯 말했다. 오가타는 의아해한다. 무슨 뜻인가 곰곰이 생각하는 표정이더니,

"아이는,"

미처 말이 끝나기도 전에 찬하의 낯빛이 변하는 것을 본 오가타는,

"무슨 일이 있었습니까?"

"아이라면……."

"당신 딸, 이름이 뭐더라? 아아 후미짱, 그 아이는 잘 큽니까?"

"아아, 그 아이, 그 애는 지금 유모 따라 외가에 갔어요."

당황하여 찬하는 어쩔 줄 몰라한다.

"얼굴빛이 변하길래 난 또 무슨 일이……."

하다 만다.

"가끔 현기증이 나서, 그래 그랬을 게요."

대뜸 아이는, 하는 바람에 착각을 했던 것이다. 오가타는

아이에 관한 일을 알고서 그런다는 착각이었다. 지금 사토고 [里子]로 주어서 크고 있는 오가타의 아들, 벙긋벙긋 웃는 아이의 얼굴이 시야 가득히 들어온다. 인실은 떠났다. 작년 가을, 병원에서 몸을 푼 뒤 가버렸다. 오가타는 조선을 다녀와서 인실이 죽었는지 모르겠다 하면서 눈물을 흘렸지만 인실이 동경을 떠난 뒤 찬하도 가끔 인실이 죽었는지 모른다는 생각을 할 때가 있다. 정신적인 고통 못지않게 그의 건강은 망가져서 엉망이었던 것이다.

"술 하시겠소?"

찬하가 물었다.

"주십시오."

찬하는 양주를 꺼내었다. 글라스도 꺼내었고 마른안주, 새우랑 콩 따위를 장식품 접시에 쏟았다.

"어떻게 할까요?"

오가타가 술잔을 들고 말했다.

"세끼 밥 먹고 할 일 없는 두 마리의 돼지, 아니지, 아니오. 오늘은 상해 홍구공원의 그 열사를 위하여 건배합시다."

오가타는 말하고서 술잔을 부딪쳤다.

"감상이 어떠시오? 산카상."

"무슨 말을 듣고 싶소?"

찬하 얼굴에서 눈길을 거둔 오가타는 자신의 무릎을 내려다보며, 그러고 말하기를,

"하기야 뭐, 착잡하겠지요. 물어보나 마나, 내 생각하고 같을 테니까요."

"……."

"하지만 나 감동했습니다. 대장 한 사람 죽이는 게 쉬운 일이오?"

상해 홍구공원에서 일본 천황 히로히토의 생일인 천장절(天長節) 식전에 우리의 열사 윤봉길(尹奉吉)의 투탄으로 상해 파견 군사령관 시라카와[白川] 대장이 죽고, 가와바타[河端] 거류민단 회장이 즉사했으며, 제3함대 사령관 노무라[野村]는 한쪽 눈을 잃었고, 시게미쓰[重光] 공사는 한쪽 다리가 날아갔다. 제9사단장인 우에타[植田], 무라이[村井] 총영사도 부상을 했다.

"싹 뽑았지요. 그렇게 신묘하게 핵심을 뽑을 수 있었다니. 생각해보십시오. 중국의 몇 개 사단으로도 못하는 일을 조선의 한 청년이 해치운 겁니다. 난 사실 그들 유족에겐 죄송한 일이지만 신이 난단 말입니다. 원래 일본인은 테러를 좋아하거든."

그러나 오가타의 들떠 있는 감정 속에는 불균형과 허무감과 절망이 있었다.

"나는 조선 독립운동에 투신하고 싶은 충동을 느꼈습니다. 내 개인의 삶이 참말 하잘것없다는 것도 느꼈구요."

"당신 일본인인데 그래도 되는 겁니까? 어느 모퉁이에서 단칼에 나가떨어지려고 그러시오? 따지고 보면 그런 흥분도 지

265

극히 일본적인 감상에 지나지 않는 거요. 언젠가 말한 마쓰시타야[松下屋]의 소마[相馬] 부부처럼."

찬하는 냉정하게 말했다.

"그렇게 말하지 마시오. 적어도 나는 양심에서 하는 얘깁니다. 죽은 그들이 누굽니까?"

"……."

"군국주의, 팽창주의 최전방 아닙니까? 그들은 시체 더미를 밟고, 그들 때문에 얼마나 많은 일본인이 죽어야 하는가. 나는 반역자가 아니오. 그들 때문에 일본은 망할 것입니다. 삼월사건, 시월사건, 그 미친놈들을 몰라 그러시오?"

"미친놈들이라니, 일본의 영웅들 아닙니까?"

찬하는 비웃듯 말했다.

삼월사건이란 법학박사 오카와[大川周明], 기타[北一輝]를 위시한 소위 혁신파의 건달들, 또는 사회주의 우파와 어중이떠중이들이 육군 참모부의 주토[重藤千秋] 대좌, 하시모토[橋本欣五郎] 대좌 등 군부의 장교들과 결탁하여 무산대중을 동원, 단숨에 의회를 때려부수고 당시 육상(陸相)이던 우가키[宇恒一成]에게 대권을 몰아줌으로써 군부 독재, 이른바 소화유신(昭和維新)을 꾀하자는 것이었는데 군부의 후퇴로 불발했다. 이어 시월, 만주사변이 일어난 직후의 시월사건은 만주사변과 관련이 있었다. 관동군이 만주에서 마구 밀어붙이고 있는 판국인데 군 수뇌와 정부측에서 관동군의 행동을 일일이 억제하고 간섭한다 하여, 삼월사건의 주모자였던 하시모토가 만든 사쿠라카이[櫻會]의 청년 장교 삼백 명이 집결하여 쿠데타를 기도했던 것이다. 23연대를 동원하고 기관총, 폭탄은 물론, 비행기에 독가스까지 준비한 그들은 군 수뇌, 정부요인, 천황을 보좌하는 중신, 그리고 재벌을 살해 또는 감금하고 무엇보다 먼저 궁중을 장악하여 혁명을 성취한다. 그러나 이 또한 결행 직전에 발각되어 주모자들이 체포되는데 삼월사건 때도 동기 순진론(動機純眞論)을 내세우고 우국충정 따위의 미사로 가볍게 넘긴 것과 마찬가지로 그 계획이 보다 과격하고 가공할 만한 것이었음에도 불구하고 우물쭈물 얼버무린 것은 대일본제국으로부터 관동군을 분리하여 만주에서 독립하겠다는 소위 관동군 독립선언으로 육상(陸相)과 참모총장을 위협했기 때문이다. 상황의 경로는 어찌 되었든 하여간 그들은 역적이 아닌 반란군이 아닌, 영웅 애국자로서 하극상은 불문에 부쳐졌고, 며칠간 보호검속된 장교들은 기생들을 불러들여 유흥을 즐겼다는 말도 있었다.

"악동들."

오가타가 중얼거렸다.

"악령이지."

찬하의 말이었다.

"악령의 수준도 아니지요. 골목대장의 푼수를 넘지 못했어요. 그런 몇몇 악동들에 의해 세계가 달라진다는 것은, 참말이지 인간이란 형편없는 족속이지 뭐겠소."

"칼 가지고 나서면 못할 일 없지. 도마 위의 생선 자르듯 사람도 그럴 수 있다는 마음이면 그보다 더 강한 무기는 없을 게요."

"그야말로 악령이지."

"문화란 한없이 무력하고 무방비 상태요. 어쩌면 능욕당한 처녀 같은 것인지 모르겠소."

"능욕당한 처녀……."

"글쎄…… 문화라 하니까 어째 좀 어폐가 있는 것 같기도 하지만, 소망의 산물이라고나 할까, 인간 스스로 선택할 수 있는 유일한 것이라고나 할까, 어쨌든 그것은 창조적 행위인데 도덕이나 윤리, 종교까지 포함하여 높은 곳에 이르고자 선(善)을 전제로 하고 신이나 불가사의하며 오묘한 질서를 닮으려 하는 총체적인 것, 사실 총체적이라 하면 대단히 그것은 명료하지 못한 것인데, 또 이것의 구심점이 높은 곳이기 때문에 더욱 명료하지 못하지요. 명료하지 못하다는 것은 공격적이거나 도전적일 수 없다는 얘기가 되겠고, 도전하고 공격하고 잠식해 들어오는 것을 막지 못한다는 얘기도 되겠는데 합리주의자들은 반격하면 될 게 아니냐, 못하는 건 병신일 뿐이다, 하겠지요. 그러나 흰 것에 빨간 물이 침투해오면 흰 것은 그것을 어떻게 막아? 면역이 안 된 육체에 병균이 들어오면 그것을 어떻게 막느냐 말이오."

"그건 패배주의요."

"성의 없는 말이군."

오가타는 픽 웃었다.

"그러나 명료하지 않기 때문에 끝내는 다 잡아먹을 순 없는 것, 구체적으로 표현한다면 죽음을 들 수 있는데 도전자도 죽는다는 얘기며 사람이 어디서 왔으며 어디로 가는가 분명하지 않은 것, 영원히 분명할 수 없는 그것 때문에 명료하지 않은 총체적인 것 역시 영원히 존속된다 할 수 있고, 그러나 항상 야수의 이빨 밑에 놓인 처녀라. 하하핫 핫핫핫……."

"유물사관에는 안 먹혀들어가는 얘기요."

"그렇지. 그렇고말고. 질량의 수치가 나오지 않는 것은 의미, 아 아니지 의미가 아니라 가치가 없는 거니까, 그래서 과학적인 건데 바로 가치와 의미의 차인데 과학에 의미가 무슨 소용이오? 가치만 따지면 되는 거 아니겠소?"

"그렇게 말하면 절망밖에 남는 게 없고 사실 질서란 명확한 건데, 불가사의한 질서가 있을 수 있습니까?"

"그래요? 그러면 편의상 문화와 문명으로 갈라놓고 얘기합시다. 누구나 다 아는 얘기지만 생각의 구체적 표현은 말이지요. 그러나 그보다 더 구체적인 것은 만든다는 행위 아니겠소."

"그렇지요."

"생각하지 않고 말하지 않고 만들지 않아도 모든 생명은 능히 생존하는데 유독 사람만이 부여받은 능력, 압축하여 창조

의 능력, 창조 그 자체는 하나의 탄생으로서 내 아닌 남을 멸
하는 행위는 아니지 않소? 좀 과장된 표현인지 모르나, 해서
순수하고 태어난 아기같이 무구하며 청정하다, 적어도 그것
을 지향하고 있지요. 그것이 문화의 본질이라면 문명은 능욕
을 당한 여인네 같은 거라고 나는 생각해보는 것이오. 문화가
능욕을 당하여 나타난 것이 문명이다."

"그 재미있는 발상이군요."

했으나 오가타는 찬하의 말에 동감하고 있는 것 같지는 않았
다.

"변화무쌍한 문명은 성녀와 창녀의 두 얼굴을 가지고 있다
는 생각, 문화의 한 측면과 야수의 한 측면."

"야수의 일변도로 나갈 수도 있고, 그러나 그건 지나치게
극단적인 얘기요."

"야수 일변도로 나갈 수 있지요. 물론 우리가 목도한 현실
에서 얼마든지 예를 들 수도 있어요."

"일변도라면 원점으로 돌아간다는 얘긴데."

"원점으로 돌아갈 수도 있겠지요."

"문명은 야만의 반어인데, 그렇게 되는군."

말하는 편이나 되묻는 편이나, 얼굴에, 목소리에 낡고 퇴색
한 듯한 권태가 실려 있다.

"조선을 먹어치우고 중국을 공격한 것은 누굽니까? 물론
일본이지요. 허나 보다 실질적으로 구미 각국이 침략에 있어

선 원흉이지요. 그들 구미 각국을 두고 원시적이다, 야만인이다 한다면 웃겠지요? 웃는 사람들, 내 애기를 엉덩이 걷어차인 개 새끼가 짖어대는 소리로 들을 사람들, 대부분이 안 그러겠소? 오십 년 백 년을 앞서갔다는 그들을 보고. 그러나 잉카제국을 멸망시킨 스페인, 인디언사냥을 하는 미국인, 야만적이라 안 할 수 있겠소? 식민지를 경영하는 모든 국가에 다 해당이 되는 얘기지만 하늘에서 폭탄을 쏟아붓고 독가스를 사용하고, 수렵시대를 상상해보시오. 덫을 놔서 짐승을 잡고 창을 던져서 짐승을 잡는 광경을 말이오. 문제는 그것이 짐승이 아닌 사람이라는 점이지. 짐승은 동류를 잡아먹지 않는데 인간은 어째서 제 동류를 살육하느냐, 철저하게 반문화적이지요. 문화가 아벨이라면 문명은 카인인가. 함에도 불구하고 그들에게 엄존해 있는 문화란 도시 어떤 것일까? 고통스럽고 미로와도 같은 역사의 숲이라고나 할까……."

"산카상."

"……."

"생존의 문제를 도외시할 수 있습니까? 당신 말을 충분히 이해하는데 그래도 석연찮은 것은 남아요. 문제를 한쪽으로만 몰고 가는 것 같애."

"원시인이나 야만인을 부정적으로 말한 건 아니지요. 생존의 문제를 도외시한 것도 아니구요. 문명이 야만의 반어로 쓰여지는 모순을 지적하고 싶었던 것이오. 문명은 생존문제를 훨씬 넘어서서 자행되는 야성이다, 그렇게 말하고 싶었던 것입니다. 생존이라는 명분을 내어걸어놓고 생존을 저해하는 것, 어쩌면 인류는, 인간은 스스로 파놓은 함정에 빠지는 동물인지 모르겠소. 왜 일본은 세계를 정복해야 하지요?"

"……."

"흥, 괴로운 이따위 얘기는 또 어째서 계속해야 하는지 그것도 모르겠구려. 누가 해답을 주나? 손도 발도 내밀 수 없으면서, 동가식서가숙, 창부와도 같은 지식인들! 우리처럼 마주앉아서 나발이나 부는 놈들! 바로 우리 자신!"

으르렁거리듯 말했다. 찬하는 마치 수렁에 빠져들어 가고 있는 사람 같기도 했다. 난처해서 우두커니 앉아 있던 오가타는 한참 후,

"모두가 그런 거는 아니지 않아요?"

자신 없는 목소리로 말했다.

"그렇다면 지식인들을 탄압했을 리도 없고 소외할 까닭도 없지요. 어쨌거나 이끌어주고 뒷감당하는 것은 지식인의 소임 아니었소. 그나저나, 이제부터 지식인에 대한 탄압은 심해질 것입니다. 군부가 밀고 나갈 테니까요."

"일본이 칼 가지고 밀어붙이지 않았던 시절이 있었소? 탄압보다 전향이 먼저겠지."

"그 점에선 나도 동감이오. 삼월사건에 가담했던 혁신파, 사회주의자들이 전향의 길을 터놓았는지 모르지요."

272

"그들한테 주의주장이나 있었겠소? 스케다치나 했던 낭인들이지."

스케다치[助太刀]란 싸움에서 칼 들고 나와 도와준다는 뜻이다.

"삼월사건에 다소의 관련이 있는 아카마쓰[赤松克彦]는 만몽(滿蒙)의 권익을 사회주의적으로 관리한다, 그런 식으로 침략을 얼버무렸고, 마세이[麻生久]는 천황과 무산계급이 합작하고 협동하여 정치개혁을 하자, 그런 식이었으며 미타무라[三田村四郞]는 공판정에서 공산당의 혁명 목표는 국체변혁이 아니라 정체변혁이다, 하고 당대표로서 진술했어요. 1928년의 그 폭풍을 잊을 수 있겠어요? 또다시 군주제 철폐를 들고 나왔다가는 공산당 씨도 남지 않을 테니까."

"그런다고 공산당 씨가 남을 것 같소?"

"맞아요. 그러지 않았어도 씨를 말리겠지요. 앞으로 군부는 자유주의자의 씨도 말리려 들 거요. 아무튼 군주제를 인정함으로써 후퇴한 것이 법정 전술에 의한 것인지, 항복이 아닌 전술 전략이라 할 수도 있겠지요. 그러나 시작에서부터 일본의 사회주의자 공산당이 엉성했던 것은 부인 못할 겁니다. 사람도 사람이지만 받아들이는 바탕이 미숙했다 할 수도 있을 겁니다. 가령 조선의 경우를 본다면 사상면이나 행동에 있어서 동학혁명은 상당히 구체적인 것으로 알고 있어요. 게다가 일본의 침략이 있었고 중국의 경우 역시 그렇다는 생각입니다. 태평천국의 난에서 민중들은 자각했을 것이며 강유위(康有爲)의 『대동서(大同書)』 그게 또 굉장한 것 아니었습니까? 그리고 청에서 벗어나려는 한족의 열망 같은 것도 축적된 민중의 에너지로 볼 수 있겠지요. 이어 신해혁명, 게다가 조선하고 중국은 국경을 접하고 있는 러시아혁명을 하나의 상황으로 아주 가깝게 피부로 느꼈을 겁니다. 일본은 달라요. 판이 달라요. 어쨌거나 국력이 상승하는 시기였고 국위선양 깃발 밑에 국민들을 끌어다 놓고 흥청거릴 시기였으니까요. 경제공황이 시작되기까지는 말입니다. 그리고 거의가 서구에서 끌어들여 오는 실정인데 새로운 사상이 오는 루트도 그래요. 심하게 말하자면 박래품인 화장품을 상류사회에서 애용하듯 외래사상을 받아들인 것도 쁘띠 부르주아의 인텔리였거든요. 하기야 뭐 어느 나라든 인텔리들이 먼저 받아들이게 돼 있는 거지만요. 그러나 깡그리 남의 것으로만 치장한 일본 형편에 줍기도 쉽고 버리기도 쉬운 속에서 단련된 지식인을 기대하기란 어렵지요. 그러나 무엇보다 그들이 뛰어넘을 수 없었던 건, 천황의 존재였습니다. 외부에서 가해지는 물리적인 힘도 대단한 것이었지만 그보다 지식인들 스스로, 내부에 도사리고 있는 관념을 도려내기란 거의 불가능한 일이었으니까요. 그러한 사령탑 밑에서 뛰어야 하는 당원이라는 것도 말하자면 일종의 규격품이라고나 할까요? 상황적으로 그들은 소모품에 불과하며 특고[特高警察]의 건수 올려주는 존재였거든. 얼핏 보기에 일본 전토에 공산주의, 사회주의가 만연하여 그것으로 쓸려 넘어갈 것같이 착각들 하는데 입으로 지껄이고 냄새를 피운다 해서 무슨 실속이 있습니까. 우익에서도 당장 뭐가 어떻게 될 것같이 야단법석을 피우는데 그것도 좌익을 때려잡기 위한 엄살입니다."

"방편이지. 하나부터 열까지 방편일 뿐이오. 유형무형 모두가, 이데올로기가 어디 있어? 일본엔 종교도 발 못 붙이는데."

"그나마 왕시에는 고토쿠가 있었고 오스기도 있었건만 이제는 그만한 인물도 없어요. 생경하여 굳어버리거나 물러서 아예 퍼져버리거나 뭐 다 그런 꼴이지요. 고토쿠나 오스기는 그래도 감성이 풍부하고 정직한 사람이었는데, 지금은 맑은 물을 대줄 곳이 없소."

"일전에 길을 지나 오는데 아이들이 시나진 쨘꼬로, 미나미나 고로세(중국인 쨘꼬로. 모두 모두 죽여라)! 하더군요. 고토쿠나 오스기가 수만 명 있으면 뭘 해. 일본은 미나미나 고로세! 였을 거요."

오가타는 한숨을 내쉬었다. 한동안의 침묵이 흘러갔다.

"듣자니까."

하고 오가타가 입을 떼었다.

"육군 참본에는 비밀 참본이 따로 있었다더군요."

"······."

"하시모토 긴고로가 참본 안에다 비밀 참본을 조직했다는

군요. 그자가 삼월사건, 더욱이 시월사건의 장본인이라는 건데 이들이 관동군의 이타가키, 이시하라하고 짜고서 일을 저질렀다는 겁니다. 하시모토는 토이기(터키) 대사관의 무관으로 있었고 그곳에서 쿠데타를 체험했던 모양입니다."

찬하는 오가타를 쳐다만 본다. 오가타는 묘하게 풀이 죽어서 말을 이었다.

"유조구에서 일을 저질러놓고 관동군이 만주 진격을 개시했다는 보고는 정부의 고위층을 아연실색케 하고 정부는 즉각 사변 불확대를 결정했으며 육군성 참본에서는 군사행동 중지를 명령했는데 그게 하나하나 비밀 참본에 의해 번복되어 관동군에게 타전이 되었다, 그런 얘깁니다. 해서 비밀 참본이 주동이 되어 시월사건을 계획하고 관동군의 행동을 막는 정부와 군 고위층을 뒤집어엎으려 했다는 거지요."

"그런 변명을 나한테 할 필요가 있을까?"

"아니, 저."

오가타는 당황하다가 머쓱해진다. 변명, 사실이 그러했다. 일본 아이들이 중국인은 모두 모두 죽여라! 하더라는 찬하의 말을 들었을 때 오가타는 견딜 수 없이 괴로웠다. 아이들이 그런 말을 하며 전쟁놀이를 하는 것을 그 자신이 목격한 적이 있었다. 만주사변이 군의 몇몇 미친놈들의 독주였었다는 것을 일본인인 오가타는 심정적으로 변명하고 싶었던 것은 사실이다. 심약한 그로서는 어쩔 수 없었다.

"나한테 그럴 필요 없어요. 관동군의 단독행위건 정부는 무관했건 나한테 그럴 필요 없어요. 내가 어디 조선인이오? 일본이 뼛속까지 젖어들어 나는 이 동경에 있질 않소. 하하핫……."

"미안합니다."

찬하의 쌀쌀한 태도가 오가타에게는 섭섭했다. 너무 무안을 주는구나 하고 생각하기도 했다.

"그러지 마시오. 정말 그러지 말아요."

이번에는 찬하가 애원하듯 말했다.

"나도 당신도 다 같이 민족 반역자 아니오? 그야말로 산송장이지. 하핫핫."

찬하는 빈 그릇 굴러가듯 웃는다.

"그렇군."

"오가타상, 술이나 합시다."

그들은 술잔을 든 채 거의 술은 마시지 않고 얘기만 했다.

"그러지요. 술이나 마시지요. 네, 마십시다."

앓고 난 다음이어서 그랬는지 오가타는 몇 잔 술에 취하는 것 같았다. 얼굴이 벌게지는가 하면 이내 창백해지곤 한다. 얼굴빛의 그런 변화는 충격적인 생각의 연속인 그의 심중을 짐작하게 하였다. 찬하 역시 그와 마주 앉아 있는 것이 고통스러웠다. 균형을 잃었으며 당황했고 흥분하고 있었다. 그의 눈앞에는 이따금 벙긋벙긋 웃는 아이의 얼굴이 떠올랐다. 기저귀를 차고 기어다니는 아이의 모습이 밟히는 것이었다. 오가타가 술잔을 들고 눈을 내리깔 때, 여윈 손목을 볼 때 찬하는 몸과 마음이 다 망가져서, 자지러져서 낙엽과도 같았던 인실이 가을 찬 바람 속으로 사라지던, 그날 생각이 났다.

'약속이니까, 약속. 아니 그렇게 하지 않으면 안 되었던 일이니까.'

"참 조용해. 세상에는 숨소리도 없는 것 같군."

오가타가 중얼거렸다.

"동굴 속으로 들어온 것 같고."

"썩은 연못 속이지요."

"산카상."

"……."

"왜 그래요? 심술궂은 노파 같아요."

"하하핫 하하."

"나한테 감정…… 좋지 않겠지요. 물론 좋지 않을 게요. 하지만 나는 말할 곳이 여기밖에 없어요."

"오가타상."

"네."

"결혼, 해야지."

찬하 자신 왜 그런 말을 하는지 알 수 없었다.

"결혼 말입니까?"

되묻는다.

"언제까지 혼자 살 거요? 언제까지 외로워만 할 건가요?"

"결혼해버렸어요."

"누가? 당신이?"

"지에코."

오가타는 허허 하고 웃는다.

"사촌누이라는 사람?"

"네."

"무슨 장군의 딸이라던가, 그 사람?"

"결혼하게 되면 그 애하고 하려고 했지요. 집안에서도 원했고, 시집가버렸어요. 노처녀로 더 이상 있을 수 없었겠지요. 큰아버지 나이도 나이였고."

"그래서?"

"홀가분해졌지요. 짐을 벗은 것 같아."

"시집을 가버렸기 때문에 병이 난 건 아니구?"

오가타는 웃기만 한다. 다시 대화는 끊어졌다. 오가타가 상해 홍구공원사건의 보도를 보고 흥분하여 찬하를 찾아온 것은 틀림이 없다. 그 일이 없었다면 찬하를 찾아오지 않았을는지도 모른다. 그러나 군국주의를 증오하고 만주사변, 상해사변을 두고 더러운 도둑 까마귀라 매도하는 심정은 오가타의 진실이다. 일본의 돌아가는 형편에 불안과 분노를 느끼는 것도 모두 유인실과 조찬하하고는 상관이 없는 일이다. 다만 이시대를 사는 지식인의 한 사람으로서 고뇌하는 것뿐이다.

"산카상."

"많이 취한 것 같군. 이제 술은 그만합시다."

"나 안 취했소. 내가 뭐 어쩔까 봐 겁이 나요?"

갑자기 오가타의 어투가 달라졌다. 자포자기, 그리고 노여움도 있었다.

"산카상은 나를 미워하고 있소. 화를 내고 있는 거지요?"

"아까부터 왜 자꾸 그래요."

"묻는 말, 피하지 말아요."

"피할 까닭도 없고."

술을 마시고 한동안 말이 없다가,

"그러면 묻겠는데요. 히토미의 소식은 알아요?"

"……."

"물에 빠지는 놈 지푸라기라도 잡듯, 그냥 물어본 거요. 산카상이 히토미의 소식을 알 턱이 없지. 그 여자 죽었는지도 몰라. 죽었다면 그건 순전히 내 탓이오. 내 탓…… 일이 이렇게 된 데는 당신에게도 책임이 있어."

"……."

"왜 혼자 달아났지요? 조선사내가 왜 혼자 달아났느냐 말이오. 안 그래요? 그때 어디 갔다 왔느냐 하면서 날 노려보던 당신의 눈, 나는 아직 잊지 못하고 있소. 늑대한테 토끼 한 마리 내던져놓고 혼자 달아난 사나이, 미사여구를 늘어놔도 필경 인간이란 자기 자신밖에 모르는 동물이지."

폐부를 푹 찌르듯, 찬하의 얼굴이 일그러졌다. 그리고 그

순간 찬하는 깨닫는다. 작년 초여름부터 자기 자신에게 쏠려온 정신적인 짐을 불평하고 짜증내면서도 지금까지 혼자 지탱하고 있는 이유를 깨달은 것이다. 그것은 휴머니티나 의리라기보다 비겁한 자기 행위에 대한 보상이라는 것을, 사실은 깨달았다기보다 그런 심리에서 도망치고 있었는데 오가타에게 덜미를 잡혔다 하는 것이 옳았는지 모른다.

"그러면 인실 씨가 토끼였나?"

중얼거렸다. 찬하는 아무튼 숨이 막히는 순간에서 빠져나오고 싶었던 것이다.

"아니지요. 조선 호랑이, 암호랑이지요. 당당하게 가는 여자, 인생을 가득히 끌어안고 군더더기 없이…… 그런 여자를 나는 범하였소. 끝장이라 생각했지요. 얻는 게 아니라 잃는다고 생각했지요."

"나한테 그런 얘기 할 필요 없어! 그건 당신네들 문제야!"

찬하는 화를 내면서 소리 지르듯 말했다. 놀라며 오가타는 찬하를 본다. 술이 깨는 모양이었다. 그는 고개를 흔들었다.

"미안합니다 산카상, 아 이러려고 온 건 아니었는데."

"……."

"나 가겠어요. 노리코상이 올 텐데 추태를 부릴까 두렵소."

오가타는 일어섰다. 찬하는 그를 잡지 않았다. 그러나 그를 따라서 나왔다. 집 밖에까지 나왔는데 계속 찬하는 오가타를 따라가는 것이었다. 한길로 나왔을 때 전차 탈 생각을 않고 오가타는 걸었으며 찬하 역시 엉거주춤한 자세로 따라 걷는 것이었다. 지나가는 사람들, 자동차, 전차, 움직이는 모든 것에 비스듬히 석양이 걸려 그림자는 동쪽으로 늘어져 동쪽으로 가는 사람은 그림자를 쫓아가고 서쪽으로 가는 사람은 그림자에 쫓기며 간다. 도시에서는 아무 소리도 들리지 않았고 마치 무성영화같이 움직이는 것만 보인다. 두 사나이 귀에는 아무 소리도 들리지 않았다. 쫓기고 쫓는 차이는 어떤 것일까. 그것은 석양 탓일까, 개인의 선택 탓일까. 두 사내는 길을 건넜다. 서구풍의 건물, 끽다점 앞에서 오가타는 걸음을 멈추었다.

"우리 커피나 한잔 마시고 헤어집시다."

찬하는 고개를 끄덕였다. 끽다점 안에는 음악이 낮게 흐르고 있었다. 차이콥스키의 〈이탈리아 기병대〉였다. 하얀 에이프런에 하얀 모자를 쓴 웨이트리스는 그런대로 신선해 보기가 좋았다. 두 사람은 말없이 커피를 마신다. 이들에게 사실 말이란 별 필요가 없었다. 말이 없다는 것은 묘하지만 이들에게는 화해 비슷한 것이었고 보다는 신뢰 같은 감정을 느끼게 하는 시간이다. 악수를 하고 이들은 헤어졌다.

이튿날 점심을 끝내고 차 한 잔을 마신 찬하는 곧바로 서재에 들어가지 않았다. 거실 창가에 서서 뜰을 바라보며 담배를 피우고 있었다. 노리코는 소파에 앉아서 레이스를 뜨고 있었다. 여느 때와 같이 사방은 조용했다. 조찬하의 집은 건평이

오십 평가량, 화양(和洋) 절충의 단층 건물이었다. 정원은 넓은 편이지만 나무가 너무 많아 다소 빽빽했다. 수령이 꽤 되는 소나무가 네댓 그루, 서상목(瑞祥木)인 매화와 남천촉(南天燭)도 오래된 나무 같았다. 단풍나무, 향나무, 주목 등 정원수는 손질이 잘 되어 있었다. 군데군데 놓여 있는 정원석에 공간은 대부분 자갈을 깐 전형적인 일본식 정원이었다. 외부에서 보면 단층집이 푹 묻혀버린 듯 눈에 띄질 않았다. 수목 때문에도 그랬겠지만 중류에서 상류층이 대부분인 이 동네에는 위용을 자랑하는 당당한 저택이 많았기 때문이기도 했을 것이다. 찬하의 처 노리코는 결혼할 때 적잖은 지참금을 가지고 왔다. 그러나 집은 서울서 보내온 돈으로 마련한 것이다. 노리코가 적잖은 지참금을 가지고 왔다는 것은 친정 혼다케[本田家]가 부유했다는 것을 표현하는 동시에 이들의 결혼을 축복했다는 뜻도 된다. 찬하가 노리코를 처음 만난 것은 혼다 교수의 연구실에서다. 그때 찬하는 연구실의 조수로, 장래가 보장된 것도 희망도 없이 막연한 상태로 그냥 머문다는 것 이외 아무것도 아닌 암담한 시기였다. 형과 명희의 결혼으로 입은 상처도 생생할 무렵이었다. 혼다 교수의 질녀였던 노리코는 이 근처까지 왔다가 인사차 들렀다고 했다. 연록색 원피스에 갈색의 모자, 구두를 신고 지갑보다 조금 큰 황금색 백을 들고 있었다. 체격도 늘씬하고 세련된 모습이었다. 자연스럽게 혼다 교수는 두 사람을 소개했고 그 후 이들은 가끔 긴자[銀

座] 끽다점에서 만나 커피를 마시게 되었다. 영화도 함께 보았으며 음악회, 그림 전람회 같은 곳에도 가곤 하여 교제는 꽤 깊어졌던 것이다. 좋은 땅에서 한껏 햇볕을 받으며 자유롭게 자란 식물처럼 노리코는 미인이라 할 수는 없지만 독특한 품위를 지니고 있었다. 오차노미즈[お茶の水] 여학교를 거쳐 여자대학 국문과를 나온 그는 수준급의 교양과 지식을 구비했으며 자발적이거나 개성이라기보다 주위 환경이 그를 개방적 여성으로, 다분히 외향적인 것이기는 하지만 새로운 서구식 물결을 생활화하고 있었다. 사촌 자매들이 권하는 대로 일본에 들어온 지 얼마 되지 않는 골프를 치러 다니기도 했고 화려한 수영복 차림으로 바닷가에서 여름을 즐기며 더러는 새로운 여성을 표방하는 강연회 같은 곳에 가기도 했다. 결혼 후에도 일본의 종래 여자처럼 꿇어앉아서 바닥에 손을 짚고 절을 하며 다녀오십시오, 돌아오셨습니까, 하고 남편을 대하지는 않았다. 결혼 전과 다름없는 생활 태도였는데 그것은 노리코의 의사였다기보다 찬하가 전적으로 그에게 자유를 주었기 때문이다. 구김살이 없고 천착하고 집요한 성미가 아닌 노리코는 자신이 자유로운 만큼 남편도 자유롭게 놔두는 것에 대하여 일말의 의혹도 없었다. 상황이 복잡하고 상황에 대응하는 내적인 것이 섬세한 데다 큰 상처를 안고 있는 찬하에게 노리코는 편안한 존재였으며 구김살 없는 그의 성품을 사랑했다. 노리코는 물론 찬하를 사랑했다. 대단히 깊이 사랑했다. 언젠가 노리코는 말했다.

"친정에서 당신을 천진한 사람이라 했습니다."

"바보다 그 말인 게로군."

찬하는 쓰게 웃었던 것이다.

"아니에요. 바카도노사마는 아니래요. 명석한 사람은 편협한 일면을 가지게 마련인데 산카상은 너그럽다, 어머님 말씀입니다. 사촌 언니들도 모두 당신의 팬이에요."

바카도노사마[馬鹿殿樣]란, 바보 영주님이란 뜻인데 일본의 귀족들은 거의가 과거 번주(藩主)들이어서 번주들의 존칭이 도노사마[殿樣]였고 똑똑하지 못한 귀족을 가리켜, 혹은 애칭으로도 바카도노사마라 하는데 찬하에게 도노사마의 칭호를 붙여준 것은 어쨌거나 조씨 집안이 귀족이기 때문이리라. 그리고 이들의 결혼을 축복한 것도 귀족이라는 후광이 크게 작용한 것은 사실이나 찬하의 인품이 그들을 만족하게 한 것도 부인 못한다.

"여보!"

레이스를 뜨면서 노리코가 불렀다.

"음."

뜰을 바라본 채 찬하는 건성으로 대꾸했다.

"오가타상, 왜 결혼 안 하지요?"

"글쎄……."

"지에코상, 그이 참 괜찮은 여잔데,"

"……."

"오가타 그분, 로맨틱한 사람인데 연애도 안 하고…… 혹시 어제 그분하고 다투기라도 하셨어요?"

"다투다니?"

"저녁 함께하겠다 약속하고서."

"얘기하지 않았소. 많이 취했었다고. 당신한테 추태 보이지 않겠다면서 갔다고 말하지 않았소."

"하지만 어쩐지,"

"……."

"상해의 그 사건 때문에 당신하고 의견충돌이 있었던 것같이 생각이 되네요."

"그런 일 없었소."

침묵이 흐르다가,

"여보!"

다시 불렀다.

"앞으로 어찌 될까요?"

"뭘?"

"전쟁 말예요."

"끝난 일 아니오? 무혈점령인데 전쟁이랄 것도 없지."

"그건 아는데요. 국제연맹에서 조사단이 간다고도 하고 몽고 방면에선 아직 군사행동이 계속되고 있다는데, 본격적인 전쟁으로 확대될 가능성도 있지 않을까?"

"전쟁이 확대되면 따라서 영토도 확장될 터인데 무슨 걱정이오."

찬하는 비꼬듯 말했다.

"얘기들 하는 것 들었는데, 만주는 본시부터 중국 땅은 아니었다, 그리고 가토 기요마사[加藤淸正]가 이미 정벌했던 땅이다, 그런 허무맹랑한 말들 하는데, 국제연맹의 처사를 기다렸다가 중국이 결정하는 것 아닐까요?"

"공산당 토벌에 정신이 없는데 장개석은 좀체 움직이진 않을 거요."

"참 딱한 사람들이네요. 남의 군대가 밀고 들어가는데 저희들끼리 싸우다니, 어쨌든 저는 전쟁이 싫고 무섭습니다."

"일본이 전쟁을 안 했으면 노리코 부인께서 실크 양말 신을 수 있었을까요?"

"실크 양말 대신 면 양말 신으면 되지 않습니까."

노리코는 찬하의 뒷모습을 바라보며 미소 짓는다. 바른 가르마에 웨이브를 넣어 귀를 감추고 뒤로 넘겨 빗은 노리코의 새로운 머리 모양은 썩 잘 어울리었다.

"당신 날 믿지요?"

찬하가 갑자기 물었다.

"네?"

어리둥절하며 노리코는 찬하의 등을 바라보고 손가락에 실을 감는다.

"나를 믿느냐고 물었소?"

"새삼스럽게, 왜 그런 말씀, 하시는 거예요?"

"묻는 말에 대답이나 하시오."

"믿습니다. 물론."

찬하는 돌아섰다. 노리코를 바라본다. 그러더니 천천히 담배를 붙여 물었다.

"당신은 친절하고 관대합니다. 저는 당신을 존경해요."

뭔지 심상치 않은 것을 느꼈는지 노리코는 다소 당황하며 말하였고 덧붙여서,

"하지만 갑자기 왜 물으시지요?"

"글쎄……."

오는 철새인지 돌아가는 철새인지 하늘에는 한 무리의 새가 날아가고 있었다. 이 층 난간에 걸려 있던 하얀 손수건과 푸른 하늘이 찬하 눈앞에 떠올랐다. 화첩 한 페이지의 그림같이, 그것에 서린 감정과 상황은 배제된 채. 찬하는 거실로 들어와 노리코의 맞은편 소파에 앉는다. 재떨이에 담뱃재를 떤다.

"참 빠르지요? 벌써 봄은 가고 있습니다."

하얀 실을 금속의 바늘로 감아올리며 노리코가 말했다. 금속 바늘은 때때로 광선같이 희번덕였다.

"그 폭탄을 던진 조선청년, 죽겠지요?"

찬하는 대꾸를 하지 않았다.

"이제 곧 여름이 될 거예요."

"음…… 후미[芙美]는?"

"유모가 재우려고 데려갔습니다."

"……."

"봄이 오면 나무를 베어버리고 후미 놀이터 만들어주려고
했는데 그냥 지나가버렸어요."

"그랬군."

찬하는 건성으로 말했다. 두 사람은 다 같이 생활 면에서는
의타적이다. 겨울에 두 사람은 말했던 것이다. 봄이 오면 나
무를 베어내고 아이의 놀이터를 만들고 정원도 좀 밝게 해야
겠다고. 그러나 그들은 봄을 그냥 보내버리고 말았다. 아이는
유모가 길렀고 집안의 전반적인 살림은 시집올 때 친정서 데
리고 온 오이치[市]가 도맡아서 하고, 정원은 정원사가 와서
손질해준다. 이런 부부가 사는 가정이 황폐하지 않은 것은 물
론 물질적으로 생활이 보장되어 있기 때문이지만 노리코나
찬하가 낭비하는 것은 아니었고 게으르다는 것과도 달라서
그런대로 질서는 잡혀 있었다. 그러나 무엇보다 두 사람의 심
성이 맑았고 욕심이나 욕망이 없는 때문이 아닐까.

"부인."

"네."

"우리 아이 하나 데려다 기릅시다."

찬하는 지금도 생각을 계속하고 있는 그런 투로 말을 꺼내
었다.

"무슨 말씀이세요?"

"갓난애기요."

"갓난애기?"

눈을 커다랗게 뜨고 노리코는 찬하를 쳐다본다.

"왜 놀라는 거요."

"별안간 무슨 말씀인지 이해할 수 없습니다."

"데려다 길러야 해!"

노리코의 콧잔등이 불그레했다. 얘기의 내용보다 전에 없이 찬하의 태도가 고압적인 데 놀란 것 같다.

"부인은 나를 믿는다 하지 않았소."

"네. 그랬습니다. 믿고 있어요."

"그렇다면 무조건 내가 하자는 대로 하는 거요. 생후 팔 개월쯤 되는 사내아이요."

어리벙벙해 있던 노리코는,

"제가 믿는 것하고 어린애하고 왜 그렇게 연결해야 하는 거지요?"

비로소 문제의 심각성을 깨달은 노리코는 긴장한다.

"당신 잘 들어요."

"……."

"추호도 내가 하는 말에 의심을 가지면 안 돼. 그 아이는 친구의 아이요. 친구들의 아이라 해야겠지."

"우리가 그 아이를 길러야 하는 이유를 설명해주십시오."

"설명을 할 수 있다면 내가 당신보고 나를 믿느냐고 거듭 물었겠소? 일본여성인 당신과 조선남자인 내가."

하다 말고 찬하는 고개를 흔들었다.

"그런 얘기는 필요 없지. 아무것도 설명할 수가 없어."

노리코의 얼굴은 눈에 띄게 창백해지고 있었다. 이윽고 찬하는 화가 잔뜩 난 목소리로 말했다.

"나, 결혼 생활 하면서 다른 곳에서 아이 낳는 그따위 짓은 안 해! 그렇게 될 경우엔 당신하고 이혼할 거요!"

순간 노리코의 상체가 부르르 떠는 것 같았다. 그것은 결혼 후 한 번도 느낀 적이 없는 남편에 대한 두려움이었다. 그리고 동시에 틀림없이 찬하는 그럴 것이란 생각을 했다.

"내 말이 과했으면 용서하시오."

"아, 아닙니다. 애기는 어디, 지금 어디에 있습니까?"

"시골에, 사토코로 주었소."

"애기 엄마가 혹 죽었습니까?"

"아니, 그러나 죽은 거나 다름없소."

"애기 아버지는?"

"전혀 알지 못하고 있소. 임신한 사실까지."

"어쩌면 그런 일이, 그런 일이 있을 수 있을까……."

"경우에 따라서는…… 도덕의 차원을 넘어서는 진실도 있을 게요."

'인간은 누구나 본질적으로 그것을 향해 있지만 실체를 파악할 순 없어. 어느 누구도. 진리다 진실이다 그 흔한 말들, 그러나 진실은 결코 객관적으로 파악할 수도 없고 발견되는 것도 아닌 게야. 그게 바로 인간의 불행인지 모르지.'

찬하는 한순간 노리코의 존재도 잊은 듯 생각 속으로 빠져 들어 가는 것이었다.

"그럼 그분들은."

"그 사람들은 벌판에 서 있소. 철저하게, 둘이 함께 나갈 문도 없고 들어올 문도 없소. 두 사람이 함께 있을 처지는 더욱 아니오 그건 절벽이지."

조찬하의 얼굴에 말할 수 없는 슬픔의 빛이 떠올랐다. 그리고 다음 순간 눈앞이 캄캄해 오는 것을 느낀다. 찬하는 탁자 위에서 신문을 집어들었다. 오이치를 불러,

"커피, 서재로 갖다주어."

노리코는 무릎에 뜨갯거리를 놔둔 채 소파에 파묻히듯 앉아 있었다. 서재로 들어온 찬하도 의자에 파묻히듯, 그리고 의자를 빙그르르 돌려 창문과 마주하고 신문을 펴든다. 시국이 시국인 만큼 활자가 요란했다. 주먹만 한 활자들, 찬하는 그것을 읽을 기분이 아니었다. 생각을 해야 할 때 신문은 단순한 엄폐의 수단이 되는데 이런 습관은 노리코와 결혼한 후 생긴 것이다.

'돌아갈 수가 없다……'

너무 먼 곳으로 혼자 무리에서 떨어져나온 자신을 느낀다.

'뭘 해야 하나. 막막하고 아득하기만 하구나. 지루하고 숨이 막힐 것만 같다.'

처음 느끼는 것은 아니었다. 무리에서 너무 멀리 떠나왔다는 것도 처음 느껴보는 것은 아니었다.

'왜 그때 나는 구라파나 미국 같은 곳에 갈 생각을 안했을까? 보다 멀리 뛰어서 소외도 철저히 당했어야 했다. 도노사마니 귀족이니 그따위 찌꺼기도 다 털어버릴 수 있는 곳.'

바닷가의 바라크 같았던 교사 앞에서 명희를 만났고 도망치듯 일본으로 돌아오는 연락선 선상에서 밀려오는 엄청난 파도를 보면서 중얼거렸던 말, 구라파나 미국 같은 곳에 갈 생각을 왜 안 했을까? 지금 그 말이 되살아나는 것이었다. 노리코와의 결혼을 후회하여 그랬던 것은 아니었다. 구라파나 미국으로 가지 않았던 것도 실상 깊이 후회하는 것은 아니었다. 어디로 가든 사정은 비슷했을 것이기 때문이다.

'반역이란 이렇게도 무서운 형벌인가, 반역자가 밟을 땅은 없다. 상해 홍구공원의 사건, 내게는 기뻐할 자격도 없다. 슬플 뿐이다. 맞어. 인실 씨의 그 결단을 이해할 수 있다. 그는 어디로 갔지? 대륙으로 갔나? 그는 또 하나의 죄와 벌의 자락을 끌고 갔다.'

찬하는 아이를 반드시 데려다 기를 것을 다짐했다. 오가타에게 비밀을 누설하지 않을 것도 다짐한다.

저녁식사 때 이들 부부는 침묵으로 일관하였다. 제각기 자

신의 생각에 매몰된 사람 같았다. 이따금 노리코 눈에 의혹이 떠오르다가 사라지곤 한다. 엽차를 마시면서,

"당신이 다른 곳에서 아일 낳은 처지라면 저도 당신하고 살 수가 없을 거예요."

노리코가 말했다.

"그것을 무엇으로 증명하나."

"……."

"그래, 만일 내가 저지른 일이라면, 나는 이런 방법은 취하지 않았을 게요. 당신도 알다시피 서울에는 아이가 없질 않소? 서울에 안아다주면 그만, 당신에게 알릴 필요도 없고." 하는데 전보가 왔다는 것이었다. 엽차잔을 놓고 전보를 펴든 찬하의 얼굴이 한순간 백지장으로 변한다.

"무슨 일입니까?"

"형이 죽었소."

## 12장 오누이의 재회

절을 하고 나서 모두 자리에 앉았다. 아침나절 한줄기 소나기를 뿌리더니 하늘은 씻긴 듯 맑았다. 사랑 마당의 파초에는 아직 물방울이 맺혀 있었다.

"양현이는 어때? 공부는 잘했느냐?"

길상이 물었다.

"못했습니다. 아버님."

모시 적삼에 짙은 남빛 통치마를 입은 양현은 얼굴을 붉히며 말했다. 길상은 양현을 볼 때마다 잘 자라준다는 생각을 하곤 한다.

"그만하면 괜찮지 뭐."

윤국이 말했다.

"오빠가 어떻게 알아요."

"아버지, 양현이 삼등 했습니다. 그만하면 괜찮지요?"

"오빠! 언제 그걸,"

"감추어봤자 어디겠어? 통신표는 책갈피 속에 있더군."

"난 몰라!"

양현은 울상을 짓고 길상과 환국이, 윤국이 삼부자는 소리를 내어 웃는다.

"난 몰라. 두고 보아요."

"어어, 으시시하군. 복수한다 그 말이겠다?"

윤국은 몸을 떠는 시늉을 했다.

"양현이도 명년엔 여학생이 될 텐데 함부로 숙녀 소지품을 뒤져 되겠어?"

환국이 말에,

"맞아요 큰오빠, 작은오빠는 신사가 아니에요."

그 말에 삼부자는 또다시 웃음을 터뜨린다. 한가한 정오의 풍경이었다.

"그러면 너희들 씻고 점심 해야지."

모두 일어서 나갔다. 여름방학, 이들은 진주서 합류하여 방금 평사리로 온 것이다. 윤국이는 지난봄에 일본으로 건너가 무슨 심산인지 농과를 택하여 대학에 들어갔다. 길상은 이들이 온다고 해서 어제 쌍계사에서 돌아온 것이다. 고인 물같이 조용했던 평사리의 집은 갑자기 활기에 넘쳤다. 그중에서도 양현은 꽃이었다. 지저귀는 한 마리 작은 새였다. 그의 성격은 어릴 적보다 훨씬 밝아져 있었다. 길상은 양현을 볼 때마다 세월이 되돌아가는 것을 느낀다. 봉순네의 얼굴이 떠올랐고 재잘거리며 무당 흉내를 내던 봉순의 모습, 그리고 발버둥치며 울다가 기절하던 어린 서희의 모습이 떠올랐다. 양현은 봉순을 닮은 편은 아니었고 오히려 상현의 모습을 짙게 간직한 듯했으나 이따금 어느 서슬엔가 그의 표정에서 봉순을 발견하곤 했다.

윤국과 양현은 안에서 점심을 먹는 눈치였고 길상은 환국이와 함께 오이냉국이 시원해 뵈는 점심상을 받는다. 냉국을 뜨려고 고개를 조금 내미는 길상의 옆 이마 쪽에 흰 머리칼이 한두 개 나 있는 것을 보다가 환국은 숟가락을 들었다.

"영광이는 어떻게 지내고 있나?"

환국은 아버지가 그 말부터 하리라는 것을 알고 있었다. 영광이를 병원에서 만난 뒤 꼭 일 년, 일 년이 지났다.

"뭐가 잘 안 되는 모양이군."

"네."

"희망이 없단 말이냐?"

"희망이 없습니다."

"⋯⋯."

"저도 할 만큼 노력을 해봤는데, 그럴 때마다 반발이 심해서 어떻게 해볼 수 없더군요."

한동안 말없이 밥을 먹다가.

"강한 성미는 부친을 닮아 그럴 게다."

"마치, 성미가 헤치고 들어갈 수 없는 밀림 같았습니다."

"그런 성질이 잘 풀리면 좋은 건데⋯⋯ 영 사람 구실 못하겠던가?"

"네? 무슨 말씀을."

환국은 어리둥절한 표정으로 길상을 본다. 길상도 밥을 먹다 말고 의아하게 아들을 본다.

"아버님이 제 말을 곡해하신 것 같습니다."

"음?"

"영광이 그 사람, 인간성을 두고 말씀드린 건 아니었는데, 학교 진학을 두고 희망이 없다 했습니다."

"음⋯⋯."

"성질이 강하지만, 거칠고 하지만 타락하지는 않았습니다. 다만 공부는 안 하겠다, 그 결심을 돌이킬 수가 없습니다."

"······."

"남의 도움으로 한다. 그것이 자존심에 용납 안 되는 것도 있었겠지만 신분에 대한 절망이 더 컸던 것 같았습니다."

"못난 놈."

"아버님에 대한 불만도 있고,"

길상은 얼굴을 들고 너도 그러냐, 물어보듯 아들을 쳐다본다.

'아버님 왜 그리 심약하십니까?'

'그래, 심약해질 때가 있지, 내가 뭐 그리 별난 사람이겠나.'

'아버님께서 오히려 불만이시지요? 패기 없는 젊은 놈이라고.'

부자간에 서로 눈으로 이야기하다가 피식 웃는다.

"영광이는 자유롭게 살고 싶다 그런 말을 하더군요."

"어떻게 그리 사나. 살고 싶다고 살아지는 건가? 신분에 대한 절망도 극복하지 못하고 어떻게 자유로워지나."

환국은 뜸을 들이듯 한참 있다가 입을 열었다.

"음악을 하겠다 하는데."

"음악?"

"네."

"그러면 공부를 하겠다는 얘기 아니냐. 음악도 학교에 안 가고 어떻게 하나. 부친이 들었으면 펄쩍 뛰겠지만."

"정통으로 공부를 하겠다는 것은 아니지요. 그러니까 경음

악인데 강습소 같은 곳도 있고,"

"경음악이라면,"

"말하자면 풍각쟁이지요."

"유랑극단 같은 데서 노래 부르는 것, 그거야?"

길상은 눈이 커다래져서 놀라움을 나타내었다.

"노래 부르는 게 아니구 색소폰이라고,"

"그게 뭔데?"

"나팔 같은 거지요."

"허 참."

길상은 그러고는 다시 말하지 않았다. 하얼빈의 큰 술집에서 연주하던 악사들 모습이 생각났다.

'죽는 것보다는 낫겠지. 무뢰배가 되는 것보담은 낫겠지.'

점심을 끝내고 숭늉으로 입가심을 한 길상은,

"내일 모두 하동으로 가야겠다."

"하동, 읍내 말입니까?"

"그래 모두 함께, 양현이도 함께 간다. 이동진 어르신네……."

하다 말고,

"그동안 집안이 시끄럽고 해서, 행여 누가 될까 싶어 삼갔는데, 너희들도 오고 했으니 찾아가 뵈는 것이 도리일 것 같다. 늦은 감은 있으나."

"저희들도 방학 때는 오고 가며 시우하고 만나곤 했는데 대학 들어가고부터 못 만났습니다. 양현이도 데려간다 하셨습니까, 아버님."

"응."

대답이 떨떠름했다. 사정을 모르는 환국이 무심하게 한 말이었지만 길상은 왜 양현을 하동 이상현 집에 데리고 가려 하는지, 서희가 있었다면 틀림없이 반대를 했을 것이다.

"오빠 나도 갈 거예요."

안채 대청에서 점심을 끝낸 윤국이 낚시도구를 챙기는 것을 본 양현은 흰 모자를 찾아 쓰면서 먼저 나서는 것이었다.

"고기 안 잡혀. 따라오지 마."

"갈 거예요. 나 낚싯대 옆에 안 가면 될 거 아니에요?"

윤국은 양현을 노려보다가 웃는다. 이들은 언덕길을 내려와 마을 길로 들어섰다. 농부들 아낙들이 지나가다가 인사를 한다. 그리고 그들은 걸음을 멈추고 양현과 윤국의 뒷모습을 바라보며,

"선남선녀 같다. 우짜믄 인물도 저리 좋을꼬."

중얼거리는 것이었다.

"양현아."

"네."

"너 요즘 무슨 책 읽고 있지?"

"『아아 무정』."

"재미있어?"

"슬퍼요."

"어디가 슬퍼?"

"고젯드가 불쌍하구, 나중에는 쟌바르장이 불쌍하구."

"불쌍하구, 불쌍하구, 그래 나중에 커서 넌 뭐가 될래?"

"몰라요. 어머닌 공부 열심히 해서 여의사가 되라 하시지만."

"그거 괜찮지. 불쌍하구 불쌍한 사람들 병 고쳐주는 거니까."

이들은 마을 우물가에까지 왔다. 우물가에서 숙이 물을 긷고 있었다. 윤국이 저도 모르게 발길을 멈춘다. 무심히 고개를 든 숙이는 윤국을 보고 당황한다. 쪽찐 머리, 붉은 감탱기를 감은 쪽의 은비녀가 은은하였다. 인조견 미색 치마에 흰모시 적삼을 입은 숙이 자태는 아직 새색시였다.

"안녕하십니까 도련님."

숙이는 옷매무새를 고치는 듯한 태도로 공손히 인사를 했다. 윤국의 낯빛이 달라졌다. 지난가을에 혼인을 했다는 얘기는 겨울방학 때 들었다. 그때 윤국은 묘하게 배신감 같은 것을 느꼈으나 대학에 진학하는 등, 환경과 생활의 변화에서 그 일은 잊고 있었다.

"아아 참,"

윤국은 또 한 번 배신감 같은 것, 아픔 같은 것을 느낀다.

"결혼했다는 말은 들었지만…… 잘 살아요."

간신히 평정을 찾아 걸음을 옮기는데 언제 왔는지 길가에 영호가 서 있었다. 논을 매고 돌아오는 길인 것 같았다. 바짓가랑이를 걷어 올리고 흙이 묻은 맨발이었다. 그는 강한 눈초리로 윤국을 쳐다보았다. 윤국이도 불쾌한 표정을 지었다.

"멀 굼젝이고 있노!"

멀어져가는 윤국의 뒷모습을 노려보다가 영호는 우물가에서 어찌할 바를 몰라하는 숙이에게 성난 목소리로 말했다.

"예, 저기,"

"잔소리 말고 어서 가기나 해!"

숙이는 허둥지둥 물동이를 이고 앞서간다. 그 뒤를 따라 영호가 간다. 집으로 들어갔을 때,

"아가야, 어서 점심 채리라. 배고프겠다."

열무를 다듬고 있던 영호네는 물동이를 이고 부엌으로 들어가는 숙이를 향해 말했다.

"점심 안 묵을라요."

"와? 배고플 긴데, 애기가 점심 가지갈라 카는 거를 들어올기라고 내가 말렸다. 무신 일이 있었나?"

"아무 일도 없었소."

영호는 손발을 씻고 얼굴도 씻고 방으로 들어간다. 그리고 방문을 거칠게 닫았다.

"이상해라, 와 저럴꼬?"

영호네는 열무를 다듬다 말고 부엌으로 들어왔다. 숙이는 똬리를 손에 든 채 우두커니 서 있었다.

"아가야, 니 남편이 와 저라노? 무슨 일이 있었더나?"

"아닙니다."

"둘이 다투었나?"

"아닙니다."

"그라모 와 저라노. 영 기분이 안 좋네."

"......."

"니가 들어가 보아라."

"......."

"머가 잘못됐이믄 빌고, 잘하나 못하나 여자는 빌고 살아야 하네라."

영호네는 숙이 등을 밀듯 했다. 사실 영호네는 뭔지 모르지만 늘 불안했다. 장가 안 가겠다는 영호를 우격다짐하듯, 이루어진 혼사였고 혼인 뒤에도 썩 금슬이 좋아 보이지는 않았다. 그런데다 숙이에게 아직 태기가 없으니 마음이 놓이질 않는 것이다. 숙이는 시어머니가 떠미는 바람에 방으로 들어갔다. 영호는 벽에 기대어, 쭈그리고 앉아서 두 손으로 턱을 감싸고 있었다.

"점심 차려 올까요?"

대답이 없다.

"지가 머를 잘못했습니까."

역시 대답이 없다. 윤국이 때문에 그런다는 것을 모르지는 않지만 그러나 숙이로서는 먼저 그 일을 꺼내 말할 수 없었고 변명할 수도 없었다. 그저 막막했다.

"잘못한 것이 있이믄 말해주이소."

순간 영호는 숙의 한 팔을 낚아채어 확 잡아당겼다. 그리고 뺨을 찰싹 때린다.

"아이고!"

"나가아. 보기 싫다!"

숙이는 허둥지둥 방에서 나간다. 영호네는 근심스럽게 숙이를 바라본다.

"무신 일고."

"아무것도 아입니다."

숙이는 빨랫감을 모아 빨래통에 넣어서 이고,

"어무이 빨래하러 갈랍니다."

하고는 삽짝 밖으로 나간다. 영호네는 아들이 있는 방으로 급히 들어간다.

"영호야, 니 와 그라노."

"머 말입니까?"

"니 댁네하고 와 그라노 말이다."

"누가 장개갈라 캤습니까."

외면을 하며 중얼거리듯 말했다.

"그라믄 장개 안 가고 중 될라 캤더나."

"서둘러서 할 필요가 없었다는 얘기지요."

"니 나이가 적나?"

"많은 나이도 아니지요."

"그거를 와 이제 와서 따지노. 복에 과해서 하는 소리제."

"복에 과해요?"

"나는 볼수록 이쁘고 하는 행신이 맘에 든다. 어이서 그만한 신붓감을 대꼬 올 기든고? 공부 조깬 했다고, 니가 머 그리 잘났다고 가숙을 내리다보노."

영호는 쓴웃음을 띤다.

"오만 사램이 다 치사를 한다. 며누리 잘 봤다고."

"예 맞소! 누가 이런 집에 딸 주겠소!"

영호는 어미에게 등을 보이고 누워버린다.

"잘하는 짓이다. 버리장머리 참 좋구나. 오냐오냐함서 키웠더마는 영 못씨겄다."

"……."

"부모 처지를 생각해야제. 니가 그러는 거는 다 에미 애비를 대수로 안 여기는 탓이다. 세상에 나무랄 데가 어디 있어서, 내가 눈치를 보이 한 분도 며눌아이한테 살갑게 대하는 법 없고,"

하다가 꿈쩍 않는 아들 등짝을 쳐다본다.

"제발 그러지 마라. 니가 장잔데 멧상 들 사람 아니가. 우리가 우뜧기 해서 이만큼이나 살게 됐는지 니도 알 기다. 우리가 설움 받고 살았이믄, 설움이 우떤 건지 니도 알 거 아니가. 그 아아를 박대하믄 남이 머라 카겄노."

끝내 말이 없자 영호네는 한숨을 쉬며 방에서 나간다. 더운 날씨에 방문까지 닫아놓고 누워 있던 영호는,

'빨래하러 간다꼬?'

일어나 앉는다.

'빨래, 빨래? 빨래터!'

고무신을 끌고 영호는 부랴부랴 집을 나섰다. 설마 그러랴 싶었지만 영호의 발걸음은 빨라지고 숨 쉬는 소리도 거칠어졌다. 빨래터에서 만나는 것을 보았다는 소문을 상기한 때문이다. 둑 위로 올라간다. 바로 둑 밑 강가에서 숙이는 빨래를 하고 있었다. 이따금 손등으로 눈을 씻곤 한다. 주막 근처의 빨래터하곤 상당히 먼 거리였고 윤국의 모습은 아무 데도 없었다. 영호는 둑길을 따라 상류를 향해 걸어 올라간다. 소나무 두 그루 있는 곳까지 가서 앉는다. 시원한 강바람이 불어왔다. 강물은 햇빛에 희번덕이고 있었다. 평소 탐탁하게 여기지도 않았던 숙이, 그런데 왜 마음속에 지금 불이 나고 있는지 영호는 알 수 없었다. 숙이를 사실 사랑했는지 모른다. 아니면 윤국에 대한 강한 열등감 때문이었을까? 현재 어느 모로 보나 그가 황새라면 자신은 뱁새에 지나지 않는다. 어디 그뿐인가, 과거 최참판댁에 끼친 크나큰 죄업을 생각하면, 그래서 죽어 지내는 부모를 생각하면 영호의 가슴이 들끓는 것은 무리가 아니다. 그나마 윤국이 좋아했으나 결혼하지 않았던 여자가 바로 자신의 아내인 것이다. 질투이건 울분이건 상처받은 자존심이건 영호가 괴로운 것은 어쩔 수 없는 일이었다.

'이래가지고는 안 된다. 이래가지고는 안 돼! 길이 없는 것

도 아닌데 내가 여기서 잠을 자고 있어? 그거는 바보나 하는 짓이다.'

영호가 강가로 내려와 집에서 씻었는데 다시 얼굴을 씻는다.

'아버지의 생각은 잘못이다. 큰아버지 덕 좀 보았다고 친일파 반역자 되는 거는 아니지 않는가.'

영호는 계속해서 얼굴에 물을 끼얹는다.

'인호누부도 저렇게 살리는 거 아니라구. 이곳을 떠야 했다! 아버지가 멀 잘못했나! 내가 멀 잘못했나! 할아버지 잘못을 우리는 언제까지 지고 다녀야 하나 말이다.'

작년의 일이다. 초가을이었던가. 뜻밖에 서울서 편지가 와서 한복이 갔다 왔는데 일의 내용인즉 간도에 있는 김두수가 서울에 집을 장만했다는 것이었고 집은 샀으나 솔가할 형편이 아니어서 한복의 식구들이 와서 사는 것이 어떠냐 하더라는 것이다. 그것을 싫다 했더니 그러면 사람을 두되 영호를 올려보내어 중단한 학업을 계속하게 하라, 그러면 자신의 둘째 아들을 서울로 내려보내어 영호와 함께 서울서 학교를 다니게 하겠노라, 하더라는 것이다. 그 말은 영호가 부친으로부터 직접 들은 얘기는 아니었다. 그 후 간도에서 재차 그러자는 김두수 편지를 영호가 읽고 안 일이었다. 그 일 때문에 그랬던지 한복은 거의 고압적으로 영호의 혼인을 서둘렀던 것이다. 영호가 부친의 마음을 모르는 것은 아니었다. 형이 부

쳐주는 돈에 대해서도,

"이기이 볕 바른 돈이 아닌데 내가 이 돈을 받아쓰는 기이 영 안 편타. 내가 그곳 사정을 모린다믄 또 몰라. 우리 대(代)에서만이라도 손가락질 받을 짓을 해서 자손한테 허물을 물리주어서 되겠나. 큰 복이사 하늘에서 준다 카더라마는, 길 아닌 길에서 부자 되고 출세하고 그기이 얼매나 가겄노. 살아 보이 세상에는 공것이란 하나 없다. 지금 이 처지도 고맙제. 남의 원성 속에서 돈방석에 앉이믄 머하노. 질기 갈 것도 아니고, 왜놈 밑에서 검사 판사 되믄 머하노. 내 백성한테 벌주는 일 아니가. 벌 받는 사람이 누고? 제 나라 찾겄다는 사람들 아니가. 이런 세상에는 땅이나 파고 잘난 체 안 하고 사는 기이 젤이다."

영호를 보고 타이르던 한복이었다.

저녁을 끝내고 잠자리에 들 시간이 가까워졌다. 호롱불 밑에서 버선을 기우며 이 생각 저 생각 하던 영호네는 곰방대를 물고 앉은 남편에게 물었다.

"장에 갔던 일은 우찌 됐십니까?"

"머, 다음 장에 보자 카더마."

"당신도 참 턱없이 무르요."

"떼이도 할 수 없고."

"떼일 생각을 하믄서 와 빌리주었십니까?"

"내가 이자 받아묵을라꼬 빌리주었나. 전에, 어릴 직에 소

달구지 타고 댕깄일 직에 밥술이나 얻어묵은 은공 때문에 그
랬제. 돈으로 따지자믄 논 한 마지기값이다마는 헹펜 그런 거
를 할 수 없제."

"이자는 함부로 돈 빌리주지 마소. 돈 잃고 인심 잃는다는
말도 안 있십디까."

"빌리줄 돈이나 머 있던가?"

곰방대를 털고 자리에 들려 하는데 문밖에서,

"아부지."

하고 영호가 불렀다.

"와?"

"말씸 좀 디릴 일이 있어서요."

영호네는 당황하며 막듯이,

"저물었다. 할 말이 있이믄 새는 날에 하라모."

"잠깐이믄 됩니다."

영호는 방문을 열고 들어왔다. 꿇어앉은 영호는,

"지는 그만 서울 갈랍니다."

"머라꼬?"

"아무래도 이래서는 안 될 것 같습니다."

"서울, 머하러?"

"공부하겠습니다."

"퇴학을 당했는데 어디 가서 공부할 기고?"

"사립학교에는 얼마든지 들어갈 수 있습니다."

"……."

"동생들도 있고 농사만 지어서 되겠습니까. 공부한다고 해서 다 친일파 되는 것도 아니겠고, 큰아부지 신세 진다고 해서 친일파 되는 거는 아닌께요."

"지금 생각이 그렇지. 통시(화장실) 갈 때 맘 다르고 나올 때 맘 다르다. 니가 몰라 그렇지 형님이 널 그냥 두지 않을 것이다."

"아부지가 무슨 말씀을 하셔도 이제 제 결심은 굳어졌습니다."

"그, 그라믄 니 댁네는 우짤 기고?"

영호네가 서둘며 물었다.

"어무니 아버지 뫼시고 있어야지요. 우짜기는요."

한참 있다가 한복은 말했다.

"내가 니를 공부시킬라 했을 때는 면 서기나 군청 서기나 하믄 안 되겠나 생각했제. 그러나 내 생각이 변했고 니도 학생운동인가 먼가 했으니 면 서기 군청 서기 할 생각은 없을 기다. 그래 니 말대로 공부하겠다면 머가 될라꼬 그러나?"

"우선 중학과정부터 끝내고, 일 년이면 되니까요. 다음에는 일본 가서 고학이라도 할랍니다. 무엇을 하든 배워야지요. 선생질을 하더라 캐도."

"니 이름이 경찰에 올라 있을 긴데 선생질을 해?"

"만주에라도 가지요 뭐."

"그거는 안 된다!"

영호네가 단호한 목소리로 말을 했다.

"식구 모두가 솔가를 해서 간다믄 모리까, 니가 누고오? 니는 이 집의 장자 아니가."

"장자나 차자나, 이래가지고는 못 삽니다."

"니 아부지가 살았이까."

"……."

"니 아부지가 우떻게 크고 우떻게 살았는지 넘들이 다 아는데 자식인 니가 모린다 하지는 않겠제? 거기다가 비하믄 너거들이사 누워서 호시(가마) 탔다."

"지나간 일 말하면 뭐 하겠소."

짜증스럽게 어미를 외면한다.

"불칙하게 부모 말에 악다구니 하는 기가."

한복이 담뱃대로 재떨이를 두드리며 말했다.

"우리 형편을 얘기하는 거지요. 생각해보시면 알겠십니다. 인호누부가 왜 그리됐는가를. 진작부터 털고 일어났으면 누부도 그런 신세가 됐겠습니까."

인호 얘기는 두 내외에게 비수와도 같은 것이다.

"하여간 지는 결심을 했습니다."

침묵이 흐른다. 방 안에는 뿌연 담배 연기, 그리고 호롱불이 가물거리고 있었다. 지치지도 않고 울어대는 개구리, 이따금 뻐꾸기도 울었다.

"좀 두고 생각해보자."

담뱃대에 담배를 재워서 붙여 문 한복이 한 발 물러서듯 말했다.

"내 말은 듣지도 안 할라 카더마는 자식이 상전인갑소."

영호네는 반짇고리를 챙겨 한구석으로 밀어놓으면서 핀잔같이 말했다. 그 말 대꾸는 없이 영호에게 말했다.

"풀쑥 말을 하이, 그기이 어디 당장에 결정할 일가."

"아버지가 뭐라 말씀하셔도 저는 서울 갑니다."

아들 얼굴을 빤히 쳐다본다.

"그라믄 니는 핵교 댕길 직에 남의 앞장을 서서, 방면이야 되었다마는, 까막소에도 가고 했는데 그때는 무신 심산이더노?"

"그거는 뻔한 일 아닙니까. 우리 민족을 억압하는 일본에 대한 반항이지 뭐겠습니까."

"그래? 무식한 내 생각에도 그거는 옳은 일이고 남한테도 치사받을 만한 일인데, 니 큰아부지는 우떤 사람고?"

"……"

"니도 대강을 알고 있일 기니 묻는 말이다."

"……"

"만주서 니 말마따나 내 민족을 위해서 항거하는 사람이믄은 내 땅때기 팔아서라도 니를 보내주겠다. 우찌 니는 애비뜻을 모리노. 내 한은 옷으로도 못 풀고 밥으로도 못 푼다. 다른 사람하고는 다르다. 나라에 대한 충절심이 남달라 그러는 것도 아니다. 내 자식 놈이 또 한을 냄길까 봐 그기이 무섭은 기다. 자자손손 얼굴 치키들고 살 수 없게 될까 싶어서 두럽은 기라. 형이 그러는 것도 부끄럽어서 시시로 가심이 철렁철렁하는데, 니 할무이가 우떻게 돌아가싰노. 자식 놔두고…… 세상에 얼굴 들 수 없어이."

한복의 목이 메인다.

"아버지는 뭔가 잘못 생각하고 계신 것 같습니다. 저는 다만 좋지 않게 얻은 돈이라 할지라도 유용하게 이용하는 것이,"

"이용을 해?"

"네. 남자로 태어나서 뜻을 펴볼라면 중단한 학업을 계속하자 생각한 것뿐입니다."

"남자의 뜻이 멋고? 돌아가신 어머님께서 남자의 뜻이란 대로(大道)를 걷는 기지 잔재주 부리감서 지름길로 가는 거 아니라 하싰다. 길이 아니믄 가지 마라, 그런 말도 하싰다."

영호는 신경질 나서 못 견디겠다는 시늉을 하며,

"그러면 가정부에서 친일파 돈을 왜 탈취해 갑니까?"

한복은 잠시 동안 머뭇거리듯 하다가,

"그기 어디 사사로운 일가!"

바락 소리를 지른다.

"그라고 또오, 있다. 아무리 형이 막돼묵고 해독을 끼치는 사람이라 캐도 니한테는 큰아부지다. 안팎이 다르게 두 가지 맘을 묵고, 그거는 사람이 하는 짓이 아니다. 이용을 하다니 그기이 어디 될 말가. 그라믄 니는 이 애비도 이용을 해묵을 기가?"

"……."

"밤도 늦었고, 긴말할 시간도 없고 하여간에 이자 니는 가숙을 거나린 몸인께 만사를 쉽기 생각해서는 안 될 기다. 좀 더 두고 생각을 해보자. 그리 알고, 그라믄 건너가 봐라."

영호는 하는 수 없이 자기 방으로 건너온다. 시아버지의 떨어진 삼베 잠방이를 깁고 있는 숙이는 잔뜩 긴장한 모습이었다. 안방에서 있은 얘기의 내용은 알 수 없으나 영호가 시부모에게 무엇인지 제안을 한 것 같았고 그것도 자신에 관한 일이라 생각했다. 방문을 등지고 서서 영호는 숙이 얼굴을 내려다본다. 시선을 느끼면서도 숙이는 얼굴을 숙인 채 잠방이만 깁고 있었다. 그것은 영호를 향한 항의의 표시였다. 한참 후 숙이는 얼굴을 들고 영호를 쳐다보았다. 호롱불에 흔들리는 숙이 얼굴은 아름다웠다. 요염하기까지 했다. 영호는 다짜고짜 호롱불을 확 불어 끈다. 달빛이 방 안으로 밀려들어 왔다. 영호는 숙이를 끌어당겼다. 두 팔로 가슴을 꽉 조이면서.

"빨래터에 가서 누굴 만났나?"

귀에다 대고 속삭이듯 묻는다. 순간 숙이는 영호를 떠밀고 강한 힘으로 화다닥 물러나 앉았다.

"무슨 소리를 합니까?"

꺼무꺼무한 눈이 총알같이 영호 얼굴에 박힌다.

"왜? 억울한가?"

"그런 소리 온정신으로 합니까?"

"그러면 내가 미쳤다 그 말이구나."

"말도 과이방 해야제요."

"그러면 소문은 헛소문이다, 그거로구나."

"사람이 사람보고 우찌 말도 못합니까. 아무리 말 좋아하는 사람들이라 캐도 그렇지. 천양지간인데 있을 수 있는 일입니까."

숙이는 입술을 깨물었다.

"그러면 최윤국은 하늘이고 김영호는 땅이다 그 말가?"

잠시 말이 없다가,

"처지가 다르기는 다르지요. 누가 봐도."

"너 생각보다 똑똑하구나. 당돌하고. 어머니가 나를 보고 가숙을 내려다본다 하셨는데 그게 아니네. 계집이 남자를 내려다보는 거 아니가."

"……."

"최윤국이 마음에 둔 계집이라 다르긴 다르구나. 하기야 주막에서 사내 꼴을 많이 봤을 거고 당연하지, 똑똑하고 당돌한 것은 당연하다."

숙이는 흑! 하고 터져 나오는 울음을 두 손으로 막는다.

"마 좋다. 니 꼴 내 꼴 오래 볼 처지도 아니니, 자기나 하자."

말씨는 누그러졌으나 영호는 숙이를 거칠게 다루었고 숙이는 그의 행동에 반항했다. 그런 거부의 몸짓을 영호는 윤국이 때문이라 생각한다. 이상한 것은 숙이의 거부는 영호의 의식 밑바닥에서 잠자는 어떤 집착을 불러일으켰다.

이튿날 한복의 식구들이 마루에서 조반을 막 끝내려 하고 있을 때였다. 보살 할미 차림의 늙은 여자가 삽짝을 들어서는 것이었다. 그는 뜻밖에도 영산댁이었다. 부엌에서 숭늉을 가지고 나오다 말고,

"할무이!"

숙이는 소리를 질렀다.

"오냐. 내가 왔지라."

영산댁은 숙이 얼굴을 살펴보면서 웃었다. 숙이를 시집보낸 뒤 영산댁은 수십 년 종사해온 주막을 정리했다. 그리고 적지 않은 돈을 절에 내어놓고 그 자신은 암자의 방 한 칸을 얻어 여생을 절에 의지하게 되었던 것이다. 그러니까 숙이는 시집온 뒤 영산댁을 처음 만나보는 것이다.

"아이고 우짠 일입니까."

영호네가 놀라며 일어섰고 식구들이 모두 마루에서 내려왔다. 엉겁결에 식구랑 함께 마당으로 내려온 영호는 떨떠름한 표정이다.

"이렇기 별안간 무신 일로,"

영호네는 영산댁 손을 덥석 잡았다.

"사돈댁에 못 올 사람이 왔는가?"

영산댁은 우스갯소리를 했다.

"기별도 없이,"

한복이의 말이었다. 사돈이라면 사돈이라 할 수도 있었다. 그러나 사돈이기 이전에 한복에게는 영산댁이 고마운 사람이었다. 어린 시절 이 집 저 집 돌아다니며 설움도 많이 받았고 배고픈 때도 많았을 적에 영산댁은,

"이눔 자석아, 너 밥이나 먹고 댕기는 기여?"

지나가는 한복을 불러들여 따끈한 국에 밥을 말아주곤 했었다.

"장석같이 와 그리 서 있노. 할무이한테 인사 안 하나."

한복은 눈살을 찌푸리며 영호를 나무랐고 영호네도,

"할무이한테 인사 디리라."

하고 재촉을 했다. 간신히,

"안녕하십니까?"

영호는 고개를 숙였다.

"그려. 신랑이 우리 요조숙녀를 어여삐 보아주는감? 나 헐일이 조깬 있어서 왔는디."

하다가 영산댁은 삽짝 쪽으로 되돌아갔다. 밖을 내다보며,

"안 들어오고 머허는 겨? 싸게 들어오더라고."

했다. 이윽고 마당으로 들어서는 소년, 그는 다름 아닌 몽치였다. 본명은 박재수(朴在守), 몇 해 전에 숙이와 헤어진 몽치, 몽매간에 잊지 못하였던 동생이다.

"숙아, 알 만헌가?"

영산댁이 말했다.

"니 동생 몽치란 말시."

마당 한가운데 서서 서로를 바라보는 오누이, 숙이 얼굴은 새파랬고 몽치 얼굴은 시뻘겠다. 숙이 말했다.

"아, 아부지는,"

"죽었다."

"어이구!"

숙이 몸을 던지듯 몽치를 끌어안고 울음을 터트린다.

"어, 어디서 돌아가싰노!"

"산에서."

몽치는 주먹으로 눈물을 닦다가 별안간 소 울음과도 같은 괴상한 소리를 내질렀다. 졸지에 벌어진 광경에 어안이 벙벙해 있던 식구들은 다시 한번 깜짝 놀란다.

"어제 올까 혔는디, 아아 금매, 머슴아이 꼴이 간데없는 짐승 새끼더란께. 사돈댁에 그 꼴로 올 수 있을 것이여? 혀서 몸도 씻기고오 옷을 빨아 입히고 허다 본께로 좀 늦었지라. 마음은 한 시각이 여삼추라. 저눔인들 왜 안 그렇겠는감? 어찌나 걸음이 빠르던지, 이 탕숫국 묵을 나이에 따라오니라 목에서 단내가 나들 않었어? 어이구 냉수나 한 그릇 주더라고."

영호네가 부엌으로 뛰어갔다. 잽싸게 냉수 한 그릇을 떠왔다. 마루에 걸터앉아 냉수를 마신 영산댁은,

"아 금매, 언제꺼정 그러고 있을 것이여? 숙아! 눈물 싸게 거두고오 시어른헌티 인사를 시키야제."

"야아 하, 할무이, 고맙십니다."

모두 마루로 올라갔다.

"몽치야. 사돈 내외헌티 절을 허는 기여. 오, 옳지, 그려. 다음에는 매형헌티 허는 기여."

절 하나는 잘했다. 절에 가면 부처님에게 절을 했고 해도사한테 글을 배울 때 휘가 하는 대로 따라서 절을 했었다.

"그려. 잘혔다."

몽치는 영호의 눈치를 햴끔햴끔 살피다가 굵은 눈망울을 굴리며 제 또래나 돼 보이는 막내 성호를 스스럼없이 쳐다본다. 다음에도 역시 스스럼없이 저보다 나이 서너 살은 위인 강호를 쳐다본다.

"임자, 머하고 있소?"

한복이댁네한테 주의를 준다.

"야. 내 정신 좀 봐라. 넋을 놓고 있었네. 아가아 니는 찹쌀부터 담가라. 나는 여치네 집에 가서 콩지름(콩나물) 좀 얻어오게."

"야, 어무이."

어느덧 성호와 강호는 몽치를 데리고 밖으로 나갔고 영호는 슬그머니 제 방으로 물러가더니 한참 후 지게를 지고 밖으로 나가버린다. 마루에는 한복이와 영산댁만 남았다.

"어디서 우떻게 며눌아이 동생을 찾았십니까?"

한복이 물었다.

"그거 다 부처님 은공 아니더라고? 숙이 처지가 하도 애잔혀서 부처님이 돌보아주신 게라."

영산댁은 손수건을 꺼내어 땀을 닦고 눈물을 닦고 코도 푼다. 마음이 놓이는 한편 영산댁은 엉거주춤한 영호 태도가 괜스레 마음에 걸렸다. 몽치를 대하는 태도도 냉정한 것 같았다.

"내가 도솔암에는 가끔 가는디, 설마 그 아가 산에 있일 줄이야 어찌 알았겠어? 숙이가 구멍 구멍 댕기면서 동생 아비 생각을 허고 울었지만 찾으리라는 생각은 못했어. 헌디 그 아아를 도솔암에서 만났다 말시. 오래된 일이고오, 하룻밤 자고 갔는디, 기억도 설풋허고, 김서방 눈에도 아아가 못생기지 않았남? 누가 숙이 동생이다 할 것이여?"

"왜요. 생김새가 굵직굵직하고 사내자석이 팻물만 빼믄 잘생긴 편이제요."

"아니여. 누가 보아도 못생겼어야. 팻물 빼보아도 별수 없을 것이여."

"크믄 인물날 얼굴입니다."

"그러까? 하야간에 그 왜 피섯이라는 거이 있질 않남? 도솔암에서 처음 만났는디 금매, 어디서 보았일 거라는 생각이 들더란 말시. 짐승 새끼겉이 꼴이 매련 없는디그려, 한배 속에서 나왔다는 거이 그것이 예삿일 아니여. 숙이 피섯이 있더라 그 말인 게라. 그래 이 말 저 말 물어보았제. 그놈 아아도 눈

320

썰미가 있었던지, 어디서 나를 보았다는 생각이 들었던지 떠나지를 안 허고 맴도는 거야."

"아까 듣자니까 아버니가 별세를 한 모양이던데."

"그려. 그랬다던겨. 그 어린것을 남겨놓고 까마귀 밥이 될 거이 뻔헌디, 아아가 입이 굼떠서 지 입으로는 암말 허들 않으나 도솔암 공양주가 소상허게 이약을 허더란께. 무슨 도사라던가 그런 양반이 아이를 거두어주었다 허는디 명이 질겨 살았는지 산신령이 돌보아서 살았는지, 하야간에 범상치 않는 일이여."

"이래저래 할무이는 큰 은인입니다. 앞으로는 우리가 맡아서."

"그거는 안 될 것이여. 한자리에 처박혀서 있일 놈도 아니지만 돌보게 된다면 내가 돌볼 것이요, 거두어준 도사라는 사람도 있질 않는가?"

점심상은 떡 벌어지게 차려졌다. 팥을 넣은 찰밥에다 콩나물, 고사리, 미역의 세 가지 나물, 계란부침, 북어찜, 간고등어는 파, 마늘, 풋고추를 푸짐히 넣어서 지지고 오이생채에 솖은 배추로 방금 담근 김치, 멸치볶음, 아이들은 군침을 삼켰다.

"곰배상을 차렸네잉."

상을 받은 영산댁은 만족해했다.

"불각처 오시니께, 장날에 갚을 요량으로 여기저기서 좀 빌리왔십니다."

영호네는 시죽이 웃으며 말했다. 영호는 밖에서 자신에게 타이르고 돌아왔는지 아침나절과는 다르게,

"할무이 많이 드십시오."

하고 권하기도 했다.

"어구라고 묵던 놈이 사돈댁이라 체면을 차리는 기여?"

아닌 게 아니라 몽치는 영호의 눈치를 햴끔햴끔 살피며 입으로 가져가는 밥술의 속도가 늦었다.

"사돈총각 많이 잡수소."

영호네가 웃으며 말했다. 숙이는 숟가락을 든 채 몽치만 바라보고 있었다. 영호가 그런 숙이를 보고 눈살을 찌푸렸다.

점심을 끝내고 숙이는 혼자 설거지를 하면서 앞치마를 끌어당겨 눈물을 닦곤 했다. 그러다가는 마당에서 시동생과 어울리어 놀고 있는 몽치를 하염없이 내다보곤 한다.

'불쌍한 울 아부지……'

"니도 핵교 댕기나?"

성호가 몽치에게 물었다.

"핵교가 멋고?"

"핵교도 모리나? 공부 배우는 데 아니가."

"그라믄 나도 핵교 댕깄제."

"핵교도 모름시로 핵교를 댕깄다 말가."

"글공부 했인께."

"아항, 그라믄 그거는 아마도 서당인갑다. 우리 읍내에 있는 핵교는 집채가 산 만하고 생도들이 백, 이백, 오백도 넘는다. 우리 동네서 공부 젤 잘하는 거는 성환이다. 언제든지 일등 한다."

"우리 휘야성만큼은 못할 기다."

"휘야성이 누고?"

"……."

"그라믄 니 글씨 한분 써봐라."

"누가 못 씰까 봐서."

몽치는 돌멩이 하나를 주워 들고 땅바닥에 쭈그리고 앉아서 글을 쓴다.

"이기이 무신 자고?"

"풍(風) 아니가."

"무신 풍이고?"

"풍이 풍이지 멋일꼬?"

"이거는 바람 풍 자다."

"흥."

몽치는 또 땅바닥에 글을 쓴다.

"이거는 무신 자고?"

성호는 머뭇머뭇 대답을 못하다가,

"성! 성!"

하고 강호를 부른다. 강호가 뛰어왔다. 몽치는 강호를 거만스

럽게 올려다보며,

"니는 아나?"

하고 물었다.

"머를?"

"성 니는 이 글자 알제?"

성호가 안타까운 듯 말했다. 그러나 강호는 대답을 못했다.

"이것은 작(雀)이다. 까치 작."

자존심이 상한 강호는 몽치가 들고 있는 돌멩이를 걷어찼다.

"그까짓 것, 그러면 니는 산술 할 줄 아나? 그거는 모릴 기다."

몽치는 손을 털고 일어섰다. 그리고 강호 면상을 향해 주먹을 날렸다.

"악크!"

주먹을 맞는 순간 강호 코에서 코피가 쏟아졌다.

"옴마!"

성호가 소리를 질렀다.

"몽치야!"

숙이 부엌에서 쫓아 나왔다. 마루에서 얘기하던 어른들이 돌아보았고 영호가 마당에 내려섰다. 그러나 몽치는 태연자약, 영호를 째려본다. 마치 네가 어찌 나를 괄시하는가 하며 따지듯.

# 13장 양현과 이부사댁

날씨는 쾌청했다. 강바람은 시원했다. 모시 두루마기에 흰 모자를 쓴 길상이 나룻배에 올랐다. 검정 치마, 분홍색 생명 주 적삼을 입은 양현과 환국이 윤국이 함께 배에 오른다. 강 심으로 나간 나룻배는 순풍을 타고 하류로 미끄러져 내려간 다. 장날이 아니어서 그러는지 나룻배는 조용했다. 뱃전을 치 는 물살, 가끔 들려오는 노 젓는 소리뿐이었다. 장꾼들이 아 닌 행인들은 어쩐지 모두 생각에 잠겨 있는 듯 느껴진다.

'저만했을까? 아니다. 양현이보다 어렸을 게야.'

길상은 윤국이와 함께 뱃전에 서 있는 양현의 옆모습을 바 라보며 마음속으로 중얼거린다. 삼십 년도 더 되는 옛일을 길 상은 생각하고 있는 것이다. 용이를 따라 읍내에 오광대 구경 을 가던 그때 일을, 봉순이는 지금 양현이보다 나이 어렸다. 날 밤을 오두둑오두둑 깨물던 모습이 그렇게 선명할 수가 없다.

"참 좋았던 시절이었지."

좋았던 시절일 수가 없는데 길상은 그 시절을 그리워하는 것이다. 그것은 동심을 그리워하는 것이었는지도 모른다. 현 재 짊어진 무거운 짐, 거추장스런 현재의 위치, 남들은 말할 것이다. 하인이 주인으로 변신하였고, 뿐인가 최참판댁 만석 살림에 절색인 여자를 배필로 하였으니 양손에 떡이요, 호박 이 넝쿨째 굴러 왔다고. 그것이 길상을 서글프게 하였다. 긴장과 숨 가쁘게 달려온 세월, 스스로 택한 길을 후회한 적은 없으나 고통과 인내와, 실의에 빠진 적도 있었다. 갈고 닦고 다지고 또 다져도 어느 구석이 허술하여 구멍이 날 것 같은 불안과 책임감, 분노에 떨었던 일도 몇 번이던지. 그러나 만주 일대, 연해주를 내왕할 때, 빙판과 설원과 삭풍은 다른 혁명가, 독립투사와 마찬가지로 그의 현실이었다. 그러나 서희와 두 아들에 대한 그리움은 삭막하고 격렬함이 연속되는 시간 속에서 샘이 되었고 청량수가 되어주었다. 뜻을 아니 굽히는 한 평사리의 현실도 빙판이요, 설원이며 삭풍에 변함이 없을 것이다. 그런데 이제 그 그리움은 산천으로 수많은 사람에게 흐른다. 산천 곳곳에 묻혀 있는 어린 시절 자신의 자취를 향해, 격렬하게 살다 간 김환을 향해, 윤보, 김훈장, 한조며 용이, 그보다 우관대사와 혜관스님, 윤씨부인, 봉순네, 월선이, 그들 옛모습을 향해 그리움이 흐른다.

'어찌 일개 필부로 살지 못하였나!'

출옥하여 진주로 내려왔고 평사리로 다시 옮겨오는 동안 햇수로 삼 년의 세월이 흘렀다. 북쪽에서 품에 넣고 다녔던 것만 같았던 서희와 두 아들, 그 서희와 두 아들에게까지 어떤 거리감을 느끼기 시작한 것은 무슨 까닭이었을까? 장벽 같은 것을 느끼는 것은 무슨 까닭이었을까? 그들은 길상을 존중하고 깊은 사랑으로 대하는데, 거리를 느낄 적에 길상은 자기 운명을 한탄하는 흔적을 본다. 일개 필부로 왜 살지 못하였는가, 그것은 자연스럽게 있는 그대로 살지 못하는 의식의 구속을 의미하는 것인지 모른다. 지아비로서, 아비로서 의무를 다하여야 한다는 것과는 성질이 다른 구속 말이다. 신분의 차이, 생활의 빛깔이 다르다는 것, 그것은 도처에서 자신에게 부딪쳐오는 것이다. 물론 길상은 그것에 사로잡히지는 않는다. 그러나 김환의 생애, 김환의 부친인 김개주의 생애가 길상의 가슴을 뜨겁게 하곤 했다. 얼마만큼 세월이 흘러야 인간은 그런 비극을 극복할 수 있을 것인지, 진실로 동등하고 뜨거운 가슴과 가슴만으로 함께 가는 세월, 그 세월은 언제쯤일까. 환국이 송영광에 관한 말을 했을 때, 신분에 대한 절망도 극복하지 못하고 어떻게 자유로워지느냐고 길상은 말했었다. 그러나 길상은 영광의 말을 들은 적도, 만나본 일도 없었지만 환국이보다 훨씬 진하게 그의 갈등을 느꼈었다. 말로는 그랬지만 영광이 혼자 극복한다고 될 일 아니며 끝내 혼자서 극복이 되는 일도 아니다. 사람 모두가, 역사가 극복하지 않으면 안 될 일이다. 김개주도 김환도, 역사의 산물이며 그 오랜 역사를 극복하려다 간 사람이다. 자신도 그 길을 가고 있다. 강자는 극복되어야 한다. 약자의 눈물을 거두기 위하여 평등하기 위하여. 강국도 극복되어야 한다. 약소국의 참상을 씻기 위하여, 국가와 국가가 평등하기 위하여. 일본은 마땅히 극복되어야 한다. 길상에게 서희와 두 아들은 끝없는 사랑의 대상이다. 그럼에도 도랑이 있고 장벽이 있는 대상이다. 그것은 극복되지 않는 대상이기도 하다. 개인적으로 목마름이요 적요(寂寥)함이지만 그가 가는 길에 그들은 길상의 약점이기도 했다.

길상은 궐련 하나를 뽑아서 입에 물고 강바람을 막으며 성냥을 그었다. 담배 연기가 뿌옇게 날린다. 이른 봄, 보리밭에 무리를 지어 날아 앉던 까마귀들이 눈앞에 보인다. 놀이마당, 시꺼먼 어둠 속에서 타던 장작불이 보인다. 한여름인데 눈앞에의 광경은 으시시한 추위 그것은 봉순에 대한 연상이었다. 용정에 나타났던 기생 기화도 하얀 명주 수건을 쓰고 왔었다. 놀이마당의 월선이도 하얀 명주 수건을 봉순이 목에 감아주었다. 침모의 딸 봉순이, 기생 기화로 변신하였던 봉순이, 그 딸 양현이 윤국이와 나란히 뱃전에 서서 새가 지저귀듯 웃고 말하고 있다. 양현을 이부사댁에 데리고 가는 것은 어차피 알아질 일이라면 미리 대비가 되어 있어야 한다는 길상의 고려 때문이다. 그렇다고 해서 오늘 찾아가서 이 아이가 이 집의 딸이오, 하자는 것은 아니었다. 서희는 할 수만 있다면 끝까지 양현에게 비밀로 하고 싶을 것이다. 양현에 대한 서희의 각별한 애착 때문에 그러는 것이겠지만 양현이 충격을 받고 상처를 받는 것을 서희는 우선 원치 않았다. 그러나 길상의 생각은 달랐다. 세상이 모르고 양현이 모르는 일이라면 최씨 집의 딸로 덮어버리는 것이 양현을 위해 가장 좋다. 그러나 봉순의 딸인 것을 이웃이 알고 무엇보다 양현이 자신이 어미를 기억하고 있는 것이다. 한다면 아비 없는 자식보다 아비 있는 편이 훨씬 낫다. 그것도 시정잡배가 아닌 이상현이 생부라는 것이 양현을 위해, 장차 열리게 될 혼인길을 위해서도 좋은 것이다. 길상은 자연스럽게, 물이 스며드는 것처럼 양현이 알아주기를 바라는 것이다.

"아버님."

환국이 불렀다. 담배를 눌러 끄고,

"음."

"이시우도 혼난 것 아십니까?"

"이시우가 누구냐?"

"이부사댁의,"

"아아 이선생 큰 자제, 거 뭐 의전에 다닌다는 그 청년 말이냐."

"네, 학생사건 때 잡혀서 고생했지요. 매우 준수한 청년입니다."

환국은 사전에 아버지가 뭘 좀 알아야 한다는 생각을 하고 일부러 화제를 꺼낸 것 같다.

"부친을 닮았을 테지…… 할아부님을 닮았는지도 모르고, 그 어른은 만사람의 귀감이셨다."

"그 어른에 대해서는 저도 들었습니다만 청백리로 소문난 집안이어서 그런지 가풍이 엄하고 딱딱한 느낌을 받았습니다."

환국은 바로 그 점을 얘기하고 싶었던 것이다. 예민한 환국은 시우어머니가 반가워하다가도 때론 쌀쌀했고 사람을 업수이여기는 듯한 기색을 나타내곤 하는 것을 느꼈다. 그것을 최참판댁의 도움을 받는 열등감의 반작용으로 생각할 만큼 환국은 순진하지 않았으며 아버지의 신분 때문이란 것을 직감했다. 환국이 말하지 않더라도 길상은 능히 상상하고 있었다.

"그것은 바깥어른이 안 계시고 관헌의 주목을 받는 처지니까 안에서 엄히 했을 것이다."

"……."

"이동진 그 어른께서는 선비로서 규범에 투철한 분이었지만, 개혁을 해야 한다는 신념은 어느 개화파보다 확고했지. 동학에 대해서도 깊이 이해하시고 일찍이 노비문서를 불사르고 노비를 모두 풀어준 어른이시다."

길상은 환국이 받은 상처를 오히려 쓰다듬어주듯 담담히 말하는 것이었다.

"연해주에서 쓸쓸하게 돌아가셨지만, 너의 외할아버님하고는 영 딴판이셨지. 그러나 외할아버님께서 스승인 장암선생 말고는 유일하게 믿었던 친구, 그분이 이동진 그 어른이시다."

까다롭고 무서웠던 상전, 최치수의 얼굴을 길상은 눈앞에 떠올린다.

"아버님."

"응."

"연민의 정도 애정입니까?"

엉뚱한 말을 물어온다. 길상은 빙긋이 웃었다.

"내 생각에는 그렇다."

"……."

"아마 너는 연민과 동정을 혼동하여 물어보는 것 같구나."

"역시 애정이군요."

"대자대비를 한번 생각해보아라."

"대승불교(大乘佛敎), 아니 종교적인 입장에서 여쭈어본 것은
아닙니다."

"인간적인 애정 말이로구나."

"……."

"연민은 순수한 애정의 출발 아니겠느냐? 젖을 물리는 어머
니의 마음도 연민일 것이다. 사별의 슬픔도 다시 못 보는 슬픔
보다 연민의 슬픔일 때 그것은 훨씬 더 진한 것일 것 같구나."

"아버님은 어머님에 대하여 연민을 느끼셨습니까? 어머님
은 대단히 강하신 분인데요."

공격해오듯 환국은 말했다.

"사고무친한 남의 땅에, 타민족이 오고 가고, 이십이 못 된
천애고아의 처녀가 강했으면 얼마나 강했겠느냐."

환국은 고개를 숙인다.

'그러면 아버님, 저의 이 연민의 감정도 사랑입니까. 저는

일 년 동안 한 여자 때문에 계속 아팠습니다. 그 여자의 불행이 저의 가슴을 찢는 듯했습니다. 그 여자는 상처받은 한 마리의 새였고 길 잃은 아이였습니다.'

하동 포구에서 일행 네 사람은 나룻배에서 내렸다. 장날은 아니었지만 포구 근처 주막에는 오가는 나그네들이 술을 마시고 요기도 하는 모습들이 눈에 띄었다. 양현이만 아니면 두 아들을 데리고 주막에 들어갔을걸 하고 길상은 생각했다. 이 부사댁의 눈에 익은 감나무가 나타났다. 상현이 감나무 위에서 풋감을 길상의 머리 위에 던지던 일이 엊그제만 같은데 그새 이십여 년의 세월이 지나간 것이다. 감나무도 늙었는가 옛날 같지 않게 후줄레해 뵈었다. 백발의 상투, 새우같이 작은 눈을 깜박거리며 억쇠는 길상을 쳐다보았다. 믿지 못하겠는지 눈을 부빈다.

"아이구 이, 이 일이."

하마터면 길상이 니가 이렇게 훌륭한 사람이 되었나! 할 뻔했다.

"안녕하십니까 할아부지. 저를 알아보시겠습니까? 길상입니다."

"아아, 아, 하모요. 알아보겄십니다."

"많이 늙으셨습니다. 아주머니는 돌아가셨다지요."

"예, 머, 먼저 갔십니다. 이, 이러고 있일 일이 아니제. 마님한테, 자, 잠깐만 기다리주시이소."

굽은 허리를 펴며 펴며 달려간다.

"마님, 마님."

"왜 그러는가 할아범."

방 안에서 시우어머니가 말했다.

"저기, 저어 평사리에서 환국이도련님의 아버님이 오셨십니다."

"뭐라?"

"아드님이랑, 그 왜 딸아이도 하, 함께."

"환국이아버님이?"

"예. 지금 밖에 기십니다."

"알았다. 어서 사랑에 뫼시어라."

억쇠는 또 굽은 허리를 펴며 펴며 달려왔다.

"어서 사랑에 드시지요."

"할아범."

윤국이 불렀다.

"예, 작은 도련님."

"시우형이랑 모두 어디 갔어요?"

"예. 그기, 시우도련님은 남해 작은댁에 가시고 민우도련님은 방금 기싰는데 어디 가싰는가? 소인이 찾아보겠십니다."

길상은 환국이 들고 있는 꾸러미를 받아서 억쇠에게 내밀었다.

"삼인데 부인께 전해주십시오."

"예, 예, 어, 어서 오르시지오."

반가우면서도 억쇠는 거북하여 어찌할 바를 모른다. 모두 사랑에 올랐다. 양현이만 마루 끝에 걸터앉아 있었다.

"양현이도 올라와."

윤국이 말했다.

"좀 앉았다가."

양현은 손수건을 꺼내어 땀을 닦는다. 환국은 우울했으며 다소 긴장되어 있었다. 시우어머니가 아버지를 어떻게 대할 것인지 신경이 쓰였던 것이다.

"형! 윤국이형!"

부르며 민우가 뛰어왔다. 지난봄에 민우는 중학교에 들어갔다. 뛰어오다가 민우는 마루에 걸터앉은 양현을 보고 멈칫하며 걸음을 멈추었다. 이때,

"민우야."

시우어머니가 다가오며 불렀다. 민우는 돌아보았고 마루 끝에 앉은 양현은 엉거주춤 일어서며 시우어머니를 바라본다.

"아, 아니."

시우어머니는 저도 모르게 눈을 부빈다. 그러고 나서 아들 민우와 양현의 얼굴을 번갈아 본다. 두 개의 얼굴, 쌍둥이 아닌가 싶으리만큼 닮은 두 개의 얼굴, 시우어머니의 낯빛이 차츰 변해간다.

"너는 누구냐?"

시우어머니는 낮은 소리로 물었다.

"저기 평사리에서 왔습니다."

"그래, 어째 올라가지 않느냐."

양현은 누군가에게 떠밀리듯 사랑으로 올라갔고 시우어머니는 후들후들 떨리는 다리를 간신히 끌어올리며 마루로 올라갔다. 민우가 뒤따랐다. 길상과 그들 형제가 일어서며 시우어머니를 맞이했다. 그리고 길상과 시우어머니는 선 채 맞절을 하였고 민우는 길상에게 절을 하였다.

"양현아, 부인께 절을 하여라."

길상은 좀 엄한 목소리로 말을 했다.

"예, 아버님."

하고 양현은 나비같이 나붓이 절을 했다.

"더운 날씨에 오시노라 수고가 많았습니다."

시우어머니는 침착하게 말하였다.

"진작 와서 뵈어야 했는데 집안이 시끄럽고 보니, 죄송합니다."

"아닙니다. 저희들이야말로 찾아가 뵙는 것이 예의인 줄 알면서도 밖에서 아니 계시니, 집안은 모두 무고하신지요?"

"네. 내자는 진주에 머물고 있어 동행하지 못하였습니다."

"번번이 그럴 수 있겠습니까. 한번 다녀가신 일이 있었습니다."

"그랬습니까."

"옥고까지 치르시고 하니 그쪽을 떠나오신 지 몇 해 되겠습니다."

시우어머니의 그 말에는 그곳 소식을 알고자 하는 필사적인 노력이 있었다.

"네. 한 오 년쯤 되나 봅니다. 이선생께서는 소식이 있었습니까?"

"없었습니다."

잠시 말을 끊고 있다가,

"듣자니까 환국이아버님께서는 저의 시아버님 가까이 계셨다 하는데,"

"네, 뫼시고 있었습니다. 저희들 성의가 부족하여 대할 면목이 없습니다."

시우어머니는 눈물을 머금었다.

"고국산천에 묻히시지도 못하고, 자식들이 불초하여,"

"아니올시다. 어르신께서도 차라리 그곳에 계실 것을 원하실 것입니다. 일본 손아귀에 있는 고국에 돌아오셔서 묻히는 것을 욕되게 생각하실 것입니다. 유해나마 모시고 오려면 하루라도 빨리 이 나라가 독립을 해야지요."

"언제 어느 세월에 그리되겠습니까."

"우리 생전에 그날을 꼭 보아야지요."

"평사리의 김훈장께서는 돌아오셨다 하더군요. 효성스런 양자를 두어서…… 참으로 부끄럽고 얼굴을 들 수 없습니다."

그것은 남편 이상현에 대한 비난이요 양자 간 시동생에 대한 원망이었다.

"그러면 소찬이나마 지어서, 그럼 편히 쉬십시오."

시우어머니로서는 시간을 어렵게, 그러나 원만하게 넘긴 셈이다. 그의 머릿속에는 두 가지 혼란이 일고 있었던 것이다.

'도대체 저 아이는 누구냐? 쌍둥이같이 민우를 닮은 저 아이는. 그리구 어찌하여 저 아이를 데려왔는가.'

눈앞이 캄캄해질 만큼 그것은 짙은 의혹이었다. 다른 하나의 혼란은, 그 의혹에 비하면 아무것도 아니었는지 모른다. 그러나 역시 관습상 길상을 어떻게 예우해야 하는지 그것도 혼란임엔 틀림이 없었다. 곡식 실은 소달구지를 몰고 오던 아이, 감나무 밑에서 요기를 하던 아이, 그것은 얘기로만 들은 것이었지만, 간도로 떠날 적에 이십 세를 훨씬 넘겼던 그는 더벅머리의 하인, 서희가 머물던 방에 군불을 지피던 사람이었다. 그 모습을 시우어머니는 보았고 그들 일행을 따라나섰던 젊은 서방님 상현은 일차 귀국 때 시우를 배태해놓고 떠났으며 3·1운동이 끝날 무렵 잠시 왔다가 민우를 심어놓고 떠난 뒤 다시 돌아오지 않았다. 집 떠난 남자가 여자를 가까이하지 않으리란 생각은 없다. 본시 금슬이 좋지 않았던 부부였으니까. 그러나 아비를 빼박듯 닮은 민우, 그 민우와 꼭 같이 생긴 계집아이, 그는 누구인가. 시우어머니한테 그것은 너무나 큰 충격이었다. 억쇠댁네 유월이 죽은 뒤 친정에서 보내준 무실

네를 불러서 점심준비를 하라 이른 뒤, 시우어머니는 억쇠를 찾아 뒤껼으로 돌아간다. 억쇠는 가난한 상전댁 살림에 이골이 난 사람이다. 그는 손님상에 오를 찬으로, 미리부터 도라지를 캐고 있었다.

"할아범."

"예, 마님."

시우어머니는 한숨을 내쉬었다.

"따라온 여식 아이 말인데,"

"예."

"그 애가 그 댁 침모의 딸,"

"예. 봉순이라 하지요."

"그 사람이 낳은 딸이라 했던가?"

"예 그렇십니다. 봉순이가 본래는 침모의 딸이었습니다마는 나중에 기생이 되었습지요. 그때 낳은 딸이라."

"음."

"에미가 죽은 후 최참판댁 마님께서 전정을 생각하시어 거두어 길렀다 그러더마요. 출생이야 어찌 되었던 그 댁에서는 도련님들하고 꼭 같이, 그런께 친딸같이 길렀다 하고."

"그래……."

"하인들도 모두 그렇게 뫼신다 하더마요."

"그런데 할아범."

"예."

338

"할아범은 그 아이를 보고 생각한 일이 없는가?"

"무슨 생각을 말씀하시는지, 지는 졸지에 그 댁 분들이 오시는 바람에 어마지두해서 그 아이 얼굴을 잘 보지 못했십니다."
하는데 민우가 윤국이와 양현을 데리고 뒤켠 곁으로 돌아나왔다.

"어머니."

민우는 썩 기분이 좋았다.

"어디 가느냐?"

"네, 뒷산에 가보려구요."

시우어머니는 양현을 참참이 바라본다. 억쇠도 들은 말이 있어 양현을 바라본다. 두 사람의 시선을 어리둥절한 표정으로 받다가 얼굴이 빨개진 양현은 공연히 윤국오빠! 하고 부르며 앞서가는 두 사람의 뒤를 쫓는다.

"할아범."

"예."

"보았는가?"

"예."

"어떤가?"

억쇠는 대답을 못한다.

"민우하고 쌍둥이같이 닮지 않았소?"

"예. 어딘지 좀,"

"좀이 아니오. 그렇게 닮을 수가 없어."

"하지만 그럴 리가 있겠습니까?"

"그럴 리라니?"

"저어 그런께,"

"더 이상 말하지 말고 짐작만 하고 있는 거요."

"그거야 뭐 말씸 안 하시도,"

"나보다 할아범이 그 양반을 더 잘 알 것이오."

"……."

"한데 그 사람이 어째서 그 아이를 데리고 왔을까? 무슨 까닭일까……."

시우어머니는 지붕 한곁에 후줄하게 뻗어난 감나무를 올려다보다가 시선을 발밑으로 떨어뜨린다.

제5편

# 악령 (惡靈)

1장 - 7장

# 1장 서비스공장

"형님 밖에서 누가 찾는데요."

문을 열고 들어서며 천일이 말했다.

"음."

장부를 챙기고 있던 홍이는 건성으로 대꾸한다.

"누가 찾는단 말입니다."

천일은 난로 옆으로 다가가면서 두 손을 싹싹 부비고 얼굴
도 부빈다.

"나를 찾는다구?"

홍이 얼굴을 들었다.

"여자 아닌께 겁내지 마소."

난로에 손을 쬐면서 천일은 신둥지게 말했다.

"누군데?"

"모리겄소. 중늙은인데 신사같이 차려입었습디다."

"그러면 사무실로 모셔올 일이지."

"와 안 그랬겄소. 하지마는 형님을 나오라 하누만요."

"나오라 하더라고? 어째 으시시하구먼."

했으나 일어섰다.

"조선사람이던가?"

나가려다 말고 돌아서며 홍이 물었다.

"야."

밖에는 바람이 좀 일고 있었다. 고철 더미가 쌓여 있고 낡은 차체(車體)가 여기저기 굴러 있는 공터는 을씨년스러웠다. 본격적인 추위는 아직 멀었으나 그래도 신경(新京)의 초겨울 바람은 살갗에 매웠다. 공장 부지를 지나 홍이는 철조망이 쳐진 밖으로 나갔다. 철조망을 등지고 한 사내가 서 있었다. 물개털의 깃이 붙은 고급외투를 입고 털모자로 깊숙이 얼굴을 가린 사나이, 몸은 비대했다. 발소리를 들은 그는 고개를 비틀어 돌아보았다. 작은 눈이 홍이를 빤히 쳐다본다.

"저를 찾아오셨는지요."

홍이 엉거주춤 물었다. 그러나 사내는 쳐다볼 뿐이었다. 콧수염에 가려질 듯 말 듯 입술은 두툼했다.

"저를 찾으셨습니까?"

홍이 다시 물었다. 사나이는 고개를 끄덕였다.

"무슨 일로 오셨는지, 추운데 안으로 들어가시지요."

"들어갈 것 없고, 니가 바로 홍이, 이홍이라 그 말이제?"

대뜸 반말로 나오는데 고향 사투리다. 그것도 심한 경상도 억양이다.

"네. 제가 이홍이올시다."

"그래? 하기는 많이 닮았고나. 첫눈에 알았다."

"……."

"자네 부친 말일세."

이번에는 사투리가 아니었다.

"하면은, 뉘신지요?"

홍이는 대개 짐작을 하며 물었다.

"음, 여기서 보아하니 엉성하기는 하나 공장의 규모가 그리 형편없는 것은 아니군그래."

"저기,"

"내가 누구냐, 궁금할 테지. 그러나 서둘 것 없네. 자네한테 해 끼치려고 온 것은 아니니 걱정할 것도 없고. 수천 리 밖 타향에서 고향 사람 만나는 것 역시 예삿일은 아니니 하여간 조용한 주루(酒樓)에 가서 자세한 얘길 하는 게 어떨꼬?"

"죄송합니다만 지금은 공장 일 때문에,"

"허허어 이 딱한 사람아. 한나절 공장 일 때문에 기회를 놓친다면 자넨 사업할 자격이 없네."

홍이 표정이 달라진다. 그러나 신중하게 침묵을 지키다가,

"좋습니다. 그러면 잠시만 기다려주십시오."

사무실로 돌아온 홍이는 외투를 입고 털모자를 눌러쓴 뒤 얼마간의 돈을 챙겨 호주머니 속에 찔러넣는다.

"누굽니까?"

천일이 물었다.

"뭐라구?"

"찾아온 사람이 누굽니까?"

그 말 대답은 없이,

"여태 여기서 얼쩡거리고 있었어?"

신경질이다.

"궁금하니께요."

"가서 공장 일이나 해!"

"손 벌리러 온 사람인가 배요. 나보고 성내믄 우짤 기요."

"무슨 일 있으면 연강루로 연락해."

홍이는 사무실을 나섰다.

'틀림없는 그자일 것이다. 필시 무슨 흉계를 꾸미고,'

사내가 고향 사투리로 부친의 말을 했을 때 홍이 머릿속에 떠오르는 인물, 그것은 불길한 예감이었다.

'피한다고 해서 피해지는 일도 아닐 거고 부딪쳐보는 거다. 무슨 일로 만나자 하는지 하여간에 내용을 알아야 대비책을 세울 것 아닌가.'

단골로 다니는 연강루(燕江樓)로 간 홍이는 조용한 방에서 사내와 마주 앉았다. 종업원이 주문을 받으러 왔다. 홍이는 사내에게,

"안주는 뭐가 좋겠습니까?"

하고 물었다.

"알아서 하게."

중국말로 술과 요리 몇 접시를 주문한다. 홍이는 소년기를 용정에서 보냈고 다시 만주로 돌아와 팔구 년의 세월이 지났기 때문에 아쉽잖게 중국말을 할 수 있었다. 그리고 또 한 가지 연강루는 단순한 단골 주루만은 아니었다.

"니도 대강 짐작은 하는 모양인데, 우리가 상면하기로는 오늘이 처음 아닌가 싶다."

사내는 담배를 꺼내어 붙여 물며 말머리를 텄다. 모자를 벗고 외투도 벗은 사내는 여전히 뚱뚱해 뵀고 좁은 이마는 반들반들했다.

"니가 태어나기 전에 나는 평사리를 떠났고 용정촌에 있을 때만 해도 간혹 그곳에 갔지마는 내 처지가 처지인지라 니를 보지 못했으니,"

김두수였다.

"그러나 내가 우떤 사램이라는 것은 많이 들어서 잘 알 기다. 아마 천하의 악당으로 돼 있을 거로? 나도 홍이 니를 보기로는 오늘이 처음이다마는 잘 알고는 있었다."

346

"······."

"마, 남이야 우찌 생각하든, 내 평생 마이동풍으로 살아왔
다마는 홍이 니한테는 좀 억울타는 생각이 든다. 우리가 내력
을 찾아보믄 다 같은 처지라. 뿐이겄나? 니 아부지는 내한테
고맙은 사램이었고, 아무튼 구박받고 천대받던 어린 시절의
사정이야 니도 비슷했을 기다."

"저는 구박받고 천대받은 일 없었습니다."

다소 발끈하는 투로 말했다. 며칠 동안 면도를 하지 않아
홍의 모습은 부시시했다. 초겨울 바람에 입술은 꺼칠꺼칠했
고 기름때 묻은 옷하며 몹시 피곤해 보였다.

"하기는, 우리 형제에 비하면 그렇지. 자네 부친 면을 보아
서 그랬을 게야. 하지만 자네 모친이나 씨가 다른 누이, 임이
경우는 자네같지 않았을 게다. 설움을 복받듯, 뭐 내가 지나
간 얘기를 하자는 거는 아니네."

사투리는 다시 표준말로 돌아왔다. 발끈해서 말로는 부정
했으나 홍이라고 쓰라린 기억이 없었던 것은 아니다. 두수의
말대로 아버지의 면을 보아 자신의 유년 시절이 보호받은 것
은 사실이다. 그러나 따뜻한 날개 밑에서 그리움과 행복의 기
억을 남겨준 사람은 월선이었다. 그 모습은 영원한 어머니,
갈증과 외로움을 어루만져주는, 잊혀지지 않는 목소리, 격변
해가는 만주땅에서 온갖 고초를 무릅쓰고 삶의 터전을 개척
해나가는 용기와 의지는 월선의 육신이 묻혀 있고 입김이 서

려 있는 땅이었기 때문인지 모른다. 생모 임이네에 대한 회한
은 그것이 회한이었기에 훨씬 짙고 고통스러운 것이다. 해서
김두수의 말은 홍의 아픈 상처를 건드린 것이다. 월선이 그리
운 어머니라면 임이네는 불쌍한 어머니, 어느 것에도 비길 수
없는 연민이었다. 그러나 그보다 홍이는 하마터면 임이누이
를 만났느냐고 김두수에게 물을 뻔했다. 지난봄, 임이가 공장
으로 홍이를 찾아온 일이 있었다. 오십이 넘은 여자, 나이보
다 더 늙었고 그 형상의 초라함은 목불인견이었다. 남자를 만
나 조선에 나가 살았으나 홀로 되어, 자식도 없고 살길이 막
막하여 옛터전으로 돌아왔다는 뭐 그런 얘기를 했었다. 계명
회사건에서 왜경의 끄나풀로 지목된 임이였던 만큼 홍이는
경계와 증오심을 나타내었으나 일말의 연민을 느끼는 것은
어쩔 수 없는 일이었다. 핏줄을 부정할 수 없었던 것이다. 어
린 시절의 기억도 부정할 수 없었다. 홍이는 꽤 큰돈을 쥐어
서 그를 돌려보냈던 것이다. 봄에는 임이가 나타났고 초겨울
에 김두수가 나타난 것은 아무래도 심상한 일 같지가 않았다.
술과 몇 가지 요리가 들어왔다. 홍이는 곰곰이 생각을 다져가
며 술잔에 술을 부었다.

"드십시오."

"음."

술잔을 기울이고 나서 안주를 집으며 김두수는 말했다.

"나도 나이가 들고 보니 세월이 서글퍼서 한숨이 나올 때가

있다. 남들이 다 가는 고향을 나는 왜 못 가나. 나도 한이 많은 사람이다."

표정으로 보아 진정인 것 같았다. 하기는 인생무상을 느낄 나이가 되긴 했다.

"그런데 무슨 일로 저를 찾아오셨는지요?"

"허허어, 누구 숨넘어가는 사람이라도 있는가? 은행창구도 아니겠고 왜 그리 용건만 가지고 따지나. 정 그러면 나 섭섭하네. 한복이를 봐서라도 그러지 말게."

"죄송합니다. 졸지 간에 찾아오셨기에 저도 영문을 몰라서,"

"사람을 송충이 보듯, 사람 오기 돋우는 거, 그것 좋잖아. 그러면은 하찮은 일로도 크게 낭패 보는 수가 있으니 홍이 자네도 사업에 성공하려면…… 이런 말이 있지. 도둑놈도 사귀라, 사귀어두면 그것도 생광스리 쓰일 때가 있을 것이다."

정의(情誼)를 내세우면서 협박이 숨어 있고 본심과 작심이 교차하는 김두수 말을 들으면서, 그러나 홍이는 동요하지 않았다. 홍이 나름대로 김두수를 어떻게 다루어야 하는가, 기준을 세워놨기 때문이다.

"죄송합니다. 앞으로 명심하겠습니다."

옛날, 한창 혈기왕성했을 때 헌병대에 잡혀가서 반항하다가 겪은 고통을 홍이는 똑똑히 기억하고 있다. 세파에 시달리며 살아오는 동안, 분노를 자제하는 힘은 그 고통스런 기억에서 온다. 바보 짓 하지 마라! 해서 홍이는 지금 이 순간에도 겸손할 수가 있었던 것이다.

"하기야 내가 환영받을 인물이 못 된다는 것은 어느 누구보다 내 자신이 잘 알고 있지. 하하핫 핫핫핫핫."

두터운 입을 쩍 벌리고 김두수는 갑자기 게걸스럽게 웃는 것이었다.

"내가 생각해보아도 참 험하게 살아왔다. 계집 잡아다 팔아먹은 것은 다반사요, 무법천지 이 만주대륙에서 악심만 먹으면 안 되는 일이 없었지. 끝이 없는 빙판, 가도 가도 인가라곤 없는 눈의 벌판, 늑대 밥 되는 것 말고는 겁나는 것 하나 없었다고. 날 죽이겠다고 칼 품고서 댕기는 놈이 있었으나 그까짓 것, 그게 두려웠으면 이 김두수, 내 어머니처럼 목을 매어 죽었지 죽어. 하하핫하 하하핫! 나는 한복이 그놈하고는 달라, 다르다."

독한 빼주를 쭈욱 들이켠다. 김두수의 얼굴은 몇 잔 술에 시뻘게져 있었다. 홍이도 술잔을 비우고 김두수 술잔에 술을 채워준다.

"너는 모를 게야. 네가 어찌 알 것인가. 응달진 뒷산에 울 어머니를 묻고 소나무 꿩이에 대가리를 짓찧으며 피를 흘리던 그때, 어린 내 한을 어찌 알겠는가. 최참판댁 눈이 무서워 모두 쉬쉬할 적에 서금돌할배, 영팔이, 윤보, 한조아재 그리고 자네 부친이 지게송장이나마 울 어머니 장사지내준 일, 자네가 세상에 나오기도 전의 일이었다. 지금 나이 몇인가?"

"서른여섯입니다."

"그렇게 됐을 게다."

김두수는 연거푸 술 두 잔을 마셨다.

"그 후 동네에서 쫓겨난 우리 형제는 함안의 외갓집으로 갔
는데, 흠, 이제는 늙어 꼬부라져서 아마 뒈졌겠지. 흠, 외삼촌
외숙모라는 인간, 그 자심한 구박은 이루 형용할 수가 없다.
굶기를 밥 먹듯, 그래 외가를 뛰쳐나와 떠돌아다니다가 흘러
들어온 곳이 이 만주땅이었다. 그런 내가 세상에 무서운 것이
뭐 있겠나. 수치심, 자긍심? 그게 밥 먹여주나? 이 세상엔 아
무것도 믿을 것이 없고 내가 나를 위해 할 일밖에 없다. 그 생
각에는 지금도 변함이 없다만, 그래, 달라진 것이 있지. 늙는
다는 것하고 조선땅으로 돌아가서 내봐란듯 살아보겠다는 생
각이지."

"아저씨가 어떻게 조선땅으로 돌아가서 내봐란듯 살겠습니
까?"

힐난하듯, 그러나 조금은 마음을 열어주듯 홍이는 자연스
럽게 아저씨란 말을 했다.

"어째서? 왜 내가 그렇게 못 살아!"

화를 벌컥 내다가 김두수는 아까처럼 게걸스럽게 웃었다.
그러나 눈에는 독기가 서려 있었다.

"자넨 아직도 세상 돌아가는 게 눈에 뵐질 않는 모양이군그
래. 응? 왜놈의 앞잡이라 해서 그런 말을 하는가 분데 군 수

사기관에 있었으니 앞잡이라는 것도 틀린 말은 아니야. 그래 조선이 독립할 거라고 자네는 믿는 겐가?"

"그런 확신이 있다면 이 바닥에서 철판이나 뚜디리고 있겠습니까."

재빠르게 꼬리를 감추듯 홍이 말했다.

"하하핫 하하하핫, 그래, 그래 자네 말이 맞어. 도둑놈은 어둠을 끼고 자네 하는 사업은 왜놈을 낄 수밖에 없는 일이고 보면, 하하핫핫 하하하 손끝에 불을 켜고 하늘로 올라갔음 갔지 조선이 독립을 해? 그 희망은 죽은 나무에 꽃 피기를 기다리는 것보다 허망한 게야. 왜놈 밑에서 못살겠다 한다면 모를까 독립을 쟁취하자, 그건 잠꼬대나 매한가지. 지금 남경(南京) 함락은 시간문제 아닌가. 장개석이는 벌써 천도를 선언하고 있어. 장학량이가 작년에 공산당하고 결탁해서 장개석이를 납치한 서안사건(西安事件), 그게 멸망의 징조였던 게야. 서안사건은 노구교사건(蘆溝橋事件)의 원인이지. 일본을 상대해서 중국은 절대로 이기지 못한다. 이제는 만주가 문제 아니야. 멀잖아 일본은 중국을 손아귀에 넣을 거다. 이런 판국에 조선이 독립을 해?"

"중국을 손아귀에 넣는다구…… 그게 쉬울까요? 소련이 있고 미국, 다른 나라들이 보고만 있겠습니까?"

"만주를 보아라. 군말 몇 마디 듣고 끝나지 않았나. 그나마 그 귀찮은 소리 안 듣겠다고 일본은 국제연맹에서 탈퇴를 했거든. 아무튼 일본은 지금 욱일승천이야. 기세가 하늘을 찔러. 장개석이 군대가 허약하기도 하지만 공산당을 경계해서 힘을 다 쓰지 않는 것도 일본의 전과가 오르는 이유의 하나고, 공산당이 아주 숨이 끊어져서 장개석이 강화되어도 안 될 거고 물론 공산당이 국민당을 아주 내몰아도 일본은 난감할 거고 말하자면 시기를 잡는 데 일본은 묘수(妙手)를 쓴 셈이지. 만주사변하고 꼭 같은 길을 가는 게야. 참말로 세상은 눈부시게 변하고 있어. 만주만 하더라도 기가 막히게 변했지. 내가 만주땅에 온 것이 삼십 년 꽉 차고 넘었는데 변해온 꼴을 보니 마치 처음에는 엉금엉금 얼음판을 기듯, 다음에는 간신히 걷고 그리고 뛰는데 지금은 날고 있어. 허허벌판, 신경의 저 대동광장은 몇 해 전만 해도 허허벌판 아니었나? 그런데 지금은 어때? 사오 층의 어마어마한 건물이 가득 들어차서 장관이지. 오랑캐의 땅이 그리 번창할 줄은 누가 생각이나 했겠어? 덕택에 이홍이도 목재상을 해서 톡톡히 재미를 보지 않았나 말이다. 안 그런가?"

"그건 어떻게 아셨습니까?"

홍이는 짐짓 놀라는 시늉을 한다.

"어떻게 알았느냐구? 내가 누구냐! 나 김두수다. 만주땅에 온 지 삼십 년이 꽉 차고 넘었는데, 이 김두수 발이 안 닿는 곳 있을 성싶어? 만주에 관한 것이라면 훤하지 훤해. 더군다나 조선놈들 일이라면 손금 들여다보듯, 내가 모를 일이 어디 있어?"

술이 돌아서 김두수는 균형을 잃어가는 듯했으나 눈빛만은 차갑게 가라앉아 있었다.

'이 늙은 놈아! 그럴 테지. 제 동포를 잡아먹는 밀정 놈이 몰라서도 안 될 거다. 그러나 네놈이 모르는 일도 얼마든지 있어!'

속으로 욕설을 퍼부으면서 홍이는 얼굴에 미소를 떠올리고 있었다.

"듣자니까 공노인이 죽고 그 유산으로 목재상을 시작했다던가?"

"네. 그랬습니다."

처자를 데리고 홍이 용정촌에 온 후 마치 이들을 기다리기 위해 연명을 하기라도 한 듯 공노인은 세상을 버렸다. 공노인의 별세를 누구보다 슬퍼한 사람은 주갑이었다. 홍이 용정촌에 나타난 것을 누구보다 기뻐한 것도 주갑이었다.

'주갑이아재……'

그 주갑의 행방이 묘연하여 사람들은 그가 죽었을 것이란 말을 했다. 그러나 홍이는 주갑이 다시 나타날 것을 믿고 있었다. 사 개월 전에 용정촌 다녀오겠다고 나간 사람이 여태 돌아오지 않았고 용정촌에 사람을 보내어보았으나 주갑은 그곳에 오지 않았다는 것이었다. 아무튼 그것은 그렇고, 공노인이 죽은 뒤 홍이 상의학교(尙義學校) 시절의 은사였던 송장환과 용정촌에 와서 활동하고 있는 정석이, 그 밖의 몇몇 중요한 인물들과 상의한 끝에 공노인이 남긴 재산을 정리하여 장춘

(長春)에다 목재상을 차린 것은 만주사변 이전의 일이었다. 일본에 의해 만주국이 건국되면서 장춘은 신경(新京)으로 명칭이 바뀌었고 수도가 되었으며 수도 건설의 바람을 타고 홍이는 목재상으로 상당한 성공을 거두었던 것이다.

"한데, 공노인이 어찌 자네한테 유산을 물렸는고?"

알면서 능청이다. 물론 홍이도 그의 능청을 안다.

"어머니의 작은아버지, 그러니까 저에게는 할아부지뻘이지요. 핏줄은 닿지 않았지만."

"가만있자아. 공노인에게는 자식이 없었고, 아아 알 만하군. 월선인가 그 무당 딸이."

"아저씨!"

홍의 낯빛이 달라져 있었다.

"왜 그러나?"

"제 앞에서 그래도 되는 겁니까?"

"뭘?"

"명색이 자식인데 자식 앞에서 어머니의 이름을, 이웃 아이 이름 부르듯 그래도 되는 겁니까?"

"그거야."

"김두수 씨 어머니하고 나이 차이도 많지 않을 건데 그래도 되는 겁니까?"

김두수를 노려본다.

"그것 참 듣고 보니 내가 실수를 한 것 같군. 어릴 적의 습관이 남아 있어서 하하핫핫."

'아니꼽고 더러운 인간, 저러니 살인자 자손이란 말이 절로 나오지. 저 주제에 양반가문 치켜들고 나와?'

"그러면은 작은어머니라."

"작은어머니도 큰어머니도 아니오."

"하기는 그래. 자네 생모도 법으로 만난 처지가 아니니 큰어미 작은어미 분간키도 어렵고 그러면 생모, 양모라 해야겠군."

뒤늦게 홍이는 김두수에게 말려들었다는 것을 깨닫는다. 쓰디쓴 웃음을 띠며 술잔을 들었다. 종시일관 침착한 홍이를 김두수는 흔들어본 것이다.

"하여간에 그 일은 그렇고 한동안은 더 재미를 볼 텐데 목재상은 왜 때려치웠나? 무슨 사정이라도 있었던 게야?"

"왜 이러십니까?"

"응?"

"제가 해서는 안 될 일을 저질르기라도 했습니까?"

"잘못한 일이라니."

"취조하는 겁니까."

"취조? 그게 무슨 말인가."

"미주알고주알 왜 묻지요?"

"하항, 그 섭섭한 말을 하는군. 그래 취조받은 경험은 있나?"

"있지요."

"무슨 일로?"

"무슨 일인지 알기나 했으면 답답하지는 않았게요. 장가들기 전에 탈춤 구경 갔다가 헌병한테 잡혀갔는데 말도 마시오."

"무슨 일로?"

"아아 몰랐다 하지 않았소. 구경꾼 속에 뭣이 끼어들었는지 구경하던 젊은 놈들 모조리 잡아갔으니 영문 모르고 당했지요."

홍이는 의식적으로 흘트려놓는다.

"하하핫 하하핫…… 그 흔히 있는 일이지. 하하핫 하하하, 흔히 있는 일이라, 한번 그러고 나면 애국자가 되든지 제 명에 못 죽든지."

하다가,

"여기 술 가져와야겠군. 이봐! 이 되놈의 새끼들아!"

고함을 친다. 다시 능숙한 중국말로 김두수는 술을 왜 가져오지 않느냐고 고래고래 소리를 지른다. 술을 가져온 종업원은 홍이와 눈을 맞추고 나서,

"손님 조용히 해주시오."

힐난하듯 말했다.

"뭣이!"

김두수가 눈을 희뜨는데.

"아저씨!"

홍이 감아 죄듯 불렀다.

"이눔우 새끼들! 조용히 하라! 지금이 누구 세상이고? 으으응!"

짐승같이 흰 이빨을 드러내며 으르렁거린다.

"나가시오."

홍이 종업원에게 손짓했다. 종업원이 나가니까 김두수는 언제 그랬느냐는 듯 히쭉히쭉 웃으며 술을 부어 마시는 것이었다. 홍이도 조심성 같은 것 훌훌 벗어던지듯 술을 마시기 시작한다.

"가나오나, 제 버릇 개 못 준다 하더니,"

하며 아주 터버린다.

"하하하핫…… 마 좋다. 피차 버르장머리 챙겨서 뭘 하겠나. 망치로 탕탕 부숴서 버릴 것도 못 되고, 살인자 계집의 아들, 살인자의 아들 피장파장, 들추어본들 별수 없지. 그보다 지금 공장의 형편이나 말해주게."

"다 안다면서요? 손금 들여다보듯 훤히 아는 일을 왜 묻소."

"모르지는 않지. 해서 내가 자넬 찾아온 것 아닌가?"

"법 어긴 일 있으면 잡아가슈."

"왜 이래?"

"공연히 성질 돋우지 말구요."

"옛날 옛적에 손 씻었다. 지레짐작하지 마라. 오금이 저려서 하는 말이라도 이제 난 상관없어."

"하면은 뭐 하구 사시오?"

"장사하지."

"여자장사요? 아편장사?"

"모피장사도 하구."

"돈 벌었겠수."

빈정거리는 말에 김두수는 무관심이다.

"돈이야 있을수록 좋은 것, 돈이 판을 치는 세상인데, 너도 그렇고 나도 그렇고 함께 돈 좀 벌자. 이제 객담일랑 관두고 어때? 나하고 동업 안 하겠나?"

김두수는 진지해졌다. 홍이도 긴장하는 듯,

"아편장사 말입니까?"

"객담을 관두자 했어. 자네 싸비스공장을 두고 하는 말일세."

"왜 그래야 합니까? 빚 없이 내 자본으로 기반 닦아놨는데 뭐가 답답하여 동업을 합니까?"

"수리만 해서 큰돈 잡겠나?"

"수리만 하는 게 아니지요."

"알어. 폐차 사다가 조립해가지고 검사받고 파는 것."

"……"

"결국은 그 폐차를 얼마나 확보하느냐, 거기 따라서 사업이 좌우되는 거 아니겠나."

"좌우된다기보다…… 그는 그렇지요."

"자네가 목재상을 때리치우고 싸비스공장을 차렸다는 말을 들었을 때 나는 속으로 감탄했네. 머리가 잘 돌아간다 싶었지."

"머리가 잘 돌아간다기보다 원래 차 만지는 걸 좋아했으니까 배운 것도 그 일이었고."

"하여간에 물결 자알 탄 게야."

김두수는 목을 졸라맨 넥타이를 풀어버리고 양복 윗도리도 벗어버린다.

"자네 변두리의 사람들, 그리고 자네 역시도 그렇지만 나 이 김두수를 지나치게 의심하고 경계를 하는데 허물이 내게 있는 것은 물론, 그래서 할 말이야 없네만 그렇다고 해서 기 왕지사를 후회하고 잘못이라 말하고 싶지는 않아. 아까도 말 했듯이 이 세상에는 아무 것도 믿을 것이 없고 내가 나를 위 해 할 일밖에 없다. 내가 허기져서 다 죽게 되어도 누구 밥 한 술 주는 사람이 없다면 굶어 죽거나 아니면 밥을 훔쳐먹을밖 에 더 있겠나? 한때 젊었을 시절에는 세운 공적도 있고 해서 장차 어디 경찰서장이나 하고 꿈꾼 일도 있었지. 그러나 조선 놈이라는 것과 학력이 없다는 것, 자파할 수밖에 없었다. 이 제는 늙었고 무슨 쓸모가 있겠나. 안 믿어도 별수 없지만 실 정이 그러하다."

빈말은 아닌 것 같았다.

"내가 세상에 나서 딱 한 번 부끄럽다는 생각을 한 일이 있 지. 용정촌에 불이 났던 그해였을 게다. 그 불을 자네도 기억 하고 있는지 모르지만. 그때 자네 아버지를 우연히 만났네. 만나는 순간 달아나고 싶었고 울컥 부끄러운 생각이 치밀더 구먼."

김두수는 묘한 웃음을 흘렸다.

"그것이 죽은 내 부친에 대한 부끄러움이었는지 내 걸어온 길에 대한 부끄러움이었는지, 모르겠어. 내가 옛날 은공을 생각하여 술을 사드렸지. 그래 자네 부친이 말씀하시더군. 야무지게 해서 고향 돌아가야 안 하겠나, 그때 나는 말했지. 이곳에서 아저씨를 만난 것도 한탄스러운데, 죽어 송장이 되어도 고향에는 안 갈 겁니다."

담배를 붙여 물고 연거푸 피우다가 김두수는 상머리에 담뱃재를 떤다.

"가끔 생각이 난다. 어머니를 묻어놓고 솔 꾕이에 머리를 짓찧던 일, 어머니를 묻어준 사람들, 그분들은 다 세상을 뜨고 한 사람도 남아 있질 않아. 목에 걸린 까시같이, 내 맘을 멍들게 하는 것은 한복이, 내 동생 놈뿐이다. 계집들은 욕심으로 좇았고 자식 놈들도 애틋하지가 않다. 애비 덕에 호의호식했고 재주가 없어 들어간 대학도 중도이폐, 누구 탓할 것 없고…… 송장이 되어도 안 간다던 고향, 고향에야 못 가더라도 이제는 조선에 나가 살고 싶다. 해서 얘긴데 조선으로 나가더라도 돈이 있어야 대접받고 살지 안 그런가? 거두절미하고 군대에서 나오는 폐차를 내가 불하받을 길이 있다. 그래도 나하고 동업 안 하겠나?"

김두수 눈은 교활하게 빛났고 홍의 얼굴에 동요하는 빛이 있었다. 오랜 침묵이 지나갔다.

"동업할 생각은 없습니다."

"당장 결정하라는 것은 아니다. 생각해봐. 자네한테 이런 기회는 두 번 다시 안 올 거다."

"생각할 것도 없습니다. 동업 안 하는 것은 저의 방침이니까요."

홍이는 고집 세게 말했다.

"수량에 따라 내가 와리* 먹는 거라면 되겠군."

"그건 생각해보지요. 저도 자본이 많은 편은 아니니까요."

김두수는 희미하게, 경멸하듯 노하듯 그러다가 실쭉 웃었다.

"얼음판을 기는구나."

"기어야지요. 이곳이 어떤 곳인데."

태연하게 홍이는 응수했다.

김두수와 헤어져 공장으로 돌아온 홍이는 뒤숭숭해서 일이 손에 잡히지 않았다. 호주머니에 두 손을 찌르고 사무실 창가에 가서 황량한 밖을 내다본다. 해체한 차체만큼 홍이 머릿속은 어지러웠다.

'속셈이 무엇일까? 그의 말대로 그렇게 단순한 걸까.'

유혹을 느끼지 않는 것은 아니었다. 군의 폐차를 불하받는다는 것은 엄청난 이권이다. 다른 저의가 없다면 홍이 마다할 이유가 없다. 사업은 사업이며 항일은 항일인 것이다. 신경 도시건설에 홍이 목재를 팔지 않았던 것은 아니다. 그러나 김두수는 역시 기분 나쁜 존재였다. 대화 중에 이따금 숨김없는 그의 얼굴이 나타나곤 했지만 여전히 그는 악당임에 틀림이 없고 독립투사들을 엮어간 그의 손에선 피 냄새가 난다. 그리고 일단 접근해온 이상 집요하게 감돌 것을 예상하기 어렵지 않았다. 그의 입에서 임이 이름이 나온 것도 의혹을 짙게 했다. 아버지에 대한 의리일까? 하는 생각도 스쳐 지나가곤 한다.

"시간 오래 걸렸네."

혼잣말같이 하며 천일이 들어왔다. 홍이 창가에 서 있을 때는 기분이 안 좋다는 것을 알고 있는 천일은 그 중늙은이가 누구냐고 물으려다 그만둔다. 지난봄 누이가 찾아왔다가 돌아간 뒤 홍이는 창가에 오래 머물고서 밖을 내다보고 있던 것을 천일은 기억한다. 그리고 또 한 여자, 겨울이었다. 입술이 먹빛이 되어 여자는 찾아왔다. 그때 여자를 돌려보내 놓고 담배를 붙여 문 홍이는 하염없이 밖을 내다보고 있었던 것이다. 천일은 진주에서 화물차를 몰았는데 서비스공장을 차리면서 홍이 불러올린 것이다.

"나 일찍 들어가야겠다."

돌아보지도 않고 홍이 말했다.

"어디 아프요?"

천일이 물었다.

"응, 골치가 좀 아파."

홍의 살림집은 공장에서 과히 멀지 않은 곳에 있었다. 빈민가라 할 수는 없지만 볼품없는 집들이 밀집해 있는 변두리 지대였다. 공장 가까운 곳을 찾다 보니, 그곳에 자리를 잡게 되

었는데 한편 집들이 밀집해 있는 것이 필요한 홍이의 처지이
기도 했다. 집 안으로 들어갔을 때 아이 셋이 한꺼번에 달려
왔다. 막내는 신경 와서 낳았고 아들이었다. 주방에서 마늘을
다지고 있던 보연이가 빠끔히 얼굴만 내밀고 막내를 안아 올
리는 남편을 바라본다. 머리는 흐트러졌고 옷매무새도 형편
없는 보연이, 아이 셋은 그에게 과중한 일거리를 안겨준 것
같았다. 지치고 피곤한 모습이다.

"오늘은 일찍 오셨어요."

"음."

"저녁, 좀 기다려요."

"저녁은 관두지. 아이들하고 당신이나 먹어."

"왜요?"

"나가봐야 하니까."

"또 나가요?"

"볼일이 있어."

남들은 보연이를 살림 못한다고들 했다. 자식 서넛 안 되는
집이 있느냐고 하기도 했다. 그러나 홍이는 보연에게 관대했
고 잘하네 못하네 일절 말이 없었다. 여자 옷매무새가 그게
뭐냐고 할 법도 했지만 그런 말도 하지 않았다. 무관심하여
그랬던 것은 아니었다. 만주에 오면서부터 포근히 감싸주는
심정으로 아내를 대하였고 보연도 남편을 태산같이 믿고 의
지했다.

"상의아버지."

"응."

보연은 손을 닦으며 방으로 들어왔다.

"아까 송씨 아저씨가 오셨데요."

"그래서?"

"틈이 나면 당신 들르라 하던데요."

"그러잖아도 거기 가려고 해."

보연은 체면치레라도 하듯 머리를 쓰다듬고 저고리 위에 걸친 재킷의 단추도 잠그곤 한다.

"당신 술 마셨어요?"

"손님이 와서."

홍이는 뒤꼍으로 나갔다. 석탄과 장작을 난롯가에 날라다 놓고,

"그럼 나 나갔다 올게."

"송씨 아저씨하고 또 술 마실 거지요?"

보연이 뒤쫓아오며 말했다.

"마시게 되면 마셔야지. 늦더라도 기다리지 말고 자아."

송씨 아저씨란 송관수였다. 그는 삼 년 전에 조선으로 나가서 마누라와 막내아들을 데리고 들어왔다. 처음에는 용정촌에 자리를 잡았다가 최근에 신경으로 옮겼다. 시골을 돌면서 행상을 하지만 그 밖의 임무도 있었다. 홍이 들어갔을 때 송관수는 멍청한 모습으로 앉아 있었다.

"형님."

"니 왔나."

송관수는 벽 쪽으로 물러나 앉으며 말했다. 방이 비좁았다.

"낮에 내가 갔더니라."

"상의에미한테 들었습니다. 그러지 않아도 오려고 생각했는데,"

"며칠 동안 누워 있었더니 깝깝하고, 그래서,"

송관수는 풀이 죽어 있었다. 그새 늙기도 했고.

"무슨 일이 있었습니까?"

하고 물었으나 홍이는 송관수의 심정을, 깝깝하다고 표현하는 심정을 잘 알고 있었다.

"무신 일이 있기는…… 무신 일이 있을꼬."

"……"

"그나저나 주갑이 그 늙은이는 우찌 되었는고, 설마 얼음판에 미끄러져 죽지는 않았겠지."

"형님도 참, 주갑아저씨 떠날 때는 여름이었소. 그보다 혹 잡혀가지나 않았는지 모르겠소."

"여름이고 겨울이고 간에 우짠지 요새는 일이 자꾸 틀어지는 것 같은 생각이 들고, 남경이 떨어질 날도 얼마 안 남았다고들 하니 앞으로 우찌 될란고. 우리들이 연해주로 옮겨가는 꼴이나 안 될는지 모리겠다."

"형님 마음이 편찮아서 더 그렇습니다. 내 생각에는 마음에

낄 것 없일 성싶은데."

"내가 멋 땜에 마음에 끼노. 그깟 놈 무신 희망이 있다고."

관수는 심하게 눈을 깜박거렸다.

"에미 애비도 모리는 놈! 벌써 옛날에 나는 그놈을 자식으로 치부하지 않았고 사람 되기 글렀다 생각했제."

그깟 놈, 에미 애비도 모리는 놈! 아들 영광이를 두고 하는 말이었다. 송영광이 극단 패거리가 되었다는 소식은 삼 년 전 식구를 데리고 조선에 나갔을 때 관수는 들었다. 그보다 앞서 인편이 전하는 말에 의할 것 같으면 환국이 갖은 노력을 다해보았으나 영광은 결국 제 갈 길을 가고 말았다는 것이었다. 듣기 좋게 음악이라 했으나 관수는 짐작이 갔던 것이다. 그랬는데 그 송영광이 지난달 신경에 나타났다. 극단을 따라 공연차 온 것이다. 조선에서 주소를 얻어온 모양이다. 해거름에 영광은 공장으로 홍이를 찾아왔다.

"뉘신지요?"

"제가 송관수의 아들 영광이올시다."

홍이는 깜짝 놀랐다. 그는 약간 다리를 절었고 보기 흉할 정도는 아니었지만 관골에 흉터가 있었다. 연예인답게 야한 구석이라곤 없었고 검정 양복에 기름기 없는 머리는 더부룩했다. 그러나 어딘지 모르게 세련돼 있었고 분위기는 우울하며 무거워서 홍이는 연소자로 대할 수가 없었다.

"어떻게 된 일이오?"

"말씀 낮추십시오. 공연차 왔습니다."

"그, 그럼 갑시다. 날 따라와요."

"아, 아닙니다."

영광이는 뒷걸음질쳤다.

"아버진 절 보려 하지 않으실 겁니다. 아무 말씀 마시고 아버지하고 함께 오십시오."

하며 극장표 두 장을 내미는 것이었다. 차마 찾아갈 용기가 나지 않는 눈치였다. 홍이는 몇 번이나 가자고 권했다. 그러나 영광이는 그냥 돌아갔다. 이튿날 저녁때, 마침 송관수는 시골서 돌아와 집에 있었기 때문에 홍이는 얼렁뚱땅 밖으로 데려나와 극장까지 간 것이다. 영문 모르고 따라온 송관수는 악단 속에서 색소폰을 불고 있는 영광을 알아보지 못하였다. 그러나 한쪽 다리를 끌듯 무대에 나와 영광이 색소폰의 독주를 했을 때 관수는 악! 하고 비명처럼, 그러나 간신히 소리를 죽였던 것이다. 영광은 어느 가수보다 돋보였다. 흐느끼듯, 뭔지 모르지만 가슴이 저려오는 듯한 색소폰의 음률도 음률이지만 우수에 잠긴 듯한 모습과 자연스럽고 보기 좋은 몸놀림, 젊은 여자들 입술에서 한숨이 새나왔다. 한쪽 다리를 끌듯한 걸음걸이는 애잔한 느낌마저 들게 했다. 한마디로 강한 매력, 휘어잡는 힘을 그는 가지고 있는 것 같았다. 관수는 반쯤 넋이 나간 모습이었다. 그러나 색소폰의 연주가 끝나기 무섭게 관수는 허둥지둥 일어섰다. 간다 온다 말없이 그는 극장을 나갔고 홍이도 그를 뒤쫓아 극장에서 뛰어나갔다.

"이놈아!"

어두운 거리에서 관수는 두 주먹을 불끈 쥐고 홍이를 노려
보았다.

"나를 농락한 기가! 이 죽일 놈."

"허허어 참으시오. 실토를 했으면 형님이 극장 오셨겠습니
까?"

"욕을 뵈도 푼수가 있지. 이럴 수가 있는 일가!"

울음 섞인 목소리였다.

"형님도 참 별난 성질이오. 어때서 그럽니까. 그 정도면은
우리 상근이 상조가 그 길로 나간다 해도 나는 반대 안 하겠
습니다. 여자들 한숨 쉬는 소리 못 들었습니까?"

홍이는 역시 얼렁뚱땅 넘기려 했으나 관수의 격한 감정에
변화가 없었다.

"니는 우떻게 알았노. 그놈 오는 거를?"

분노에 떨며 관수는 물었다.

"지가 어떻게 압니까?"

"그러면은,"

"영광이가 찾아와서 알았지요."

"머라고?"

관수는 걸음을 멈추었다.

"니를 찾아왔다고?"

"네, 공장에 왔더군요. 표 두 장을 주면서 아버지는 나를 보려 안 할 거니까 아무 말 말고 함께 오라, 그럽디다."

"표 두 장을 주어……."

그러고는 집에 닿기까지 관수는 말을 하지 않았다. 관수는 홍이 어디서 애기를 듣고 자신을 끌고 갔다, 처음에는 그렇게 믿었던 것이다. 영광이가 홍이를 찾아갔으리란 생각은 하지 못하고. 관수는 사흘 동안 영광이 나타날 것을 기다렸다. 혼자서 안절부절, 마누라가 왜 그러느냐고 물었지만 대답을 못하고 아들을 기다렸다. 한편 영광이는 부친이 자기를 용서하고 찾아줄 것으로 고대했다. 그러나 한 정거장에 정차했던 기차가 하나는 북으로 가고 하나는 남으로 가듯 부자간은 멀어진 것이다. 영광은 용서 없는 부친에게 사무치는 원망을 안고 떠났으며 관수는 끝내 부모를 찾지 않은 아들에게 잊을 수 없는 배신감을 맛보았다. 그 심적 충격은 한 달이 지난 지금까지 회복되지 않았다. 무기력의 수렁에 빠진 듯 관수는 그 다부지던 성미의 모습은 찾아볼 수 없게 되었다.

"세상 헛살았다. 헛살았어."

궐련을 꺼내 붙여 무는데, 관수는 당황하기 시작한다. 홍이를 찾아갔고 홍이를 오라 했는데 막상 마주 대하고 보니 용무도 없었고 할 말도 없었다. 자식에게 버림받은 한 사내가 알몸으로, 홍이에게 그 치부를 낱낱이 드러내고 있다는 비애와 비참함을 스스로 느끼지 않을 수 없었던 것이다.

'자식이란 마목이다. 내가 죽어버린 것만 같구나. 나 자신이 나로부터 떠나부린 것만 같구나. 그게 정말 내 자식이었더란 말인가.'

목이 메었다.

"어떻노? 요새 일은 잘 되어가나?"

"그렇지요, 뭐."

홍이는 곁눈질로 관수를 살핀다.

"형님,"

"응."

"아까부터 이상하다는 생각을 자꾸 하는데, 낮에 말입니다. 어떤 사람을 만났어요. 형님 또래지요. 그런데 말입니다. 형님이라 하지 않고 아저씨라 했거든요. 형님을 만나 형님이라 부르니까 그 생각이 나는 겁니다."

"그야 뱃속에 든 할아배도 있다 안 하더나."

그것은 대답이 아니었다. 그것을 깨달은 관수는 덧붙여 말했다.

"하기는 너이 아부지를 우리가 아재라 불렀으니 그렇지 나이로 따지자면 아재비뻘 되제."

"네, 그 촌수문제도 그렇습니다. 그 사람도 우리 아버지를 아저씨라 불렀거든요. 아버지를 아저씨라 했으면 형님이라 해야 옳은 것 아닙니까."

"무신 소린지 모리겠다."

"그 사람이 누군지 짐작이 안 갑니까?"

"누군고?"

"김두수, 김거복이었습니다."

"뭐라구!"

"김두수는 형님 또래지요?"

"나하고는 동갑이다. 그래 그자가 니를 찾아왔더란 말이가."

"네."

"뭣 하러!"

관수의 표정이 싹 변했다. 정신이 번쩍 드는 듯 보였다. 홍이는 김두수가 한 말을 대강 들려준 뒤,

"기분이 영 고약합니다. 천장에 뱀이 들앉은 듯 기분이 나빠요, 뒤숭숭하고. 그런 제안을 하는 진의가 뭣일까요?"

"가만있거라. 좀 생각해보자."

관수는 홍이를 저지하듯 팔을 흔들었다.

"동업을 하자고? 그게 싫으면 와리를 묵겠다아?"

관수는 곰곰이 오랫동안 생각을 한다.

"아무튼지 이것은 시일을 두고 생각해봐야 될 일이지마는, 경우에 따라서 역으로 이용할 수도 있겠다."

"어떻게요?"

"작심을 하고 왔다면 그놈이 쉬이 물러나겠나?"

"저도 그렇게 생각했습니다."

"거절을 하고 그놈은 하자 하고 또 거절을 하고 하다 보면

도망 다니는 꼴밖에 안 된다."

"그렇지요."

"도망친다는 것은 벌써 약점이거든. 약점을 내보이는 결과
가 되는 기라. 그라고 본시 그놈은 원한이 짙어서 어떤 보복
으로 나올지 모르겄고, 상대를 아니까 오히려 써먹을 수도 있
을 기다. 그라고 우리 형편에 그 기회는 놓치기 아깝고,"

"욕심은 나지요. 그러니까 더욱더 마음이 뒤숭숭해지는 겁
니다."

"우짜면 빈말이 아닐지도 모른다. 믿어서도 안 되는 일이지
마는 니 아부지에 대한 마음은 그럴지도 모르지. 그때 일은
나도 아니께. 그 가련한 형상은 눈 뜨고는 못 볼 일이었제. 아
비는 샐인 죄인으로 잽히가고 어마니는 살구나무에 목매어
죽고, 누구 하나 거들떠보지도 않는데 윤보아재랑 니 아부지
랑 해서 어매 시신을 묻어 주었인께 세상에 극악무도한 놈이
라도 그걸 잊었나?"

"……"

"그라고 또 오십이 넘은 늙은 것, 이용할 대로 했으니 쓸모
가 없는 것도 틀림이 없다. 그런 일이란 딱지가 붙고 하면 효험
을 못 보는 직업 아니가. 이자는 잡아들이기보다 광고나 해서
지 잇속 차리게 돼 있고 하니 니 앞에 나타났을지도 모르지."

"……"

"그라고 우리도 방법이 없는 거는 아니다. 반대로 옭아맬

수도 있고 한복이를 넣을 수도 있인께."

"한복이형님을 넣다니요?"

홍의 눈이 휘둥그레진다.

"누가 잡아넣는다 캤나? 한복이 말을 젤 잘 듣고, 아니할 말로 한복이도 몇 차례 심부름을 했으니 김두수 꼼짝 못하게 돼 있다, 그 말이다."

어느덧 관수의 눈은 초롱초롱해져 있었다. 뜻밖에도 김두수의 출현은 관수의 무기력한 병에 약이 되어준 셈이다.

"형님 나갑시다!"

"그러지."

"시내로 나가서 호기 좀 부립시다!"

"누가 마다하나?"

관수는 웃었다. 그러나 그는 매듭짓듯 다시 말했다.

"이 일은 다른 사람들하고 의논을 해서 신중히 해야 된다."

"물론입니다."


## 2장 동성반점(東盛飯店)에서

"어망이 어디르 갑매까?"

옷을 갈아입으면서 난우(蘭友)가 물었다. 옥이는 딸의 말을 못 들었는지 용을 쓰며 버선을 신고 있었다.

"잠자쿠 입성이나 입쟎구 무시기 잔말르 하는 기야."

언니 연우(蓮友)가 나무라듯 말했다. 연우는 무엇이 어떻게 돌아가고 있는지 대충 짐작은 하고 있는 눈치였다.

"빨리 입어얍지. 안 갈 작젱임둥?"

이들의 외출준비를 도와주면서 옥이네도 난우를 보고 재촉했다. 미국인선교사 집에서 일하며 옥이를 길렀고 공부도 시켰던 옥이네, 이제는 두 손녀의 할머니가 된 것이다. 그의 모습에는 고왔던 옛날 흔적이 남아 있었으나 그러나 초로의 쓸쓸한 그늘은 어쩔 수 없었다.

"어망이이!"

투정부리듯 난우는 또 어미를 불렀다.

"어째 그럽매?"

"어디르 가는지 물었소꼬망."

"이 간나아 몇번으 말해야 알지비? 큰아배(할아버지)가 청요리 사주신다 하잽매. 빨리 입성으 입쟎구, 시간 없슴."

난우 역시 짚이는 데가 없는 것은 아니었다. 그러나 확인하고 싶은 것이다. 청요리 먹으러 간다는 것은 이미 알고 있는 일이며 왜 청요리를 먹으러 가는가, 무슨 다른 일이 기다리고 있는 것 아닌가, 그것이 궁금했던 것이다. 옥이는 서둘면서도 긴장한 낯빛이었고 옥이네 역시 허둥대고 있었다.

지금은 해를 넘긴 초정이니까 올해가 1938년인데 돌이켜보면 용정촌에 큰 화재가 난 것은 1911년, 이십팔 년 전의 일이

된다. 그때 재봉소에서 일하던 젊은 과수댁 옥이네가 폐허로
변해버린 용정에서 살길을 찾아 회령(會寧)으로 가던 길, 그 마
차 속에는 목재를 구하기 위해 역시 회령으로 가는 길상도 있
었다. 험난한 노정, 화룡(和龍) 골짜기를 앞두고 신흥평(新興坪)
에서 말도 쉬고 사람들도 잠시 동안 휴식을 취하며, 더러는 길
가 주막에 들어 요기를 하고 있었을 때 과수댁의 어린 딸이 길
상을 보고 배고프다면서 울었다. 당황한 길상은 엉겁결에 파
적을 아이 손에 쥐여주었는데 젊은 과수댁이 달려왔던 것이다.

"이 간나아! 비렁뱅임둥! 어째 에미 우세시키는 기야!"
하며 아이의 머리를 쥐어박았다. 그러나 눈물을 뚝뚝 떨어뜨
리면서 파적을 베어먹으며 어미에게 끌려가던 계집아이, 그것
이 빌미가 되어 길상과 옥이네는 미래가 없는 인연을 맺게 되
었고, 그 인연으로 하여 강포수와 귀녀 사이에서 생겨난 두
매, 기구한 운명의 아들 강두매와 옥이 혼인하게도 된 것인데
그들의 딸들이 연우와 난우다. 열네 살과 열두 살의 금싸라기
같이 자란 자매였다. 같은 천에 색상도 같은 남치마 분홍 저
고리를 자매는 입는다.

"연추아즈방이는 어째 오쟀까? 무시기, 일으 잘못된 거 앙
입매?"

난우의 옷고름을 매어주면서 옥이네는 혼잣말같이 중얼거
렸다. 옥이와 아이들도 방금 그 생각을 했었다. 남치마 분홍
저고리를 해준 사람이 주갑이었기 때문이다. 홍이 주는 용돈

을 모았다 하며 작년 설빔으로 주갑이 옷감을 끊어주었던 것이다.

'어쩨 안 오지비? 마적단이 연추 큰아배를 잡아갔단 말이?'

난우는 생각하며 외투를 입고 가죽 반장화를 신는다. 허리에 벨트가 붙은 고급외투는 하얼빈의 러시아인 상점에서 샀다 하며 재작년 겨울 홍이가 갖다주었고 구두도 지난 연말 신경에서 홍이가 부쳐준 것이었다. 꼭 같은 외투, 같은 구두를 신은 자매는 쌍둥이같이 예뻤다.

"그럼 조심으 하구 다녀옵세."

아이들을 내보내면서 옥이네가 말했다. 외투에 딸린 털모자를 쓰고 아이들은 어미의 뒤를 좇아 거리에 나왔다. 감색 솜두루마기를 입은 옥이는 넓은 털목도리를 푹 뒤집어쓰고 초조한 발걸음으로 앞서간다. 초정월의 용정촌 거리는 조용했다. 혹독한 추위 탓인지 행인은 드물었다. 움츠린 모습의 청인들이 팔짱을 끼고 지나갔으며 아이 업은 여자가 급히 병원으로 들어갔다. 그러고는 국경 수비대 기마가 요란스럽게 지나간 뒤 거리는 황량한 겨울 속에 꽁꽁 얼어붙는다. 남십자로(南十字路) 장터에서 왼편으로 꺾인 길켠에 송장환(宋章煥)이 서 있었다. 시계를 들여다보던 그는 옥이네 식구들을 발견하자 손을 들었다.

"큰아배!"

연우가 난우가 쏜살같이 달려간다.

"큰아배, 그간 안녕하셨습매까?"

나란히 서서 아이들은 절을 했다.

"오냐, 너희들도 그래 공부는 잘했느냐?"

"언니는 일등 했소꼬망."

난우 말에,

"거짓부레."

연우는 수줍어하면서 동생의 등짝을 때린다.

"선생님, 안녕하셨습니까?"

옥이 아이들을 가르고 들어서며 인사를 했다.

"음, 고생이 많았지?"

난우의 머리를 쓰다듬으며 송장환은 안쓰러워하는 눈길로 옥이를 바라본다.

"저희들 고생 같은 것, 고생이라 할 수 있겠습니까."

어버이를 대하듯 존경과 친애하는 태도다. 그도 그럴 만했다. 아이들이 큰아배라 부르는 것도 이유가 있었다. 독자들은 강포수를 기억할 것이다. 삼십구 년 전이던가? 그 무렵, 귀녀가 관가에서 처형된 뒤 옥중에서 출생한 핏덩이를 안고 모습을 감추었던 강포수가 소년을 앞세우고 용정촌에 나타난 것도 기억할 것이다. 울창한 원시림, 인적부도의 노야령산맥(老爺嶺山脈)에서 흐르는 가야하[嘎呀河]의 상류, 소삼차구(小三岔口)를 근거지로 삼고 엽사(獵師)로서 생계를 잇던 강포수는 아들 두매의 취학을 위해 용정촌에 왔던 것이다. 그러나 뜻밖의 평

378

사리 사람들을 만나게 되었고, 낭패한 강포수는 두매를 공노인에게 맡겨둔 채 황황히 사라졌는데 훗날 상의학교 교사이던 송장환 앞에 다시 나타났다. 그리고 거금 삼백 원을 학자금으로 내어놓고 두매의 장래를 당부하며 떠난 그는 두매의 출생 비밀을 묻어버리기 위하여 오발로 가장하면서 자살했던 것이다. 두매의 출생 비밀, 두매 자신도 알지 못했던 그 비밀은 강포수 죽음으로 흔적까지 지워져 버렸지만, 그러나 한 사람, 공노인으로부터 두매 부친에 관한 얘기를 들은 길상이 있었다. 무심히 하는 공노인 말에서 인상착의라든가 강가 성씨, 경상도 사투리, 그리고 무엇보다 산포수라는 점, 그 인물이 강포수에 틀림없을 것이란 것을 길상은 짐작하였다. 오발사고도 오발이 아닌 자살일 거라고 짐작했다. 여하튼 그는 그렇고, 천애 고아가 된 두매를 스승이자 어버이를 대신하여 돌보아준 사람이 송장환이었고 삼백 원의 학자금을 관리하여 학업을 마치게 한 사람은 공노인이었다. 옥이가 송장환을 어버이 대하듯, 아이들이 큰아배라 부르는 것은 긴 세월 쌓인 이들의 정리 때문이다.

"그럼 가볼까?"

"옛꼬망."

난우가 송장환의 손을 잡았다. 이들이 간 곳은 중심가에 있는 동성반점(東盛飯店)이었다. 용정촌에서는 가장 오래된 청 요릿집이다.

"어서 오시오, 송선생."

송장환보다 연장인 듯한 주인 진씨(陳氏)가 반갑게 인사했다. 몸집이 뚱뚱했다. 다브잔스에 비단 마괼(마고자)을 입고 있었다. 웃는 얼굴은 선량해 보였으나 분위기는 어딘지 모르게 빈틈이 없는 것을 느끼게 했다.

"장사는 잘됩니까?"

난로에 손을 쬐며 송장환도 친근하게 물었다.

"괜찮은 편이오."

이들은 오랜 지기였다. 선대부터, 그러니까 진씨의 부친과 송병문 씨는 토지거래로 관계가 깊었고 한때는 합자하여 대두(大豆) 수출, 벌목사업도 한 바 있어서 서로의 내력을 잘 아는 터였다.

"꼬마 아가씨들, 그새 많이 컸소. 공부도 잘하게 생겼고."

물론 중국말이었다. 아이들도 웬만한 말은 알아듣고 사용하기도 한다.

"전선생도 편안하시고요."

진씨는 옥이한테도 인사를 했다.

"네, 다렌*도 안녕하세요?"

진씨는 그을음이 올라 새까맣게 된 찬장에서 월병을 꺼내어 아이들 손에 하나씩 쥐여준다. 아이들은 고맙다는 말을 했다. 진씨가 옥이를 선생이라 칭호한 것은 옥이 직업이 교사였기 때문이다. 두매와 혼인하기 이전부터 교직에 있었던 옥이는 현재까지 교사로서 생계를 꾸리고 있었다.

"자아 그럼 어서들 들어가 보시오."

안으로 내몰 듯하고 진씨는 난롯가에 뻗대고 섰다. 어두컴
컴한 복도를 지나 일행은 구석진 방으로 안내되었다. 길가로
향한 작은 창문에서 겨울의 초라한 햇빛이 겨우 기어들어 왔
으나 방 안 역시 어두컴컴했다. 난우 얼굴에 실망의 빛이 역
력하다. 방 안에는 그들 일행 말고는 아무도 없었다. 이들 세
모녀가 두매를 만난 것은 작년 봄이었다. 여관에서 잠시 만나
본 뒤 아직 소식을 모르고 있는 것이다. 그전에는 밤중에 두
매가 집을 찾아오기도 했고 혹은 음식점에서 만나기도 했었
다. 그런 전례가 있었기 때문에 아이들이 아버지를 만난다는
기대에 부푼 것도 무리는 아니었다. 연우 역시 풀이 죽은 모
습이었다.

"큰아배."

참다 못해 난우가 송장환의 무릎을 짚으며 불렀다.

"음."

"우리 아바지는 앙이 옵매까?"

목소리를 죽이며 물었다.

"그게 무슨 소린고? 우리는 청요리 먹으러 오지 않았어."

송장환은 난처해서 눈을 꿈벅꿈벅했다.

"아바지는 안 오잽매?"

옥이 짤막하게 말했다.

"그러문 나 청요리 앙이 먹겠슴."

커다란 눈에 눈물이 가득 고인다.

"얼라(어린애)같이 어째 이럼둥."

"그만두어라. 애비 생각이 나서 그러는 걸."

송장환이 말했다. 철이 난 연우는 말없이 앉아 있었다.

"나 청요리 앙이 먹겠슴."

난우는 하마 울음보를 터뜨릴 것 같았다.

"그만두랑이."

연우가 나무란다. 그러나 강두매는 동성반점 안에 있었다. 그리고 그는 두 딸을 보았다. 그새 많이 자란 아이들을, 숨어서 본 것이다. 반점 입구에 있는 작은방 문틈으로 진씨한테 월병을 받는 모습을 보았다. 이윽고 종업원이 요리를 가져왔다. 그리고 그는 옥이에게 눈짓을 했다.

"연우야, 어망이 변소."

소곤거리는 옥이 얼굴은 파리해지고 있었다.

"선생님 잠시 실례하겠습니다."

송장환은 고개를 끄덕였다. 방문 밖에 한 남자가 서 있었다. 그는 말없이 돌아서며 따라오라는 시늉을 했다. 옥이 사내를 따라간 방에 두매는 담배를 피우고 앉아 있었다. 그들 부부는 말없이 서로를 바라본다. 옥이 눈은 불안에 떨고 있었다. 얼굴은 더욱 창백했다.

"앉아요."

두매가 말했다. 어제 만나고 그저께도 만났던 것처럼 평소
의 그 잠긴 듯한, 동요되지 않는 목소리였다. 항상 그랬었다.
두매는 결혼 당초부터 옥이에게 다정한 남편은 아니었다. 아
이들에 대해서는 애잔하리만큼 정이 지극하고 절절한 아버지
였지만 아내에 대해서는 무심상한 남편, 애정 표시가 없는 사
내였다. 으레 그러려니, 옥이는 그것을 예사롭게 받아들이는
것 같았다.

"미안하오."

"아이들은 보셨어요?"

"보았소. 장모님은 별고 없소?"

"네."

두매는 일꾼 차림이었다. 솜을 둔 검정색 바지와 소매가 긴
윗도리, 꾀죄죄하고 때가 전 듯, 막일하는 청인의 모습이었
다. 빗질도 안 한 부시시한 머리, 얼굴은 아침에 밀고 나왔는
지 깨끗했다. 면도 자국이 파아란 것으로 보아 두매도 아비
강포수를 닮아 털이 짙은 모양이었다. 곧은 콧날에 군살이라
곤 없는 깡마른 얼굴인데 몸집은 장대한 편이었다. 손수건을
꺼내 콧물을 닦은 옥이는 코 먹은 소리로,

"집에 들렀다 가실 수는 없어요?"

"그럴 수 없소."

"아이들…… 풀이 죽었어요. 난우는 청요리 안 먹겠다고 떼
를 쓰고, 당신 만날 거라고 기대하고 왔을 거예요."

순간 두매의 얼굴이 일그러졌다.

"웬만하면…… 아이들 만나보기라도 했으면 싶어요."

"……."

"당신 생각을 얼마나 하는지, 꿈에 보았다는 얘길 가끔 해
요."

"그만두오."

재떨이에 담배를 눌러 끈다. 옥이는 콧물을 닦다가 눈자위
를 누른다. 결혼하고 십여 년, 아이 둘을 낳았으나 이들이 함
께 산 일수는 이 년이나 될까. 마음을 굳게 먹고 일상에 불평
없이 살아온 옥이였지만 아이들이 옆에 없으니 그의 마음도
약해지는 것이다.

'잠시 동안 아이들과 만날 수도 없는 처지, 언제까지 이래야
만 하는가!'

별안간 소리를 지르고 싶은 충동을 느낀다.

"시간이 없으니까 간단히 얘기하리다."

두매는 사무적으로 시작했다.

"용정에서 떠날 준비를 하는 거요."

"뭐라구요! 어디루요!"

"연추로 가야 해."

"당신도 가시는 거예요?"

"아니, 나는 못 가아."

"그러면 우리만 가는 거예요?"

"……."

"영영, 더 멀리 가는 건가요?"

옥이 얼굴이 벌게진다.

"당신도 알지 않소. 지금 정세가 어떻게 급변해가고 있는가를,"

두매는 다시 담배를 붙여 물고 불을 붙인다.

"용정은 안전하질 못해. 아이들, 당신 안전한 곳이 아니오."

"그러면 당신한테는 안전한 곳인가요?"

따지듯 노기를 띠며 말했다.

"아이들이나 당신은 무방비가 아니오. 왜놈들 촉각이 조금만 움직여도 당신하고 아이들은 위험해."

"그럼 송선생님이랑 그 밖에 일하는 분들의 가족은 모두 연추로 가나요?"

"그렇지는 않소. 그분들은 완전히 엄폐돼 있으니까 아직은 서둘 필요가 없고…… 내 경우하곤."

"어째 당신의 경우는 달라야 합니까."

"나는 군관학교 출신이오. 당신 그것 모르고 내게 시집온 건 아니지 않소."

"어째 그런 말을,"

"시간 없으니까, 내 말 잘 들어요. 연추에는 정호가 있고 또 심운회 씨도 도와줄 것을 약속했소. 주갑이아저씨가 일을 다 마무리해놓고 오셨으니 언제든 떠날 수 있을 거요."

"연추 아즈방이가,"

하다 만다. 주갑이 무사하다는 것을 기뻐할 만큼 옥이에게 여유가 없었다. 연추행이 현실로서 눈앞에 다가왔다.

"당신이 연추로 가는 데 정 반대를 한다면 다른 방안이 하나 있긴 있소."

"그게 뭡니까."

"연우는 송선생님이 하얼빈으로 데리고 가시는 것, 난우는 신경의 홍이가 맡고 당신은 날 따라가는 거요."

"그건 안 돼요!"

옥이는 울부짖듯 말했다.

"나 역시 그것은 안 된다는 생각이오. 당신이 연추로 기어이 안 가겠다 할 적에, 궁여지책으로 생각해본 거요."

"……."

"나는 당신하고 아이들을 생각할 때 온몸에 두드러기가 솟은 것처럼 견딜 수가 없었소. 아무 일도 할 수 없을 것만 같은 생각이 드는 거요. 그렇게 되면 우리는 다 죽어. 주갑이아저씨가 가시거든 의논하여 서두는 거요. 늦어질수록 연추로 가는 일은 어려워지니까."

두매는 봉투 하나를 꺼내어 옥이 앞에 밀었다.

"넣어요. 어서!"

옥이는 두매의 어세가 강했기 때문에 엉겁결에 그것을 품속에 넣는다.

"돈이오. 많지는 않지만 그런대로 요긴하게 쓰시오."

"하지만 연추에 쉽게 갈 수 있을까요?"

하다가 깨닫는다, 좋은 방패가 생긴 것을.

"옛날하고는 다르지 않아요? 마음대로 드나들 수 없을 거예요."

옥이는 단호하게 말했다.

"그러니까 주갑이아저씨가 나선 거 아니오. 연만하신 분을, 왜 그 고생을 시켰겠소."

두매의 어세는 쇳덩이처럼 강경했고 위압적이었다. 옥이는 절망에 빠진다. 남편을 다시 만나지 못하리라는 생각도 한다.

'도대체 이 사람하고 내가 살았던가? 언제 어디서 살았지? 아득하다. 남을 기억조차 없을 것만 같다. 우리는 부부였을까? 저 사람은 바람 같아서 흔적이 없다.'

마음속으로 두서 없이 중얼거리는데 옥이는 자신이 바보가 되어가고 있는 것을 느낀다. 자기 자신만이 겪는 일이 아닌 것을 안다. 이러한 이별은 주변에서 다반사같이 벌어지고 있는 일이다. 이런 날이 올 것도 늘 생각하며 살았었다. 아니 그 이상의 상상도 했었다. 아이들 기르고 직장에 나가고, 날카로워지면 무디게 한층 더 무디게 자신의 심정을 갈고 또 갈며 세월을 질러왔는데…… 이래서는 안 되지, 옥이는 자신을 추스른다.

두매가 일어섰다. 반사적으로 옥이도 일어섰다. 나가려다 말고 두매는 돌아보았다. 아내의 눈을 뚫어져라 쳐다본다.

"지혜롭게 살아야 해."

손을 잡는다. 마치 양 새끼가 바위를 떠받듯 옥이는 두매 가슴에 얼굴을 묻는다.

"내 걱정은 말고, 우리 아이들 잘 키워요."

등을 어루만지다가 옥이를 떠밀어낸다. 그는 문을 열고 나 갔다. 옥이도 허우적거리듯 따라나간다. 두매는 주방 쪽으로 갔다. 주방 한구석에 엉거주춤 서 있던 사내가 자신이 입고 있 던 윗도리를 벗어 두매에게 건네준다. 두매는 그것을 받아 껴 입는다. 사내는 털모자도 벗어준다. 털모자를 쓴 두매는 주방 에서 나갔다. 옥이도 따라나갔다. 못 쓰는 궤짝이며 석탄이며 쓰레기 온갖 잡동사니가 널려있는 뒤켠에 빈 광주리를 실은 자전거가 한 대 있었다. 윗도리 털모자를 벗어준 사내가 동성 반점 주방에서 쓰일 물건들을 싣고 온 자전거인 것 같았다. 두 매는 자전거를 끌고, 그리고 그는 가버렸다. 옥이가 주방까지 뒤켠에까지 따라나온 것을 모를 리 없건만 두매는 한번 돌아 보지 않았다. 넋을 잃고 있던 옥이는 느릿느릿 발길을 돌린다.

"어망이 어디매 갔다 오는 기야."

음식을 먹다 말고 들어오는 어미를 본 난우가 물었다.

"연우가 말으 하잖능가?"

"그렇기 오래 있었다 말이?"

"무시기. 나오다 그 뉘긴가 학부형으 만내가지고서리."

우물쭈물 얼버무리는데 송장환은 말없이 술만 마신다. 아이들은 역시 아이들이었다. 청요리 안 먹겠다고 떼를 쓰던 난우, 풀이 죽어 있던 연우, 그들은 기대가 산산조각 난 것을 벌써 잊었는가, 맛나게 음식을 먹고 있었다. 송장환이 달래고 구슬리고 했을 테지만 맛있는 음식 냄새가 코를 찌르는데 언제까지 안 먹고 배길 것이던가.

"어망이도 얼피덩 잡숫세."

그래도 철이 난 연우가 권했다.

"그래."

송장환에게는 신경이 거의 미치지 않았다. 아이들 앞에서 무너지지 않으려는 노력만으로도 옥이는 감당키 어려웠다. 아이들이 휘적거리다 남긴 음식을 걷어서 옥이는 먹기 시작했다. 입이 미어지게 음식을 입 속으로 끌어넣는다. 어쩌면 그것은 무아몽중(無我夢中)의 행위였는지 모른다. 흐느껴 우는 것보다, 목구멍에 물 한 모금 넘기지 못하고 있는 것보다 옆에서 지켜보는 송장환의 눈에는 그 모습이 비참해 보였고 가엾었다. 옥이를 만난 두매가 무슨 말을 했는지 송장환은 물론 잘 알고 있었다. 이미 그들 사이에서 의논이 끝난 일이었기 때문이다. 날카로운 느낌은 있으나 보기 좋은 옥이 턱을 바라보는 송장환에게 불현듯 삼십 년이 가까운 옛날의 기억이 되살아난다. 과수댁 옥이엄마, 지금 옥이보다 훨씬 젊은 여자였다. 회령의 한양여관이었다.

"앙이! 이 불한당 놈으! 놓지 못하겠니야!"

울부짖던 여자의 목소리는 지금도 귀에 쟁쟁하다.

"계집은 그렇다 치고, 어디 순 불한당 놈들이 장유유서도 모른다, 그 말인고?"

여관에 든 오십 가까운 치한의 목소리도 또렷이 되살아난다.

"젊은 놈들이 당을 지어 나잇살이나 먹는 사람한테 행패라니!"

옥이네를 덮치려던 치한은 말리려던 길상과 송장환에게 적반하장으로 덤벼들었었다.

"아니할 말로 손님이 손목 한번 잡았음 어때? 닳아지는 것도 아니겠고 그러구러 너도 돈푼이나 얻어 쓸 게 아니냐? 물정 모르는 계집애도 아니겠고 손님이 등을 밁어달래면 밁는 시늉이라도 해야 하는 게야."

여관집 안주인의 새된 목소리도 귓가에 울린다. 신흥평에서 만나고 그때 길상은 두 번째 옥이네를 한양여관에서 만났던 것이다. 사업상 회령 나들이가 잦았던 길상은 동정심에서, 갈등과 고뇌에서의 탈출, 그런 심정에서, 그러나 옥이네에게는 길상의 존재가 구원이자 절망이었을 것이다. 송장환은 길상의 젊음, 그의 아픔을 새삼스럽게 생각한다.

'그는 머지않아 올 것이다. 와야 한다!'

"큰아배."

난우가 무릎을 쳤다.

"음, 음."

"아이들으 그러잖이요?"

"뭘?"

"우리 모두 죽는다아 합두망."

"어째서?"

"전쟁이 크게 붙어서리 청국사람을 다 직인답매. 그러이 다음으 우리 조선사람 다 직일 거다, 하더란 말이. 큰아배 그거이 참말임둥?"

"무시기, 그런 말으 하는 거 앵이다."

연우가 말참견을 했다.

"하문 어째서리,"

"되세 혼이 날 김매."

"뉘한테 혼이 난다 말이,"

"뉘긴 뉘기라, 왜놈우 순사 헌병임둥. 그것도 모르는 기야?"

"여기는 헌병 순사 없잖능가."

"허허 그만해라."

송장환은 팔을 내저었다.

"말으 조심으 해얍지. 큰아배 안 그렇습매까?"

"그건 연우 말이 맞다. 말조심은 해야지. 말 얘기가 났으니 큰아배가 한마디 하겠는데 너이들 말이다."

"……."

"교과서에서 배운 대로 말씨 썼으면 좋겠다."

아이들은 자라같이 목을 움츠리며 혓바닥을 내민다.

"그럼 이제 나가볼까?"

동성반점에서 나온 일행은 이들이 만났던 남십자로 장터 어귀에까지 왔다.

"선생님, 여러 가지로 심려를 끼쳐 죄송합니다."

옥이 인사를 했다. 딱딱하고 얼굴에는 표정이 없었다.

"큰아배 고맙습매다."

아이들도 인사를 했다.

"그래 이제 가보아라."

아이들은 앞서가고 옥이 뒤따라간다. 송장환은 옥이에게 무슨 말이고 하고 싶었지만 그만두었다.

'옥이는 두매를 다시 보지 못할 것으로 생각하고 있다. 그럴 는지도 모르지. 그럴는지도 몰라. 누가 내일을 알 수 있으리. 수풀에 앉은 새 같은 내 민족의 앞날을 그 누가 알겠는가.'

바람에 날리는 낙엽같이 멀어져가는 세 모녀의 뒷모습을 바라보는 송장환은 견딜 수 없는 비애를 느낀다. 발길을 돌린 송장환은 남십자로 장터에서 왼편으로 꺾인 길을 곧장 올라 간다. 예나 지금이나 다름없는 조용한 주택가다. 왕시 용정촌 을 주름잡던 자산가 송병문 씨 저택, 송장환이 태어난 터전이 며 청춘의 꿈과 이상, 망국의 젊은 분노가 서려 있는 곳, 그 앞을 지나친다. 이미 남의 손으로 넘어간 지 오래된 집이었 다. 그 옛집에서 한참을 더 올라간 그는 낡고 볼품 없는 집 앞에서 걸음을 멈추었다. 담배를 꺼내어 붙여 문다. 담배 연기를 뿜어내며 앙상한 나뭇가지를 올려다본다. 집에 선뜻 들어가지 못하고 담배를 피우는 것은 이미 습관이 된 일이었다. 그것은 한숨 같은 것이었는지 모른다. 하얼빈에서 살고 있는 송장환은 일 년에 몇 차례 용정을 찾아온다. 형 영환이 이곳에 살고 있었기 때문이다. 명절과 부모의 기일에 오는 것이다. 그러나 피치 못할 사정 때문에 올해는 설에 대 오지 못하고 삼 일이나 늦은 어젯밤, 본가에 온 것이다. 반이나 탄 담배를 버리고 송장환은 문을 흔들었다.

"형수씨."

집 안에서 이내 기척이 났다.

"뉘기요?"

"접니다."

"아지방입매까?"

"네."

문을 열고 두리넓적하게 생긴 사십 대의 여자가 내다본다.

"얼피덩 들어옵세. 춥잲잉요?"

여자는 영환의 후실로 들어온 염씨였다. 남자같이 뼈대가 굵고 체격이 컸다.

"점심으 어찌 했슴둥?"

"먹었습니다."

"집에 와서 잡숩잲고서리 어째 그랬습매까."

"아는 사람을 만나, 밖에서 했습니다."

"그랬슴?"

"형님 계시지요."

"있재문, 어디메 가겠습매까? 노상 방에서 저러구 있소꼬망."

불미한 소문과 남편의 학대, 그리고 아편을 했던 장씨는 집 나간 채 소식 모르게 된 지도 오래였다. 양귀비같이 아름다웠던 장씨에 비하면, 그보다 나이는 훨씬 아래지만 염씨는 막일꾼 같은 아낙이었다. 영환의 시중들 사람은 있어야 했고 가세가 기울었으니 어쩌겠는가. 아무 일도 못하고 폐인이다시피 돼버린 송영환, 나이도 육십을 넘겼으니 어떤 여자이든 살아주는 것만으로 고맙게 여기지 않으면 안 될 형편이었다. 빚에다 떠내려가는 것을 겨우 매갈잇간[精米所]만을 건져내어 생계는 그것으로 이어가고 있는데 그나마 남의 손에 맡겨둔 채 송영환은 일절 돌보지 않았으므로 생활은 항상 쪼들리는 것이었다. 영환은 화롯불을 쬐고 앉아 있었다. 육십을 갓 넘겼는데 그의 얼굴은 주름투성이었다. 칠십의 상노인같이 늙어 보였다. 초정이라고 입은 공단 마고자는 깨끗했으나 여러 번 빨아서 다듬은 것이었고 마고자의 호박단추만이 옛날 영화의 흔적이었다. 그도 한때는 아편을 했다는 얘기며 장씨보다 그가 먼저 아편을 했다는 말도 있었다.

"나갔던 일은 되었는가?"

영환이 물었다.

"네."

장환은 애매하게 대답했다.

"앉아라? 왜 그리 서 있는가."

또다시 나갈까 봐, 혹은 하직하고 떠날까 봐 두려워하듯 영환이 말했다. 장환은 외투를 벗고 무릎을 꿇으며 앉는다.

"어째 계수씨랑 아이들은 못 왔는고?"

어젯밤 도착했을 때 물어본 말을 되풀이한다. 어제 한 말을 잊었다기보다 서운해서 또 묻는 것 같았다.

"서둘러서 오느라고 그랬습니다."

"그래? 함께 오자면 비용도 그렇지…… 아이들 데리고 생활이 고달프지는 않고? 공부시키고 하자면 씀씀이가 수월찮은 건데."

한숨 쉬듯 말했다.

"아이들 공부는 뭐 형편 되는대로 하는 거지요. 머리가 출중한 것도 아니고."

"그놈은 대학에까지 보냈으면서 지 자식은 공부를 못다 시키다니 그것은 말이 안 된다."

그놈이란 자신의 외아들 송유섭을 두고 하는 말이었다. 유섭은 삼촌 송장환의 노력으로 북경대학에서 수학했다. 그러나 장래가 촉망되던 학자에의 길을 버리고 그는 공산주의에 투신하여 풍문에 의할 것 같으면 지금은 연안(延安)에 있다는 것이었다.

"그놈을 공부시킨 것은…… 허사였네 허사, 다 부질없는 일이었다."

부젓가락으로 화로의 불씨를 집어 담뱃불을 붙이는 영환의 손이 덜덜 떤다. 뼈만 남은 앙상한 손, 그리고 팔.

"남아 장부, 세상에 태어나서 신념대로 산다면 우리가 한 일이 허사라 할 수는 없지요. 주색잡기에 빠진 것도 아니겠고 내 나라 내 민족을 배반하여 왜놈 쪽에 붙어사는 것도 아니고,"

"주색잡기, 친일하는 것만 잘못이란 말인가? 애비 노릇 못한 내게 무슨 할 말이 있겠나마는 그놈은 삼촌한테 배은망덕했지. 그럴 수는 없다. 공부를 마쳤으면 사촌들을 지 놈이 책임져야, 그래야 사람이고, 배웠으면 배운 값을 해야지 배은망덕이 아니고 무엇인가."

"그것은 다 사사로운 일 아닙니까."

"그러면 그놈이 조선 독립을 위해서 일한다 말인가? 방구석에 들어박혀 있지만 나도 그 정도는 알고 있다. 공산당 하는 거는 마우재놈들 앞잡이 하는 거다. 제 나라를 위해 싸워? 아라사놈들을 위해 싸우는 거지. 친일파하고 뭐가 다르나. 나도 그 점은 알고 있다. 제놈이 누구냐? 비록 가세가 기울어 지금은 이 지경 이 꼴이 되었다만은, 용정 제일의 부자 송병문 씨의 장손 아닌가. 송병문 씨의 장손이 공산당을 해?"

젊은 시절, 옹졸하고 그릇은 작았지만 영환은 말이 많은 사내는 아니었다. 오히려 젊었을 때 술에 취하면 장환이 말이 많았고 의논을 좋아했었다. 그러나 근자에 와서 영환은 동생만 보면 한없이 끝없이 말을 늘어놓으려 한다. 마치 허기 든 사람처럼.

"소련의 앞잡이든 중국의 앞잡이든 일본하고 현재 싸우는 것은 그들이니 어쩌겠습니까."

송장환은 길게 설명하고 싶지가 않았다. 설명을 해도 소용없다는 것을 잘 알고 있었기 때문이다.

"아라사가 일본하고 싸워?"

"전쟁이 붙지는 않았지만 그들은 중국을 도우고 있으니까요."

"그럴 리가 있나. 장개석은 공산당을 불구대천의 원수로 아는데 아라사의 도움을 받아?"

"그것은 엄연한 현실입니다. 또 하나의 현실은 중국공산당이 일본과의 싸움으로 장개석을 몰고 갔고 전쟁에 앞장선 것도 중국공산군이지요. 유섭이를 너무 나무라지 마십시오. 고생하고 있을 테니까요. 유섭이가 그쪽으로, 설사 몸을 던지지 않았다 하더라도 남경까지 일본에 내어준 지금, 유섭이 무사했겠습니까? 벌목꾼, 탄광의 광부가 아닌 이상, 왜놈한테 협력하지 않는 이상."

바지에 담뱃재를 떨어뜨린 영환은 아무렇게나 재를 털어내고 한동안 침묵한다.

"하기야 입이 열 개 있어도 할 말이 없지. 내가 무슨 형 노룻을 했다고 애비 노릇을 했다고, 나는 몹쓸 사람이다. 십분의 일이라도 너에게 재산을 나누어 주었던들 송씨 집안 꼴이 이 지경 되었겠나. 계집 하나 잘못 두어 패가망신…… 그러나 내가 좀 너그럽고 수양이 되었더라면…… 후회한들 소용이 없지. 다 자업자득 뉘를 보고 원망하겠나."

"형수씨한테는 형님이 잘못하셨습니다. 그분도 피해자일 뿐 무슨 큰 허물이 있었겠습니까."

"시끄럽다!"

"……."

"그 계집을 두고 후회하는 건 아닌 게야!"

"……."

"어차피, 그런 일이 없었다 하더라도 없는 살림 꾸려갈 여자도 아니고."

담뱃재가 떨어지지도 않았는데 영환은 바지를 턴다. 그리고 콧등을 문지른다. 옛 아내에 대한 그의 말은 심정과는 다른 것을 장환은 안다. 유섭에 대한 비난도 심정과는 다른 것을 안다. 후회하는 것도 진실이며 과거를 참회하는 것도 진실이다. 그러나 그 진실은 사무치게 외로운 노년기의 자기 초상, 그 초상을 바라보는 데서 우러난 것이다.

"술상으 채리소꼬마. 들이가기요?"

방 앞에서 염씨가 말했다.

"음."

하고 영환이 대답했다. 장환은 일어서서 방문을 열어준다. 염씨는 일 년에 서너 번 오는 장환을 위해 꽤 음식을 장만한 것 같았다. 튼튼하게 생긴 소반에 올려진 음식 가짓수가 많았건만 체격 좋은 염씨는 가뿐하게 상을 두 사람 사이에 놓는다.

"듭세. 음석으 솜씨가 없으이 술로나 들기요."

염씨는 비죽 웃었다. 상을 내올 때마다 염씨가 하는 말이었다.

"폐스럽게 뭘 이렇게 많이 차렸습니까."

"애잉요. 무시기, 채린 것도 없소꼬마. 그보다 아아들으 오쟎애 섭섭합매다."

"여름방학 때 보내지요."

염씨는 나갔다. 음식솜씨가 없다, 장환 앞에 상을 놓을 때마다 하는 그 말은 그러나 음식솜씨가 있다는, 다분히 자랑스런 기분에서 하는 말이었다. 염씨의 전력은 경성(鏡城) 어느 부잣집의 찬모였던 것이다. 어릴 적부터 음식에 가탈이 심하던 영환도 후실댁이 만든 음식에는 불만이 없었다. 장환은 형의 술잔에 술을 붓는다. 형제는 함께 술을 든다.

"그래 언제 가겠나?"

영환이 물었다.

"내일 가야겠습니다."

"얘기할 새도 없겠구나."

"밤이 길지 않습니까."

장환은 슬그머니 웃었다. 해마다 올 때마다 그 얘기가 그 얘기였다. 새로운 것은 없었다. 그러나 장환은 짜증스럽거나 그렇지는 않았다. 오히려 육친의 따뜻함에 젖는 것이다. 자식 한테 아내한테 자신은 언덕이지만 그들은 자신이 기댈 수 있는 언덕은 아니었다. 험한 세파, 눈부시게 달라지는 세상, 그런데 심정적으로 형은 언덕이 되어주었다. 산송장이나 진배 없이 된 형이건만, 재산 한 푼 나누어 주지 않았고 혼자 탕진 해버린 형이건만 만나면 살붙이의 따뜻함을 느꼈고 부친을 보듯, 송장환이 본시 선량하여 그랬겠지만 그 자신도 외롭고 쓸쓸해진 탓은 아니었을까.

　"밤이 길지. 늙으면 더욱더 밤이 길고, 이제는 술도 많이 못 한다."

　"많이 드셔도 안 되지요."

　"너 머리에도 흰 것이 생기는 걸 보니 참말 세월이 덧없구나."

　"오십이 넘었으니 흰머린들 안 생기겠습니까."

　"그래 여식 애들은 잘 사는가?"

　"네. 넉넉하지는 못해도 화목하게 살지요."

　여식 애들이란 출가한 장환의 두 딸을 두고 하는 말이었다. 셋째인 아들은 지금 중학의 졸업반이었고 늦게 본 막내아들 은 보통학교의 이 학년이다.

　"매갈잇간에서는 꼬박꼬박 보내옵니까?"

　"어김없다."

"사람이 신실하여 저도 걱정은 안 합니다만."

매갈잇간은 옛날 송씨 집에서 부리던 박서방이 맡아 하고 있었다.

"많은 액수는 아니나 우리들 살기에는 충분하다. 늙은 사람이 돈 쓸 데나 있는가? 너이들을 도와주지 못해 그게 한스럽지."

"제 걱정은 마십시오."

"그나저나 세상이 어찌 돌아가고 있는가?"

"어렵지요."

"왜놈들이 저리 기승을 부리는데 장차 어찌 될꼬."

"험악하지요. 점점 더 험해질 것입니다."

"전쟁이 오래갈 거다 그 말인가?"

"오래가야 일본이 안 망하겠습니까?"

"중국이 손을 드는데도?"

"남경을 내어주었다 해서 일본이 다 지배한 것도 아니고 중국인 전부가 항복한 것도 아니지요. 이미 장기전으로 들어갔고."

"그러나 상해 남경에서 말도 못하게 사람이 많이 죽었다 하던데."

"많이 죽었다 하더군요. 그러나 일본군 한 사람에 중국군 다섯 사람이 죽는 비율로 쳐도 사람의 씨는 일본이 먼저 떨어지지 않겠습니까. 아무리 신식 무기에 기동력이 있다 하더라도 결국 전쟁은 사람이 하는 거니까요."

"그럴까? 모두 일본이 이길 거라고들 하던데……."

"장기전으로 나가면 일본은 감당 못합니다. 만주의 경우처럼 흐지부지 되리라 생각한 일본은 큰 오산을 한 셈이지요. 일본군 전부를 중국 땅에 풀어놔 봤자 성글은 그물, 큰 고기 몇 마리 낚을지 몰라도 잔 고기는 다 빠져나가지요. 해서 시작부터 아이 어른 할 것 없이 학살하는 거 아닙니까. 광대한 중국땅에서 그놈들이 미치지 않고 전쟁을 하겠습니까?"

"너 말을 들으니 또 그럴 듯도 하고, 장차 조선사람들은 어찌 될 것인지."

"전쟁에 내몰겠지요."

"그렇다면 조선사람들 씨가 안 마르겠냐?"

"반대로 생각할 수도 있을 것입니다. 조선사람에게 무장을 시킨다는 것은 일본으로서 상당히 위험한 일이지요. 또 그런 만큼 일본은 다급해진 것이고 약화되었다 할 수도 있을 겁니다."

"그건 그렇겠다. 하여간 이래도 저래도 우리 백성들은 죽을 노릇이다. 너도 각별히 조심해야."

"젊은 사람들이 걱정이지요."

### 3장 인실(仁實)의 변신

하얼빈의 중심가 허공로(許公路)에 운회약국(運會藥局)은 있었다. 러시아에 귀화하여 연추에 살고 있는 쎄리판 심의 본명을 딴 상호다. 약국 왼편에는 화룡의원(和龍醫院)이었고 오른편은 춘융상회(春融商會), 고급 양품점이었다. 허공로에 불빛이 나돌기 시작한다. 하늘은 노을이 방금 사라지고 뿌옇게 연푸른 상태를 지탱하고 있었다. 거리엔 여전히 마차 인력거가 지나가고 자동차도 지나가고 있었다. 가로수처럼 전주가 연이어진 인도에 사람들이 꾸역꾸역 밀려가고 여열이 감도는 거리, 약간은 설렁했으나 하얼빈에도 봄은 와 있었다. 가장 번화한 거리에 자리잡은 운회약국, 규모가 상당하다. 약사도 있고 점원도 두 사람이나 있고 하얼빈뿐만 아니라 근동지방의 군소약국에도 약품을 공급하는데, 그러니까 심운회(沈運會) 씨, 쎄리판 심이 사위 윤광오(尹廣吾), 정확하게 말하여 둘째 딸 수앵(樹鶯)을 위해 차려준 약국이다. 만주사변 이전의 일이었다. 그 당시 쎄리판 심은,

"내가 왜 하필 약국을 차려주는지 아느냐?"

새로운 생활, 새로운 일에 대하여 불안해하고 걱정스러워하는 수앵에게 물었다.

"어차피 독립을 해야 하니까 그러셨겠지요."

"물론 그렇다. 그러나 약국이라는 것은 남자뿐만 아니라 여자도 할 수 있는 일이기 때문이다. 앞으로는 여자도 활동을 해야 하고, 나는 한때 우리 수앵이가 여의사면 어떨까? 하고 생각한 일이 있었다. 그러나 너는 너무 연약했고 어리광이 심

한 아이라 단념을 했다마는, 이제는 세정 모르는 여자로 있어
서는 안 된다. 단련이 되어야 한다. 그리고 또 깊이 생각해야
할 일은 세상의 변화를 도무지 예측할 수 없다는 점이다. 무
섭게 세상이 변하고 있어. 어느 물줄기를 향해 가고 있는지
갈피를 잡을 수가 없다. 하니 남자가 가정을 책임지고 개인
생활에 주저앉을 수 없는 시대인 게야. 더군다나 연해주나 만
주땅은 남의 땅이 아니냐. 우리가 아무리 노령땅에 귀화를 했
다 하더라도 조선 민족인 것만은 틀림이 없고 윤군의 경우는
또 다르지 않은가. 나라 잃은 젊은 남자가 어디에 뿌리를 박
겠나. 뿌리를 내린다는 것은 여간 어려운 일이 아닌 게야. 윤
군이 농사를 짓는 농부이거나 나무를 찍는 벌목꾼이라면 모
를까, 식자 든 남자들 처신이 얼마나 어려운 시대인가 너도
알 게야. 하고 보면 수앵이 너도 어리광이나 부리고 몸단장이
나 하고 태평스럽게 살 수 있겠나? 여자도 강해져야 한다. 딸
둘을 꽃같이 기른 나도 실은 안쓰럽고 걱정이 된다."

　노파심에서 장장 한 시간이나 넘게 쎄리판 심은 타일렀던
것이다. 다행히 약국은 번창하여 또 하나의 점포를 매입했고
그곳은 모피상이었다. 수앵이도 이제는 삼십이 넘어간 나이
였고 어리광스런, 세정 모르는 여자는 아니었다. 약국은 수앵
이가 도맡아 하고 있었다. 뿐만 아니라 모피 구입을 위해 윤
광오는 흑하(黑河) 애훈[璦琿] 방면으로 출타가 잦았기 때문에
모피상의 일도 많이 관여하고 있었다. 말하자면 수완가가 된

것이다. 노령 연추에서 출생했고 그곳에서 자랐으며 학교도
그곳에서 마친 수앵이 노어가 유창한 것은 당연한 일이지만
중국어도 능통하여 중국인 러시아인을 위시하여 국제도시라
할 수 있는 하얼빈인 만큼 사업에 도움이 되었을 것이다. 그
러나 그들의 성공은 뭐니 뭐니 해도 수앵이 사촌오빠 두 사람
에게 힘입은 바가 컸다. 물론 형이나 조카가 하얼빈에 없었다
면 쎄리판 심이 이곳에 약국을 내어줄 엄두도 내지 못했을 것
이지만 일찍이 쎄리판 심의 형 심운구(沈運求)는 청국으로 귀화
하여 하얼빈에서 약종상(藥種商)으로 크게 성공한 사람이다.
형제가 서로 국적을 달리했으나 그들은 매우 정의가 두터웠
다. 발코니가 있는 러시아풍의 아름다운 저택, 연추에 있는
쎄리판 심의 그 아름다운 집을 지을 무렵 심운구는 동생을 위
해 적잖은 돈을 보태어주었고 중국인 벽돌공까지 보내주었
다. 장사에는 도를 튼 사람, 조선인의 흔적까지 털어버린 중
국인 심운구, 지금은 노쇠하여 사업에서 물러났지만 그의 두
아들이 부친의 기반을 이어받아 착실하게 사업규모를 넓혀왔
으며 허공로 일대에 미치는 영향은 대단한 것이었다.

거리의 불빛은 어슬막으로 접어들면서 차츰 밝아지기 시작
했다. 수앵은 종업원에게 이것저것 지시를 해놓고 의자에 걸
터앉으며 콤팩트를 꺼내어 얼굴을 들여다본다. 무르익은 아
름다움이라고나 할까 요염하다고나 할까, 백계 러시아 여인
처럼 얼굴이 희다. 결혼 당시만 해도 수앵은 가냘픈 소녀였었

다. 지금은 알맞게 체중이 늘었고 자신감에 넘쳐 보였다. 많은 사람과 접촉하고 종업원들을 다루어서 그랬는지 위엄도 만만찮게 몸에 배어 있었다. 수앵의 그와 같은 변신을 보고 옛날을 아는 사람들은 피를 속일 수 없다, 그런 말들을 했다. 큰아버지는 말할 것도 없고 청부업자로 연추에서 성공한 부친이나 현재 이곳 상가에서 자리를 굳힌 사촌오빠들, 모두 상재(商才)에 능한 사람들이었기 때문이다.

"여보오 수앵이,"

윤광오가 약국 문을 열고 들어서며 불렀다. 약사와 종업원들이 일어서며 정중히 인사를 한다.

"수앵이,"

윤광오는 다소 서두르는 듯 들뜬 듯했다. 결혼하여 십 년이 넘었는데 아직 아내의 이름을 부르는 것은 이들 사이에 자식이 없었던 탓이다. 수앵이 정열적으로 사업에 열중하는 이유 중의 하나가 그 때문일 것이며 그리고 그것은 수앵의 크나큰 고민이기도 했다.

"나 집에 들어가려고 하는데?"

콤팩트를 닫고 핸드백 속에 넣으며 수앵은 남편을 쳐다본다. 중년으로 접어든 윤광오는 여전히 건강해 보였고 점잖은 신사였다.

"실은 말이오,"

"……?"

"둘째 처남이 우릴 초대했어."

"네? 무슨 일루요?"

"무슨 일이라기보다 저녁이나 함께 먹자는 거요."

"집에서?"

"아니 밖에서."

"그렇담 집에 가서 나 옷 갈아입어야 해요."

말씨나 동작에 수영의 옛모습이 나타났다.

"그 옷이 어때서? 썩 좋은데그래."

약국에서 입는 가운을 벗어버린 수영의 차림새는 윤광오의
말대로 썩 좋았다. 그가 즐겨 입는 검자줏빛, 검자줏빛의 비
로드 드레스는 얄밉도록 잘 어울렸다. 가느다란 사슬의 백금
목걸이도 매우 심플해서 옷에 맞았다.

"온종일 입던 옷인데, 시간 걸리지 않을 거예요."

"그러면 약속시간에 너무 늦어진단 말이오."

"하지만,"

"안 돼."

"이이가?"

"허허어 어서,"

윤광오는 떼쓰듯 말했고 수영이는 웃는다.

"그래요, 그럼."

옷걸이에 걸린 엷은 회색 코트를 걸친 수영은 가느다란 담
비 목도리를 두른다.

"가세요."

또각또각 하이힐 소리를 내며 수영은 경쾌하게 걸어간다. 사촌들과 저녁을 밖에서 먹는 일은 흔히 있었다. 남편과 둘이 고급식당에 가서 저녁을 먹는 일도 꽤 잦은 편이었다. 뿐만 아니라 카바레에 가서 신나게 춤을 추기도 했다. 그럴 때면 수영은 잔뜩 멋을 부리고 나간다. 그것은 수영에게 생활의 변화였고 낙이었고 바쁜 일상에서 쌓인 피곤을 푸는 것이기도 했다. 수영은 남편과 팔짱을 끼고 봄내음이라도 맡듯 코를 실룩거리며 걷는다. 거리의 불빛은 한층 찬란하고 밤은 매혹적이다.

"여보?"

"음."

"당신 연주 있을 때 생각 안 나요?"

"글쎄,"

"요즘 그때 생각이 가끔 나요. 손님들을 초대하고 하던 일이, 모두 애국지사들이었고 격조 높은 사람들이었는데."

"여기는 격조가 떨어진다 그 말이오?"

"그럼요. 우선 오빠들, 돈은 많지만 무식하지 않아요?"

"무식하긴? 교육받을 만큼 받았는데."

"장사꾼이지, 뭐."

"우리는?"

"우리도 그렇구요."

"돈이 많다고 해서 처남들이 옳지 않은 것은 아니지 않소."

"그건 그래요. 오빠지만 동족 아닌 것 같은 생각이 들 때 묘하게 서글퍼요."

"나도 당신 남편이지만 동족은 아니지 않소?"

윤광오는 농담으로 말했다. 수앵의 국적은 러시아였고 자신의 국적은 조선이기 때문에 한 말이었다.

"이이가?"

남편을 떠밀다가 수앵은,

"우리도 그만 거기 있을 걸 그랬나 봐요."

"무슨 소리요?"

"당신 모스크바에 갈 수도 있었잖아요."

"언니 땜에 샘이 나는 모양이군."

"네 그래요. 샘이 나요. 우린 장사꾼이지만 형부는 상당한 지위에 있는 모양이니까."

"실정을 누가 알겠소. 쓸데없는 소리는 그쯤 해두고."

윤광오는 수앵의 마음을 잘 안다. 하바롭스크에 있던 언니 수련이가 모스크바에 갔다는 소식을 듣고 샘이 나서 하는 말도 아니요, 모스크바 대학을 나왔고 머리가 비상한 형부가 상당한 지위에 있다는 데 자극을 받아 하는 말도 아닌 것을 안다. 다만 열심히 해온 일에 약간 권태를 느낀 것이며 아이가 없어 쓸쓸하고 광오에게 미안한 마음에서 그런다는 것을.

이들이 간 곳은 중국인이 경영하는 레스토랑 흑룡(黑龍)이었다. 러시아인들 고객이 많은 곳이다. 두 사람은 코트를 벗어 주고 홀로 들어간다. 홀은 넓었다. 장치도 고급이었고, 하얼 빈에서는 일류 레스토랑이다. 피아니스트가 조용한 곡을 연 주하고 있었다. 사람들은 많은데 조용하다.

"언니도 왔어요?"

등을 보이고 앉아 있는 한 쌍의 남녀를 재빠르게 발견한 수 앵이 물었다.

"아아니, 아주머니가 오신다는 말은 못 들었어."

윤광오는 실실 웃으며 말했다.

"그럼 오빠 옆에 앉은 저 여잔 누구예요?"

"글쎄에, 누굴까? 가보면 알겠지, 뭐."

그들이 다가갔을 때 한 쌍의 남녀는 동시에 돌아보았다.

"아니!"

수앵이 깜짝 놀란다. 여자는 미소 지으며 일어섰다.

"언니이!"

여자는 수앵에게 손을 내밀었다. 악수를 하면서,

"오래간만이구나. 그간 수앵인 잘 있었어?"

낮은, 아주 낮은 목소리로 말했다. 놀랍게도 그는 유인실이 었던 것이다. 허둥지둥 자리에 앉은 수앵이는 옆에 앉는 남편 의 팔을 흔들며,

"당신 알고서 얘기 안 한 거지요?"

힐난한다.

"놀라는 얼굴 보고 싶어 그랬소."

윤광오는 계속 실실 웃었다.

"어쩌면 깜쪽같이 사람을 속여요?"

사촌오빠 심재용(沈載勇)과 윤광오가 껄껄 소리 내어 웃는다.

"날 속이는 데 이력이 나 있는 모양이야. 그렇지 않고선 그리 능청스러울까?"

"속이긴 누굴 속여? 말을 하지 않았다 뿐이지."

"방금 말하지 않았어요? 글쎄, 누굴까? 가보면 알겠지 뭐, 누가 그랬지요?"

"이제 그만. 배고픈데 저녁 먹고 기운 차린 뒤 싸우라고."

심재용 말이 신호이기나 하듯 나머지 세 사람의 용어가 중국말로 바뀐다. 심재용은 윤광오보다 두세 살쯤 위로 보였다. 체격은 늘씬하게 빠졌지만 용모는 그저 그런 정도, 옷차림은 멋쟁이다. 심재용은 철두철미 중국인이었다. 교육은 물론, 결혼도 중국여자하고 했다. 그가 귀화한 조선인 이세라는 사실을 아는 사람은 그리 많지 않았다. 그에게는 몇 가지 사업체가 있었는데 그중의 하나가 전영사(電影社)라는 영화관이었다. 웨이터를 부른 심재용은 특별히 유인실의 의사를 물어본 뒤 식사를 주문했다. 수앵과 윤광오뿐만 아니라 심재용도 유인실과는 매우 밀접한 사이인 것 같다.

"언제 오셨어요? 언니."

수앵이 물었다.

"이삼일 됐을 거야."

"너무해."

인실은 웃기만 한다.

"이삼일 지났는데, 그래 겨우 오늘이에요?"

"바쁜 일이 좀 있었거든."

"그래도 그렇지."

인실은 연하게 화장을 하고 있었다. 옷은 중국옷, 잔무늬가 있는 은회색 다브잔스, 어깨에 하얀 조젯 목수건이 걸려 있어서 화사했다. 세련된 상류사회의 중국여성, 누구의 눈에도 의심치 않을 그런 모습으로 비쳤다. 그린 듯 짙은 눈썹에 눈이 빛났다. 그러나 나이는 속일 수 없는 것, 눈 가장자리에 잔주름이 모여 있었다. 그간 동경을 떠나온 지 팔 년의 세월이 흐른 것이다.

"모두들 나만 따돌려놓구서,"

수영의 투정은 계속되었다.

"삼십에서 사십 중간까지 온 여자가 왜 저 모양인고?"

심재용의 핀잔이다.

"엄마 젖 먹고 싶어서 저래요. 옛날 버릇이 나온 겁니다."

윤광오도 맞장구를 쳤다.

"에계계?"

"그새 받아줄 사람이 없더니 얼씨구나 하고,"

"윤선생님이 받아주시지 그랬어요? 눈물도 닦아주고."

"그렇지요 언니? 남자들이 얼마나 나를 구박했는지 알 만하죠? 스스로 마각을 드러낸 거예요."

"모략입니다."

윤광오 말에 따라 심재용도,

"중상입니다."

하고 웃었다. 식탁 위에 식사가 나왔다. 네 사람은 화기애애한 속에서 서로의 건강을 빌며 샴페인을 든다. 그러나 네 사람의 심정이 화기애애한 것만은 아니었다. 서로의 가슴으로부터 긴장감은 전달되고 있었다. 유인실은 어떤 경로를 밟고 이 사람들과 식사를 함께 하는 처지에 이르렀는가.

팔 년 전에 인실이 용정촌에 나타난 것은 지극히 자연스런 일이었다. 뜻을 품고 망명하는 조선인들에게 간도 용정촌은 지역적으로 심정적으로 중계소였었기 때문이다. 용정촌에 머물면서 인실이 더듬어간 것은 김길상과의 연고(緣故)였다. 길상으로부터 소개를 받아 왔으면 물론 쉽게 선이 닿을 수 있었겠지만 떠날 때 인실은 계획을 세울 만큼 여유가 있었던 것은 아니었다. 여유가 있고 없고 그런 정도가 아니었다. 캄캄한 암흑과 절벽 앞에 인실은 한 마리 눈먼 짐승이었다. 자살에의 유혹도 수차례 받았다. 모성애나 연민 같은 것, 그런 것은 인실에게 너무나 염치없는 감정이었다. 나락과도 같은 죄의식, 뿌리쳐도 뿌리쳐도 달려드는, 덮치고 누르는 바위 같은 죄의식이 그의 생존을 끊임없이 위협했다. 용정에 도착한 인실은 며칠을 여관에 묵고 있다가 셋방을 하나 얻어 자취를 시작했다. 탈출과 해방을 꿈꾸던 그 긴 동경에서의 몇 개월의 시간이 용정에서 되풀이되었다. 하나의 생명을 떠밀어내고, 용정에서의 시간은 탈출도 해방도 아니었다. 인실은 한없이 쏘다녔다. 산이고, 강변이고 어디고 간에 길거리를 헤매다 밤이면 셋방에 와서 쓰러지곤 했다. 그리고 긴, 참으로 긴 겨울 동면과도 같이 방 한 칸에 갇히며 자신과 치열한 싸움을 벌였다. 동경의 그 몇 개월과 같은 악몽의 나날이었다. 집요한 자신과의 작별은 이듬해 봄 해란강 강가 사소한 풍경에서 시작되었다. 강이 풀리어 뗏목이 흘러가던 해란강, 새 풀이 돋아나 싱그러웠고 햇볕이 따스했다.

"무슨 샐까? 북쪽으로 가는 걸까, 남쪽으로 가는 걸까."

강변에 웅크리고 앉아서 나는 새를 바라보며 중얼거리는데 어디선지 노랫소리가 들려왔다. 〈선구자〉, 노래는 〈선구자〉였다. 고개를 돌렸을 때 네댓 명의 중학생이 모래밭에 앉아서 〈선구자〉를 부르고 있었던 것이었다. 소년들은 목이 터져라 노래를 부르고 있었다. 어떤 소년은 강물을 향해 돌팔매질을 하면서 노래를 부르고 있었다. 교복의 모습으로 보아 방금 중학교에 입학한 듯 모두 햇병아리였다.

지난날 강가에서 말 달리던 선구자아
지금은 어느 곳에 거친 꿈이 깊어었나아

오래간만에 인실은 울었다. 그리고 인실은 자기 갈 길을 찾기 위해 김길상과의 연고를 더듬기 시작했던 것이다. 마침 이웃에 안면이 있는 노인이 살고 있었다. 방을 얻으려고 거간을 찾아갔을 때 멍청히 앉아 있던 노인이었다. 그가 바로 옛날의 거간꾼 권서방이었던 것이다. 칠십이 가까워진 그는 오래전에 상배를 했으나 그나마 자식들이 자라 제몫을 하는 덕분에 노년이 한가하였고 소일 삼아 거간꾼을 찾아가서 장기도 두고 술잔이나 얻어먹곤 했던 것이다. 처음 골목에서 만났을 때 권서방은,

"어쩨 가족이 없소?"

하고 물었다. 인실은 가족이 있다고 대답했다.

"아직 젊은 댁네가 그러면 어찌 혼자 있소?"

"이곳에 볼일이 있어서 당분간,"

"사람을 찾소?"

"……."

"음…… 혼자서 어려운 일이 있으면 말하소."

"고맙습니다."

"우리 집에 댁네 같은 며눌아이도 있으니 말벗도 하고 놀러 오소. 알고 보면 이곳은 모두 고향 떠난 처지니. 그리고 우리 집은 바로 뒷집이오."

그리하여 권노인 일가와 알게 되었다. 인실은 가끔 권노인을 찾아가서 용정 형편에 관한 얘기를 묻곤 했는데 권노인은

인실을 어떻게 보았는지 매우 정중하고 예의 바르게 그리고 소상히 말해주었다. 십여 년 전까지만 해도 갓바치 박서방과 뜨내기 엿장수 홍서방 셋이 모이면 죽이 맞아서 안 할 소리 할 소리 다 하는, 입심은 걸쭉했고 공노인과 공노인댁네 방씨에게까지 버릇없이 굴던 권서방이 나이 들어서 점잖아지기도 했겠지만 인실의 인품에 대한 존중이기도 했던 것이다. 셋방을 얻으려고 찾아왔을 때나 가끔 골목을 오가는 모습을 먼발치에서 보았을 때 권노인은 여느 여자와 다르다는 생각을 했다. 수수한 입성에 화장기라곤 없고 여위어서 쓰러질 것 같았지만 옛날 길서상회 안주인의 그 고귀함, 강인함과 일맥상통하는 것을 느꼈던 것이다. 아무튼 권노인은 용정촌 형편 얘기에서 공노인을 빠뜨릴 수 없었고 공노인 얘기를 하다 보니 그것에 물려서 따라나오는 것이 김길상 일가였다. 큰 화재 얘기며 토지거래의 얘기며 그리고 송씨 일가에 관한 얘기도 있었다. 인실은 권노인의 말에서 공노인과 김길상의 불가분의 깊은 인연을 알게 되었고 공노인과 권노인의 친분도 짐작할 수 있었다. 그리고 얘기를 짚어나가는 동안 인실은 송장환을 만나야겠다고 마음먹었다.

"송선생은 애국자요."

권노인은 송장환을 그렇게 잘라 말했다.

"그분을 만나뵐 수 없겠습니까?"

인실이 말했다. 권노인은 인실의 눈을 가만히 쳐다보았다.

한동안 그러고 보더니,

"송선생은 하얼빈에 기시지요. 거기까지 찾아가겠다면 내 주소를 알아다 드리겠소. 매갈잇간에 가면은 알 수 있을 게요."

왜 그랬는지 모른다. 인실의 가슴이 뭉클했다. 신중하면서 적극적으로 나오는 노인의 모습, 순간의 이심전심이 그토록 감동을 주었는지. 고향을 버리고 남의 땅에서 긴 성상을 보낸 조선의 늙은 백성의 강렬한 소망을 인실은 느꼈다. 늙고 무식하고 가난한 동포, 강가에서는 목이 터져라 선구자의 노래를 부르던 소년들을 보았고, 신선한 감동이었다. 만주 벌판을 휘몰고 가는 바람같이, 짙푸른 두만강의 강물과 같이, 설원을 달리는 한 마리 사슴같이, 감동이기보다 아픔이었을 것이다. 인실은 진정으로 이제야말로 서울에서 입이나 나불거리고 있는 지식인들과 작별을 하는 거라고 생각했다.

하얼빈에서 인실은 송장환을 만났다. 단도직입으로,

"저는 계명회사건에 연루되어 김길상 선생님, 그 밖의 여러 분들과 함께 감옥살이를 한 유인실입니다."

인실은 자신을 그렇게 소개했다. 순간 송장환은 놀라는 것 같았다. 인실은 자신의 신분을 밝히는 데 그 말 이외 다른 할 말이 없었다.

"그렇습니까. 김형은 형기 마치고 나왔지요?"

송장환은 침착하게 물었다.

"작년 정월에 진주로 내려가서 만나뵈었습니다."

"건강은 어떻던가요."

"괜찮으신 것 같았습니다."

"집안은 모두 무고했는지요,"

"네."

"한데 무슨 일로 오시었소?"

침착할 뿐만 아니라 송장환의 목소리는 쌀쌀하기까지 했다. 인실의 말문이 막혀버린다. 도시 뭐라 답변을 해야 할지 한순간 막연했던 것이다.

"달리 말씀드릴 게 없습니다."

"뭐라구요?"

"저는 취직이나 할려고 이곳에 오지 않았습니다."

"그럼 뭣 하러 오셨지요?"

송장환은 희미하게 웃었다. 인실은 오랫동안 말없이 앉아 있었다.

"소개장을 가져온 것도 아니고, 참…… 막연하네요."

중얼거리듯 인실이 말했다. 그리고 다시,

"그냥 떠났어요. 용정에 와서, 작년 가을에 와서 겨울을 나고, 권노인을 만났습니다. 김선생님하고 교분이 두텁다는 송선생님 얘기를 들었지요."

"내가 무엇을 어떻게 도와드렸으면 좋겠습니까?"

누그러져서 말했으나 인실은 그 말 대꾸는 하지 않았다.

"김선생님은 사건이 나기까지 전혀 몰랐습니다. 용정에 계시다가 잡혀오신 서의돈 선생님은 저를 잘 아시지만,"
해놓고 인실은 멈칫한다. 서로의 얘기가 꼬이다 보니, 인실은
핵심을 찔러 말할 수가 없었다. 솜방망이로 명태 두드리듯이
안타까운 생각이 든다. 처음 단도직입으로 계명회사건에 연
루되었다 하면은 넘어갈 줄 알았다.

"서선생께서 계명회의 주모자로 돼 있으니까 물론 잘 아시
겠지요."

"그런 뜻에서보다 그냥 전부터,"
하다가,

"그분이 계셨더라면 아마 저는 찾아오지 않았을 거예요. 이
유는 개인적 사정 때문에."

인실은 고개를 흔든다.

'내가 바보가 되었나?'

일 년 넘게 인실의 사고력은 자기 내부 속에 깊이 잠적하여
주변과는 연을 끊고 있었다. 어둠 속에 갇혔다가 갑자기 햇빛
속에 나온 듯 눈부시어 사물의 파악이 서툴고 더더구나 자기
표현이 위축되어 있는 것은 그의 개인사정 때문이기도 하겠
으나, 무심중에 서의돈의 얘기를 꺼낸 것 역시 개인적 사정에
저촉이 되었다. 서의돈의 이름은 인실의 마음을 산란하게 하
였다. 서의돈은 오빠 유인성과 연결이 되기 때문이다.

"그러니까 서의돈 선생하고는 전부터 잘 아시는 사이란 말
씀이군요."

송장환의 말은 들은 척 만 척 인실은,

"저는 조직 속에서 일하려고 왔을 뿐입니다. 그것도 취직은 취직이군요."

성이 잔뜩 나서 인실은 말했다. 송장환은 담배를 꺼내어 물었다.

"어떤 경로로 나를 찾아왔건 그건 상관없습니다."

담뱃불을 붙였다.

"김형이나 서선생 두 분하고는 친교가 있지요. 그것은 사실입니다. 그러나 댁은 뭔지 모르지만 오해를 하고 오신 것 같습니다."

자신의 사고력이 녹슬었다는 생각에 겹쳐서 비로소 인실은 이 바닥에서는 자신이 초년병도 못 된다는 것을 깨닫는다. 얼굴을 붉힌다. 낯선 여자가 풀쑥 나타나서 자기 소개를 하고 조직 속에서 일하려고 왔다 한다고 해서, 의용군 모집도 아니겠고 네 잘 왔소, 참 잘 오셨습니다, 할 사람이 어디 있겠는가. 자신의 저돌적 행동은 용기라기보다 무지인 것을 인실은 깨닫는다.

"유인실? 그러셨던가요? 그러면 혹 유선생께서 이상현 씨를 아십니까? 서선생하고는 조선에 있을 때부터 막역한 사이였다고 들었는데."

"알지요. 그분이 이곳에 계신가요?"

"얼마 전까지 계셨지요. 어쨌든 좋습니다. 일단 절 따라오십시오. 여성이 낯선 곳에서 혼자 여관에 계신다는 것도 그렇고, 나가실까요."

찻집에서 나와 인실을 데려간 곳이 윤광오의 집이었다. 윤광오, 3·1운동 전에 동경에 가서 공부를 하다가 관동진재를 겪고 돌아온 사나이, 형을 찾아 연해주에 왔다가 수앵과 혼인하여 눌러앉았으며 수년 전 방황하다가 쎄리판 심의 집을 방문한 이상현에게 끈덕진 질문, 특히 이광수의 「민족개조론」을 들고 나와 맹렬히 공박했던 사내, 하여간 인실과 윤광오의 만남을 두고 기연이라 해야 하는지.

"이게 누구야!"

윤광오가 먼저 말했고,

"어머!"

인실도 깜짝 놀랐다.

"유인실 씨 아니오!"

"네, 윤선배님."

"어떻게 된 일입니까?"

윤광오는 송장환을 보고 급히 물었다. 어리둥절한 송장환은,

"글쎄, 나도 모르겠네. 어떻게 된 일이야? 아는 사이란 말이지?"

"알다 뿐이겠습니까. 여보 수앵이,"

역시 어리둥절해 있는 수앵의 팔을 잡아끌고 흔들면서,

"이 여성이 누군 줄 알아요?"

"네?"

수앵은 인실을 보며 멋모르고 웃기만 했다.

"관동진재 때 오가타라는 일본청년하고 조선인 유학생 구출작전에 나섰던 용감한 여성이야. 나도 구출을 받은 사람 중에 드는데, 그때 내가 하숙했던 집, 그놈의 주인 놈이 아주 고약했거든. 인실 씨가 그때 나를 오가타 집에 데려다주었지. 기억하지요, 인실 씨?"

인실은 고개를 끄덕였다.

그 후 인실은 윤광오 집에 얼마간 머물다가 심재용의 집에 가서 한동안 가정교사로 있었다.

"자아 우리 저녁도 먹었고, 모처럼 유선생도 오셨으니 춤이나 추러 가자."

레스토랑 흑룡에서 식사를 끝낸 심재용은 느긋하고 넉넉해진 표정으로 일행을 둘러보는 것이었다.


수앵이 일행이 식사를 하고 카바레에 가고 하는 동안 윤광오 집 객실에서는 몇몇 사람들이 모여서 오랫동안 밀담을 하다가 한 사람 두 사람 빠져나갔고 네 사람이 남았다. 그러니까 밖에서 식사를 하고 카바레로 가고 한 일은 말하자면 일종의 양동작전이었다 할 수 있겠다. 왜경의 촉수가 아직 미쳐 있지는 않았다 하더라도 행동반경의 유동(遊動)은 불가피했으며 항상 고려되지 않으면 안 된다. 객실에는 권필응과 송장환, 정석,

그리고 또 한 사람이 남았다. 술상이 들어왔고 그들은 술을 마시기 시작했다. 권필응, 그는 일 년 전부터 윤광오 집에 체류해 있었다. 칠십의 문턱을 눈앞에 보고 있는 나이, 그러나 그는 아직 정정했다. 이따금 희미하게 내리깐 눈시울을 들어 올리곤 했는데, 그럴 때 무섭게 빛나는 눈빛, 피부 전체가 방향감각으로 집중되어 있는 것도 옛날과 다름이 없었다. 작년에는 묵당 손유진이 연추에서 세상을 버렸으며, 권필응 또래의 투사들은 대개 세상을 뜨거나 흔적이 없거나 혹은 옥사했거나, 그의 오른팔로 믿었던 장인걸이 죽은 지도 꽤 오래되었다. 김두수를 죽이려고 칼을 품고 다니던 박재연도 이 세상 사람이 아닌 지 오래였고 그새 얼마나 많은 애국투사 지도자들이 일제에 의해 체포되고 투옥되고 살해되었는가. 실로 헤일 수가 없다. 지금 술상머리에 둘러앉은 사내들, 권필응을 위시하여 송장환은 오십 대요, 정석은 사십 대의 중반으로 접어들었으며 상해서 온 사내는 사십이 채 못 된 듯하다. 어쨌거나 살아남은 이들, 이들 역시 그렇다. 어찌 내일을 기약할 수 있을 것인가.

만주사변 직전의 만보산사건과 만주 건국선언 직후, 상해 홍구공원에서의 사건, 그러니까 1931년에서 1932년에 걸쳐 일 년이 채 못 되는 기간 중에 일어났던 두 가지 사건은 반전을 위한 클라이맥스라고나 할까, 역사진행의 절묘함을 느끼게 한다. 그 사건을 통해 조선과 중국의 민족적 감정, 정치적 상황, 전략, 전술, 그런 것들의 변화는 만주에서 현저히 나타났다. 한말에 국경분쟁으로 대치했던 땅이, 일본의 통치로 조선이 넘어가면서 항일하는 조선 민족의 거점이 되었으며, 그러나 그 거점에서 견디어낸 세월은 파란만장이었고 풍설에 단애(斷崖) 같은 긴박의 연속이었다. 도도히 밀고 오는 일본 침략 앞에 두 민족은 한배를 탔어야 했다. 그러나 그러질 못했다. 두 민족이 손을 잡아야 한다는 소리가 없었던 것도 아니요, 암암리에 상호협조가 없었다 할 수도 없다. 그러나 중국의 국내사정이, 만주 군벌의 복잡한 내용이 조선 독립군의 발부리에다 낫질을 했던 것이다. 일본과 결탁하여 북벌을 저지하면서 오히려 본토 석권을 꿈꾸던 만주 군벌은 일본에 협조하여 독립군을 소탕하려 했고 조선 독립군은 일본 침략의 구실이 된다 하여 내어쫓으려 했고, 폭풍 같은 민중들 반일 감정의 흐름을 돌려놓기 위해 중국 정권은 조선인 배척운동에 부채질을 했으며 일본이 조선인을 앞세워 온다 하여 조선인을 핍박했으며, 일본을 치기 위한 간접의 수단으로 조선인을 못살게 굴었다. 그 나쁜 조건과 부정적 시계(視界)를 고조한 것이 만보산사건이며 그것을 뒤집어버린 것이 홍구공원의 사건이다. 역사의 드라마는 사방에 있고 하나의 작은 불씨는 천지를 태울 수도 있는 것, 한 사람 기자의 오보 때문에 수백 명이 죽어야 했고 만주의 수십만 동포들이 궁지에 몰려야 했던 것처럼 무명의 열사, 윤봉길의 폭탄 투척은 세계의 이목을 모았고 일본을 진감(震撼)케 했으며 중국과의 갈등은 일시에 불식

되었던 것이다. 물론 만주를 잃고 중국 본토까지 위협받는 형편이고 보면 공통된 피해자, 당연한 귀추라 하겠지만 홍구사건 이후 조선 혁명당이 중국 요녕(遼寧) 구국회와 합작하여 항일전선을 구성함으로써 양 민족 간의 공동보조는 구체화되었고 조선 독립군과 중국 의용군이 합세하여 쌍성현(雙城縣)의 점령을 위시하여 사도하자(四道河子)에서 일만연합군(日滿聯合軍)을 격파했고 동경성(東京城)을 점령, 동만(東滿)의 대전자령(大甸子嶺)에서 일본의 나남(羅南) 72연대를 대파하는 등 행동으로 나타났다. 권필응은 시초부터 중국과의 합동투쟁을 열렬히 원했던 사람이다. 그는 끈질기게 줄기차게 그것을 위해 동분서주했었고 노력해왔던 것이다. 중일전쟁이 발발하면서 국내 사정은 일제가 날로 목을 죄고 있는 실정이지만 이곳은 보다 험난하고 보다 살벌했지만 확실히 활기를 띠고 있었다.

"상해에서 남경까지 그동안 일본군은 비전투원 삼십만을 죽였다 하는데 그보다 더 될 거라고 말하는 사람도 있었습니다. 오만의 군대가 삼십만의 양민을 학살한다는 것을 어떻게 납득할 수 있겠습니까. 노약자와 아녀자들, 필설로써는 도저히 전할 수 없는 거대한 지옥을 누가 믿겠습니까. 차마 사람의 탈을 쓰고 입에 올릴 수 없는 그 짐승들의 추악한 만행을 도저히 상상할 수는 없을 것입니다."

상해에서 온 이건(李建)이 남경학살사건의 얘기를 하고 있었다.

"열 살에서 칠십까지 명색이 여자라면 모두 욕보인 뒤 죽였습니다. 백주이든 대로상이든 장소와 때를 가리지 않고 야수같이 그 추하고 더러운 모습을 드러내놓고,"

하다가 이건은 잠시 말을 끊었다. 주먹을 쥐었다 폈다, 다시 말을 이었다.

"어린것의 목을 짜른 뒤 어미를 범하고, 어린것을 공중 높이 던져 놓고 총검 끝으로 받아서 죽이고, 아들과 어미를,"

다시 말을 끊는다.

"네, 그렇습니다. 총검술의 연습용은 차라리 점잖은 편이었지요. 인류 역사상 어느 야만족이 그런 짓을 했겠습니까. 저는 울부짖었습니다. 하늘이여! 하고, 내 나라를 빼앗은 원수놈이기에 그랬던 것은 아니었습니다. 일본놈의 씨를 말려버려야 한다구 말입니다. 일본놈의 씨를 말리지 않는다면 하늘이 없는 거라구 울부짖었습니다. 어느 지옥에 그 같은 광경이 있겠습니까. 어떤 악마가 그런 짓을 하겠습니까. 일본놈의 씨를 말리지 않고서는 인류가 존속할 수 없습니다. 네, 바로 그렇습니다."

모두 침묵한 채, 목이 타는지 송장환이 술을 마셨다. 술을 삼키는 소리가 이상하게 크게 들렸다. 묵은 연못 속에 개구리가 뛰어드는 소리같이.

"추도분은 말했습니다. 천하에 주의(主義)는 여러 가지가 있다. 그러나 무저항주의 같은 수치스런 행위에 주의라는 말을

426

붙일 수 없다 하고 말했습니다. 삼십만의 학살은 잔혹무도한 일본놈 국민성의 산물인 동시 장개석이 견지해왔던 바로 그 무저항주의의 산물입니다. 도시 국민의 당이 어디 있습니까? 국민당은 장개석의 사당(私黨)이지 그게 어디 국민의 당이겠습니까?"

추도분(鄒韜奮)은 중국의 항일 저널리스트다.

"그래도 지금 장개석은 항일의 영웅일세. 구심점이고."

권필응은 자신의 뒤통수를 슬슬 만지면서 말했다.

"보따리 싸서 달아나고 남은 사람들, 삼십만의 인민이 학살되었는데도 그렇습니까?"

"이군!"

"네."

"자네는 남경학살을 일본의 잔혹무도한 국민성과 장개석의 무저항, 그것에 원인이 있다고 했는데, 그 밖의 이유 같은 것은 생각해보지 않았는가?"

"그 밖의 이유라면?"

"일본의 민족성과 장개석이 종전까지 취해온 무저항, 원인은 그것뿐이겠는가 말이네."

이건은 대답을 못한다.

"다른 사람은 어떻게 생각하나, 그 밖의 이유 말일세."

송장환과 정석도 묵묵부답이다. 질문이 갑작스러워서도 그랬겠지만, 사실 그 무엇을 어떻게 생각한다는 여유가 없었다.

427

이건은 물론 두 사람도 분노와 흥분된 상태였으므로 냉정히 판단할 겨를이 없었다.

"모두 그리 착해빠져서 무슨 일을 하겠는가."

권필응은 탄식하듯 말했다. 세 사람은 얼굴을 붉히며 쩔쩔맨다. 권필응은 술을 마시고 잔을 돌리며,

"아무리 일본 인종이 극악무도하다 하더라도 일본인 전부가 악귀일 수는 없는 일. 군에 끌려나온 사내 모두가 짐승일 수는 없는 일. 한데 어찌하여 모두 악귀가 되고 짐승이 되었는가. 그런 만행은 다소간 정복자의 속성이라 하더라도 오만의 군대가 삼십만의 비전투원을 학살하다니. 자네들은 일본 군부의 작전이라는 생각은 아니했다 그 말인가?"

"그, 글쎄올시다."

"중국땅이 일본땅의 몇 배인가? 중국의 인구는 일본 인구의 몇 배인가? 그래도 생각이 안 나는가?"

"......"

"대저, 잔인성이란 용기 있는 자보다 용기 없는 자의 속성인데, 일본 민족은 매우 소심하고 겁이 많은 민족인 게야. 자고로 칼로써 다스려지는 백성이 그런 것은 당연지사, 한데 그들의 용감무쌍은 어디서 왔는가. 그 나라는 변혁이 없었고 섬나라, 가두어진 상태, 그 속에서 칼로 길들여졌다는 것은 무엇을 의미하는가. 거역과 선택이 없는 용기란 오로지 복종하는 그것인 게야. 그런 틀 속에 있다가 틀이 빠져버리면 어떻

게 되겠나? 갈팡질팡 소심하고 왜소하고 가련한 모습, 마치 가둬 길렀던 새가 새장 밖에 나가도 날지 못하는 것처럼. 청일전쟁·노일전쟁, 그리고 만주사변하고는 다르거든. 그건 국지전쟁의 성격으로 틀 안에서 싸운 거고…… 대륙에다 개미같이 풀어놓은 군대, 그들을 짐승으로 만들지 않으면 악귀로 만들지 않으면 어쩌겠나."

정석은 무엇 때문인지 싱긋이 웃었다.

"그러니까 병사들의 양심이나 공포심을 마비시키기 위한 작전의 하나였다는 그 말씀이군요."

송장환의 말에, 그 바보스러운 것 같은 말에 권필응은 대꾸하지 않았다.

"풍신수길(豊臣秀吉)이 명나라에 칙서를 보낼 때 해 뜨는 나라에서 해 지는 나라로, 하고 썼거든. 키 작은 사람은 발돋움을 하는 법인 게야. 무변한 땅덩어리, 수없이 많은 인구, 수천 년을 두고 쌓은 문화, 위축 아니 되고 어쩌겠나. 삼십만의 학살은 그 위축에 대한 군부의 처방일세."

"하기는 그렇습니다. 죽으라면 죽는 군율인데 자발적일 수 없는 일이지요."

송장환이 말했다. 그러나 이건은 거의 권필응의 얘기를 듣고 있는 것 같지 않았다. 그는 어쩌면 자기 자신 속에서 망연자실하고 있는 것 같았다.

"속전속결, 그것도 이유의 하나 아니겠습니까?"

석이 말했다. 순간 권필응은 웃었다.

"그렇지. 일본은 장기전의 늪에 빠질 것을 겁낸 게야. 비전투원도 전과(戰果), 공포의 도가니로 몰아넣어 중국인을 좌절시킨다. 의도적이라면 그건 작전계획에 든 것이지."

"……."

"어떤 경우에도 일하는 사람은 감정적으로 사물을 보아도 안 되고 판단해도 안 되는 게야."

권필응은 일어섰다.

"피곤해서 나는 먼저 자야겠네. 자네들은 술을 마시게, 곧 윤군이 올 걸세."

세 사람도 따라 일어서며.

"선생님 그럼 안녕히 주무십시오."

권필응은 나갔다.

한동안 방 안에는 침묵이 흘렀다.

"어떻게 감정을 무시합니까."

이건이 울분을 터뜨리듯 술을 부어 마신다.

"잔소리 말어. 우린 부끄러워해야 한다."

송장환의 말에 이건은,

"어째서 그렇습니까! 우리의 분노를 어째서 부끄러워해야 합니까!"

"그건 의지가 약하다는 뜻이다. 선생님의 칠십 평생, 꺾일 나이도 되셨는데 아직 저렇게 꿋꿋하시다. 선생님의 냉철하

심은 감정을 다지고 수없이 다지신 보다 큰 아픔이시니까. 우
리는 아직 철없어. 하하하 하하핫……."

송장환은 허황하게 웃었다.

"나이 오십인데도 말씀이야. 하하핫 하하하."

세 사람은 본격적으로 술을 마시기 시작한다.

"정군."

"네."

"주노인을 만났나?"

"만났습니다."

"어떻게 된다 하던가?"

"며칠지간에 떠나겠다 하더군요."

"며칠지간에……."

"그는 그렇고,"

"뭘?"

"에이! 뭘 어쩌자는 건지."

무슨 말을 하려다 그만둔다. 그게 또 어색했던지 석이는,

"서주(徐州)도 떨어지고 이런 식으로 나가다간 우린 어디로
갑니까?"

냅다 던지듯 말했다.

"자네 금년에는 아무래도 장가를 가야 하겠네."

"왜 또 그러십니까? 서주 떨어진 것하고 지가 장가가야 하
는 것하고는 무슨 상관이 있습니까."

석이 쓰게 웃었다.

"오랫동안 홀아비로 있다보니, 성미가 점점 더 조급해지니 하는 말이야."

"궁할 때는 곧잘 쓰시는 문자지요. 장가보내주시지도 않으시면서,"

"서주가 떨어지건, 땅이 꺼지고 하늘이 무너지건 어차피 우리는 갈 데까지 가는 게야. 화를 내도 소용없고 울부짖어도 도움이 안 돼."

그런 식으로나마 분위기를 건져 올리려 하는데,

"너무 썩었습니다."

이건이 말했다.

"썩기는 또 뭐가 썩었나. 하기야 썩은 것 많지. 일본이 이겼다고 만세 부르고 일장기 흔들며 거리를 누비는 조선놈들 거리에 나가면 얼마든지 있어."

그 말은 들은 척도 않고 이건은.

"너무 썩었단 말입니다. 장개석이, 그의 사당, 탐욕에 찬 사대가족."

사대가족(四大家族)이란 장개석과 송자문(宋子文), 공상희(孔祥熙), 진과부(陣果夫)·진입부(陣立夫) 형제를 가리키는 말이다.

"어쨌거나 장개석과 국민당은 중국의 간판인 걸 어쩌겠나. 과거지사야 어떻든 정면에 나선 마당에 가타부타해서는 아니 되네."

송장환은 타이르듯 말한다.

"한마디로 혼란스럽습니다. 도무지 우리는 어디 붙어서 싸워야 하는지 알 수 없을 때가 많습니다. 그럴 때마다 가슴이 치밀어 배앓이를 할 판입니다. 이곳에는 여유가 있는 듯하지만요."

불만을 토로하면서 비꼰다.

"여유 있는 곳은 아무데도 없다. 각박하기로 말하자면 이곳이 더하지."

"하지만 지금은 그곳이 현장입니다. 일본군, 장개석이, 모택동이가 판을 벌이고 있는 현장이란 말입니다. 소비에트 유학생 왕명(王明)을 하나 더 보태볼까요?"

이건은 술을 들이켰다. 관자놀이가 불룩불룩 움직였다. 왕명은 코민테른, 즉 소련의 막강한 힘을 업은 중국공산당 지도자 중 한 사람으로서 거의 모택동과 비견한 지위와 영향력을 가진 소위 소비에트 유학파다. 그가 내거는 슬로건은 통일된 정부, 통일된 행동, 통일된 지휘, 통일된 무기였는데 중국공산당의 독립성을 주장하면서도 현실적으로, 내용은 항일전선의 통일된 지휘권을 장개석에게 맡기는 것을 의미한다. 그것은 말할 것도 없이 노일전쟁 이래 일본의 침략을 염려해온 소련의 고육지책(苦肉之策)이기도 했다.

"장개석이한테는 정권이 있고 돈이 있고 무기가 있지만, 군대도 있지요. 월급 받는 군대 말입니다. 네 또 있지요. CC단

이 있고 남의사(藍衣社)도 있습니다. 없는 것은 인민입니다. 그
는 손문을 배신했고 지금 인민을 배신하고 있습니다."

"감정적이군. 흥분 말게."

"장개석이 하고 원세개(袁世凱)의 차이점이 뭐지요? 그가 말
하는 적비(赤匪)만 소탕해버리고 나면 황제 자리에 떡 먹듯 오
를 테니까요."

"지금 이 시점에서는 아무리 썩고 낡아도 갈라지는 날 중국
은 일본의 입 속으로 들어간다."

석이는 말이 없다.

"그걸 누가 모릅니까? 해서 소련도 장개석이 뒷배 봐주노
라 용을 쓰는데 더부살이 마구간 차지도 못하는 조선놈들 입
봉하고 있으라 그 말입니까? 지가 이런 말 하는 것은 바로 우
리들의 문제이기 때문입니다. 우리가 노는 판은 어찌 돼 있습
니까."

"새삼스럽게 어제오늘의 일인가?"

"정말 비극입니다. 나는 공산주의자가 아닙니다. 그러나 옳
은 거는 옳다 해야지요. 모택동이가 옳아요! 장개석이는 일구
월심 모택동이를 어떻게 잡아먹을까, 전쟁에 전력투굴 하고
있습니까? 왜 서주가 또 떨어집니까. 소련의 군사원조는 다
장개석이 호주머니 속으로 들어가는데 팔로군은 맨발로 싸우
고 있단 말입니다."

"삼발이네."

"삼발?"

"그래."

"삼발이 뭡니까?"

"삼발도 몰라? 솥이나 냄비 같은 것 올려놓는 것, 쇠로 만든 그것 말이다. 하하핫핫."

송장환은 좀 난처하다는 듯 웃었다.

"형님께서 오늘은 왜 이리 웃음이 헤픕니까?"

정석이 몸을 일으키듯 말했다.

"나이 들어서, 웃음으로나 때워야지. 안 그런가?"

"삼발은 어찌 되었습니까?"

이건은 물러나듯 하며 물었다.

"소련이 기를 쓰고 돕는 것은 삼발을 유지하기 위해서, 뭐 그렇게 생각하고 다른 얘기나 하지, 자아. 술이나 들자구. 윤군이 와서 합세하면 요란해질 테니까 술 비우고 나는 가야겠네."

"형님."

석이 불렀다.

"자넨 또 무슨 말을 하려는가."

"국내에 사상범 보호관찰인지 뭔지를 공포했다는데."

"김형 땜에 그러나?"

"그렇지요."

"……."

"자칫 잘못되면 못 보게 되는 거 아닐까요?"

"그보다 더 이상한 거는 지원병 제도…… 올 것이 오고 있어."

지난 이월 조선에서는 조선 육군 특별지원병제도(特別志願兵制度)가 창설된 것이다.

"조선청년들 다 죽겠군."

석이는 아들 성환이를 생각한다.


# 4장 노파가 된 임이

"상의야."

함께 걷던 인혜가 바싹 다가서며 불렀다.

"응."

"뒤에 말이야, 아까부터 어떤 할머니가 우릴 따라와."

"나도 알어. 교문 앞에 서 있던 할머니야."

"괜히 무섭다, 이 애."

"뭐가 무섭니."

"도깨비 아닐까?"

"기집애두, 한낮에 무슨 도깨비가 나오니."

"낮 도깨비도 있잖아."

순간 상의와 인혜는 손을 잡고 동시에 뛴다. 한참 뛰다가 뒤돌아본다. 고동색 치마에 회색 저고리, 흰 목수건을 날리며 보따리 하나를 든 노파가 급히 달려오고 있었다. 신경의 변두리 지대지만 조선옷 입은 사람은 좀체 보기 힘들다. 조선옷 입은 노파는 허둥지둥 따라온다.

"저 봐 우릴 따라오고 있어!"

"인혜야, 뛰자!"

두 아이는 책가방을 들고 다시 뛴다. 책가방 속에서 필통이 달랑달랑 흔들리는 소리가 났다. 얼마 동안 뛰다가 걷다가, 한적한 곳을 지나 복닥거리는 거리로 접어든 아이들은,

"그럼 잘 가아."

"응, 그래."

각각 저네들 집을 향해 헤어졌다.

'저 할머니 날 따라온다아?'

상의는 인혜 말대로 괜히 무섭다는 생각을 한다. 꼬불꼬불 골목을 누비며 한참을 돌아 집앞까지 왔을 때, 그때까지 노파는 따라왔다.

"엄마! 엄마!"

상의는 문을 탕탕 치면서 큰 소리로 엄마를 부른다.

"보래,"

상의는 소스라쳐 돌아본다. 노파는 웃고 있었다. 이빨을 드러내고, 금이빨이 하나 있었다.

"니가 상의제?"

"……."

"상의 앙이가?"

"왜 그래요?"

상의는 뽀로통해 되묻는다.

"내가 니 고모다."

"……?"

"내가 니 고모라 말이다. 니 아부지를 업어서 키운 고모 앙이가? 인물 집안이라 니도 참 이쁘게 생겼구나."

손을 덥석 잡는다. 얼굴이 시뻘게진 상의는 잡힌 손을 뽑으려고 애를 쓴다. 이모들은 알지만 상의는 고모가 있다는 말을 들은 적이 없었다. 주름투성이 기름때가 묻은 것 같은 얼굴이며 꿰하니 뚫린 것 같은 눈동자, 상의는 기분이 나빴다. 간신히 손을 뽑고 뒷걸음질친다. 마침 상근이 문을 열고 내다보았다.

"아이고, 저거는 누고? 우리 홍이 큰아들인가 배? 우짜든 애비를 그리 쏙 뺐노."

상의는 재빨리, 다람쥐처럼 문 안으로 들어간다. 뒤질세라 노파, 그러니까 임이도 문을 비집고 들어간다.

"서천에 갖다 놔도 알겠다. 니 애비 어릴 적 그대로구나. 그러기 옛말에도 씨도둑질은 못한다 했제."

"누나 이 할머니 누고?"

"나도 모른다."

"고모라 안 카더나. 모리기는 와 모리노."

"……."

"니 이름은 멋고?"

상근이를 보고 묻는다.

"상근이요."

"에미는 어디 갔노. 없나?"

"장에 갔어요."

임이는 사방을 둘러본다.

"돈을 많이 벌었다 카던데, 공장도 있고 한데 집이 와 이 모양고."

아이 둘은 우두커니 임이를 지켜보고만 있었다.

"아이구 얄궂어라. 집 꼬라지 보믄 어디 노동이나 해묵고 사는 사람이라 안 카겠나."

칠팔 평쯤 되는 뒷마당이었다. 겨울에는 석탄이 쌓여 있던 곳, 조그마한 광이 하나 있었지만 사방에 허접쓰레기가 널려 있다. 벽돌로 지은 낡은 집의 정식 출입문은 뒷마당의 반대편에 있었다. 길에서 문만 열면 바닥에 벽돌을 깐 홀이었고 칸막이를 한 일부가 주방이며 방 두 개가 옆에 붙어 있었다. 뒷마당에서는 부엌문을 통해 집 안으로 들어갈 수 있었다. 임이는 부엌문을 열고 안을 기웃이 들여다본다. 형을 찾아 졸랑졸랑 나오던 상조하고 임이의 눈이 부딪친다. 다섯 살 난 상조, 상근이 학교에서 돌아오자 상조를 맡겨놓고 보연은 장에 간 모양이다.

"아아 그러니께 니는 우리 홍이 작은아들인가 배. 그런데 그 얼굴이 멋고? 밤새도록 쥐가 밟고 지나갔더나? 어디 이 고모가 조카 놈 얼굴 한분 씻기볼까."

대야를 찾아 물을 붓는다.

"뭐해요!"

상의가 다가서며 항의하듯 말했다.

"니는 가만있거라. 이놈아야 그 얼굴이 멋고?"

아이의 팔을 잡아끌고 대야의 물을 아이 얼굴에 끼얹는다. 상조는 죽는다고 소리를 지르며 운다. 낯선 사람이라 겁을 잔뜩 집어먹은 것이었다.

"그러지 말아요!"

상의는 상조를 끌어내려 한다.

"씨끄럽다 마! 고모가 씻기줄라 카는데 머가 우떻노."

상의 손을 뿌리친다.

"우리 동생이 울지 않아요! 생전 모르는 할머니가 남의 집에 와서,"

"머라? 생전 모리는 할매라 캤나?"

임이는 낄낄 웃는다.

"할매라꼬? 촌수가 한 가닥 올라갔고나."

임이는 치마를 걷어 물이 묻은 아이의 얼굴을 빡빡 닦는다. 아이는 더 요란스럽게 울었다. 상의는 가까스로 아이를 낚아채어 등 뒤에 세운다.

"울 엄마 오면 혼나요!"

상근이 발을 탕! 구른다. 상조는 계속해서 울었다.

"머라꼬? 너거 엄마가 오믄 혼이 날 기라꼬? 이눔 새끼들아 니 에미가 오믄 이 고모한테 혼이 날 기다. 집안 꼬라지 하며 애새끼들 꼬라지 하며."

하는데 장바구니를 든 보연이 들어왔다.

"엄마!"

두 아이는 동시에 불렀고 상조는 한층 울음소리를 높였다.

"애를 왜 울리나."

중국여자들이 입는 바지에 블라우스를 입은 보연은 지친 듯 기운 없이 말했다.

"엄마! 저 할머니가 상조를 울렸어!"

상근이 일러바친다.

"뭐라구?"

어리둥절하다가 보연은 임이를 본다.

"댁은 뉘시오?"

빨끈해서 묻는다. 아이들 말을 귀담아들었다기보다 보연은 지치고 피곤하여 신경질이 났던 것이다. 임이는 주춤하다가,

"그렁께 자네가 내 올케라 말이제?"

"네?"

"내가 자네 시누다, 그 말 앙이가."

"네……."

보연은 고개를 갸웃거린다. 시누이가 한 사람 있다는 얘길

듣긴 들었던 것 같았다.

"내가 못 올 곳을 왔나? 우찌 장석겉이 사람을 세워놓노."

"아, 네 들어가시지요."

아이들은 핼끔핼끔 두 사람을 번갈아 본다.

"상의야."

"응."

"너 빨리 공장에 가서 아버지보고 손님 오셨다 해라."

"그럴게."

방으로 들어온 임이는 밖에서처럼 방 안을 휘둘러본다.

"돈도 많이 벌었다 카는데."

보연은 마지못해 대꾸한다.

"무슨 돈을…… 벌기는요."

"공장도 있고 넘들한테 인심도 잘 쓴다 카더마는 와 이걸이
(농) 하나 벤벤한 기이 없노. 내사 돈이 없어서 그렇지마는,"

임이는 홍이한테 돈을 얻어간 얘기는 입 밖에 내지 않는다.
슬금슬금, 어느 구석에 값진 것이나 없을까, 살피듯이 여전히
방 안을 둘러본다. 막내 상조는 어미 옆에 바싹 붙어 앉아서
겁이 잔뜩 실린 눈으로 임이를 바라보고 있었다. 느닷없이 나
타난 노파가, 나타난 것도 그렇지만 순간적으로 팔을 낚아채
어 끌려간 것이며 전혀 감각이 다른 손이 얼굴을 문지르는데
다섯 살짜리 상조로서는 기절초풍할 노릇이었던 것도 무리는
아니었을 것이다. 소학교 사 학년인 상근은 어미와 좀 떨어져

경계와 반감을 나타내고 있었다. 그는 고모가 무엇인지 실감할 수 없었고 친척이나 친지라는 기분이 들지도 않았으며 침입자 같은 느낌밖에 없었다.

"객지에 와서 돈을 벌었으면 얼마나 벌었겠습니까?"

마디가 굵고 거친 손가락에 낀 임이의 반지를 바라보며 보연이 말했다. 늙은이답지 않게 검자줏빛 가짜 보석을 끼운 싸구려 반지, 그러고 보니 머리도 물을 들였는지 보기 흉칙스럽게 새까맣다.

"아따, 누가 빚 받으러 왔나. 엔간히 울어쌓는다. 돈 벌었다 카믄 좋지 머가 나빠서 그라노."

"글쎄요. 지는 잘 모르겠습니다. 돈을 벌었는지 어쨌는지, 밖의 일은, 상의아버지가 말 안 하니까요."

"하모 그래야지. 사나아가 제집한테 쥐여서 일일이 다 고해 바치믄 되겠나? 그러는 집구석치고 안 망하는 거 못 봤다."

갑자기 임이는 득의에 차서 말했다. 홍이가 자신에게 준 돈에 대해서 보연은 모르는 눈치였고 그런 말을 하지 않았다는 사실이 공연히 자신에게 유리한 것 같았으며 설 자리가 있다는 느낌마저 들어 그런 것이다. 그러나 보연은 사나아가 제집한테 쥐여서, 그 말에 비윗장이 뒤틀린다.

'어디로 굴러다니다가 이제 얼굴을 내밀면서 별 희한한 소리를 다 하네.'

보연이 그나마 시누이랍시고 상대를 해준 것도 남편을 하늘같이 생각한 때문이며, 그렇지 않았더라면 어디 천한 것이!
하고 거들떠보기나 했을 것인가.

"그보다 시집와서 오늘까지 자식 낳고 살았지만 상의아버
지 입에서 누님이 계시다는 말은 못 들었습니다."

냉랭한 목소리에 임이 당황한다.

"머라꼬? 그 그럴 리가,"

하다가,

"그라믄 아아들 고모도 아닌 사램이 여기 와서 앉아 있다
그 말가!"

패악하게 소리를 지른다.

"상의아버지한테서 못 들었다 그 말이지요. 돌아가신 시어
머니가 그런 말씀을 하시기는 하신 것 같은데 그것도 기억이
아슴푸레합니다."

"그, 그거는,"

"전의 일은 모르겠습니다마는, 어째 딸자식이 있다 카는데
부모 생전 한 번도 찾아오지 않는가, 생각했지요. 돌아가실
때도 그렇고."

그 말은 어디서 무슨 짓을 하고 살았기에 그랬느냐는 추궁
이나 다를 바가 없었다.

"그거사 머, 올케는 아무것도 모리는 모양인데, 자네도 이
자는 이씨 집 사람이니 무신 흉허물이 있겠노. 아무것도 모른
다 카이 내 말하지러. 아부지사 나한테는 이붓아배니께 그렇

444

고 어매는 생시에 나한테 몹시 했으니 정이 없었다. 하지마는 니 서방은 내가 업어서 키웠제. 씨는 달라도 한배 속에서 난 형제라 말이다. 나도 부모를 잘못 만나서 내 팔자가 이리되었고 팔자가 기박하다 보니 형제라고 찾아오지도 못했다마는, 그래 업어서 키운 동생 집에 팔자치레 못한 누부가 찾아오믄 안 되는 기가, 어이? 찾아오믄 안 되는 기가?"

"그런 게 아니고,"

"아니기는 머가 아니고."

"내력을 모르니까 한 말 아니겠습니까."

"흥! 내력을 몰라서 그랬다고? 그래 내력을 알았으니 어짤라노! 내어쫓을라나?"

"무슨 말씀을 그렇게 하십니까. 지가 뭘 잘못했다고 이러시오."

보연도 씨 다른 누이라는 것을 알자 국으로 숙어들려 하지 않는다.

"그간의 사정이야 어찌 되었던 간에 명색이 손위 시누를 과객 취급한 거는 잘한 일가? 손위 시누를 박대한 거는 잘한 일가?"

"박대라니요? 누가 박대를 했습니까?"

"말씨 씨는 거를 보이 행세깨나 하는 집구석 손인가 분데 그라믄 너거 집에서는 시가 식구 대하는 법도 안 가르컸다 그 말가? 꼬박꼬박 말대꾸함서 머가 우째? 내력을 모리니까 그랬다고? 내력을 알믄 니가 우짤 기고! 응? 나무에 매달아서

445

몽딩이질 할라 캤더나!"

"기가 막혀서 참."

"기가 막히다니, 기가 막히다니!"

임이는 마구 생떼를 썼고 상조는 울먹울먹한다.

"애새끼들까지 사람을 업수이여기서 고모라 카는데도 모리는 할매라? 새끼나 에미나 할 것 없이 장석맨쿠로 사람을 맹송맹송 치다만 보고, 아이구, 가나오나 내 신세가 와 이리됐는지, 참말로 가련쿠나."

목소리가 누그러지면서 손수건을 꺼내어 임이는 나지도 않는 눈물을 찍어낸다. 작년 봄 홍이로부터 상당한 돈을 얻은 임이는 봉천(奉天)으로 돌아갔다. 그동안 그는 봉천에 있었고 봉천에서 홍이를 찾아왔던 것이다. 옛날 길상을 짝사랑했던 공노인의 양녀 송애가 전락에 전락을 거듭하다가 정착한 곳이 봉천이었다. 그곳에서 술집을 차린 송애를 찾아가서 임이는 술집 일을 거들며 덧붙어 살았는데 김두수가 나타났던 것이다. 송애는 김두수를 두고,

"쿠사레엔*이지 뭐."

하며 곧잘 말하곤 했다. 송애의 처녀성을 빼앗고 신세를 망친 사나이, 산전수전 다 겪는 동안 송애는 원수 같은 김두수와 공동의 이익을 위해 손을 잡기도 했고 일본 기관원과 동거했을 때는 김두수가 저자세일 때도 있었다. 어쨌거나 임이는 김두수를 송애 집에서 만나게 된 덕분에 홍이 소식을 알았고 돈

도 얻어올 수 있었던 것이다. 임이는 그 돈을 밑천 삼아 무엇이든 해볼 생각은 하지 않았다. 일 년 넘게 빈둥거리고 놀면서 탕진했던 것이다. 옷도 해 입고, 술도 마시고, 구경도 하고, 노름도 하고, 그러다 보면 바닥이 날 수밖에 없다. 현재 입고 있는 고동색 치마 회색 저고리는 겨우 전당포 신세를 면한 단벌이다. 그러나 경기가 좋았을 때 만든 옷이어서 모두 본견이었다. 옷보따리가 전당포에 가기 바빠지면서 임이와 송애의 쌈질도 빈번해졌다.

"니나 내나 머가 다르노. 니 팔자 내 팔자 다 그렇고 그런 거 앙이가."

"팔자타령이 왜 나와요!"

"니나 내나 별수 없다 그 말이다. 그러이 잘난 체하지 마라 그 말이구마."

"흥! 별수 없다고? 그 주제에 나하고 키 재기 할라 하네."

서너 살 아래인 송애는 코웃음쳤다. 그럴 만도 했다. 임이는 나이보다 늙어 보였고 송애는 치장에 공을 들이기도 했지만 나이보다 훨씬 젊어 보였다.

"돈 있을 때는 언니, 언니 해쌓더마는 돈 떨어지니 날 괄시하는 기가?"

"괄시할 것도 없고 공대할 것도 없어요. 신세진 것도 없고오."

"사람이 의리를 모리믄 짐승만도 못한 기라. 니가 어이서 컸노?"

"하하핫 하하하…… 사람 웃기지 말아요. 또 그놈의 공노인
인가 뭔가 치켜들고 나오는 거요? 내가 그 집에서 컸다는 것
은 일단 제쳐놓고 물어봅시다. 공노인이 당신한테 뭐요? 사돈
의 팔촌이오?"

"사돈의 팔촌만 될까? 우리 홍이가 공노인 상속을 받았이
니 그만하믄 알조 아니가!"

"하, 참 재밌네. 의붓아버지하고 살던 여자의 큰아버지라,
하하하…… 핫! 하긴 그렇네요. 사돈의 팔촌보다 가깝구려.
그래서 날더러 의리를 지켜 당신 꼴을 보라 그 말이오."

"그라믄 내가 공밥을 묵었다 말가! 처음에는 너거 집의 일
해줌서 밥 얻어묵었고 다음은 금쪽 같은 내 동생 돈 가지고
와서 쓰고 살았다!"

"일해 달라 하지도 않았고 금쪽 같은 돈 쓰라 하지도 않았
어요."

싸움은 대강 그런 식으로 되풀이되었으나 송애는 결정적으
로 임이를 나가라 하지는 않았다. 두 번째 나타난 김두수는,

"임이 니 팔자도 참 어지간하다. 나이 몇인데 이러고 있노."
하며 혀를 찼다.

"그라믄 우짤 기고,"

김두수에게 담배 한 개를 얻어 불을 붙이며 임이 말했다.

"조선에 나갔이믄 그냥 살 일이지 뭐 얻어묵겠다고 또 오노

말이다.”

“몰라서 하는 말가? 조선에서 내 발붙일 곳이 어디 있더노?”

임이와 김두수는 동갑이었다. 한마을에서 자랄 때 물동이를 이고 가는 임이 머리꽁지를 두수가 잡아당기면,

“이 쇠 빠질 놈아!”

하고 임이는 욕설을 하곤 했다. 이들이 만주땅에 있게 된 운명은 다 같이 이들 아비들의 죄과 때문이지만 그렇다고 해서 동병상련했던 것은 아니다. 한때는 임이도 김두수의 끄나풀 노릇을 했고 그 덕으로 입에 풀칠한 일도 있었으나 동병상련의 심적 위안을 받기에는 너무나 두 사람의 역정이 험악하였다.

“그만 홍이한테 가지.”

무슨 생각을 했던지 김두수가 말했다. 임이의 두 귀가 쫑긋했다.

“우찌, 저분 때 돈도 받아오고…… 홍이가 다시는 오지 말라 카던데.”

“길을 두고 뫼를 가나. 말이사 그러지마는, 이분에는 공장에 가지 말고 집으로 가서 눌러앉는 기라. 일도 해주고, 남의 집에 있는 것보담은 나을 기구마.”

“홍이가 그러라 카겠나?”

“등 밀어서 쫓아내기야 할라고.”

“집도 모르고, 올케도 생전 만나보지 못했이니.”

“집이야 알라 카믄, 서울 가서 김서방도 찾는다 카는데……

홍이 그눔아아 딸이 공장에서 멀짢은 보통핵교에 댕긴다 카
지?"

"그것도 이름을 알아야 찾아도 찾일 거 앙이가."

"내가 이름은 알지러. 어째 아는고 하니 용정에 있는 상의
핵교, 니도 알지?"

"송선생인가 있던."

"그래, 그 상의학교를 홍이가 댕깄거든. 해서 딸한테 그 이
름을 붙여주었다 그런 말이더마. 그렁께 이상의, 육 학년이라
하던지."

그리저리 해서 말하자면 임이는 용기를 내어 온 것이다.

"어차피 이 꼴 이 모양이 됐으니 나는 갈 데도 없고 붙일 곳
도 없는 몸이다. 염치 체모 겉은 기이 없다. 괄시를 하든 구박
을 하든 형젠께 우짜겠노."

보연의 낯빛이 싹 변한다. 다니러 온 것이 아니며 아주 들
앉을 양으로 왔다는 것을 생각하니 눈앞이 캄캄해지는 것이
다. 이때 상의가 돌아왔다.

"엄마."

"아버진 어쩌구 혼자 왔나?"

보연의 목소리는 날카로웠다.

"하던 일 해놓고 오시겠다 했어."

"하던 일이 다 뭐야! 어서 가서 오시라고 해!"

거의 히스테리다. 눈치를 보던 임이는 갑자기 풀이 죽는다.

"참 엄마도, 나 다리 아파."

"가라면 가아!"

보연은 소리를 크게 질렀으나 전신에는 힘이 없었다. 피곤하여 쓰러질 것만 같았다. 쌓이고 쌓인 피로가 한꺼번에 폭발할 것만 같았다. 어미 기세에 놀라 상의는 쫓아 나갔다.

"아이구, 올케 자네 몸이 실치 않는갑다. 하기사 아아들 데리고 심은 들었일 기구마. 이래 봬도 나는 몸 하나는 튼튼한께."

백팔십 도로 회전한 임이는 일어섰다. 그리고 치마를 고쳐 입은 뒤,

"뒤안이 얼산 겉은데,"

보연은 새파랗게 된 채 눈을 감고 있었다.

"임우럽어서, 올케라고 이 말 저 말 시부렀다마는 맘에 끼지 마라. 자아 이눔 아아들아 어매가 아픈 모앵이니 나가자. 고모하고 나가자."

팔을 벌렸으나 아이들은 몸을 피한다.

'어이구 무섭아라. 성질 보통 아니네. 까딱 잘못하다는 다 된 밥도 못 얻어묵겄다.'

밖으로 나온 임이는 어지럽게 어질러진 뒤꼍을 치우기 시작한다. 보연의 기색에 놀라기도 했지만 홍이 나타날 것을 계산에 넣고 하는 일이었다. 대강 치워놓고 비질을 하려다 말고 임이는 치마를 걷어 올려 바지 주머니 속에서 그새 참았던 담배를 꺼내 문다.

"거기 그만두고 들어오소."

홍이가 부엌문을 열고 내다보며 말했다. 얼굴이 딱딱하게 굳어 있었다.

"아이고, 니 운제 왔노."

"……."

"얼산 같애서 좀 치웠다. 니 댁네도 몸이 약한갑네. 아이 셋에다가 일하는 사람도 없으니, 살림이란 일한 흔적도 없임서 심은 심대로 드네라."

"다 그만두고 들어오기나 하소."

"운냐. 들어가께."

임이는 치마를 털고 손도 털고 나서 안으로 들어간다. 홍이는 누이를 다른 방으로 데리고 갔다.

"내가 그래도, 니가 이리 산께로 기가 난다. 천지간에 누가 있노. 니가 안 좋아할 기다 생각함서도 왔다. 형제간에 우짤기고."

"앉기나 하소."

"운냐."

방바닥에 엉덩이를 부비듯 하며 임이는 앉았다.

"작년 봄에 니를 찾아갔일 직에는 내 동생 우세시킬까 봐서 다시 안 오겄다 결심을 단단히 했는데."

"그랬지요. 다시 안 오겄다 했지요."

"어디 사람이 인력으로 하겄더나."

"삼십 년 동안이나 안 보고 살지 않았소."

"그, 그랬지."

"그때처럼 사시오."

낮은 목소리, 억양도 없었지만 여지가 없는 준열한 말이었다.

"그렇기 말하지 마라."

임이는 운다. 이번에는 진짜 눈물을 흘린다.

"내 나이 오십이다. 젊을 때하고 우찌 같을 기고."

"아들 찾아서 사시오."

"머, 머라꼬!"

"아들을 찾아서 사시라 했소. 그러면 나도 얼마간 도와주겠지만."

"그거는, 그, 그거는 말도 안 된다. 이제 와서…… 에미를 에미라 하기는 할 기든가. 그라고 어디 있는지 알기나 해야지. 죽었는지 살았는지."

"그래서 벌 받느라 형상이 그 모양 아니겠소. 벌 받을려면 아직도 멀었지."

딱딱히 굳어졌던 홍이 얼굴이 풀리면서 노기를 띤다.

"하기사 니 말대로 벌 받아야 싸지 싸아. 하지마는 모진 목심 죽지 못하고, 천천무리가 돼서 살고 안 있나."

흐느낀다.

"다 내가 뿌린 일이고 누구보고 원망하겠노. 내가 어디 사람가. 나는 한 짓이 하낫도 없다."

"그래 어쩌자는 거요?"

"어쩌자는 생각도 없다. 뿌리박을 곳이 없는데 앞날 생각을 우찌 하겠노. 너거 집에서 일이라도 하고 있이라 카믄 더 바랄 것이 없겄다마는, 니 댁네가 몸도 안 좋고 한 모양인데 내가 그래도 남보담이야 안 낫겄나."

홍이는 눈살을 찌푸렸다.

"나도 이자는 옛날 같지가 않다. 젊었을 직에는 남정네가 심에 차지 않아서 세상 밖으로 나가믄 내 뜻대로 다 될 줄 알았제. 참말이지 촌구석에서 농사짓고 못 살겄더라. 이웃에서 어매라도 나를 잡아주었이믄 내가 이리되었겄나. 우찌 그리 울 어매는 자식보다 돈이 중하던고."

"남 원망 안 한다면서요? 똥 묻은 개가 겨 묻은 개보고 짖는다 하더니 무슨 염치로 그런 말을 하요."

홍이 얼굴에 혐오감이 나타났다.

"말을 하다 보이 그렇다는 기지. 내가 부모덕 못 본 거는, 그거는 세상이 다 아는 일 앙이가. 죽은 아배도 그렇고 어매도 그렇고 우찌 내가 온당하게 풀리겄노."

비윗살 좋은 타령을 늘어놓을 모양이다. 홍이는 여러 가지 방안을 생각해보고 있는 눈치였다. 그리고 성질을 꾹꾹 밀어 넣고 있는 눈치였다.

"작년 봄에 가져간 돈은 우찌 되었소?"

"그, 그기이."

임이는 말문이 막혀 잇지 못한다.

"얼마나 쓰고 남았소?"

"그, 그기이 그런께."

"……."

"그 잡을 년이, 소, 송애 말이다. 니도 알제? 그 쇠가 오만 발이나 빠져 죽을 년이 나를 속이가지고 돈을 몽땅 가리단죽을 해서, 그, 그 돈만 있었이믄 니를 찾아왔겄나."

홍이는 한숨을 내쉰다. 거짓말을 하고 있다는 것을 누구보다 잘 아는 홍이였다.


# 5장 남경(南京)학살


무라카미 쇼지[村上庄治]의 객실은 몇몇 사람들을 위해 늘 개방이 돼 있었다. 특히 토요일 오후에는 그 몇몇 사람이 대개 다 모인다. 후라이 보즈[風來坊主]라는 별명이 말해주듯 대륙낭인(大陸浪人)에 속하는 무라카미는 그러나 그것은 옛이야기, 지금은 바람처럼 오가는 뜨내기는 아니었다. 으리으리하다 할 것까지는 없지만 꽤 큰 저택을 장만하고 게이샤 출신의 나미에[波江]와 함께 신경에 엉덩이를 붙이고 산 지 삼 년이나 된다. 처음에는 군 고위층의 숙소로 징발되었던 청인 부호의 집이, 몇 사람을 거쳐서 무라카미 손으로 넘어온 것을 개조하여 들었는데 객실로 쓰는 홀은 댄스파티를 열어도 무방하리만큼 넓었다. 이 넓은 객실에 모이는 사람들은 직업이 각각이나, 다니던 대학을 때려치우고 대륙으로 건너온 무라카미와 비슷비슷한 처지, 그러니까 그만그만한 인텔리라 할 수 있었고 젊은 층은 독신자, 중년들은 일본에 처자식을 두고 온 홀아비들, 대개 그런 부류의 사내들이었다. 이력이 복잡하고 겉멋든 여자도 두셋, 이따금 나타나곤 했다. 주로 모여서 마작을 하고 술을 마시며 잡담도 하는데 모임에 별다른 뜻이나 목적 같은 것은 없었다. 심심한 사람들, 휴일을 앞둔 토요일 오후에도 갈 곳이 없는 나른한 사람들, 그들은 학연이나 지연 관계, 연줄 연줄로 해서 알게 된 사이였으며 별다른 부담, 특징도 없는 사람들이었다. 게다가 나미에는 방문객이 없으면 불안해지는 여자였다. 식구라고는 무라카미와 단둘, 집이 넓은 데다 급료가 싼 만주인 하녀는 남아돌았다. 무라카미는 속이 트인 사내였다. 인색하지 않았으며 넓은 집 많은 하인을 활용한다는 기분도 없지 않았겠지만 늘 주변이 득실거려야 직성이 풀리는 성미는 나미에와 같았다. 오가타 지로도 이 집을 드나드는 멤버 중의 한 사람이었다. 오 년 전에 지망 없이 만주에 나타난 오가타는 이 년 남짓 사방을 싸돌아다녔다. 우수리강 흑룡강으로 해서 국경도시 흑하(黑河)와 애훈[璦琿]을 방황하며 러시아와 청국 간의 국경분쟁의 자취를 더듬었고 애훈서는 한때 만주 건국에 참여했다가 항일로 되돌아간 마점산(馬占山), 그 외로운 영웅이 얼마간 숨어 살았다는 초라한 농가 앞에서 망연자실 서 있기도 했었다. 치치하얼에서 하이라얼, 만주리(滿洲里)까지, 금주(錦州)에서 조양(朝陽), 적봉(赤峰), 그리고 열하(熱河), 몽고에까지 갔었다. 가는 곳마다 일장기는 나부끼고 있었다. 카키색의 군복, 각반을 치고 전투모를 쓴 일본 병정들을 볼 수 있었다. 병정들이 가는 곳이면 지옥이라도 불사할 계집들, 언제나 포연(砲煙) 뒤에 나타나는 계집들, 일본옷 입은 작부(酌婦)들도 흔히 볼 수 있었다. 끝없는 설원이었다. 빙하였다. 끝내는 현기를 느끼게 하는 가도 가도 끝이 없는 초원, 늪이었다. 황사 바람이 이는 사막, 수천 년을 두고 아니 수만 년을 두고 풍화된 자연과 사물과 뭇 생명들, 사람의 얼굴이며 무리 지은 양 떼며, 그것들은 상당한 부피로 육중하게 엮어져서, 러시아 특유의, 청나라 특유의 장중한 건물 아닌, 비록 우분(牛糞) 마분(馬糞)으로 벽을 치고 우분 마분이 땔감이요, 유목의 방황일지라도, 열매를 따고 물고기를 말리며 초록(哨鹿) 피리로 발정한 사슴을 유인하여 포획하고, 모피를 둘러친 일시적 주거 '유루다'에서 잠드는 흑룡강 유역의 그들의 삶, 그들에게는 세월에 다져진 견고함과 존엄이 있었다. 사유(私有)의 핏발 선 눈동자는 아니었다. 대지는 지나가는 곳, 말뚝 박아놓고 문서작성하는 토지는 아니었다. 바람에 나부끼는 일장기, 무거운 수피 옷의 자락을 끌고 가는 그들에게 일장기는 무엇이었을까? 그러니까 그게 어느 때 전쟁이었던 지 열강의 중국 털어먹기 투전판에 교군꾼 가마 한켠 치켜들 고 나서듯 전쟁에 참가한 일본이 어느 고지 이치반노리*에 막 상 꽂을 깃발이 없어서 병사가 손수건을 꺼내어 손가락을 자 르고 동그라미를 그려 총검에 여매어 흔들었다는 일화, 그러 나 그것은 일장기의 탄생이라고들 하는데, 그것은 대륙의 빛 깔은 아니었다. 모양새도 아니었다. 서양칼 사벨을 차고 서양 식 망토를 걸친 장교나 총대 들고 털모자 쓰고 일직선으로 다 리 치켜들고 가는 왜소한 일본 병정들은 치졸하고, 메뚜기처 럼 방정맞았다. 오가타는 와서 안 될 사람들이 왔다는 것을, 일본인들은 입만 벌리면 상대를 야만적이다, 미개인이다 하 며 모멸했지만, 그들의 하늘 밑에서 오가타는 진정으로 와서 는 안 될 일본인을 느꼈던 것이다. 일본은 승리했고 정복했는 데 왜 엉덩이가 가벼운가. 그들 하늘 밑의 사람들은 정복당하 고 주권을 빼앗겼는데 엉덩이를 지그시 땅에 붙이고 있었다. 오가타는 또 생각했다. 일본은 결코 대륙에 뿌리를 내릴 수는 없을 것이라고. 일본인을 위해 아시아의 이 대륙은 좋은 땅이 아니며, 이 대륙에 일본인은 좋은 씨앗이 아니라고. 실로 문 화의 격차는 자연의 조건만큼 멀고도 먼 것, 시베리아를 질러 서 알래스카를 건너 남미까지 뻗어간 인종들, 아슴푸레 느껴 지는 아시아 대륙과의 동질성, 오가타는 그것을 곰곰이 생각 하였다. 일본은 어찌하여 동떨어졌고 비어져 나갔고, 그토록

이질적인가, 수수께끼였다.

패잔병같이 신경(新京)으로 온 오가타는 신경에 주질러 앉고 말았다. 무라카미와 비슷한 삼 년 전의 일이었다. 국도건설(國都建設)의 일익을 담당한 고마타 토건회사[駒田土建會社]의 고마타 사장이 외가로는 친척이었고 육군소장 계급에서 퇴역한 백부하고도 막역한 사이였기에 오가타는 그 토건회사에 취직을 하여 밥줄을 잡은 셈인데 하기는 뭐, 그런 연줄이 없었다 하더라도 대학 나온 일본인 사내가 만주 바닥에 와서 직업을 구하지 못한다면 그것은 길가에서 풀을 뜯는 염소도 웃을 일이었지만. 오가타와 무라카미의 관계는 중학교의 선후배였다. 그리고 고마타 토건과 무라카미도 무관하지 않았다. 사실 내용적으로 만주가 관동군의 군정하(軍政下)에 있는 만큼, 무라카미 같은 후라이 보즈가 일확천금하고 신경 복판에 저택을 차지하고 있다는 것은 군부를 젖혀놓고 상상할 수 없는 일이다. 일본인 누구나가 만주에 오면 일확천금하고 신경에 저택을 가질 수 있는 것은 아니었으니까. 그리고 만주땅이 일본인 모두에게 왕도낙토(王道樂土)도 아니었으니까. 원래가 식민(植民)에는 다소 기민(棄民)의 경향이 없지 않다. 오늘 현실을 바라보건대, 다롄[大連] 항구를 거쳐 안동(安東)을 거쳐 수륙 양면에서 물밀듯 이주해왔고 계속 이주해오고 있는 일본인들, 개척의 전사(戰士)니 의용군(義勇軍)이니 하며 마구 쏟아붓는 일본인들, 그들은 일본에서 어떤 계층인가. 노동력이 유일한 밑천인 사람들인 것이다. 살 만한 사람들이 고급인력으로 온다면 모를까, 뭐가 답답하여 정든 고향산천 버리면서까지 낯설고 물선 고장으로 이주해갈 까닭이 있겠는가. 어렵기 때문에 신천지를 찾아오는 것이요 어려운 백성은 나라에서도 반갑잖은 존재다. 반갑잖은 존재는 밀어내기 마련, 해서 기민의 경향이 짙다 할 수도 있을 것이다. 그런 국책(國策)이 기만인 것은 말할 나위가 없고 이주민들은 꿈에 부풀어 있을지라도 바로 허황한 꿈에 부풀어 있다는 사실이 기만당하고 있다는 얘기가 되겠으며 기만한다는 그 자체는 강제(强制)의 첫걸음인 것이다. 만주 건국이 있던 그해, 일본 국내서는 5·15사건이 있었고 중일전쟁이 발발한 그 전해에는 2·26사건이 있었는데 두 사건은 모두 삼월사건, 시월사건을 이은 군인들의 자행(恣行)으로 정국은 극도로 혼란 속에 빠져 있었으나 만주 개척은 일사불란 관민이 합세하여 국책을 수행했다. 군가 유행가는 감각적 가사에 애조 띤 가락으로 사람들 마음에 만주를 스며들게 하여 피리 역할을 했고 저널리스트는 웅지를 설파하며 꽹과리를 쳐댔고 국책 문학은 왕도낙토의 이상을 선동하여 북을 두드렸다. 영화며 만화까지, 도처에 만주는 살찐 암돼지로 선전이 되었다. 우스운 것은 일본에 남은 사람들이 굿을 쳤고 열광을 하였다. 개척의 전사! 의용군! 가라! 만주로, 대일본제국의 남아여! 말로는 무엇인들 못하리, 농민들 영세민들은 어렵잖게 영웅들이 되어 훈련소로 떼지어 들어갔고 황도주의를 깊이깊이 새겨 용약 고국을 떠났으며 일본서는 소작이지만 만주 가면 지주 된다, 풍선만큼 꿈에 부푼 그들은 과연 빈손 들고 가서 지주가 되긴 되었다. 남의 것을 약탈하여 나누어준 땅은, 그러나 앉아서 연공을 받아먹는 지주는 아니었고 소작인을 거느리는 지주도 아니었다. 스스로 개간하지 않으면 안 되는 지주였다. 가도 가도 끝이 없는 황막한 벌판, 영하 삼십 도를 오르내리는 혹한, 그들이 비적이라 부르는 항일게릴라의 준동, 약속된 왕도낙토의 현실은 바로 그것이었다. 오족협화(五族協和), 공존공영(共存共榮)이라는 새빨간 거짓말과 아시아의 맹주(盟主), 웅대한 민족의 비상, 그런 우쭐해지는 용어의 팻말이 희미해가는 황도주의 야마토다마시[大和魂]를 일깨울 뿐. 그런데 내어쫓다시피 한 그들 백성은 그러나 해방된 것도 자유를 얻은 것도 아니었다. 필요할 때 다시 주워다 쓰는 야적된 화물이라고나 할까. 잡아다 먹을 수 있는 놔 먹이는 도야지라고나 할까. 세계 제패의 황당한 꿈을 꾸는 일본의 군국주의는 만주 자체가 하나의 병참기지인 만큼 언제든지 그 인력을 전용(轉用)할 수 있는 것이다. 생산력으로, 전투력으로 어느 편이든 본국에 비하여 그들은 최전방이며 일선이 될 것이다. 확대일로의 중국전선도 전선이려니와 소련이 언제 어떻게 도발해올지, 전쟁의 가능성은 매우 짙다. 약탈의 악령들은 남의 땅 남의 백성뿐만 아니라 제 나라 백성도 가난하고 무력한 자들을 맨 먼저 침략의 도구로 앞장세워

사지로 몰고 가게 마련이다. 애국이라는 충성이라는 굴레를 씌워서.

유카타*를 입은 무라카미는 한구석에 스낵바같이 차려놓은 곳이 있었지만, 털이 부실부실한 정강이를 드러낸 채 홀 바닥, 방석을 깔고 앉아서 오이[大井]와 함께 자부다이*를 마주하고 술을 마시고 있었다. 넓적한 얼굴 짙은 눈썹, 존마게가 어울릴 전형적 사무라이[武士]형의 무라카미, 거구인 그는 장종지보다 작은 사카즈키*로 술을 마시고 있는 것이다. 한켠에서는 여자 둘이 나미에와 함께 테이블을 사이에 두고 트럼프를 하고 있었으며 또 한구석 소파에는 사내 세 명이 앉아서 담배를 피우며 잡담들을 하고 있었다. 부패해가는 듯 허무주의에 빠져들어 가는 듯, 어딘지 뒤죽박죽인 것 같기도 하고, 그러나 자유롭고 속 편한 것 같은 분위기가 감도는 실내였다. 토요일의 해거름, 창 밖은 일본인이 건설한 도시, 도시는 황혼에 물들어가고 있었다.

"무라카미상."

사십 세 전후, 중학교 교사인 오이가 조심스럽게 불렀다. 양복차림의 어딘지 허약해 뵈는 사내였다.

"지금 엄청난 요새를 만들고 있다는 얘길 들었는데, 무라카미상은 뭐 좀 아는 것 없습니까?"

"요새 만드는 거야 어제 그제 일인가?"

내키지 않는 듯 무라카미는 말했다.

"그건 나도 알아요. 관동군이 하이라얼, 쑤이펀허[綏芬河] 등 여러 곳에 요새를 구축한 것은 아는데, 그런 규모하고는 다른 어마어마한 것을……."

"호두(虎頭) 요새 말이군."

호두란 우수리 강가, 소련의 이만 시가 바라다보이는 곳이다.

"굉장하다며요?"

"아직 공사는 끝나지 않은 모양인데 동양의 마지노선이라."

"그러면 소련과의 싸움이 박두했다는 얘기가 되겠군요."

"요새란 지키는 거지 치고 들어가는 건 아니지 않는가."

"내 얘기는 그게 아니고 소련이 공격해올 것이다."

"언젠가는 그러겠지."

"아무리 관동군이 막강하다 하더라도 중국 본토에 분산돼 있는 상태에서, 이건 참 불안한 얘기요."

"일본군이 누구냐!"

"네?"

"신병(神兵) 아닌가."

오이는 무라카미를 빤히 쳐다본다.

"그리고 위기에 처하면 신풍(神風)이 불어올 거고 으하핫 핫 핫핫……."

엄청나게 큰 소리로 웃어젖힌다. 나미에가 돌아보았다. 그는 메이센*의 기모노를 입고 있었다. 검은 화살 무늬에 진갈색 기모노는 살결이 흰 얼굴에 잘 맞았다. 몸집은 가냘퍼 보였으나 짙은 눈시울, 도톰한 입술은 매우 육감적이다.

"어쨌든 중국에서 빨리 끝이 나야, 만주가 허술해지면,"

"끝이 나아?"

사카즈키의 술을 입 속에 털어 넣다가 무라카미는 비스듬히 오이를 쳐다보며 반문했다.

"오래 끌 거다, 무라카미상은 그렇게 봅니까?"

"나한테 물어볼 것도 없지. 전선의 확대는 이미 기정사실, 장기전으로 간다는 걸 의미하신, 국가 총동원령이 바로 그거 아니겠어? 그리고 중국 자체가 지구전으로 방침을 굳혔고, 발목이 잡힌 게야. 철없는 것들, 이겼다고 박수 치고 춤추고 하지마는 이제는 빼도 박도 못하게 됐으니 비극이지 비극이야, 마치 귀신에 홀린 것 같단 말이야."

"결국 확대파(擴大派)가 승리한 때문이겠지요. 불확대를 그렇게 떠들어댔으면서 왜 이 지경이 됐는지 모르겠습니다."

"하기야 뭐 국내에서 확대, 불확대를 떠들어보아야 그거 다 소용없는 일이었지. 관동군이 들어먹어야, 목에 힘주고 하면 된다! 전쟁 미치광이들 귀에 무슨 말이 들어가겠나. 육군 팸플릿의 첫 구절 몰라? 전쟁은 창조의 아버지요 문화의 어머니라는 말."

오이는 낄낄 웃는다. 몇 해 전에 총합국책입안(總合國策立案) 때 육군에서 발표한 소위 육군 팸플릿의 시작이 전쟁은 창조의 아버지요 문화의 어머니라는 문구였었다.

"하지만 이시하라는 확전에 대해 펄쩍펄쩍 뛰었다던데요?"

"그거 어디서 들었나?"

"다 듣는 데가 있지요."

"흥! 펄쩍펄쩍 뛰었다구? 원인을 만들어놓고 지금 와서 뛰면 뭘해. 다 그의 제자들 아니었던가?"

"이시하라는 확전의 시기가 아니라 보는 거겠지요."

"나를 두고 사람들은 후라이 보즈니 대륙 낭인이니 하지만, 그래 난 사실 대륙 낭인이야. 군부에 붙어먹는 이권우익(利權右翼)인 것도 사실이고, 그러나 나는, 나는 말이다, 사이고가 싫어."

무라카미는 엉뚱한 말을 내뱉었다. 사이고[西鄕隆盛]는 명치유신의 공신이요 정한론자(征韓論者)였다.

"그를 생각할 때마다 어쩐지 돌대가리 생각이 난단 말이야. 중대가리로 서 있는 동상 때문에 연상되어 그런지 모르지만…… 돌대가리 관동군 놈!"

"얘기가 그리 묶이는군요."

오이는 웃었다.

"방법이 요지부동이야. 하니 내가 돌대가리라 할밖에. 명치 대정 소화, 삼대에 걸쳐 변한 게 뭐 있어? 한결같이 공갈에다 협박에다 공작, 하긴 재미는 보았지. 불로소득이었고, 그러나 노름꾼의 속임수도 한두 번이지 매양 뜻대로 되어주는 건 아니지 않아? 상대가 변하는데 안 변한다면 그건 되잡히기 마련인 게야. 북지(北支)에서 밀면 장개석이 타협하자 할 거다, 상해를 점령하면 그들인들 어쩔 것인가, 남경을 밟아 뭉개버리면 손들 수밖에 없겠지. 흥, 그것 다 희망으로 끝나버리고 이제 어쩔 것인가. 중국 사백여주(四百餘州) 일본의 병마(兵馬)가 달려야 할 판인가?"

"그러면 우리가 얼마나 죽어야 그게 가능할까요?"

무라카미는 그 말 대답은 하지 않았다. 한참 있다가,

"자네 요즘 중국에서 유행되고 있는 두 가지 말이 있는데 그거 아나?"

하고 물었다.

"모릅니다. 여긴 만주 아닙니까?"

"그런가? 나도 일전에 상해 갔을 때 들은 얘기다만 하나는 마간아타낭."

"그게 뭡니까?"

"삼 마(麻), 몽둥이 간(杆), 아이 아(兒), 칠 타(打), 이리 랑(狼), 마간아타낭인데 무슨 뜻인고 하니 삼대를 들고 이리를 치겠다고 뛰어오는데 이리는 그것을 몽둥인 줄 알고 달아나지만 몽둥이가 아닌 삼대인 것을 깨닫고 사람을 공격한다. 그러니까 삼대 든 사람은 일본이요 이리는 중국, 중국은 일본을 강하다 착각을 했고 일본은 강한 것같이 기만술을 썼다."

"그러니까 삼대를 든 사람을 이리가 공격하는 것은 문제없다 그 말이군요."

"그렇지. 사실 그동안 중국은 일본에 대하여 저항다운 저항을 한 일이 없었고, 저항을 받지 않고서 관동군이 천하무적이라, 그건 환상이었어. 우린 상해 공략에서 그걸 보았지 않았나. 막강한 일본의 십오만 육해군을 열세인 중국군이 석 달을 저항하며 지탱했거든. 지금은 남경이 함락되고 서주가 함락되었다 하나 오히려 그들은 초토작전으로 나오고 있으니, 싸우지 않고 끌어들여서 말려 죽이겠다 그거 아니고 뭐겠나."

"그러면 또 하나 유행되고 있는 말은 무엇입니까?"

"그것은 조식경탄, 벼룩 조(蚤), 먹을 식(食), 고래 경(鯨), 삼킬 탄(呑), 말하자면 벼룩을 잡아먹듯 했을 때는 두려워했으되 고래를 삼키려는 데 대해서는 두려워하지 않는다, 왜냐하면 일본은 고래를 삼킬 수 없기 때문에."

"그러니까 국지전보다 전면전쟁이 저들한테 유리하다 그 얘깁니까?"

"누가 보더라도 안 그렇겠나? 게다가 일본은 국제적으로 고립 상태야."

"국가 총동원령도 그렇지만 조선에선 자원병제도까지 창설했다더군요."

"내지에서는 사람들이 이런저런 사정은 모르고 옛날 같은 단꿈을 꾸고 있는지 모르지만,"

두 사내가 한참 우울해져서 술을 마시고 있는데 말쑥하게 차려입은 오가타가 들어왔다.

"그동안 보이지 않았는데 어디 갔다 왔습니까?"

오이가 돌아보며 말했다.

"출장 갔다 왔어요."

오가타는 쾌활하게 말했다.

"지로상, 오래간만이네요."

트럼프를 하고 있던 고가 세쓰코[吉賀節子]가 나미에보다 먼저 말을 걸었다.

"오가타상 어서 오세요."

나미에가 이어 인사를 했고, 또 한 여자 쓰다 다에코[津田妙子]는 눈인사를 했다. 세쓰코는 상당한 연배, 회색 스커트에 연한 오렌지색 블라우스를 입었고 머리는 짧은 단발이었다. 신경서 발간되는 S신문사 문화부의 기자다. 그리고 다에코는 옛날 나미에가 나가던 마치아이[待合遊興所]의 여주인 동생으로 스물여덟 살의 이혼녀이며 나미에를 언니라 부르고 드나드는 여자였다. 오가타는 잡담하는 남자들 속에 끼어들었다.

"그동안 안 나오길래 나는 내지에 간 줄 알았어요."

한 사내가 말했다. 오가타는 담배를 꺼내어 붙여 문다.

"그래, 출장은 어디였습니까?"

다른 사내가 물었다.

"다롄이었소."

"다롄, 지금 참 좋을 때지요."

"좋더군요."

"아카시아가 한창일 게요. 꽃 냄새가 진동하지요."

"그래요."

"달콤하고 취할 것 같은, 차라리 괴로운 그 냄새, 온통 가로수가 아카시아 아니요. 그리고 정기 기선의 도라(뱃고동)가 길게 울려 퍼지는 정오, 권태로우면서 달콤하고…… 푸른 바다 푸른 하늘, 다롄에 비하면 신경은 똥이야."

"하긴 그래. 봉천도 좋고 하얼빈도 당당한데 일본이 건설한 신경이 젤 볼품없는 건 사실이야."

"그거야 세월의 이끼가 껴야지. 전통이란 게 있지 않소. 신흥 도시가 갖는 어쩔 수 없는 생소함일 게요."

변호하듯 말했다.

"그건 너무 평면적인 발상이야, 신구의 차이로 보는 것은. 나는 문화의 차이로 보는 거요. 만주인이 건설한 심양이나 금주(錦州), 러시아가 건설한 하얼빈, 다롄, 확실히 만주적인 것 러시아적인 것 그 차이는 뚜렷하지만 모두 대륙적인 공통점은 있어요. 그리고 북방인 점도 있고. 그러고 보면 일본문화, 이건 전혀 이질이거든. 물론 신경을 만주의 도시로 건설하긴 했으나 전혀 이질적인 감각으로 만주에다 만주적인 도시를 건설했다……. 볼품없는 도시가 될밖에, 전통이나 세월의 이끼가 껴다는 것하고는 전혀 다른 얘기야, 소위 죽도 밥도 아니라는 거지. 좋고 나쁘다는 것보다 밖에 나와보면 특수하게 일본이 이질적이란 것을 느끼는데 그게 무슨 까닭인지 영 모르겠어. 영 융합이 안 돼."

"그야 뭐 우리가 섬나라니까 그렇지."

"영국은 섬나라지만 일본 같지는 않거든."

도시 문제로 왈가왈부하다가 얘기는 다시 다롄으로 돌아갔다.

"하여간에 다롄은 뿌리를 박고 살아보고 싶은 고장이야. 바다가 있어서 그런지 몰라도, 뜻대로만 할 수 있다면 다롄에다 집을 짓고 바다를 보며 아카시아의 꽃향기를 맡으며 사랑하는 여자와 함께 세상만사 다 잊고 비둘기같이 살고 싶어."

모두 웃는다.

"사랑하는 여자하고……."

"그래요. 사랑하는 여자하고, 인생이란 별것 아니야. 남아 장부 어쩌고저쩌고 큰소리 탕탕 쳐봐도 그것 모두 착각이라구."

"그러면 데려오지 왜 혼자 살어."

"사랑하는 여자라면 놔두고 왔겠어? 유감스럽게도 내 인생의 비극은 결혼에서 시작된 거요."

앓는 소리다.

"유감스럽게도 이제는 돌이킬 수 없고, 나이가 몇인데."

"왜 아니래. 돌이킬 수 없으니 한탄 아니겠소. 후회스럽지 후회스러워. 말라빠진 박오가리 같은 내 인생, 다시 태어난다면 절대로 이렇게는 안 살아."

"하긴 말라빠진 박오가리 같은 인생인 것은 누구나 매일반이야. 일하고 밥 먹고 똥 싸고…… 재미없어. 뭔가 있을 것 같고 있을 것 같아서, 있긴 뭐가 있어. 벽에 이마빡이 탁 부딪는 순간 속았구나! 세월은 저만큼 달아나고 없는데 속았구나! 해봤자 소용없지. 잔잔바라바라 칼쌈이라도 해서 콱 죽고 싶은 심정, 아아 인생은 무엇이냐! 착각이로다! 끝없는 권태로다! 바닷가에 가서 사시미나 실컷 먹었으면."

실없는 얘기를 웃기만 하고 듣고 있던 오가타가 말했다.

"나 같으면 사랑하는 여자하고 만주리나 가서 살겠다."

"무슨 뚱딴지 같은 소릴 하는 게요? 그건 악취미다."

"왜?"

"아니면 자학인가?"

"어째서?"

"차라리 땅끝에나 가서 살지."

"땅끝이 문젠가? 사랑하는 여자가 문제지."

다른 사내가 입을 열었다.

"오가타상이야말로 진짜 로맨티시스트다. 다롄에서 집 짓고 사는 사내 그건 속물이지."

하는데 트럼프를 잽싸게 섞고 있던 세쓰코가,

"지로상, 난 땅끝까지는 안 가아."

한마디 던진다.

"누가 가자 했나?"

튕기듯 하는 오가타 말이 끝나기 무섭게,

"땅끝까지는 안 가도 남호에 가서 보트놀이는 한다."

다롄 가서 집 짓고 살고 싶다던 사내가 놀리듯 말했다. 남호(南湖)는 신경 교외에 있는 황룽공원(黃龍公園)의 호수다. 오가타는 세쓰코하고 두서너 번 그곳에 가서 보트를 탄 일이 있었다. 그래서 놀렸던 것이다. 세쓰코는 행실이 단정하다 할수 없는 여자였다. 그렇다고 해서 음탕하거나 부패한 여자는아니었다. 실연을 하고 만주로 왔다는 얘기, 그래서 결혼도안 했다는 얘기가 있었으나 성격은 직업 탓인지 활달했고 남녀평등을 주장하며 성의 자유를 주장하는 등 거침이 없었다.오가타도 그와 잠자리를 같이한 일이 몇 번 있었다. 그것은어쩔 수 없는 생리적 욕구였을 뿐 애정을 느낀 적은 없었다.그러나 세쓰코는 여러 남자와 관계가 있음에도 불구하고 오가타에게는 특별난 감정을 느끼는 것 같았다. 오가타가 독신이었기 때문에 내심 부평초같은 자신을 고정시키고 처리하고싶은 계산이 있었는지도 모른다.

"오가타."

무라카미가 불렀다.

"네, 선배."

"술 안 하겠나?"

"나중에 하지요. 그보다 오쿠상*, 커피나 한 잔 주십시오."

나미에한테 말했다.

"어머! 내가 잊고 있었네요."

나미에는 서둘러 하녀를 불렀다.

"나도 한 잔."

세쓰코가 말했다.

소파에 앉아 잡담하던 사내들은 자리를 옮겨 마작을 시작했고 오가타에게 로맨티시스트라 하던 사내, 만철(滿鐵)에서 만드는 홍보영화에 관계하는 하야시 노부오[林信夫]하고 오가타가 남았는데 무라카미와 오이가 합석을 했다. 무라카미를 제외하고 세 사람은 향기가 짙은 커피를 마신다.

"다롄의 공기는 어떻던가?"

궐련을 꼬나들고 무라카미가 오가타에게 물었다.

"그렇지요 뭐. 별다를 게 있겠습니까?"

오가타는 관심없다는 듯 대꾸한다.

"얼마 전에 상해를 다녀왔는데 굉장해."

"학살 말입니까?"

하야시가 얼른 물었다. 무라카미는 고개를 끄덕인다.

"오가타 자네처럼 모두 코스모폴리탄이 되든지 해야지, 이래가지고는 안 되겠어."

"엄청난 숫자라 하더군요."

오이의 말이었다.

"몇십만이라 하기도 하고, 그 어마어마한 숫자를…… 아마 중국군 전사자도 포함이 된 걸 거야."

473

"모두 민간인이라는 말도 있어요."

오이가 말했다.

"아무튼 얼마나 시체를 묻었는지 자동차가 가는데 땅이 흐물흐물 떠가는 듯 하더라는 게야."

"필요악이라 할밖에 없지요, 전쟁이니까. 인류가 가끔 미치는 것 그게 전쟁이며 학살 아니겠습니까. 그렇게 귀결지을 수밖에 도리없지요."

오이가 말했다.

"그런 소리 말게. 전쟁은 창조의 아버지요 문화의 어머니, 미치기는 왜 미쳐."

무라카미의 비꼬는 말을 들으며 모두 쓰게 웃는다.

"정당함이 통하지 않으니까요. 부당한 것이 정당하다, 오늘이 그렇지 않습니까? 어차피 시작했으니 전쟁에는 이겨야 하고…… 모든 것이 칼인데 어쩝니까. 말도 칼, 예술 모두가 칼로 집결되는 그 속에 우리가 존재해 있으니까 어쩝니까?"

하야시는 가라앉은 목소리로 말했다.

"나도 어지간히 배짱은 있고 상당히 일본의 무사도를 미화하고 싶은 부류에 속하는 인간이지만 이번에 내가 느낀 것은 학살의 숫자가 아니고 바로 그 내용이야. 칼까지는, 나 얼마든지 동반할 용의가 있어. 인간이란 궁극적으론 이기주의니까 남보다 내가 잘살아야겠다는 욕망을 부정할 순 없어. 그러니까 충용무쌍한, 천황의 적자(赤子) 대일본제국의 군인이 국가의 이익, 자신의 이익을 위하여 약탈과 살상, 그것을 인정한다 하더라도, 아니 찬양을 한다 하더라도, 아니지 아니 창조의 아버지 문화의 어머니라고까지 할 수는 없어도, 자고로 전쟁이란 영웅들을 창출해낸 것만큼은 틀림이 없고요."

"아니 뭐 하는 겁니까? 연설인가요?"

오가타 말에 모두 슬그머니 웃는다.

"허허어참, 나도 스고이모노* 싫어하는 사람은 아니야, 꽤 취미가 있는 편인데."

"뭐 누가 그것 모릅니까? 우리도 다 압니다. 그들의 만행을, 소년같이 부끄러워 말 못하는 건가요."

하야시가 말했다.

"자네들이 안다고 해도 거기까지는 모를 게야. 얘기하지. 용약 출정한 병사들이 가족에게 자신의 전공을 알리는 것, 그것 역시 본래 인간의 허영이니 자연스런 일인즉슨 가족에게 자신의 전공을 증명하는 사진을 찍어 보내는 것 그것 역시 누가 나쁘다 할 것인가. 흔히 야만인들은 촉루(髑髏)에 술을 부어 마신다 하기는 하더라만 가족에게 부치는 사진의 내용에."

"참 숨 가쁩니다."

"중국인의 목을 짤라 수십 개를 쌓아놓고 피 묻은 칼을 든 자신의 모습을 찍어 가족에게 보낸다. 한데 말이야, 중국인의 남근(男根)을 짤라 마치 시가처럼, 목 짤린 중국인 입에 물린 사진, 상상을 해보아."

순간 세 사람의 낯빛이 확 달라진다. 한동안 침묵이 흘렀다.

"무슨 얘깁니까?"

얘기의 내용이 다소 스치고 갔는지 마작하던 패거리가 물었다. 그러나 대답하는 사람은 없었다.

"그 사진을 받은 암짐승은 도시 어떤 얼굴인지 한번 보고 싶군요."

신음하듯 오가타는 낮은 소리로 말했다.

"언제인가 일본인은 천벌을 받을 것이오."

오이가 말했다. 그렇다! 일본인은 언젠가 천벌을 받을 것이다. 후일 세계에서 최초로 그들은 원자탄 세례를 받지 아니했는가.

"그만둡시다. 술이나 주십시오."

하야시가 말했다. 무라카미는 어디로 갔는지 슬그머니 빠져나가고 세 사람은 스낵바같이 된 곳으로 와서 그들 스스로 잔을 꺼내어 양주를 퍼마시기 시작했다. 그리고 바닷가에 가서 사시미나 실컷 먹고 싶다던 사내, 오가와[小川]도 합세하여 술을 마신다. 여자들은 오렌지주스를 마시고 있었다.

"가야 하는데."

다에코가 우물쭈물 말했다.

"가면 뭘 하니? 더 놀다 가아."

나미에가 말했다.

"누구 애인이라도 만나는 거야?"

세쓰코가 말했다.

"나 애인 같은 것 없어."

"지겨울 텐데?"

"그거야 뭐 누구나 다 마찬가지 아니야?"

"나 다에코상 마음 알아."

"……."

"다에코상은 씩씩한 남자 칼 찬 남자가 좋지? 그렇지?"

"그야 뭐 여자들은 다 사내다운 사내를 좋아하기 마련 아닐
까?"

"이를테면 무라카미상 같은 호골형의 사나이, 맞지? 내 말
이 맞지 않아?"

세쓰코는 다에코를 몰고 가듯 생글생글 웃으며 쳐다본다.
다에코의 얼굴이 벌게진다.

"무슨 소리 하는 거야? 언니 앞에서."

"괜찮아. 걱정 말어. 나 질투 같은 것 안 해. 그야말로 지겨
운 판에 네가 들어와 날 해방시켜주면 얼마나 좋겠니."

나미에는 깔깔 소리를 내어 웃었다. 다에코가 무라카미를
좋아하고 있다는 것을 나미에는 이미 알고 있었던 것 같았다.
또 지겨운 판에 해방시켜주면 얼마나 좋겠는가, 그 말도 빈말
은 아닌 것 같았다. 세쓰코는 그러저러한 사정을 알고서 한
말이었다.

"무라카미상이 들으면 칼바람 불어."

세쓰코는 단발머리를 흔들듯 하며 말했다.

"그건 그렇지가 않아. 무라카미는 보기보다 양순하고 점잖은 신사야. 그보다 세쓰코상 결혼 안 할 거예요?"

트럼프를 엎어놓은 채 여자들은 주스를 마시며 잡담이 주다.

"상대가 있어야 하지."

"이젠 안 하는 게 아니고 못하는 거요?"

다에코는 앙갚음하듯 말했다.

"그런 셈이지."

"당신 사상은 어떡허구?"

"결혼해도 사상 가져가면 될 거 아니야?"

"성의 자유도?"

"그거 하나는 버려야겠지, 하하핫핫."

세쓰코는 사내같이 웃었다.

"오가타상은 결혼 안 한다는 거요?"

나미에가 물었다.

"저 사람은 데쿠노보*야. 결혼하기 다 틀린 사람이지."

"왜? 사내구실 못하나?"

"천만에, 훌륭해."

여자들은 낄낄거리며 웃는다.

"하면은 왜 못하는 거야?"

"그야말로 못하는 게 아니고 안 하는 거지. 난 호걸보다 저

478

리 나약해 뵈는 사내가 좋은데."

"무슨 이유라도 있어?"

"있겠지. 실연했나 부지. 나미에상도 저 남자 좋아하는 거 아니오?"

"요조숙녀도 아니겠고 감출 필요도 없지. 나 저 남자가 좋아. 하지만 남녀의 관계란 연때가 맞아야 맺어지는 거 아니겠어? 그리고 난 지카마쓰의 신주모노 따윈 질색이야. 죽네 사네 그것 다 이십 대 얘기라구. 사는 게 피곤해서 말이야, 무라카미가 미워질 때도 있지만 내가 떠나도 무라카미 같은 사내 다시 만나진 못할 거야."

지카마쓰[近松]는 에도[江戸]시대의 조루리* 작가로서 애욕물, 남녀 동반자살의 작품이 많다.

"대단히 현실적이야. 나 그래서 나미에상이 좋아. 젖는 여자는 손바닥에 솟는 땀처럼 끈적끈적해서 싫어."

겉멋이 들었다고 하나 대륙에 와서 대륙의 풍상을 겪고 대륙적이 된 여자들의 거침없는 대화다. 그새 오가타는 속이 좋지 않았던지 소파로 돌아와 우두커니 혼자 앉아 있었다. 세쓰코가 다가간다.

"지로상 속이 안 좋아요?"

"그래."

얼굴을 찡그렸다.

"뭐 약이라도 가져올까?"

세쓰코는 오가타 가까이 얼굴을 바싹 대며 묻는다.

"일없어. 저리 가아! 혼자 있고 싶어."

"알았어. 도련님께서 뭐가 그리 심란하실까?"

"뭐라구?"

하다가 오가타는 도련님이란 말에 기가 차는지 쓰게 웃는다.

"그래도 얼굴은 좋아졌는데?"

세쓰코의 손이 선뜻 다가왔다. 오가타의 수염 자국이 까실까실한 턱을 만진다.

"뭐 하는 거야!"

오가타는 노하여 세쓰코의 손을 거칠게 뿌리친다.

"사랑스러워 그러는데 왜 그래?"

"건방진 소리 말어! 누가 누굴 보구."

"애인을 보구."

"너도 참 딱한 여자다. 교태를 부려 어쩌자는 게야. 징그러워!"

평상시와 달리 오가타의 말투에는 혐오감이 잔뜩 서려 있었다. 순간 세쓰코의 낯빛이 달라졌다. 그러나 그는 이내 냉정을 되찾는다.

"오가타상!"

"......"

"말 수정해요. 교태라는 말을 유혹으로 수정하시오."

"뭐?"

"난 당신을 유혹했을지언정 교태는 안 부려. 사내자식들이 여자를 유혹하면 여자도 사내새끼 유혹할 수 있는 일 아니야? 그래 유혹하는 사내보고 교태부린다 해야겠어? 졸장부 같으니라구, 남자가 뭐 그리 대단해! 남자라는 망상 때문에 사내들이 작아지는 게야! 알다시피 난 남녀평등주의니까 여자라는 망상에 사로잡혀 있질 않아! 취소해요 교태라는 말."

세쓰코의 기세는 맹렬했다.

"내가, 내가 토할 것만 같았어……."

오가타는 중얼거리듯 말했다.


## 6장 일본인의 시국관(時局觀)


오가타가 여행을 결심하고 회사에 휴직계를 낸 것은 장고봉(張鼓峰)사건이 발생한 후 칠월 말경의 일이었다. 장고봉사건이란 조선·소련 그리고 만주의 국경이 마주치는 두만강 하류, 장고봉에 소련군이 진격해온 사건이다. 사소한 일이 행동의 동기가 되는 것은 흔히 있는 일이지만 특히 여행은, 용무를 위한 경우를 제외하고 순수한 여행일 때 즉흥적이거나 사소한 일이 동기가 되는 수가 많다. 이번 오가타의 경우가 그러했다. 무라카미의 객실에서 농담도 아니요 진담이라 할 수도 없이 자기 자신도 모르게 입 밖으로 나와버린 말 때문인데 사랑하는 여자하고 만주리(滿洲里)에 가서 살고 싶다, 오가타는 그 말을 하는 순간부터 여행에의 유혹을 느꼈던 것이다. 몇 해 전에 만주리, 그 황막한 고장에서 오가타는 인실을 생각했다. 하기는 어찌 만주리에서만 인실을 생각했겠는가, 어느 때보다 인실에 대한 기억이 생생했다. 그러는 편이 옳은 표현이다. 만주리는 북만(北滿)의 끄트머리, 겨울에는 수은주를 영하 오십 도까지 끌어내리는 국경도시였다. 낙타가 썰매를 끌고 지나갔으며 끝없는 빙원(氷原)에서 끈질기게 살아남은 이끼와 같이 각기 다른 인종(人種)이 무겁고 긴 옷자락 끌며 실루엣처럼 움직였고 인도인의 터번 같은 러시아 정교(正敎) 교회당의 돔은 짧은 한나절, 햇볕 속에 침묵하고 있었다. 마지막 지점까지, 사람이 올 수 있는 땅끝까지 왔다는 쓰라림, 뼈에 스미는 고독감이 오가타의 발목을 휘감았고 휘청거리게 했다. 그 만주리에 대한 기억, 여행을 다시 하리라 결단을 내리게 한 것은 장고봉사건이었다. 머지않아 세상은 온통 전화(戰火)에 뒤덮일 것이란 생각, 이번에 떠나지 않는다면 다시 떠날 수 없으리란 예감, 어쩌면 자기 자신이 죽을지도 모른다, 사실 그러한 오가타의 생각은 망상이 아니었다. 장고봉사건은 6월 11일에 소련군 침입으로 시작되었다. 그러나 보도기관은 그 사건에 대하여 일주일을 침묵했다. 지면 한구석에 작은 활자로 보도된 것이 17일, 소련의 불법월경이란 눈에 잘 띄지도 않는 기사였다. 그렇게 시작해서 차츰 신문은 사건을 크게

다뤄나갔다. 19일에서부터 장고봉사건은 단연 톱기사로 연일 계속되었고, 외교적 해결책에 광분하는 일본의 실상이 드러나게 된다. 그러면 왜 일주일 동안 그 사건은 보도되지 않았는가. 손톱만 한 사건, 없는 것도 만들어서 대서특필 침략의 구실로 삼던 일본으로서는 예외적(例外的)인 일이 아닐 수 없었다. 상대가 약하다 싶으면 사악하기가 뱀 같고 늑대같이 포악해지지만 상대가 강하다 싶으면 순식간에 쥐새끼로 표변하는 습성 때문이다. 간단히 말하자면 그렇다 할 수 있겠으나 여하튼 일본의 고민이 얼마나 심대(深大)하였나 단적으로 설명이 된다.

오가타가 떠나기 전날, 무라카미의 집에서는 송별회, 그것은 편의상 그랬을 테지만 실은 불평분자들의 불평을 토로하는 불평회라 하는 것이 옳았는지 모른다. 만주에서 일본군부의 덕을 보고 사는 처지이긴 하지만 이들 무라카미나 하야시, 오가타, 교사직에 있는 오이는 별도로 하고 일본본토에 뿌리를 내리며 살기에는 하자가 있는 인물들인 것만은 사실이다. 사회주의다 무정부주의다 하며 떠들고 다녔던 젊은 시절이 있었기 때문이다. 네 명의 사내는 대낮부터 다다미가 깔린 내실에서 술을 마시기 시작했다. 나미에는 홀로 있는 부친이 위독하다는 기별을 받고 일본으로 돌아갔는데, 갈 때 나미에는 쓰다 다에코를 불러 사용인들의 감독과 무라카미를 돌보아달라는 부탁을 했다. 달리 적합한 여자가 없었긴 했지만 하필

무라카미를 사모하는 다에코를 데려다 놓고 간 나미에의 심사를 선의로 보아야 할지 악의로 보아야 할지, 화류계를 누비면서 남녀문제에 간이 트인 나미에는 다에코의 정열에 동정한 나머지 기회를 주었다 할 수 있겠지만 한편으론 다에코에 대한 능멸의 의도로도 볼 수가 있었다. 여하튼 다에코는 잔뜩 모양을 내고 며칠간의 주부 역할에 설레고 있었다.

"다에코상."

술을 마시던 무라카미가 불렀다.

"네."

따뜻하게 데워진 술병과 술안주를 탁자에 놓고 빈 병과 빈 접시를 걷어 차판에 옮기며 다에코는 무라카미를 그윽이 쳐다본다.

"아이코[愛姑]한테 시키시오. 그 애도 잘해요."

잠시 동안 원망스러워하는 표정이더니,

"네. 그러겠습니다."

하며 그림자같이 나가버린다.

"이제는 궁덩이 처박고 사는 데도 신물이 났다. 나도 그만 홀홀 벗어버리고 떠났으면 좋겠다."

무라카미가 말했다.

"그게 어디 쉽겠어요?"

하야시 말에,

"하긴 그래. 발목이 꽉 잡혔어. 나이에도 자신 없고."

"이도저도 할 수 없는 나이지요. 만년 소년 오가타상이 부럽소. 사학도니까 여행의 명분도 있고, 목적 없는 것보담은."

말하는 오이를 보고 오가타는 쓰게 웃었다.

"거창하게 그러지 마십시오. 그냥 떠나보는 겁니다."

"혼자 여행이란 사무치게 외로우면서 한편 달콤하거든. 그건 자신에 대한 연민 때문일 게야."

"무라카미상 당신, 꽤 로맨틱하군요."

오이가 의외란 듯 말했다. 순간 무라카미는 수줍은 듯 양어깨를 좁혀보다가,

"여태 그걸 몰랐어? 아라무샤* 같은 내 상판 때문에 별명도 후라이 보즈지만 실상 나는 사스라이모노*라구."

모두 낄낄거리며 웃는다.

"왜 웃어?"

"사스라이모노라…… 그 큰 덩치가 웃겠어요."

하야시 핀잔에,

"그건 모르는 소리야. 사람이란 현실적 욕망에 사로잡혀 있는 한 사스라이모노가 될 수는 없어. 그 현실적 욕망에 끝까지 매달리는 사내들을 보면 대개 덩치가 작아. 예를 들자면 나폴레옹이나 히틀러 같은 인물인데 집념이 강하고 독한 거지. 덩치 큰놈치고 뒷심 좋은 경우는 드물어. 어딘지 모르게 느슨하고 뒤통수 얻어맞기 일쑤고."

"그건 편견이오. 그런 말이 어딨어. 누가 보아도 무라카미

상은 실속파고 나 같은 훈장이야 빈껍데기, 그렇게 말하면 억울해. 골목대장은 무라카미상 같은 사람이 항상 도맡아 하는 거 아니오?"

몸집이 작은 오이가 분개하듯 응수했다. 무라카미는 호걸같이 큰 소리를 내어 웃었다.

"대체적으로 그렇다는 얘기지. 하긴 그래. 그간 일본을 지배해온 것은 골목대장이었어. 그리고 오늘도 골목대장의 시대야. 사방이 흐렁흐렁 망가져가고 있는데 도쾅! 도쾅! 돌격! 돌격! 하면 다 되는 거로 알고 있지."

"돌격시대도 이젠 끝났어요. 깐죽깐죽, 계집애처럼 징징거리고 있어요."

하야시가 씹어뱉듯 말했다. 오이가 반문했다.

"그건 또 무슨 소리야?"

"요즘 신문 보면 그렇게 돼가고 있더군. 주먹질이 아니라 손톱을 세워 할퀴고들 있어. 예를 하나 들자면 이제 장개석이 갈 곳은 어디메냐! 장개석이 갈 곳 걱정하게 돼 있어요? 잡아 죽여버리면 그만 아닙니까? 뱃속이 훤히 들여다뵈는 수작."

"그거야 신문이란 통속적인 거니까."

"저도 통속적인 탓으로 돌리고 싶소. 통속적이다 할 때는 여유가 있으니까, 말하자면 독자들 구미에 맞추는 거니까, 지금 그런 여유가 있는 겁니까? 장개석은 용공주의, 방공국가(防共國家)에 대한 적대 감정 노골화 따위도 있었지요. 장개석이 빨갱이건 흰둥이건 그게 무슨 상관이지요? 중요하고 엄연한 것은 장개석이 이끄는 중국하고 일본이 교전 중이라는 사실, 빨갱이라서 싸운 것도, 흰둥이라서 싸운 것도 아니지 않아요? 싸우면서 네 옷이 희다 붉다 한들 싸움의 양상이 달라지는 것도 아니지 않아요? 그거 다 손톱 세워 할퀴는 작태고 그 작태 자체가 요와네*에 지나지 않아요."

"그거야 영미(英米)를 의식한 때문이지. 영미와 중국을 이간하기 위한 의도 아니겠어?"

"참 딱한 소릴 하는군요. 확실히 무라카미상은 느슨해."

"들이 판다고 뭐가 나오겠어. 부질없는 일이다."

"영미를 의식하고 이간질을 하고, 그런 얘기 세 살 먹은 애들한테도 안 통해요. 소련에 대해서도 내부사정이 어떻고 숙청이 어떻고 붕괴되느니 어쩌니, 그게 적정을 분석하는 그런 단계가 아니지 않습니까? 그런 차원이 아니지요. 다만 일본의 희망사항일 뿐이지요. 그렇게 되었으면 얼마나 좋을까, 장개석이 갈 곳 없어지고 소련이 내부에서 붕괴되고 그랬으면 얼마나 좋을까, 그야말로 가미카제*를 기다리는 애절한 심정, 그 용감무쌍한 골목대장들이 말입니다."

하야시는 얼음같이 차갑게 비웃었다.

"하야시상 말엔 나도 동감입니다. 한마디로 치졸하고 비겁해요. 전쟁이란, 그중에서도 침략 전쟁에 정당성이 있을 수 없고 이성적이며 세련되기를 바랄 수도 없는 일이지만 그 야만성에 있어서는 주먹질이 할퀴고 꼬집는 지경으로 갔다면 그건 약세를 드러낸 것 이외 아무것도 아니지요. 장개석이가 이탈리아 선교사에게 철퇴 명령을 내린 것은 이탈리아가 방공국가이기 때문은 아니지요. 일본과 독일과 이탈리아가 방공협정을 한 때문인데 방공이건 친공이건 그건 의미없어요. 협정 자체가 장개석은 싫었던 겁니다. 그거야 자연스런 감정 아니겠어요? 내 원수와 친하게 지내는 상대를 배척하는 건 조금도 무리가 아니지요. 이탈리아가 일본하고 협정을 맺지 않았다면 방공·친공 어느 쪽이든 장개석한테는 상관없는 일입니다. 그 기사가 군부의 지시건 기자가 자의로 했건 하여간 치사스럽지요."

팔짱을 끼고서 오가타가 한 말이었다.

"신문이란 으레 그런 거 아닌가. 사회주의가 일본 전국에 만연했을 때 평신저두(平身低頭), 젊은 놈들한테 온갖 아양 다 떨던 신문이 요즘은 어떤가? 천황과 황실과 황군을 빼고 나면 볼 게 없어. 위문품, 국방헌금, 긴축 생활, 폐품 이용, 국민정신 총동원, 그리고 뭐가 있어? 날이면 날마다 충용무쌍한 황군을 찬양하고, 기념행사, 신사참배, 그런 것 말고 뭐가 있어?"

"있지요. 또 있습니다."

물고 늘어지듯 하야시가 말했다.

"있긴 뭐가 있어! 새삼스럽게 그래 봐야 다 소용없는 일이라구. 일본인은 모두 이골이 났고 중독이 돼버렸는데 자네 혼자 결벽증 부린들 뭐가 달라지나? 하기야 지금 우리가 지껄이고 있는 말 자체가 아무 소용없는 겁쟁이들의 속삭임에 불과한 거지만…… 생각 안 하는 게 젤 좋다. 내일 죽을지라도 오늘 사는 것만 생각하면 되는 게야."

무라카미는 다소 신경질적으로 말했다. 그러나 하야시는 마치 강행군이라도 하듯 말을 계속했다.

"군사고문 간청(懇請)을 프랑스는 필경 거절, 장(蔣)의 읍소애원(泣訴哀願)도 허사라, 극동에 대한 관심상실, 영국외교에 추종, 내우외환에 직면한 프랑스는 극동분쟁 개입을 엄중히 경계, 역시 이것도 일본의 희망 사항인데 도대체 프랑스의 역할이 뭐지요? 일본하고 중국이 싸우는데 프랑스가 할 수 있는 역할이 뭐냐 말입니다. 흔히들 변죽을 친다고들 하는데 변죽치고는 구만리 밖입니다. 프랑스는 제 코가 닷 자 오 치나 빠졌으니 극동엔 관심없어 얼마나 다행이냐, 역성을 들어주면 더할 나위 없이 고맙겠지만 가타부타 말없는 것만도 감지덕지."

"그쯤 해두게나. 지금 와서 자존심 따위 논할 처지도 아닌 게야. 자네도 꽤나 집요하군. 근본도 돼 있질 않은데 지엽을 따져 어쩌겠다는 게야."

"아닙니다. 나는 일본의 들난 모습을 똑똑히 보아야겠어요. 처량하면 한 대로, 갈팡질팡하면 하는 대로 실체를 보아야겠어요. 눈감고 귀 막고 입 다물고 그래서는 안 되겠어요. 국민 전체가 완전히 천치가 돼 있단 말입니다. 무라카미상은 자존심 따위 논할 처지도 아니라 했지만 나도 자존심 따위 논할 생각은 터럭만큼도 없습니다. 애당초 자존심 따위는 있지도 않았으니까요. 자만심이었지요. 그 강국이라는 환상의 자만심이 우리들 생존을 위협하고 국가 민족을 존폐(存廢)의 기로까지 몰고 가는 것입니다. 그게 어째서 지엽적인 문제겠습니까. 전쟁은 창조의 아버지요 문화의 어머니라 하며 노닥거리던 그들이 이제는 전쟁은 장기(長期)의 건설, 중국 백성의 행복을 위한 것, 하고 노닥거리고 있어요. 이 엄청난 비리에 허우적거리면서 한편으론 영국 대사 한구행(漢口行)으로 영국의 일지조정설(日支調停說) 농후, 하며 처참한 비럭질을 하고 있고 오개국(영국·독일·이태리·스웨덴·스위스) 공동으로 화평 알선에 진출설 하며 기사가 나오고 있어요. 문제는 조정이 아닌 조정설이요 진출이 아닌 진출설인데 결국 그것은 모두 일본의 희망 사항일 뿐, 거기다가 비 맞은 강아지 엉덩이 걷어채이듯 영미와 중국 간에 차관(借款)문제가 거론되고 있으니 아무리 국제간의 일이란 몰염치하다 하더라도 비참하지 않습니까."

"그런 얘기 자꾸 하면 목이 백 개 있어도 모자라."

"압니다. 중국인들이야 모가지 땡강땡강 짤라버리면 그만이지만 일본인은 모두 철조망에 매달린 박쥐 신세지요."

"화평 얘기는 이미 끝난 거야. 세계에서 누구 하나 중재해 줄 사람도 없거니와 마차는 이미 내리막길을 굴러가고 있어. 이제 전쟁은 사람들 의지 밖에서 진행이 되고 있어."

무라카미는 우울하게 말했다. 그리고 덧붙여서,

"화평의 기회는 지난 정월, 제국정부 성명으로 영원히 잃은 거야. 후회한들 아니한들 그건 일본이 묶어버린 매듭인 게야. 말하자면 운명 같은 것 아니겠나."

하야시는 술잔을 들었고 나머지 사내들도 분노 같은 것을 삼키며 술을 마신다. 지난 정월 16일 일본이 발표한 제국정부 성명이란 확대파, 그러니까 중일전쟁에서 응징을 주장하는 강경파의 승리로 내민 것이라기보다 극단적으로 말해서, 기분, 하야시의 말대로 자만심에 밀리어 이도 저도 할 수 없이 내던져진 주사위 같은 것이었다, 그렇게 말할 수도 있겠다. 남경 함락 후 전선의 확대가 불가피해진 일본은 내심 당황하고 혼란에 빠진 것은 숨길 수 없는 사실이다. 그래서 띄운 것이 화평이라는 기구(氣球)였고 미국과 영국에 중재해줄 것을 은근히 요망했다. 물론 화평교섭을 마다할 나라는 없을 테지만, 그러나 미국의 대통령 루스벨트는 시카고연설에서 일본을 전염병환자로 규정짓고 평화를 유지하기 위하여 일본을 격리하여야 한다, 그런 극언을 한 바 있었으며 비연맹국(非聯盟國)이라는 이유로 일본이 거절했음에도 불구하고 국제연맹 총회는 중국의 일본 침략 제소(提訴)를 받아들여 9개국 조약체결국회의(條約締結國會議)에 안건을 내놓는 등, 소련처럼 직접적인 군사원조는 아니했으나 분명히 중국 편에서 방자한 일본에 치를 떠는 영미를 믿을 수 없었던 일본은 중재 역할을 독일에게 가져가는데 문제는 상대, 장개석이 응할 수 있는 한계였다. 그것은 원상복귀 이외는 없었다. 갖은 지랄을 다 한 일본의 모든 행동이 도로(徒勞)로 끝나는 그 조건이나마 감수하지 않을 수 없는 일본의 사정, 그러나 그들이 첫째 봉착한 것은 정부나 군부 이상으로 전쟁열에 들떠 있는 국민에게 뭐라 할 것인가, 총동원하여 전쟁의 열기로 몰아붙여 놓은 국민들을 납득시킬 방법이 있는가. 남경함락 후 전승에 취한 국민들은 날이면 날마다 일장기행렬, 등불행렬로 법석을 떨고 있었으니, 그러는 동안 각 파의 반목과 대립은 오기를 자극하고 고조시키면서 화평조건은 차츰 강경한 방향으로 돌아가기 시작했다. 결단이나 의지도 없이, 일관된 작전이나 대비도 없이 주먹구구식으로 밀어붙이자, 일본 권익침해에 대한 배상은 전비배상으로 확대되었으며 중국이 체결한 군사협정의 파기 요구, 게다가 중국측에서 강화사절(講和使節)을 일본으로 보내라는 등 그 밖의 경위 없는 제반 요구를 첨가하면서 화평이기보다 항복요구나 다름없는, 되지도 않을 일을 들고 나온 것이다. 물론 그것은 이성을 잃은 일본이 현실적인 정세를 도외시하고, 아니 자신들에게 유리한 방향으로 애써 판단하면서도 될 대로 되라는, 다분히 자포자기적인 흐름이었다. 비둘기보다 매가 강하다는, 뼛속까지 스며든 일본인의 생각, 사야아테* 때문에 칼을 뽑고 싸우는 그들 일본인, 결국 제국정부 성명을 발표하면서 그들 스스로 내놓은 화평안을 그들 자신이 막았고 일본은 비극의 수렁에 빠지게 되는데 그 후안무치한 제국정부 성명의 내용은 다음과 같다.

제국정부는 남경공략 후 계속 중국 국민정부의 반성에 최후의 기회를 주기 위하여 오늘에 이르렀다. 그러나 국민정부는 제국의 진의를 모르고 함부로 항쟁을 책동했으며 안으로는 도탄에 빠진 인민의 괴로움을 무시하고 밖으로는 동아전국(東亞全局)의 화평을 원치 않았다. 하여 제국정부는 이후 국민정부를 상대하지 않을 것이며 제국과 진실로 제휴하기에 족한 신흥 지나정권의 성립 발전을 기대하며 이들과 양국 국교를 조정하여 갱생 신지나(新支那)건설에 협력하기로 한다. 물론 제국은 지나의 영토와 주권을 위시하여 재지(在支)열국의 권익을 존중하는 방침에는 추호 변함이 없을 것이다. 지금이야말로 동아 화평에 대한 제국의 책임은 보다 무겁다. 정부는 국민이 이 중대한 임무 수행을 위해 한층 더 분발해줄 것을 기망(冀望)하여 마지않는다.

남경 거리에 피도 채 마르지 않았는데, 수십만의 원혼이 통곡하며 방황하는 모습이 보일 듯도 한데 심장에 철판을 깐 일본 정부는 도탄에 빠진 인민의 괴로움을 국민정부가 무시한다 하며 전가하는 성명을 발표했는데, 남경 함락이 있은 지 한 달가량이 지난 1938년 정월 16일, 실은 성명이 발표되는 그 시각에도 남경에서는 학살이 자행되고 있었다.

"군부를 누른다고 들어간 고노에[近衛 首相]가 도리어 군의 볼모가 되어 전쟁까지 일으키고…… 도시 일본이란 어떻게 돼먹은 나라인지 도통 모르겠어."

오이가 혼잣말같이 중얼거렸다.

"군부를 누른다고? 폭지응징(暴支膺懲)의 목소리는 고노에쪽이 더 컸다구. 평생 응징만 했지 고개 숙여 사과 따위는 한 적이 없는 누대의 귀족이라 녹는 것은 국민뿐이야."

하야시의 말을 받아서 무라카미는,

"고노에가 나가소데*의 면면한 구교[高位朝臣] 출신이라고는 하나 세계 속에선 어쩔 수 없는 이나카 사무라이*야, 제아무리 권모술수로 살아남은 가문이라 하더라도 기분이 앞섰지 실리에는 어두워. 기분 내는 놈치고 바보 아닌 건 없지. 한마디로 인내와 저력 같은 것이 없는 인물이야. 화려한 문벌로 군부를 누른다, 하기는 일본놈들 문벌에는 약하니까 말이야. 그러나 늑대 같은 군부는 고노에를 통해 천황을 싸안아가지고 제멋대로 놀아난 거고, 그게 또 일본의 전통이며 역사였으니까."

"웃기는 것은 전쟁 선포도 없이, 지금까지 사변으로 밀고 나가면서 대본영(大本營)은 또 뭐지요?"

하야시가 내뱉었다. 오가타가 그 말을 받아 말했다.

"지난 런던 군축회의 때 시끄러웠으니까 그랬겠지요. 내각이 군축조약에 조인한 것은 천황의 통수권의 간범(干犯)이라

하며 좀 떠들었습니까? 쿠사가리 소좌가 자살을 안 하나, 하마구치[濱口 首相]가 테러를 당하지 않았나, 골치깨나 썩인 사건이었으니까."

"다 겉치레지 뭐. 쿠사가리도 미친놈이고 유서에 뭐랬더라? 신국(神國) 일본은 그대의 충사(忠死)를 필요로 한다. 옛날 와케노기 요마로[和氣淸麻呂], 구스노키 마사시게[楠木正成]가 있었고, 그대 구사카리 쇼지[草刈正治]를 제삼신(第三神)으로 함······ 소좌쯤이면 젊지도 않았을 텐데 유치하기가 짝이 없어. 일본 놈들 의식 수준은 아무리 밖에서 뭐가 들어와도 자랄 줄 모르거든. 선전포고 없는 대본영이라는 것도 그래. 낯 가리고 아웅, 천황을 떠받드는 척하면서 천황 둘레에 울타리 친 건데, 그런 모든 세공(細工)이 결국 국민들을 환상적 충사로 몰고 간단 말이야."

무라카미는 유카타 깃 사이로 손을 밀어넣고 앞가슴을 긁적긁적 긁는다.

"그럼 참본은 어찌 되지요? 지금까지 참본은 다테야쿠샤*였는데 밀려나는 건가요?"

오이가 물었다.

"밀려난다······. 글쎄, 그보다 나는 분파작용으로 보고 싶어. 우익도 여러 갈래, 강경파의 갈래도 좀 많아? 그런가 하면 화평파의 목적이 다른 것도 아니지 않는가. 군국주의로 가는 목전엔 한 푼의 차이도 없거든. 예를 들어 통제파의 나가타[永

495

田鐵山가 참살을 당하고, 2·26사건으로 황도파가 무너지고, 그들이 그렇게 대립하고 상쟁했지만 목적은 같은 것 아니었느냐 말이다. 안 그래? 그렇다면 대본영이건 참본이건 육군성이건, 또 하나이건 열 개이건 다를 것이 없다. 무의미한 거지. 누구 보증하는 사람도 없는데 제삼신이 되겠다고 하나밖에 없는 목숨 버리는 놈의 무의미와 통하는 거지."

통제파(統制派)란 재벌과 관료와 제휴하여 군부 세력을 확장하면서 전시체제를 수립하는 데 목적을 두고, 군부 내의 통제를 주장하는, 육군성의 좌관(佐官)급 장교들이 주체가 된 파벌로써, 사 년 전에 통제파의 리더 육군성 군무국장 나가타 중장이 황도파의 아이자와[相澤] 중좌에게 참살당하였고, 황도파(皇道派)는 아라키 사다오[荒木貞夫], 마자키 진사부로[眞崎甚三郎] 두 대장(大將)을 수령으로, 육군부 내의 위관(尉官)급 청년장교들로서 형성된 파벌이며 천황 중심의 국체지상주의를 신봉하고 통제파와 항쟁했으며 직접적 행동으로 국가 개조(改造)를 꾀하여 2·26사건을 일으켰으나 실패하고 침몰했던 것이다.

"생각해보면 원인이야 훨씬 더 멀리 올라가서 규명되어야겠지만 일본을 오늘로 몰고 온 가장 중요한 인물을 나는 다나카 기이치[田中義一]로 보고 있어. 또 그런 유의 사람이 일본을 움직여왔다는 것이 일본의 역사를 한 치도 앞으로 나가지 못하게 한 이유이고. 다나카는 일로전쟁을 일으킨 육열차(六列車)사건의 모략, 그 장본인인 것을 모를 사람이 없지만 천우신조라 할까 일로전쟁에 일본이 이긴 덕분에 다나카는 국민의 영웅이 되었고 출세가도를 달려 육상(陸相)에서 정우회(政友會) 총재, 드디어 수상에다 외상까지 겸한 다나카 내각, 그의 출범은 두말할 것도 없이 만주를 먹고 중국을 먹겠다는 구체적 방침을 의미하는 거고, 통수권 간범에다 긴축정책 등으로 나가떨어진 하마구치나 또 시데하라[幣原] 외상의 내정 불간섭의 협조외교를 강하게 밀고 나갔던 와카즈키[若槻] 내각이 좀 더 오래 버텨주었다면 일본이 오늘과 같이 가파롭지는 않았을 게야. 시데하라라고 해서 만주 중국을 바라보며 손가락만 빨고 있을 위인이었겠나? 중국의 분열을 바라고 또 바라면서 시간을 재는, 말하자면 이성적이라고나 할까? 전후좌우를 잰다고나 할까, 적어도 그들은 군 출신이 아닌 까닭으로 당장 칼들고 쫓아 나가는 어리석음을 범하지는 않거든. 물론 하마구치나 와카즈키가 쓰러진 것은 경제공황이지만 경제공황은 대지강경파(對支强硬派)가 연약외교(軟弱外交)를 부숴버리는 도구로 쓴 것이야. 아무튼 그렇게 해서 밀고 들어간 다나카의 첫 논리가 만몽은 일본의 생명선이라, 산동출병(山東出兵)이 세 차례, 결국 가와모토[河本大作]의 열차폭파로 장작림을 살해하는 것으로 이어지는데,"

무라카미의 말에 끼어든 오이는,

"다나카의 상소문이란, 그게 과연 사실일까요?"

물었다.

"사실이 아니라고들 하지만 문서든 문서 아니든 내용에 있어선 사실일 게야. 어디 다나카뿐이겠나? 일본 국민 전부가 대개 그 생각을 하는데, 바로 그게 일본인의 애국심 아닌가."

상소문이란, 그 내용이, 지나(支那)를 정복하기를 원한다면 첫째 만몽을 정복하지 않을 수 없고, 세계를 정복하기를 원한다면 반드시 첫째 지나를 정복하지 않을 수 없다, 무라카미의 말대로 문서의 진위(眞僞)가 문제가 아니었다. 일본의 진의(眞意)가 그랬던 것은 사실이었으니까. 세계에서 떠들썩했던 그 문서는 일본인에게는 지극히 일상적인 일이었다.

"사실은 신문 한 귀퉁이 기살 가지고 뭘 그러나 싶기도 했지만, 아닌 게 아니라 일본은 너무 염치가 없는 쥐새끼야. 칼을 들고 나갔으면 적을 베고 이기든지 아니면 우치지니*를 하든지 또 아니면 사과하고 화햴 하든지 할 일이지, 칼을 휘두르면서 이거 큰일 났구나 누구 와서 말려주는 사람 없을까? 형편없는 졸장부들이야."

"어떤 젊은 장교는 중국과 싸움이 있기 전에, 일본이 3개 사단에 동원령만 내려도 장개석은 고시가 누케루*, 그랬다더군요."

오이 말에 하야시가,

"남진론 북진론의 싸움은 어떻고? 참으로 대단히 호기스럽지. 가슴에 주렁주렁 훈장을 매단 육군, 해군의 장군들 모습처럼."

육군과 해군의 세력 다툼에서 시작된 대립과 반목에 관한 것인데 남진론(南進論)은 영미와의 일전에 대비하여 계획을 세워야 한다는 해군의 우선론이며, 북진론(北進論)은 소련을 겨냥하여 싸울 준비를 갖춰야 한다는 육군의 우선론이다. 그러니까 소련을 먼저 부숴야 한다, 아니 영미를 먼저 박살내야 한다는 논쟁으로서 하야시 말대로 참으로 대단히 호기스러운 얘기다.

"중국과의 싸움만으로도 혀가 쑥 빠져 있는데 결국 전쟁만 하다가 우리 모두 죽자, 흥!"

오이 말에,

"이미 모두가 양해사항 아니오? 세계를 정복한다! 국민들이 모두 신나 하는 말 아니오? 한데 난감한 것은 무기수입은 어디서 하누. 세계정복의 무기는 어디 있느냐 말이오."

하야시 말에 오이는,

"해서 참본에서는 펄펄 뛰며 확대를 반대한 거 아닌가."

"뛰어도 소용없고 날아도 소용없어. 일본 전체가 본능의 동물인 게야. 판단이고 자시고 있나? 눈앞에 번쩍번쩍 금덩이만 보였지 발밑에 낭떠러지 있는 것은 생각지도 않아. 펄펄 끓고 있어. 전쟁으로! 일로, 오로지 전쟁으로! 승리는 따놓은 당상, 최대한의 저항이란 것이 침묵과 몸조심, 입이나 뻥긋하게 생겼어? 지금 고토쿠처럼 반전이라도 외쳤다가는 길거리에서 모가지가 짤려 죽어. 하기는 고토쿠도 죽였지만 말이야."

무라카미는 술잔을 기울였다.

"고토쿠 얘기가 났으니 하는 말인데요. 작년에 만영(滿映)이 설립되지 않았습니까."

무라카미는 하야시 얼굴을 쳐다보며 다음 말을 기다린다.

"오스기를 죽인 아마카스 대위가 만영의 이사장으로 온다는 소문이 있습니다. 어째 으시시해지는 얘기 아닙니까. 참으로 묘한 세상입니다."

"모략, 음모, 살인한 놈치고 출세 안 한 놈 어디 있어? 그러고 보면 만주사변의 주역 이시하라는 불우한 편이지."

역시 만주사변의 주역, 이타가키[板垣征四部]는 만주에서의 영화는 국영(國營)이 되어야 한다고 주장했는데, 그의 주장에 따라 만주국과 만철이 자본금 오백만 원을 절반씩 출자하여 작년에 창립을 본 것이 만영, 즉 만주영화협회(滿洲映畵協會)였다. 거기 아마카스[甘粕正彦]가 이사장으로 온다는 소문이라는 하야시의 얘기다. 아마카스 대위, 그는 십오 년 전 관동대지진이 있었을 때, 조선인 학살이 진행되던 아비규환 속에서 사회주의의 이론적 지도자였던 오스기[大杉榮]와 그의 처, 그리고 조카를 함께 학살했던 바로 그 헌병대장이다.

"국영 영화라면 뻔한 거고, 국책 영화 아니면 선무(宣撫)용 영화일 터인즉, 그렇다고 보면 아마카스가 적임자라 할 수도 있겠습니다."

오가타가 말했다.

"와장창 모두 부서져 나간다. 남을 게 없어. 일본이 텅텅 빌 거야."

오이가 손짓을 하며 말했다.

"본래 뭐가 있기나 했나? 빼앗아오고 비럭질해오고 묻혀서 오고, 일본도와 후지산[富士山]밖에 더 있어?"

하야시의 약간 고슬어진 머리칼이 이마에 쏟아져서 땀에 젖어 있다.

"그건 너무 극단적으로 하는 말이고 하여간 큰일이야, 큰일. 지난봄에는 동대 교수를 위시하여 학자클럽을 무더기로 검거했다 하고…… 이제는 눈에 보이는 것이 없는 모양이라."

오이 말을 받아서 오가타가,

"예상하지 않았던 일은 아니지. 천황기관설(天皇機關說) 때문에 미노베 박사가 호되게 당하고 학교에서 쫓겨났는데 유물론 이론가인 교수들 그냥 놔두겠어요? 기관설 때문에 그 야단법석한 것을 보면 오히려 늦은 감이 있지요."

무라카미는 하품을 깨물고 있었다.

"오가타상."

하야시가 불렀다.

"네."

"당신은 미노베 박사의 천황기관설을 어떻게 생각하시오."

날카롭게 물었다.

"그만하면 천황을 최고로 대접해드린 것 아닙니까? 역사적

으로 천황이 최고기관이기는커녕 비가 새는 궁전에 사신 일
도 있었으니까요."

하야시는 씨익 웃었다.

"한마디로 만화지요."

"네? 만화라구요? 그, 그렇군요. 만화군요. 국체명징론이라
는 것도 그렇고, 평화나 자유라는 제목의 책들이 판금되는 것
도 그렇고, 하하하핫……."

오가타가 웃으니 하야시도 따라서 소리 내어 웃고 오이도
슬그머니 웃는다.

"신문도 그렇고 천황주권설을 들고나와 미노베 박사에게
시비를 건 어용학자 우에스기라는 작자도 그렇고, 공산주의
사회주의는 그렇다 치고 자유주의 자본주의도 통과가 안 되
는, 오로지 군도(軍刀)와 황도(皇道)뿐인 세상, 군신(軍神)이 대신
[天照大神] 위로 올라갈까 무섭네."

하야시가 목을 움츠리고 오이는,

"무섭기는 뭐가 무서워. 군신이 대신 위로 올라간 것이 뭐
새삼스런 일이던가."

평화와 자유라는 제목의 책들이란, 동대 교수 가와아이[河
合榮治郞]의 저서 『시국과 자유주의』, 그리고 역시 동대 교수인
야나이하라의 저서 『민족과 평화』인데 저서는 절판 처분을 받
았고 두 교수는 모두 학교에서 쫓겨났다. 한편 천황기관설(天
皇機關說)은 1935년 일본 조야가 발끈 뒤집히는 대사건이었다.

천황에 관한 한, 일본의 속담대로 고양이도 국자도, 그러니까 너 나 할 것 없이 다 나와서 설치는 것이 특히 요즘의 특색인데, 동대의 교수이자 법학자인 미노베[美濃部達吉]의 천황기관설이란, 천황은 법인으로서 국가의 최고기관이지만 통치권은 국가에 있는 것으로 해석한 데 대하여 천황주권설을 들고 나온 우에스기[上杉謙信]가 시비를 걸어왔고 국체명징(國體明徵)에 위배되는 학설이라 하여 우익의 총공격을 받으면서 저서는 절판, 혹은 개정을 강요당했던 것이다.

"서양 그쪽 어느 나라 황제가 국가 즉 짐이라, 했다는 말이 없지도 않으나 천황이 국가 위에 앉아 있다는 것은 아마 세계에 유례가 없을 걸."

오이 말에 무라카미가,

"그래서 현인신(現人神) 아닌가. 신은 국토도 만드니까 말씀이야."

"하면은 일본해나 태평양이나 어디 넓직한 곳에 국토를 만들면 될 텐데 어째서 전쟁 같은 고생을 해야 하는지 모르겠군."

"왜 아니래?"

모두 한바탕 웃어젖힌다. 웃음이 끝난 좌석은 무섭게 가라앉는다. 서둘러 사내들은 술잔을 든다.

"제에기랄! 이놈의 만화는 언제 끝나지? 전향(轉向), 추종(追從), 함몰, 도주, 감옥…… 노동조합은 산업보국(産業報國)을 외쳐대야 하고 농민조합은 또 농업보국을 외쳐대야 할 판이니 침묵 침묵 또 침묵, 끝없는 침묵이다!"

"모가지 보존할려니까 어쩌누. 하야시 자네 국책영화제작에서 손 뗼 용기 있어? 없지? 안 그런가? 술이나 마시라구."

무라카미는 하야시 술잔에 술을 쳐준다. 하야시는 술잔을 들고 고개를 떨군 채 한참 동안 그러고 있었다.

"모가지 보존······ 초라한 인생이다. 하기는 고바야시 다키지가 그렇게 무참하게 고문 치사를 했건만 그것 때문에 볍씨 하나 굴러떨어지지 않았어. 우리 같은 속인이 뭘 어쩌겠어. 이웃 동네 돼지 새끼 한 마리 죽는 것보다 못해. 돼지는 고기나 먹지만 말이야. 특고(特高)에서는 고바야시의 무참한 고문 치사를 의도적으로 소문을 냈다는 말이 있어. 이놈들아! 끽소리 내었다만 봐라. 너도 그 꼴 될 터이니 알아서 하라고, 그거지 뭐겠나."

오이 말에 오가타는,

"효과가 충분했지요. 사실 그 일 땜에 기가 콱 죽었거든. 고바야시의 죽음은 그야말로 좌익작가들에게는 장송곡이었을 게요."

"그나저나 이래도 저래도 죽을 판인데 장고봉사건은 어찌 될까?"

"오이 걱정 말아라."

"무라카미상 무슨 좋은 정보라도 있는 겁니까?"

"독일에서 요리해줄 건데 무슨 걱정이야? 그래서 방공협정이란 게 있는 것 아닌가. 신문 못 봤어? 공산당과 싸우기 위해서는 세계대전도 불사할 것이다! 무솔리니가 피력한 결의도 몰라?"

"왜 이러십니까. 독일·이탈리아는 청맹과니란 말입니까? 소련은 일본이 요리해주겠지, 그래서 맺은 것이 방공협정 아니겠습니까? 그들도 코앞에 영국이 있고 프랑스가 있는데, 일본을 떡이나 먹고 구경하라 하겠어요?"

"하하핫하하…… 그렇게 되나?"

"제가 궁금한 것은 소련과 영미의 관곕니다. 일본이 애태우는 것도 그것 아니겠어요? 소련과 영미가 적대하기만 한다면 그야말로 일본은 천우신조지요. 과연 그들은 총을 겨눌 것인가 악수를 할 것인가."

"나는 절대로 적대 관계로는 안 가리라 봅니다. 왜냐하면 이데올로기보다 강한 것은 생존이니까요."

오가타의 조심스런 말이었다. 하야시가 이어서 말했다.

"중간에서 휘두르고 날뛰는 독일이 있는 한, 지금 독일은 고삐 풀린 망아지 아닙니까? 그를 두고 소련과 영미는 싸우지 않을 거로 나도 보고 있어요. 일본이 그 일에다 희망을 건다면 그건 누워서 똥 싸겠다 하는 것과 마찬가집니다. 미국의 경우도 그래요. 일본은 미국이 움직이지 않을 것이다, 그렇게 믿고 싶겠지요. 되도록 나쁜 방향에서는 고개를 돌리고 싶은 심정, 불쌍한 신문들이 지금 하고 있는 게 그 짓거리 아닙니까? 하지만 미국은 지금 공공연히 군비확장을 하고 있으니까요. 중국에 군사원조하는 것도 시간문젤 겁니다. 지금 가장 확실하게 짚고 넘어갈 문제는 독일과 일본 사이에 있는 소련 아닐까요? 일본이나 독일의 사정이 그야말로 오르내림이 없는 수평이거든요. 사정이 꼭 같아요. 소련이 장고봉을 공격했다 해서 그들 염두에 독일이 없겠어요? 공격할 때야말로 가장 강하게 독일을 의식할 겁니다. 소련도 극동과 구라파 양쪽에서 싸울 수는 없는 일 아닙니까. 어차피 소련은 조만간에 택일해야 할 거구, 그럴려면 어느 한쪽이 침공 안 한다는 확신이 서야. 어쩌면 소련은 국경분쟁을 일으켜 일본을 자극하고 중국에 발목이 잡힌 일본을 휘몰아서 불가침조약을 얻어내고 싶은지도 모르지요. 일본이 총대 멘 군인을 누르면서 외교관이 번질나게 모스크바로 왔다 갔다 하는 것을 보면."

"자네 말을 들으면 일본도 한시름 놓겠다 싶지만 그렇게 될까? 중국에 노골적인 군사원조를 하고 있는 소련 아닌가?"

"그렇게 된다면 그것은 어느 기간 동안일 겁니다."

"소련은 반드시 일본과 싸울 게야."

무라카미 말에 하야시도 동의를 한다.

"저도 그렇게 생각합니다. 시기문제만 남겨놓고."

아홉 시가 넘어서 오가타는 무라카미에게 하직인사를 하고 거리로 나왔다. 내일의 출발을 위해 술은 별로 마시지 않았는데 몸이 휘청거렸고 발에 힘이 없었다. 오가타는 밤거리를 헤엄치듯 걷는다. 불빛이 휘황했다.

'아무튼 얼마나 시체를 묻었는지 자동차가 가는데 땅이 흐물흐물, 떠가는 듯하더라는 게야.'

언제였던지, 무라카미가 한 말이 생각났다. 술에 취하지도 않았는데 그야말로 땅이 흐물흐물, 오가타는 흐물흐물한 땅속으로 자신의 발목이 빠져들어 가는 묘한 느낌이 들었던 것이다. 대낮부터 네 사람이 얼굴을 맞대고 앉아서 계속 주고받은 얘기들이 마치 진창길처럼 질벅질벅 마음속에 되살아났다. 집에 남았을 무라카미나 제각기 숙소로 돌아갈 오이, 하야시도 아마 기분이 이럴 거라고 오가타는 생각한다. 형편없이 내리깎고 두들겨패고 했지만 그 상대가 바로 자신들의 골육이라는 것, 자신들도 공범자라는 것, 오가타는 한숨을 내쉬었다.

'내일, 비가 안 왔으면 좋겠다.'

하숙으로 돌아갔을 때, 문을 열어준 하숙집 여자가,

"손님 오셨어요."

하고 말했다.

"손님?"

"여자분이에요. 방에서 기다리고 계십니다."

이 층으로 올라간 오가타는 자신의 거처방 방문을 열었다. 전등 밑에 등을 보이고 앉아 있던 고가 세쓰코가 돌아보았다. 수박색 마지(麻地)의, 소매 없는 원피스를 입은 세쓰코는 루즈가 짙어서 그랬던지 얼굴이 신선해 보였다. 보기 좋은 양팔도 눈부시게 희었다.

"웬일이야?"

"응."

"하숙까지 찾아오고, 곤란해."

오가타는 힐난하듯 말했다.

"내일 떠난다며?"

세쓰코와 마주 보고 앉으며 오가타는 호주머니 속에서 담배를 꺼낸다.

"나한테 떠난다는 말도 없이 갈 작정이었어?"

"누가 그랬나."

"다에코상이 그러던걸. 오늘 그 집에서 송별연이 있을 거라구, 거기 갈까 생각했지만."

"영원히 떠나는 것도 아닌데 뭘 그래."

담배 연기를 뿜어내며 오가타는 몸을 뒤로 물리면서 무릎 하나를 세우고 벽에 등을 기댄다. 한동안 침묵이 흘렀다.

"지로상, 당신 왜 그리 허황하지?"

"그런 것 물어서 뭘 해."

"허황한가 하면 마음을 꼭 닫아놓고 결코 열려고 하질 않아. 왜 그래요?"

"……."

"나 떼쓰는 것 아니에요."

"알아."

"결혼하자 할까 봐 겁나서 그러는 거예요?"

오가타는 희미하게 웃는다.

"나하고 결혼하면 어떤 여자라도 외로워서 못 살 거야."

"왜지요?"

"그건 말하고 싶지 않아. 그건 내 사정이야. 세쓰코도 웬만한 사람 나타나면 결혼해."

"그거 연민인가요?"

"아니야. 차라리 나 자신에 대한 연민일 거야."

하다가 퍼뜩 무라카미의 말이 생각났다.

'혼자 여행이란 사무치게 외로우면서 한편 달콤하거든. 그건 자신에 대한 연민 때문일 게야.'

저도 모르게 오가타는 손바닥으로 자기 얼굴을 쓸어내린다. 갑자기 부끄러워졌던 것이다.

"남자가 여자를 보고 결혼하라, 그건 잔인한 거야."

그러나 세쓰코는 분개하는 것은 아니었다. 열려진 창문에서 들어왔는지 나방이 한 마리가 전등을 맴돈다.

"지로상."

"응."

"산다는 것, 그거 대단한 거야? 대단한 것도 아니지 않아."

"산다는 것은 위대해. 아무리 평범하게 살아도 삶 자체는 대단한 거야."

"이기적으로 사는 게 훨씬 인간적이며 정직한 거 아닐까? 인생에 뭐 그리 거창한 의미가 필요해? 사랑의 순결 같은 것도 하나의 의식 과잉, 그건 자연이 아니야. 정직하다 보면 인간의 치부 같은 것 뭐 그리, 대단하게 죄악이라 할 수도 없잖아."

하면서도 세쓰코의 표정은 몹시 쓸쓸해 보였다. 오가타는 세쓰코를 빤히 쳐다보았다.

"세쓰코야말로 일본여자군."

"……?"

"바로 일본인이고."

"그럼 당신은 일본인 아니라는 얘기야?"

그 말 대답은 하지 않고,

"일본인은 늘 그런 식으로 정직했지. 그런 식이라면 도시 정직이 뭐에 필요해?"

세쓰코는 오가타의 심각한 표정이 이해되지 않는 것 같았다.

"목욕을 좋아하는 일본인, 그래서 깨끗하다, 목욕을 해서 깨끗해지면 그 이상의 여러 가지 깨끗한 것을 다 무시하고 자신은 깨끗하다, 깨끗하다, 하는 게 일본인이야. 속에 든 더러운 창자 생각은 안 하지."

조금은 이해한 듯한 세쓰코의 표정이었으나 그들 사이에 무거운 침묵이 흐른다. 나방이 미친 것처럼 그림자를 벽에 뿌리면서 난다.

"지로상 옷이나 갈아입어요."

뻔뻔스러워서 한 말은 아니었다. 세쓰코는 무거운 침묵이 견딜 수 없었다. 오가타는 새로운 담배를 붙여 문다.

"지로상."

"……."

"나 오늘 밤, 여기서 자고 가면 안 되나?"

"안 돼."

"왜?"

"내 기분이 세쓰코를 받아들일 수 없어."

"그런 뜻 아닌데……."

순간 세쓰코 눈에 눈물 같은 것이 번득였다. 세쓰코는 코를 훌쩍거리며 얼른 눈물을 삼켜버린다. 풀이 죽은 세쓰코의 모습은 이상하고 어울리지가 않았다.

"이제 가아."

"우리는 다시 못 만나는 거야?"

목소리가 한 옥타브 올라갔다.

"그걸 누가 알겠어. 지금 전쟁 중이라는 것,"

하다 말고 오가타는 자신이 먼저 일어서며,

"바래다줄 테니, 자아 일어서."

밖으로 나왔다. 주택가의 사잇길은 어두웠다. 오가타는 세쓰코의 팔을 잡아준다. 이상하게 그 팔에서 세쓰코의 심장 뛰는 소리가 들리는 것 같았다. 세쓰코는 떨고 있었다. 날씨가 흐려 있었는가, 하늘에 나돋은 별들이 가물가물, 그리고 희미

했다. 큰길로 나왔을 때 오가타는 자연스럽게 세쓰코의 팔을
놔주었다.

"지로상."

"음."

"차나 한잔 사주어. 이대로 가면 자살이라도 할 것만 같애.
너무 비참하지 않아?"

"저녁은 먹었어?"

"먹고 싶지도 않아."

"나도 술만 마셨다. 어디 가서 우동이나 먹자."

우동을 먹고 그리고 그들은 그렇게 헤어졌다.


## 7장 떠나는 마차

북쪽으로 떠나기 전에 오가타는 금주(錦州)에 가보고 싶었
다. 금주로 갔다가 다시 북상하리라 생각한 것이다. 금주는
이번에 가면 세 번째다. 왜 금주에 가보고 싶었는지 오가타
자신도 알 수 없었다. 아마도 마음이 편안해지는 때문이 아닌
가 하고 오가타는 생각하였다. 끝없이 맑게 트인 하늘과 하늘
을 따라 융단을 펴나간 듯한 시가, 다정하고 달콤한 도시도
아니었지만 생소하고 쌀쌀하며 거부를 나타내는 곳도 아니었
다. 사람과 도시의 온갖 구조물은 왠지 모르지만 있는 그대로

인 것 같았고, 감추거나 은밀하지 않았으며 도시 자체가 자연인 양, 세월은 한가하게 길바닥에 드러누워 있는, 오가타에게 금주는 그런 인상이었다.

열차 안에서 오가타는 편지를 썼다. 어디든 내리는 곳에서 편지를 띄우리라 생각하며 그는 서울에 있는 조찬하에게 편지를 쓰는 것이었다. 편지 첫머리에 "참으로 떠난다는 것은 홀가분한 일입니다." 하고 적은 뒤 안부와 자기 자신의 심경을 쓰고 끝맺음한 뒤 편지를 봉한다. 아닌 게 아니라 오가타는 홀가분했다. 풍족하다 할 수는 없지만 일이 년 실컷 돌아다닐 수 있는 여비가 마련돼 있는 것에 우선 안심이 되었다. 그리고 보면 삼 년 동안의 직장 생활은 이 여행을 위해 있었던 것 같기도 했다. 혼자 쓸 만큼 써도 상당한 액수의 저축을 할 수 있었던 것은 첫째 자신이 일본인이었다는 것, 대학을 나온 학력 때문이라는 것, 그리고 일터가 만주였다는 것, 그 조건 때문인데 어쨌거나 출발은 매우 만족스런 것이었다. 신경을 떠난 열차는 달리고 또 달려서 사평가(四平街)를 지나고 개원(開原)도 지나고 차츰 심양[奉天]에 가까워지고 있었다.

'무순에 가볼까?'

오가타는 마음속으로 중얼거렸다. 무순(撫順)에 가려면 금주로 가는 방향과 달라져야 한다. 심양에서 다롄 노선으로 변경하지 않으면 안 되고 소가둔(蘇家屯)에서 내려 무순 가는 기차를 갈아타야 하는 것이다. 오가타는 수차 다롄을 내왕했으나 차를 갈아타고 하는 일이 번거로워 무순에는 들르지 못하였다. 지금은 시간에 쫓길 필요가 없고 계획을 짠 여행도 아니어서 그런 생각을 했을 테지만 그보다 무라카미가 한 말이 생각난 때문인지 모른다. 호두(虎頭) 요새 얘기가 나왔을 때,

"그곳은 끝없는 늪지대, 우수리강 건너편에 이만 시가 있기 때문에 소련군의 이동 상황도 살필 수 있는 지점이지. 중국인 노무자, 만주인 근로봉사대, 말이 봉사대지 강제징용인데 그들을 수천 명씩 끌고 가서 일을 시키지만 겨울에는 일을 할 수 없으니까 봄에 실어온 노무자는 가을이면 돌려보내게 돼 있어. 글쎄, 얼마나 돌아갈 수 있었을까? 지하 요새는 물론 군용도로, 포진지 구축, 그들 노무자는 사람이 아니야. 소도 말도 아니야. 굳이 말하면 기계? 아니 연장이지. 하면은 얼마나 살아서 돌아가고 봄에는 다시 오겠는가. 늪지대에 내다 버린 수없는 시체는 굶주린 늑대들 배를 채우는 게야. 공사가 끝나면 그들은 살아서 돌아갈까? 다 죽일 거라는 소문이네. 죽이고 죽기 위해 하는 공사에 인간을 끌고 와서 다시 죽이고…… 어째서 인간에게 만리장성이 필요한지 모르겠어. 모르겠단 말이야."

한탄하듯 말했다.

'무순에 가서 나는 뭘 볼려는 걸까?'

오가타는 가느냐, 그냥 지나치느냐 마음을 정하지 못한 데서 자문해본 것이다. 간다면 그는 뭘 보기 위해 가는가. 탄광

에서 일하는 그 수많은 노동자를 만나기 위해. 그렇게밖에 설명할 수가 없다. 오가타는 그들을 보고 싶은 것은 아니었다. 보고 싶지도 않았지만 가서 보아야 할 이유가 애매하였다. 석탄뿐만 아니라, 철, 석유, 알루미늄, 그런 광석 매장이 세계 굴지인 무슨 탄광, 보고라고들 하는 무슨 탄광, 크면 클수록 매장량이 방대하면 할수록 그곳에서 소모되는 생명은 확대되고 삶의 권리는 보다 많이 박탈되고 유린되기 마련이다. 그들에 대한 아픔으로 그들 앞에 서서 바라보는 행위는 과연 정당한가. 오가타는 자신을 준열하게 응시하지 않을 수 없었다. 여행 가방을 팽개치고 그들, 가장 밑바닥 인생 속으로 뛰어들어 어깨를 부비며 땀을 흘린다, 그러나 역시 오가타는 자기 자신의 위선과 기만을 준열하게 응시하지 않을 수 없었다. 이시카와[石川啄木]의 시, 일하여도 일하여도 나의 생활 넉넉해지지 않네, 가만히 손을 본다, 그 시처럼 오가타는 자신의 두 손을 내려다본다. 노동이라고는 해본 적이 없는 부드러운 손.

'이 손을 나는 부끄럽게 여기는가? 부끄럽게 여기지만 나는 마음 바닥에서부터 순수하지는 않다. 위선과 기만 없이 뛰어들 수는 없다. 이시가와 다쿠보쿠의 손은 어떠했을까? 그의 손은 노동으로 못이 박혔을까? 그의 손도 나와 같이 부드러웠을 것이다. 하면은 왜 나는 부끄러운가.'

오가타 마음속에 회답은 좀체 나오질 않았다. 사람이란 본시 이기적인 거야, 세쓰코의 말대로 그것을 인정하는 것이 정직이며, 해결이 되지 않는 문제의 제기는 번잡일 뿐이라고 의문을 절단해버릴 수도 없었다. 어느 쪽으로도 몸을 움직일 수 없고 결박을 당한 것처럼 이상한 분노가 치민다. 있는 놈이, 권력을 쥔 자가, 야망에 불타는 놈이 가난한 사람을 더욱 가난하게 하고 기본 권리인 육체와 생명까지 약탈하는 것은 이미 수천 년을 이어온 일이거니와 형제여 누이여 동지여! 몇 년간의 투옥기록을 훈장같이 가슴에 달고 명성의 고개를 기어 올라가는 무리에게 근로대중은 무엇이며 농민대중은 무엇이냐. 양주 꺼내어 마시며 공산주의를 찬양하는 무리들에게 농민대중은 무엇이며 근로대중은 무엇이냐. 여전히 핍박받는 대중은 도구에 불과하다. 그들 보스를 꿈꾸는 자, 선택 의식에 사로잡혀 있는 자, 수많은 시체와 피비린내 속에서 빛나는 훈장, 영광된 자리, 그것은 한 사람이거나 소수가 차지한다. 사기꾼들! 사형당한 고토쿠[幸德秋水], 학살당한 오스기, 칼에 찔려 죽은 야마모토 센지[山本宣治], 고문 치사한 고바야시[小林多喜二], 그들은 누구인가.

'그들은 진정한 뜻에서 정직한 사람들이었다. 제삼신이 되기 위해 자살한 구사카리*는 아니었다. 그들은 기본 권리인 육체와 생각을 약탈당하고 지금은 말이 없다. 투옥 훈장도 없고 있어도 쓸모가 없다. 하핫핫……'

오가타는 차창 밖을 바라본다. 노변의 땅이며 나무들이 만고부동인 양, 그러나 사라져가고 있었다.

'향기 높은 애급의 담배를 피우면서 삼사일을 사이를 두고 마루젠[丸善]에서 부쳐오는 신간을 보며 식사를 기다리는 꿈, 그런 꿈을 가꾸던 다쿠보쿠, 가난하다는 것은 슬픈 일이다. 다쿠보쿠나 나는 가난을 슬퍼할 수 있다. 그러나 그들은 인간적인 슬픔조차 허용되지 않았던 사람들이다. 사람이 아니라, 우마도 아닌 연장이며, 못 쓰게 되면 내다 버리는 존재, 배고픈 늑대 밥이나 되는 그러한 그들은 인간이었다. 왜 그래야 하는가, 왜 수천 년을 그랬어야 하는가.'

오가타는 심양에서 노선을 바꾸지 않았다. 그리고 그는 금주로 곧장 갔다.

여관에서 하룻밤을 묵은 오가타는 아침부터 거리로 나와 어슬렁거리며 다녔다. 시가지 한켠을 흐르는 소능하(小凌河) 강가에 가서 상쾌한 아침 공기를 마시며 햇빛에 희번덕이는 강물, 고기 비늘같이 잘게 주름잡히는 강물을 오랫동안 바라본다. 그러다가 그는 강변 넓은 들판에 큰 대 자로 드러눕는다. 짙은 땅 냄새 풀 냄새, 하늘에는 뜬구름.

"아아 좋다!"

오가타는 사람으로부터 해방되어 자연으로 돌아오고 순수한 생명으로 돌아온 희열을 만끽하는 것이었다. 참으로 공기는 무한하게 맑았으며 햇빛은 영롱하였다. 해가 중천으로 가까워졌을 무렵 오가타는 담배 한 대를 피우고 안경알을 닦고 그리고 엉덩이를 털며 일어섰다. 시내로 되돌아왔다. 마차가

가고 사람들이 지나가고 아이들이 노는 거리, 심양은 아름답고 웅장하며 화려한 도시, 만주문화가 집결된 곳이지만 금주 역시 수천 년 세월이 잘 보전된 도시다. 라마의 탑을 중심으로 하여 별로 높낮음이 없이 펼쳐져 있는 시가, 약간 퇴색이 되었다고나 할까, 세월의 이끼가 보다 짙게 끼었다고나 할까, 돌담이 약간 허물어진 느낌이라고나 할까, 어떻게 보면 이빨이 빠진 듯도 하고 어떻게 보면 눈알이 빠진 듯도 한 동문(東門), 남문(南門), 중문(中門), 삼 층으로 올라간 성문은 퍽 유머러스했다. 축제의 날이면 영웅 미녀의 가장(假裝)을 하고 고각(高脚) 춤을 추는 그들 모습같이, 성장을 하고 저잣거리에 나온 순진한 촌부(村婦) 같기도 했고 이 빠진 입술을 열고 소박하게 웃는 촌부(村夫)의 모습 같기도 했다. 사천 년이 넘는다는 라마의 탑도 그러했다. 시가에서 가장 높이 솟았건만 권위를 자랑함이 없었다. 누굴 가르치려 하는 것도 아니요 이끌어주려는 것도 아니었다. 산천이나 하나의 구릉처럼 거기에 있었다. 사천 년 세월에 분명 그는 늙었을 터인데 초라하거나 갈 길이 바쁜 것처럼 보이지도 않았다. 그곳을 지나가는 마차나 사람, 모든 구조물과 꼭 같은 질량으로는 라마의 고탑은 시가 중심에 서 있었다. 저잣거리로 접어든 오가타는 길가에서 번철을 올려놓고 밀떡을 구워 파는 사내 옆에, 쉬어갈 겸 주질러 앉았다. 중년 사내는 오가타를 한 번 쳐다보았으나 일손을 멈추지 않았다. 손톱이 길었다. 손톱 사이에 시커멓게 때가 끼어 있었다. 기름이 흐르고 땟국이 흐르는 손, 사내는 그 손으로 발밑에 노다지로 쌓아둔 파 뭉치에서 파를 하나씩 들어 올려 손톱으로 파 뿌리를 잘라내고 흙 묻은 껍질을 벗긴 뒤 적당한 길이로 두 손으로 부러뜨려 번철 위에서 지글지글 익고 있는 밀떡 위에 얹곤 한다. 그리고는 밀떡을 둘둘 말아 번철에서 꺼낸다. 오가타는 오랫동안 사나이의 반복되는 동작을 바라보고 있었다. 사내의 긴 손톱 밑의 때가 마음에 걸렸으나 오가타는 서툰 중국말로 밀떡을 하나 달라고 했다. 아닌 게 아니라 배도 고팠다. 사내는 이빨을 드러내고 웃으며 밀떡 하나를 손바닥만큼 잘라놓은 신문지 위에 올려서 내밀었다. 오가타는 호주머니 속의 휴지를 꺼내어 밀떡을 말아쥐고 파리를 쫓으며 베어먹는다. 맛이 좋았다. 반쯤 익은 파는 달콤했고 상긋한 향기를 혀끝에 남겼다.

"맛이 있어요."

오가타는 사내에게 고개를 끄덕여 보였다. 사내는 또 이빨을 드러내고 웃었다. 오가타도 웃었다.

'과연 이들은 불결하다. 그러나 기름과 열에 달구어진 이 밀떡을 먹고 병이 나지는 않을 것이다. 이들 나름대로 세균처리는 하고 있는 거야. 누가 그랬던가? 하야시였나? 오가와? 그랬었지, 잔잔바라바라, 칼쌈이라도 해서 그만 콱 죽고 싶은 심정이라 했던가? 그리고 바닷가에 가서 사시미나 실컷 먹고 싶다 했던가? 사시미라, 사시미. 사시미와 밀떡, 사시미와 밀

떡, 사시미와 밀떡, 밀떡.'

마음속에서 갑자기 꼬리를 흔들었다. 휘젓고 뒤엉켰다. 사시미와 밀떡의 두 개의 어휘가 아니 두 가지의 음식이, 마치 살아 있는 생물같이 오가타 마음속에서 활동을 시작했다. 사시미와 밀떡, 그것은 대단히 큰 의미를 가지고 오가타에게 육박해왔다, 그리고 그것들은 두 개의 진지(陣地)를 구성했다. 삶의 모양, 기나긴 시간의 자리, 그러나 오가타는 그것을 구체적으로 정리해볼 수가 없었다. 당나귀를 이끌고 아이가 지나간다. 말고삐를 잡고 나귀에 바싹 붙어서 가는 아이 복장이 넉넉해 뵌다. 그리고 또 한 낯선 사내가 지나간다. 첫째 눈에 띈 것은 그가 쓴 헬멧이었다. 다음은 팔에 건 하얀 완장이었다. 카키색 각반에 검정 구두였다. 그리고 뒤꽁무니에 수통을 차고 있었다. 무기를 소지하고 있지 않은 것으로 보아 군인은 아니었다. 군속이거나, 군부의 후원을 받은 여행자였을까. 오가타는 저도 모르게 자신의 차림새를 내려다본다. 회색 셔츠에 회색 즈봉, 가방은 여관에 맡겨두고 나왔기 때문에 빈손이었고, 얼마간 돈이 든 지갑만 호주머니 속에 들어 있었다. 모조리 남의 것을 빌려 입고 나타난 사람들, 하기는 게다짝 신고 허벅지가 드러나는 왜복을 입고 대륙을 활보할 수는 없었을 것이다. 오가타 자신도.

금주에서 하룻밤을 더 묵고, 산해관(山海關)으로 갈까, 오가타는 망설였다. 산해관을 넘으면 중국땅이었다. 만리장성의 시발점인 산해관, 동북쪽은 험준하기가 이를 데 없는 산세(山勢)요, 서남쪽은 비옥한 평야, 한달음에 북경(北京)이다.

'너무 욕심을 부리지 말자.'

그는 그 옛날, 고구려인과 여진족의 말발굽 소리가 들리는 듯한 금주를 뒤로 하고 다시 심양으로, 심양에서 하룻밤, 그리고 신경으로 향하였다. 하얼빈으로 직행할까 하고 생각을 했으나 서둘 이유도 없는 여행이었고 거주지가 아닌 나그네의 입장에서 잠시 신경에 들르는 것도 나쁘지 않다, 싶었던 것이다. 신경에 도착하여 우선 요기나 할 양으로 그는 역 구내식당으로 들어갔다. 식사를 절반 이상이나 했을 때다.

"어이구 이게 누구야? 오가타상 아니오?"

놀라며 말을 건 사람은 오가와였다.

"아아."

"여행 떠났다는 얘길 들었는데 어째 여기 있소?"

"금주 갔다가, 또 떠나야지요. 오가와상은 웬일이오?"

"손님 전송 나왔어요. 시간이 있어서 차나 마시려고 들렀소."

오가와와 함께 들어온 일행은 저만큼 자리를 잡고 앉아서 이쪽을 바라보고 있었다.

"참 오가타상 소식 모르지요?"

"무슨 소식?"

"무라카미상이 부상을 당했어요."

"부상을 당하다니!"

오가와는 목소리를 낮춰 말했다.

"술에 취해서 자살하려 했던 모양이오."

"그럴 리가?"

"부부 사이가 순탄치 못했던 것 같아요. 마누라가 일본에 가고 없지 않소."

그것은 과히 놀라운 소식이었다. 오가타는 식사도 그만두고 오가와가 가르쳐준 대로 병원으로 달려갔다. 과연 무라카미는 병원 침대에 누워 있었다. 붕대를 감은 다리는 움직이지 못하게 공중에 매달려 있었고 팔에도 붕대가 감겨 있었으며 얼굴에도 반창고가 붙어 있었다. 그러나 그의 표정은 자살을 기도했던 사람의 심각함이 조금도 없었다. 옆에 하야시가 서 있었다.

"자네는 어떻게 된 거야? 송별회까지 하고 떠난 놈이 어떻게 된 영문이야?"

"저야 금주 갔다가, 역에서 오가와상을 만났어요. 대관절 왜 이런 짓을 했습니까?"

무라카미는 낄낄 웃었다. 하야시도 싱긋이 웃었다.

"⋯⋯?"

"헤비히메[蛇姫] 때문이지 뭐."

하야시가 말했다.

"헤비히메라니요?"

신라의 중 의상(義湘)을 사모한 당나라의 선묘(善妙)가 이별을 슬퍼하여 떠나는 배를 바라보다 바다에 몸을 던졌고 그 후 용으로 화신하여 부석사(浮石寺)를 창건하는 의상을 돕는다는 설화, 그 설화가 건너간 일본에서는 용이 아닌 뱀으로, 그것도 짝사랑한 여인의 원령(怨靈)이 뱀으로 변신하여 사내를 괴롭힌다는, 물론 조선에도 그와 같은 설화가 많지만, 의상과 선묘의 설화에서 나온 것은 아닌 듯싶고 그러나 일본의 그것은 내용이나 규모에서 선묘 설화의 변화로 볼 수 있을 것 같다. 헤비히메는 짝사랑이란 집념에 사로잡힌 여자를 가리켜 하야시가 한 말이었다.

"헤비히메도 몰라요?"

"……."

"짝사랑하는 동물 말이오."

"그렇다면……."

"왜 그리 눈치가 없소. 쓰다 다에코의 짓이오."

"쓸데없는 말 지껄이지 마. 아, 아야!"

움직이려다 말고 무라카미는 신음했다.

"자살이란, 그럼 그 말은요?"

"으음 그건 소문이고, 어쩌겠소? 서로 빤히 아는 처지, 여자를 경찰에 넘겨줄 수는 없는 일 아니겠소."

"그럴 수가."

"사실은 흔히 있을 수 있는 일이지. 무라카미상도 죄가 많아요. 그까짓 여자의 소원 한번 풀어주지 못할 건 뭐람? 청교도도 아니면서, 뭐 그렇고 그런 바람둥이면서."

하야시가 비난을 했다.

"난 말이야, 마음에 없는 여자하곤 그 짓 못해. 쫓아오면 싫고 겁이 나거든."

변명했다.

"앞으로 또 봉변당하게 생겼수. 얼마나 무안하고 분했으면 부엌칼 들고 덤볐겠어요. 정말 조심을 해야지. 오가타상은 더구나 독신이니 교훈으로 삼아 조심하시오."

"명심하지요. 한데 쓰다상은 어떻게 됐어요?"

"부랴부랴 내지로 보냈지 뭐, 제정신이 들고 보면 본인도 여기 있기 거북할 거 아니겠소?"

"오쿠상은?"

하자 무라카미가 말했다.

"그게 또 오야지가 죽었다니까 초상은 치러야……."

하다가 무라카미는 변명이라도 하듯,

"계집이란 사내를 쫓아가는 게 아니야."

"고가 세쓰코가 들었다간 펄펄 뛸 걸요. 어째서 남자에게만 그런 특권이 있느냐고 달겨들 게요."

하야시가 말했다.

"그건 자연의 섭리야. 강한 자가 좋게 돼 있어. 쫓는 계집이나 잡히는 사내, 매력 없다. 그래서 쿠사레엔이 생기는 거구 인생이 애매해지는 거야."

"그건 변명일 게요. 나미에상 때문이지요?"

"무슨 소리, 날 죽으로 만드는 게야?"

무라카미는 화를 벌컥 낸다.

"하면은 잔인했군요."

"내가?"

"아니오, 무라카미상 말구."

"……."

"나미에상 말입니다."

"그 사람이 왜?"

"무라카미상 그 기질을 알고서 쓰다를 데려다 놓고 갔다면 그건 심한 일 아닙니까?"

"그 점이 없지도 않았겠지만 그건 본인이 책임질 일이야."

한동안 잡담을 하다가 하야시는 가고 오가타는 달리 할 일도 없었으므로 병실에 우두커니 앉아 있었다.

"한편 우습기도 하지만 기분이 나빠. 누가 그렇게 나올 줄 알았나. 사내 꼴이 이게 뭐야."

무라카미는 우두커니 앉아 있는 오가타에게 푸념을 했다.

"며칠이나 있어야 합니까?"

"병원에?"

"네."

"오래 걸리지는 않을 모양이야. 술주정꾼에 자살미수라, 창피스러워서, 길 가다 날벼락을 맞아도 유분수지, 없어서는 안 될 것이 여잔데 있어서 귀찮은 것도 여자라, 그래 자넨 어쩔 거야?"

"저녁차 타지요 뭐."

"호열자가 돈다는 얘기가 있는데 조심하라구."

"호열자가요?"

"음."

"큰일이군요."

"나도 본의 아니게 병원 신셀 지고 보니 이 일 저 일 생각이 많아지는데 후퇴해볼까 궁리 중이야."

"그건 무슨 뜻입니까?"

"내지로 돌아갈까 싶어."

"다 오고 있는데 갑니까?"

"글쎄……."

"가선 뭘 하게요?"

"구체적인 것까지는 생각 안 했다만 안 올 때 오고 모두 오고 있을 때 가고 그것도 살아가는 데 한 방편 아닐까? 욕심을 내다간 본전도 잃어."

"그건 일본이 패망할 거다 그 얘긴가요?"

"지금 그런 생각을 하는 일본인이 있을까? 나도 일본인이야. 하지만 만주 바닥이 일본인에게 언제까지나 태평천국일 수는 없지."

"……."

"군대 뒤를 졸졸 따라다니는 것도 한심하고 이젠 진력이 났다."

"내지로 간다고 사정이 달라지겠습니까?"

"물론, 내지로 간다고 해서 사정이 달라질 리가 없지. 그러나 자네도 그렇지 나 역시, 어차피 외곽에서 맴만 도는 인생인데 그럭저럭 살아보는 거지 뭐."

"그럭저럭 살아본다……."

"이제는 산다는 것에 대한 책임감 같은 걸 느낄 수 없다. 사는 목표도 없어. 뒤늦게 천황폐하 만세! 만세! 소리 지르고 핏대 세우기에는 너무 눈이 말똥말똥해서 말이야. 반역을 할 용기가 있나. 젊음이 있나, 설사 그런 게 있다 하더라도 이런 시국, 지푸라기 들고 선불 맞은 멧돼지 앞에 나가는 꼴, 돈키호테지 뭐."

"선배가 돈키호테로 출전한다면 나는 산초 판사로 따라가지요."

농담으로 받는다.

"이래도 저래도 어릿광대이긴 매일반인데, 하야시가 만화라 했던가?"

"어릿광대가 되려면 그것도 처절한 게 있어야지 안 그렇습니까?"

"그게 없어. 나에겐 그게 없단 말이야. 불질러줄 성냥개비하나 없어. 하다못해 자식새끼 하나 없거든. 완전 의욕 상실이야. 여자라는 것도 한때의 정열이지 필경엔 타인 아닌가. 전당포나 고리대금, 전당포, 그래! 손가락에 침 발라가며 돈을 세는, 그게 차라리 속 편할지 몰라."

"내지에 가서 전당포나 차릴 작정입니까?"

오가타는 웃으며 말했다.

"심경이 그렇다는 얘기지. 자네가 여행 떠나는 바람에, 내 마음에도 허무의 바람이 불었을까? 목표가 없어. 사는 의미를 모르겠어."

"반생반사(半生半死), 그런 시대니까 목표가 없기론 다 마찬가집니다. 어디 오늘뿐이겠습니까. 옛날에도 또 옛날에도 그래왔을 겁니다."

"나도 젊은 한 시절 문학이니 철학이니 그런 나부랭이도 읽고 했다마는, 그래 생각이 나는데 도스토옙스키의 『죄와 벌』 말이야. 고리대금 얘길 하니까 생각이 나는데."

"……?"

"젊었을 때 나는 고리대금하는 그 노파를 낡아서 둘둘 말아 쑤셔 박아놓은 헌 옷가지, 말라서 먹을 수 없게 된 떡 쪼가리쯤으로 느꼈어. 생명이 있는 것이라곤 도저히 상상할 수가 없었다. 다른 소설 속에 나오는 수전노도 그래. 소설 속의 소도구나 구색같이 생각했거든. 왜 그렇게 생각했을까? 그건 습관이 되어버린 사고? 관념? 그것은 편견이야."

"어째서요?"

"생각해보게나. 초인사상(超人思想)은 무엇이냐?"

"하하핫핫……."

"웃지 말게, 고리대금의 노파는 기껏해야 남의 호주머니 푼돈이나 털어먹는 좀도둑 아니냐 말이다."

"이가 아니고 좀도둑입니까?"

"권력의지의 화신인 초인은 한계가 없는 강도다."

"누워서 별생각을 다 하는군요."

"절대 권력 절대 도덕 그게 강도 아니고 뭐겠나. 니체는 기독교를 대신하여 초인이 세상을 지배하고 민중은 복종한다 했지만 도덕으로? 어떤 도덕으로? 수천 년이 지나도 윤리 도덕으로 더 나가서 종교도 인간을 통일하지 못했어. 방편으로야 물론 쓰였지. 그리고 나는 그것을 전부를 부정하는 것도 아니야."

"그 윤리 도덕은 완전했을까요?"

"하면은 초인이 만들어낼 것은 완전할까?"

"그렇군요. 그렇지는 못할 겁니다."

"내 얘기가 그거야. 초인은 어떤 도덕을 만들어낼 것인가. 말할 것도 없지. 권력의지에 걸맞는 것을 만들어낼 것이다. 그러고 어느 기간 실효를 거둘 수 있을 것이다. 실효를 거두지 못하면 초인 아니니까, 그러고 그들은 말하겠지. 피안(彼岸)에는 낙원이 있다 하고 말이야. 도륙도 압제도 침략도 미래의 낙원 때문에 모두 합법적, 제에기랄! 권력 잡은 놈치고 그 말

안 하고 그 짓 안 한 놈이 어디 있어? 목마른 군졸에게 살구의 환상이라도 심어주어야 진군을 하든 퇴각을 하든 할 게 아닌가 말이다. 기만이야. 초인? 초인사상? 동굴 속의 아홉 개 대가리 붙은 용을 믿는 편이 낫지, 초인이 불사신인가? 기껏해야 칠팔십의 생애, 혼자 누리고 가는 거지 낙원이 어디 있어? 한 자락의 땅을 갈고 나무 찍어서 오두막 한 채 짓는 것보다 확실성이 없는."

"별놈의 것을 다 기억하고 있군요. 다 낡아버린 얘기, 많이 써먹은 얘기지요."

"흥!"

"……."

"흥! 나도 젊은 한 시절 겉 핥기지만 초인이 되고 싶었다구." 무라카미는 씩 웃었다.

"해서 대륙으로 왔다 그겁니까?"

"아암 그랬지. 그렇고말고. 그래서 대륙으로 왔지."

"초인이 못 되어서 지금 신음하는 겁니까?"

"천만에, 그런 말 말게. 나는 지금 희극을 연출하고 있는 게 아니야. 비극을 연출하고 있어."

"비극 말입니까."

"나 이거는 진정한 고백인데 말이야. 믿고 안 믿고는 자네 자유다만, 내가 대륙을 떠돌아다니다가 신경에 자리를 잡았는데 자네도 보다시피 내 푼수로는 호화 주택이요 하인들도 많고 반반한 계집을 옆에 두어, 그만하면 제후(諸侯)의 축소판 쯤은 안 되겠나?"

"제후의 축소판입니까, 하하핫 하하."

"웃지 말게. 떠돌아다닐 때 비하면 그렇다는 얘기야. 하여 간에 모든 것을 다 갖추고 자리를 잡는 순간, 그 순간부터 내 인생이 딱 정지해버린 것 같은 느낌이 들더란 말이다."

"만주제국의 황제가 되었더라면 어땠을까요?"

여전히 빈정대듯 말한다.

"치매(癡呆)가 되었거나 자살했을 거야. 하하핫 하하하, 아, 아야!"

"선배는 말입니다, 좀 일찍 태어나서 신센구미 대장이면 그 게 제격이었을 게요."

"맞어. 내 생각이 바로 그래."

신센구미[新撰組]란 일본 막말(幕末) 때 무예에 능한 낭사(浪 士)들을 선발하여 반막부(反幕府) 세력을 치게 했던 단체다.

"어설프게 서양 나라 지식을 좀 배운 탓으로, 일본인 머리 통에는 결코 정착할 수도 없는 것들이 날 어지럽힌단 말이야. 제에기랄! 어디 금광이라도 있어서 찾아 나선다면 한 번 더 미칠까? 마적단이라도 달겨든다면 정신이 번쩍 들지 모르지."

"이제 엄살은 그만 떨고 좀 쉬십시오."

가방을 늘어뜨리고 병원을 나선 오가타는 가로수 밑에서 새빨갛게 타고 있는 석양을 한동안 바라보고 서 있었다. 도대체 전쟁은 어디쯤에서 하고 있는 것일까. 도시는 평화스럽게 보였고 여열은 아직 대단했지만 한낮보다 기온이 내려간 거리에 오가는 사람들은 한결 많았다. 지나가는 마차의 말굽 소리도 가볍게 들린다. 지금 전쟁은 어디서, 살육은 어디서 벌어지고 있는 것일까. 머지않아 이 도시에도 어둠의 장막은 드리워질 것이며 도시의 사람들도 잠들 것이다. 만주인 중국인 조선인 러시아인 몽고인 그리고 일본인, 유랑걸식, 집시 같은 사람들, 모두 잠들 것이다. 아니 밤새워 카바레서 춤을 출 사람들도 있겠지. 어느 지하 감방에서 처참한 고문이 진행될지 모른다. 마작을 하고 아편을 피우는 사람들, 지하조직의 어느 밀사(密使)가 거미같이 담벽을 타고 어둠 속으로 빨려들어 가고 있을까, 팔려온 계집아이가 난간을 잡고 우는 밤, 그렇다 청국의 마지막 황제 부의(溥儀)는, 그 오뇌와 영광과, 아니 치욕의 부의는 어떤 모습으로 깨어 있으며 어떤 모습으로 잠들 것인가. 사람의 수만큼 각기 다른 모양으로 잠들거나 깨어 있을 밤은 서산에 태양이 떨어지면서 서서히 다가올 것이다. 해가 차츰차츰 가라앉고 있다. 동굴 깊은 곳의 눈먼 귀뚜라미처럼 거리엔 많은 사람들이 가고 온다. 전쟁은 아무 곳에서도 보이지 않았고 사람들은 눈먼 귀뚜라미처럼 도시라는 크나큰 동굴 속을 끊임없이 오고 간다.

'내가 가는 곳은 무엇이냐. 히토미를 그리고 진실을 찾아 헤매는 길인가. 도피와 망각의 길인가. 무라카미 선배는 삶의 목표가 없어졌다 하고 말했다. 나는 뭐라 말했나? 목표가 없기론 다 마찬가지라 했다. 옛날에도 또 옛날에도 그래왔을 거라 했다. 옛날에도 또 옛날에도, 해서 옛날의 사람들은 그렇게들 돌을 많이 쌓았는가. 엄살이지 엄살, 나도 엄살이긴 매일반이다. 눈먼 귀뚜라미는 생존을 위해 오고 간다. 호두(虎頭)의 그 노동자들은 생존을 위해 죽어갔다. 생존을 거부할 수 없었기 때문에 끌려간 그들의 생존을 말살한 채찍과 총구는 무엇이냐! 운명도 아니요 신도 아니다. 채찍을 휘두를 때 총구에서 불을 뿜을 때 그들, 또 다른 눈먼 귀뚜라미의 무리는 생존을 구가하고 미래를 약속한다. 인간이여! 그대들은 초인을 기다리고 있는가? 인간의 최고목표는 과연 무엇이냐? 초인을 만나는 것이냐, 초인이 되는 것이냐.'

오가타는 고개를 흔들면서 늪에서 빠져나오듯 걸음을 옮긴다. 해는 떨어지고, 사방에 황혼이 깔려 있었다.

오가타가 들어간 곳은 영화관이었다. 이미 영화는 시작이 되었고 소위 잔잔바라바라의 일본 활극이었다. 영화는 보는 둥 마는 둥, 오가타는 어둠 속에서 깊은 생각에 잠긴다. 사도 거리에 나서서 갈바람 잡는 듯, 심장 한복판이 뚫리어 바람이 숭숭 들어오는 듯, 심양에 못 미쳐서 오가타는 무순으로 갈까 말까 망설였고 금주에서는 또 산해관으로 가볼까 망설였다. 돌아올 때는 하얼빈으로 직행해야 했을 것을 심양에서 하룻밤을 묵고 다시 신경에서 하차하고 말았다. 왜, 그랬을까, 하얼빈에서 북만주 일대를 더듬어나가려 했었는데 이런저런 구실을 붙이고 이곳저곳 머뭇거리다가 왜 신경으로 돌아왔을까. 오가타는 시간에 쫓기는 여행이 아니어서 그렇다 했고 너무 욕심을 부린다고도 생각했다. 그렇게 생각한 것도 틀림이 없는 일이다. 사실 그는 기차 속에서 떠나온 홀가분한 마음을 적어 조찬하에게 편지를 띄우기도 했다. 그러나 그것은 전부가 아니었을 것이다. 순간순간의 느낌이었는지도 모른다. 무라카미는 신경에 자리를 잡는 순간 그의 인생이 딱 정지해버린 것 같더란 얘기를 했다. 그러나 오가타의 경우는 삼 년 동안 어느 옥상에 매달려 있던 풍선의 줄이 끊어져서 허공에 둥 떠버렸다고나 할까. 그의 눈앞에 펼쳐진 무한한 공간, 끝없는 기찻길 같은 시간, 어쩌면 오가타는 방향감각을 잃고 우왕좌왕했는지 모른다.

'무라카미 선배의 말은 모두 진실이지만 그러면서도 그것은 진실이 아니다. 하는 말엔 추호 거짓이 없었으나 그는 결코 현재의 위치를 변경하지 않을 것이며, 물론 나도 예외는 아니다. 오늘의 지식인의 진실이란 거의 그런 상태가 아닌가. 논리와 행동의 도랑은 넓고 깊어서 결국 지식인들은 가랑이가 찢어지고 마는 잉여물에 불과한 거야.'

무라카미는 중학 때부터 돈키호테 같은 사내였다. 덩치에, 또 용모에 걸맞지 않게 기타무라 도코쿠[北村透谷]의 시집『봉래곡(蓬萊曲)』을 들고 다니던 것을 오가타는 기억한다. 합리적이면서도 모순투성이의 일본에서 자아 확립의 괴로운 투쟁으로 피폐해진 도코쿠는 자기 집 뜰에서 목을 매 죽었는데 오가타는 무라카미가 도코쿠의 영향을 상당히 받은 것으로 알고 있다. 어쨌든 돈키호테 같은 사내였지만 그러나 그것은 무라카미의 일면이었을 뿐, 때론 담백하고 때론 교활하게 타협하면서 물결을 타고 온 것만은 사실이다. 단순한가 하면 치밀하고 대충 넘어가다가도 날카롭게 반문하고 속물의 때에 찌든 듯 하면서도 니힐리스트, 호걸같이 웃는가 하면 소년같이 수줍음을 나타내기도 하고 나미에 이외의 여자와 관계가 없느냐 하면 그런 것도 아닌데 다에코를 거절하여 칼부림을 당하는 사내, 모순되고 복잡한 것 같지만 그러나 그에게는 이상하게 친화력 같은 것이 있었다. 그의 앞에선, 누구든 거침없이 말을 한다. 마치 밑 빠진 독에 물을 붓듯, 결코 말이 넘쳐서 밖으로 흘러나오는 일이라곤 없었다. 오가타는 흑백으로 분주하게 움직이는 스크린의 영상을 바라본 채 계속하여 무라카미라는 한 인간을 생각하고 있었다. 언젠가 그는 기타무라 도코쿠에 대하여 말한 적이 있었다.

"젊어서 죽었으니까 그의 문학이나 사상은 무르익지 못했지만 싹치고는 아주 큰 싹이었다구. 영탄조의 다카야마 초규나 호라후키*의 쓰치이 반스이, 그것 다 껍데기야. 도코쿠 같은 사람이 그나마 일본의 심지라 할 수 있고 인간과 자유를 주장하며 고뇌한 그를, 낭만파 영역에 머물렀지만 높이 평가

돼야 해."

그 말에는 오가타도 동의했다. 다카야마 초규, 쓰치이 반스이[土井晩翠]는 다 같이 널리 회자된 명치시대의 문인이다. 그들은 다 같이 낭만파라기보다 감상파에 속하는 미문가로서 니체에 심취한 초규나 설익은 관념의 나열을 즐기는 반스이, 그들은 의기상투한 일본주의(日本主義), 국가지상주의자로서 당시 지배계급의 대변가라 할 수 있었다. 무라카미에 대한 오가타의 무의식적인 추적은 말할 것도 없이 일본인에 대한 추적이기도 했다. 일본인은 어떤 자인가! 그것은 오가타의 괴로운 과제였는지 모른다. 철저한 자유주의, 연애의 신성, 개성의 자각과 확립을 주장했던 도코쿠 같은 사람, 청교도적이며 심한 결벽증에 섬세한 미의식, 사이교의 유랑(流浪), 그런 소수의 정신주의자들이 가늘고 가냘프지만 일본의 기나긴 여정 속에서 심지가 되어주었다. 오가타는 몹시 그것을 인정하고 싶었다. 그러면 무라카미는? 선의의 관객이라고나 할까……마땅치가 않으면 한조*를 하는 의기쯤 있겠지만 그것은 매우 희박한 비판 세력이다. 대다수가 의리와 인정, 고지식함과 정직, 부지런하고 정확한 그 군단(群團)에 속하는 거의 모든 일본인은 그들의 특질을 비판 없는 복종으로, 맹목적인 애국심 즉 전의(戰意)로써 나타내는데 그것은 집단적 에고이즘으로 굳어져버렸다. 특히 명치유신 이후 급속도로 강요되고 정착된 것이기도 하다. 다시 말하여 그 모든 긍정적인 것은 저희들끼리의 것으로서 일단 외부로 돌려지면 면(面)은 싹 바뀌어지고 손바닥 뒤집듯 본능적 동물이 된다. 야만성이 드러나고 만화가 되는 것이다. 그들을 끌고 가는 것이 소위 칼잡이들, 오가타는 일어섰다. 극장을 나서면서 그는 침을 뱉는다. 일본인에 대하여 침을 뱉은 것은 아니다. 자기 자신에게 침을 뱉은 것이다. 가로등을 따라 가로수를 따라 오가타는 밤길을 걷는다. 상쾌한 말발굽 소리를 내며 마차가 지나간다. 바람이 제법 선선했다. 무덥고 숨 막히는 한낮의 열기에 시달리던 가로수도 생기를 찾은 듯 바람에 흔들리고 있었다. 뿌연 하늘 밑에 까만 나뭇잎들이 흔들리고 있었다.

'언제까지 나는 내 동족을, 내 조국을 헐뜯어야 하는가! 세계주의자, 코스모폴리탄? 좋아. 그게 내 도망갈 구멍이란 말이지? 인류, 인간, 아아 징그럽고 지겨운 인간! 이건 내 공분(公憤)인가? 징그럽고 지겨운 인간, 공분이야? 아니지, 아니야. 그건 내 취향, 개인적 감정일 뿐이야. 세계주의 염세주의 아, 아니야.'

오가타는 걸어가면서 고개를 설레설레 흔든다.

'종이 한 장 차이라구. 인간이란 종이 한 장 차이라구. 모두가 그래! 잔혹행위, 침략, 도륙, 세계사는 그런 것들로 하여 피에 물들여져 있는 거라구. 방어와 공격은 숙명, 그건 인간들이 결코 피할 수 없는 수렁이라구. 집단의식과 자유주의는 영원히 승부 없는 줄당기기란 말이야. 흥, 소속감도 본능이요, 자유 지향도 본능이다! 그래 다아 본능이다! 본능! 인간이라고 뽐낼 것 하나 없다구. 그래 맞어. 바로 뽐내는 그 특성 때문에 인간이요, 그 특성 때문에 인간은 죄악의 진구렁창에서 빠져나올 수가 없어.'

술 취한 사람같이 마음속으로 소리소리 지르며 오가타는 깊은 패배감에 빠져서 밤늦게 호텔로 찾아들어 갔다. 복도는 길고 어두컴컴했다. 냉기가 전해져오는 손잡이를 비틀고 방문을 연다. 불 꺼진 방이 허공같이, 검은 안개같이 오가타를 맞이했다. 오가타는 손잡이를 잡은 채 눈을 감는다. 살아 있다는 인식, 살아 있다는 인식이 이렇게 서러운 것인 줄은 미처 몰랐다. 도어를 닫고 더듬어서 스위치를 찾아 불을 켠다. 환하게 드러난 공간과 물체, 침대며 탁자며 의자, 커튼, 재떨이, 슬리퍼, 그것들은 모두 죽어 자빠진 송장이었다. 죽음이었다. 관(棺)이었다. 오가타는 가방을 내동댕이치고 침대에 몸을 던졌다. 달무리 같은 오렌지빛 전등불, 그것은 모두가 다 체념이었다.

하얼빈에 도착한 것은 다음 날 저녁때였다. 비가 내리고 있었다. 하얼빈은 비에 젖고 있었다. 우왕좌왕하는 사람들을 헤치고 역두로 나온 오가타는 인력거, 마차가 몰려 있는 곳으로 다가갔다. 몇 대의 자동차도 눈에 띄었다. 비 탓인지 마차, 인력거가 있는 곳은 사람으로 붐비고 있었다. 오가타는 무심히 떠나는 마차를 쳐다보았다. 여자의 옆얼굴이 보였다. 차림새는 중국여인이었다. 그러나 그는 유인실이었다. 그것을 깨달았을 때 마차는 저만큼 달리고 있었다.

'히토미! 히, 히토미!'

오가타는 허공으로 두 팔을 뻗으며 인실의 이름을 목청껏 불렀으나 그것은 소리가 되어 나오질 않았다.

'히토미! 히토미! 아아 히토미!'

오가타는 땅에 쓰러졌다. 그가 마차를 잡아타고 가자고 소리 질렀을 때 그러나 인실을 태운 마차는 이미 시야 밖으로 사라지고 없었다. 오가타는 미친 듯 소리 질렀다.

"빨리 가아!"

인실을 태운 마차, 유인실, 그는 아무 곳에도 없었다.

"빨리 가아! 빨리 가아!"

외치는 오가타를 마부가 힐끗 돌아보았다. 그리고 채찍으로 말을 갈겼다. 보도는 빗물로 번들거리고 있었다.

〈16권으로 이어집니다〉

어휘 풀이

**가미카제[神風]:** 신의 위력으로 일어난다는 바람. 제이차세계대전에서 폭탄을 실은 비행기로 자살 공격을 한 일본군을 칭함.

**가스리[絣]:** 붓으로 살짝 스친 듯한 잔무늬(가 있는 천).

**고시가 누케루[腰が抜ける]:** 허리가 빠지다. 기세가 꺾이다.

**구사카리[草제り]:** 풀베기. 풀을 베는 사람.

**나가소데[長袖]:** 긴소매. (늘 긴소매 옷을 입은) 무사 계급이 아닌 귀족·의사·신관·승려·학자 등을 일컫는 말.

**나가야[長屋]:** 칸을 막아 여러 가구가 살 수 있도록 길게 만든 집. 연립주택.

**노렌[暖簾]:** 포렴. 술집이나 복덕방의 문에 간판처럼 늘인 베 조각.

**다렌[大人]:** 대인. 어르신.

**다테야쿠샤[立役者]:** 주역. 주인공.

**데쿠노보[木偶坊]:** 등신. 멍청이.

**마루비루[丸ビル]**: 도쿄 마루노우치에 있던 오피스빌딩.

**맞잽이**: 맞잡이. 서로 힘이 비슷한 두 사람.

**메이센[銘仙]**: 꼬지 않은 실로 거칠게 짠 비단.

**사스라이모노[流離者]**: 유랑자.

**사야아테[鞘当て]**: 대단치 않은 일을 꼬투리 잡아 붙는 싸움. 한 여자를 두고

두 남자가 서로 싸움.

**사카즈키[杯]**: 술잔.

**시타마치무스메[下町娘]**: 도쿄 번화가의 아가씨.

**스고이모노[凄い物]**: 굉장한 물건.

**아라무샤[荒武者]**: 난폭한 무사. 우악한 사람.

**에로 그로[エログロ]**: 에로틱하고 그로테스크함. (erotic + grotesque)

**엔본[圓本]**: 권당 1엔으로 팔던 저가 도서.

**오랭이조랭이**: 오롱이조롱이. 오롱조롱하게 제각기 달리 생긴 여럿을 이르는

말.

**오시레[押入れ]**: 일본식 벽장.

**오신코[御新香]**: 채소 절임.

**오야지[親父]**: 아버지. 직장의 책임자나 가게 주인을 친근하게 일컫는 말.

**오쿠상[奧さん]**: 부인. 아주머니. '오쿠사마'보다 정도가 낮은 높임말.

**와리[割]**: 십분의 일.

**요와네[弱音]**: 힘없는 소리. 나약한 말.

**우에키야[植木屋]**: 정원사. 정원수 파는 가게.

**우치지니[討死]**: 전사(戰死).

**유카타**[浴衣]: 목욕을 한 뒤 또는 여름철에 입는 일본식 무명 홑옷.

**이나카 사무라이**[田舎侍]: 시골 출신 무사.

**이치반노리**[一番乗り]: 적진에 맨 먼저 들어감. 또는 그런 사람.

**자부다이**[卓袱台]: 다리가 낮은 식사용 탁자.

**조루리**[浄瑠璃]: 음곡에 맞춰 낭창(朗唱)하는 옛이야기.

**조리**[草履]: 일본식 짚신의 하나. 발가락이 다 드러나는 슬리퍼 형태로, 엄지발가락과 둘째 발가락 사이에 고정 끈이 있어 발가락을 끼워서 신는다.

**쿠사레엔**[腐れ緣]: 끊을 수 없는 더러운 인연. 악연.

**하가쿠레부시**[葉隠れ武士]: 충성을 맹세한 무사. 에도시대의 무사 야마모토 쓰네토모가 집필한 『하가쿠레』에서 따온 말로, 책에는 무사란 매일 아침 눈을 뜨면 죽음을 생각해야 한다는 내용이 실려 있다.

**하나레**[離れ]: 외딴집. 별채.

**한조**[半畳]: 비난. 야유.

**호라후키**[法螺吹き]: 허풍선이. 떠버리.

# 토지 15
### 4부 3권

**초판 1쇄 인쇄** 2023년 5월 5일
**초판 1쇄 발행** 2023년 6월 7일

**지은이** 박경리
**펴낸이** 김선식

**경영총괄이사** 김은영
**콘텐츠사업2본부장** 박현미
**편집** 임경섭, 한나래, 임고운, 임소정 **디자인** 정명희 **책임마케터** 박태준
**콘텐츠사업6팀장** 임경섭 **콘텐츠사업6팀** 한나래, 임고운, 임소정, 정명희
**편집관리팀** 조세현, 백설희 **저작권팀** 한승빈, 이슬
**마케팅본부장** 권장규 **마케팅4팀** 박태준, 문서희
**미디어홍보본부장** 정명찬 **브랜드관리팀** 안지혜, 오수미, 문윤정, 이예주
**크리에이티브팀** 임유나, 박지수, 변승주, 김화정 **뉴미디어팀** 김민정, 이지은, 홍수경, 서가을
**지식교양팀** 이수인, 염아라, 김혜원, 석찬미, 백지은 **영상디자인파트** 송현석, 박장미, 김은지, 이소영
**재무관리팀** 하미선, 윤이경, 김재경, 안혜선, 이보람 **인사총무팀** 강미숙, 김혜진, 지석배, 박예찬, 황종원
**제작관리팀** 이소현, 최완규, 이지우, 김소영, 김진경, 양지환
**물류관리팀** 김형기, 김선진, 한유현, 전태환, 전태연, 양문현, 최창우
**외부스태프** 교정 김태형

**펴낸곳** 다산북스 **출판등록** 2005년 12월 23일 제313-2005-00277호
**주소** 경기도 파주시 회동길 490
**전화** 02-704-1724 **팩스** 02-703-2219
**이메일** dasanbooks@dasanbooks.com
**홈페이지** www.dasan.group **블로그** blog.naver.com/dasan_books
**용지** 아이피피 **인쇄** 상지사피앤비 **코팅 및 후가공** 평창피엔지 **제본** 국일문화사

**ISBN** 979-11-306-9961-5 (04810)
**ISBN** 979-11-306-9945-5 (세트)